Espada ancilar

Espada ancilar

Trilogia Império Radch
LIVRO 2

Ann Leckie

TRADUÇÃO
Luara França

Espada ancilar

TÍTULO ORIGINAL:
Ancillary Sword

COPIDESQUE:
Mônica Reis

REVISÃO:
Giovana Bomentre
Isabela Talarico

COORDERNAÇÃO:
Maria Carolina Rodrigues

PROJETO GRÁFICO:
Giovanna Cianelli

DIREÇÃO EXECUTIVA:
Betty Fromer

DIREÇÃO EDITORIAL:
Adriano Fromer Piazzi

PUBLISHER:
Luara França

EDITORIAL:
Andréa Bergamaschi
Bárbara Reis
Caíque Gomes
Débora Dutra Vieira
Juliana Brandt
Luiza Araujo

CAPA:
Tereza Bettinardi

ILUSTRAÇÃO:
Daniel Semanas

MONTAGEM DE CAPA:
Caíque Gomes

COMUNICAÇÃO:
Giovanna de Lima Cunha
Júlia Forbes
Luciana Fracchetta
Pedro Fracchetta
Yasmin Dias

COMERCIAL:
Giovani das Graças
Gustavo Mendonça
Lidiana Pessoa
Roberta Saraiva

FINANCEIRO:
Helena Telesca

DADOS INTERNACIONAIS DE CATALOGAÇÃO NA PUBLICAÇÃO (CIP) DE ACORDO COM ISBD

L461e   Leckie, Ann
Espada ancilar / Ann Leckie ; traduzido por Luara
França. - São Paulo : Aleph, 2023.
376 p. ; 14cm x 21cm.

Tradução de: Ancillary sword
ISBN: 978-85-7657-572-6

1. Literatura americana. 2. Ficção científica.
I. França, Luara. II. Título.

	CDD 813.0876
2023-899	CDU 821.111(73)-3

ELABORADO POR ODILIO HILARIO MOREIRA JUNIOR - CRB-8/9949
ÍNDICES PARA CATÁLOGO SISTEMÁTICO:
1. Literatura americana: ficção científica 813.0876
2. Literatura americana: ficção científica 821.111(73)-3

COPYRIGHT © ANN LECKIE, 2014
COPYRIGHT © EDITORA ALEPH, 2023

TODOS OS DIREITOS RESERVADOS. PROIBIDA
A REPRODUÇÃO, NO TODO OU EM PARTE,
ATRAVÉS DE QUAISQUER MEIOS SEM A
DEVIDA AUTORIZAÇÃO.

Aleph

Rua Bento Freitas, 306 - Conj. 71 - São Paulo/SP
CEP 01220-000 • TEL 11 3743-3202
www.editoraaleph.com.br

ESPADA ANCILAR

1

– Considerando as circunstâncias, seria útil que tivesse outra tenente. – Anaander Mianaai, governadora (por enquanto) de todo o vasto espaço radchaai, estava sentada em uma cadeira larga, estofada com seda bordada. O corpo que falava comigo, um de milhares, parecia ter cerca de treze anos. Roupa preta, pele escura. O rosto dela já exibia as feições aristocráticas que, no espaço radchaai, eram sinais dos mais altos postos e camadas sociais. Em condições normais, ninguém veria uma versão tão jovem da Senhora do Radch, mas aquelas não eram condições normais.

O aposento era pequeno, três metros quadrados e meio, coberto por painéis de madeira escura. Um dos cantos não estava revestido, provavelmente danificado na semana anterior durante a violenta briga entre as partes rivais da própria Anaander Mianaai. Nos pontos em que ainda havia madeira, filamentos de uma planta delicada formavam uma trilha de pequenas folhas verde-acinzentadas, algumas minúsculas flores brancas espalhadas aqui e ali. Aquela não era uma área pública do palácio, não era uma sala de audiências. A cadeira ao lado da que a Senhora do Radch ocupava estava vazia, e a mesa em frente apoiava um conjunto de chá; garrafa e tigelas de porcelana branca e lisa elegantemente alinhadas. O tipo de coisa que, à primeira vista, poderia parecer comum, mas que, com um pouco de atenção, revelava-se uma obra de arte mais valiosa do que alguns planetas.

Haviam me oferecido chá, e me convidado para sentar. Resolvi permanecer de pé.

– Você disse que eu escolheria minhas próprias oficiais. – Eu deveria ter finalizado com um respeitoso "minha senhora" e também deveria ter me ajoelhado e encostado a testa no chão quando entrei e vi a Senhora do Radch, mas não fiz nada disso.

– Você escolheu duas. Seivarden, claro, e a tenente Ekalu, outra escolha óbvia.

Os nomes evocaram, como um reflexo, as pessoas em minha mente. Em um décimo de segundo, a *Misericórdia de Kalr*, parada a trinta e cinco mil quilômetros de distância desta estação, receberia a solicitação quase instintiva de checagem de informação e, um décimo de segundo depois, sua resposta chegaria a mim. Eu passara os últimos dias aprendendo a controlar esse antigo hábito. Mas não obtivera sucesso absoluto.

– Uma capitã de frota tem direito a uma terceira – continuou Anaander Mianaai.

Com uma bela tigela de porcelana na mão coberta por uma luva preta, fez um gesto em minha direção. Parecia indicar meu uniforme. Militares radchaai usavam jaquetas, calças, botas e luvas de um marrom-escuro. Meu uniforme era diferente. O lado esquerdo era marrom, mas o direito era preto, e minha insígnia de capitã trazia marcas para mostrar que eu exercia comando não só sobre a minha nave como sobre as capitãs de outras naves. Claro, minha frota consistia apenas na *Misericórdia de Kalr*, mas como não havia outra capitã de frota perto de Athoek, onde eu estava estacionada, minha patente me conferiria vantagens sobre qualquer capitã que eu viesse a encontrar. Isso é, se as outras capitãs estivessem dispostas a aceitar minha autoridade.

Alguns dias antes, uma disputa havia muito latente por fim eclodira, e uma facção destruíra dois portais intersistemas. A prioridade atual era evitar que outros fossem destruídos e que aquela facção se apoderasse de portais e estações em outros sistemas. Eu entendia os motivos pelos quais Anaander me conferira aquela patente, mas ainda me sentia desconfortável.

– Não cometa o erro de achar que eu trabalho para *você*.

Ela sorriu e respondeu:

– Ah, eu não acho isso. Suas únicas outras opções são as oficiais que estão no sistema e próximas desta estação. A tenente Tisarwat acabou de sair do treinamento. Ela estava sendo direcionada a seu primeiro trabalho, mas é claro que agora isso está fora de questão. Pensei que você fosse gostar de treinar alguém da forma que achar melhor. – A última frase pareceu diverti-la.

Enquanto Anaander falava, eu sabia que Seivarden estava na fase dois do sono NREM. Verifiquei pulsação, temperatura, respiração, oxigenação do sangue e os níveis hormonais. Então, as informações sumiram e foram substituídas pelos dados da tenente Ekalu, que estava em guarda. Nervosa, mandíbulas levemente cerradas, níveis elevados de cortisol. Quando a capitã da *Misericórdia de Kalr* fora presa por traição uma semana antes, ela era apenas uma soldada. Ekalu não esperava se tornar uma oficial. E não estava, pensei, completamente convencida de sua capacidade para desempenhar tal papel.

– Não é possível que você ache – respondi à Senhora do Radch, piscando para tirar aquela imagem da mente – uma boa ideia me enviar para uma guerra civil recém-declarada com apenas uma oficial experiente.

– Não pode ser pior do que ir sem o número necessário de pessoas – respondeu Anaander Mianaai, talvez consciente de minha distração momentânea; eu não tinha certeza. – E a jovem oficial está animada com a possibilidade de servir a uma capitã de frota. Ela espera por você nas docas.

Então pousou o chá, endireitou-se na cadeira e continuou:

– Já que o portal para Athoek caiu, e não tenho ideia de como está a situação, não posso lhe passar ordens específicas. Além disso... – Ela ergueu a mão, agora vazia, como que para impedir qualquer resposta de minha parte – perderia meu tempo se tentasse direcionar você. Irá fazer o que quiser, não importa o que eu diga. Você está abastecida? Tem tudo o que precisa?

Uma pergunta redundante, pois ela sabia tão bem quanto eu o status da minha nave. Gesticulei de forma indefinida, deliberadamente insolente.

– Você também pode pegar as coisas da capitã Vel – disse ela, como se eu houvesse respondido de forma afirmativa às suas questões. – Ela não vai precisar delas.

Vel Osck fora capitã da *Misericórdia de Kalr* até a semana anterior. Havia diversas razões para que ela não precisasse de suas coisas, a mais provável, claro, era que estivesse morta. Anaander Mianaai não deixava nada pela metade, principalmente com suas inimigas. Claro que, nesse caso, a inimiga que Vel Osck apoiara fora a própria Anaander Mianaai.

– Eu não quero nada daquilo – respondi. – Envie para a família dela.

– Se eu conseguir. – Talvez não fosse possível. – Você precisa de mais alguma coisa antes de partir? Qualquer coisa?

Várias respostas passaram pela minha cabeça. Nenhuma delas, útil.

– Não.

– Vou sentir sua falta. Ninguém mais fala comigo desse jeito. Você é uma das poucas que conheci que me ofende sem temer as consequências. E nenhuma outra tem... um passado parecido com o nosso.

Porque eu já havia sido uma nave. Uma IA que controlava um enorme porta-tropas e milhares de ancilares, um dia corpos humanos, partes de mim. Na época, eu não pensava em mim como uma escrava, mas eu havia sido uma arma de conquista, posse de Anaander Mianaai. Ela mesma ocupava milhares de corpos espalhados pelo espaço do Radch.

Agora eu era apenas esse único corpo humano.

– Nada que você faça comigo pode ser pior do que já fez.

– Eu sei disso, e sei quão perigosa isso lhe faz. Talvez eu esteja sendo extremamente ingênua em deixar você viva, ainda mais com autoridade oficial e uma nave. Mas meus jogos não são feitos para covardes.

– Para a maioria de nós – continuei, visivelmente com raiva, sabendo que ela identificaria os sinais físicos desse sentimento, não importava quanto eu mantivesse a expressão impassível – não são jogos.

– Também sei disso – respondeu a Senhora do Radch. – Realmente sei. Mas algumas perdas são inevitáveis.

Eu poderia ter escolhido qualquer uma dentre as muitas respostas para aquela afirmação. Mas, em vez disso, me virei e saí da sala sem dizer nada. Quando passei pela porta, a soldada Kalr Uma Cinco, da *Misericórdia de Kalr*, que montava guarda do lado de fora, tomou seu lugar atrás de mim, silenciosa e eficiente. Kalr Cinco era humana, como todas as soldadas da *Misericórdia de Kalr*, não uma ancilar. Ela tinha um nome, sem ser a nave, década e número. Eu me dirigira a ela por aquele nome uma vez. Kalr Cinco respondera com aparente impassividade, mas com uma onda interna de apreensão e desconforto. Não tentei novamente.

Enquanto nave, eu fora apenas um componente do porta-tropas *Justiça de Toren*, sempre ciente das condições de minhas oficiais. O que elas ouviam e viam. Cada respiração, cada contração muscular. Níveis hormonais, níveis de oxigênio. Quase tudo, exceto as especificidades de seus pensamentos, apesar de eu com frequência adivinhar, por experiência e intimidade. Não era algo que eu mostrasse às minhas capitãs; significaria pouco para elas, uma avalanche de dados sem sentido. Mas, para mim, naquela época, era parte de minha consciência.

Eu não *era* mais a minha nave. No entanto, ainda era uma ancilar que podia ler aqueles dados de uma forma que ser humano algum seria capaz de fazer. Mas agora só tinha um cérebro humano, só poderia assimilar um minúsculo fragmento da informação que um dia havia sido parte constante do meu pensamento. E mesmo aquele minúsculo fragmento demandava cuidado. Bati de frente com uma divisória da nave na primeira vez que tentei andar e receber informações ao mesmo tempo. Consultei a *Misericórdia de Kalr*, de propósito dessa vez. Tinha quase certeza de que poderia percorrer esse corredor e monitorar Cinco simultaneamente, sem ter que parar e sem tropeçar em algo. Consegui chegar até a recepção do palácio sem incidentes. Cinco estava cansada e ainda com um pouco de ressaca. Entediada, com certeza, por ter ficado encarando a parede durante minha reunião com a Senhora do Radch. Vislumbrei uma combinação estranha de ansiedade e medo que me deixou um pouco preocupada, sem entender o que a causava.

Chegando no saguão principal, alto, amplo, pavimentado com pedras e propenso a ecos, movi-me em direção aos elevadores que me levariam às docas, onde estava o transporte que me guiaria de volta à *Misericórdia de Kalr*. A maioria das lojas e dos escritórios que cercavam o saguão, incluindo as enormes deusas pintadas de laranja, azul, vermelho e verde vibrantes na fachada do templo, parecia surpreendentemente intacta, mesmo depois da violência da semana anterior, quando a luta da Senhora do Radch contra si mesma chegara até lá. Agora, cidadãs em coloridos casacos, calças e luvas, com suas joias brilhantes, caminhavam com aparente despreocupação. Era como se a semana anterior não tivesse existido. Parecia que Anaander Mianaai, Senhora do Radch, ainda era ela mesma, com múltiplos corpos, mas uma única pessoa, não dividida. E ainda assim, a semana anterior *havia* ocorrido, e Anaander Mianaai não era, de fato, uma só pessoa. E já fazia algum tempo.

Enquanto me aproximava dos elevadores, uma repentina explosão de ressentimento e tristeza tomou conta de mim. Parei e me virei. Kalr Cinco fez o mesmo ao me ver parar, olhando para a frente, impassível. Como se aquela onda de ressentimento que a Nave me enviara não houvesse vindo dela. Eu não achava que muitas humanas conseguissem mascarar emoções tão fortes de forma tão eficaz. O rosto de Cinco era de uma inexpressão absoluta. Todavia, todas as tripulantes da *Misericórdia de Kalr* eram capazes de fazer isso. A capitã Vel seguia ideias bem tradicionais, ou no mínimo havia construído correspondentes idealizados para aquilo que seria "tradicional", e demandara que suas soldadas humanas agissem o mais parecido possível às ancilares.

Cinco não sabia que eu havia sido uma ancilar. Sabia que eu era a capitã de frota Breq Mianaai, promovida por conta da prisão da capitã Vel e, como a maioria supunha, minhas importantes conexões familiares. Cinco não imaginava quanto eu era capaz de ver.

– O que houve? – perguntei de forma brusca. Pega de surpresa.

– Senhora? – Plácida. Sem expressão. Mas querendo, percebi depois de um pequeno retardo no repasse do sinal da nave, que eu desviasse minha atenção, que a deixasse em segurança, ignorada. Mas também querendo falar.

Eu tinha razão. Aquele ressentimento, aquela tristeza, eram por minha causa.

– Você tem algo a dizer. Vamos ouvir.

Surpresa. Leve terror. E nem a menor contração muscular.

– Senhora – respondeu ela mais uma vez. Lá estava, enfim, uma discreta expressão, que desapareceu rapidamente. Ela engoliu em seco. – São os pratos.

Foi minha vez de ficar surpresa.

– Os pratos?

– A senhora mandou os pertences da capitã Vel para o depósito aqui na estação.

E como eram adoráveis. Os pratos (e utensílios e acessórios para chá) com os quais Kalr Cinco parecia estar preocupada eram feitos de porcelana, vidro, pedras e metal esmaltado. Mas não eram meus. E eu não queria nada que fosse da capitã Vel. Cinco esperava que eu a entendesse. Queria muito que eu a entendesse. Mas eu não a entendia.

– Sim...?

Frustração. Raiva, até. Estava claro que, da perspectiva de Cinco, seu desejo era óbvio. Mas a única coisa óbvia para mim era que ela simplesmente não conseguia dizer o que queria, mesmo quando eu perguntava.

– Senhora – disse ela, por fim. Cidadãs andavam a nossa volta, algumas lançando olhares curiosos, outras fingindo não nos notar. – Acredito que iremos sair do sistema em breve.

– Soldada – respondi, com uma ponta de frustração e raiva, meu humor não estava bom desde a conversa com a Senhora do Radch –, você é capaz de falar objetivamente?

– Não podemos sair do sistema sem bons utensílios! – Ela soltou, finalmente, o rosto ainda impassível. – Senhora.

Como não respondi, ela continuou, uma onda de medo por falar tão francamente.

– É claro que para a *senhora* isso não é importante. A senhora é capitã de frota, sua patente é suficiente para impressionar qualquer pessoa.

E o nome da minha casa. Eu agora era Breq Mianaai. Eu não estava particularmente satisfeita por ter recebido esse nome, que me marcava como prima da própria Senhora do Radch. Na minha tripulação, somente Seivarden e a médica da nave sabiam que eu não havia nascido com esse nome. Ela continuou:

– *A senhora* pode convidar uma capitã para jantar e servir suas soldadas no meio do rancho e ainda assim ela não falaria nada, senhora.

Nem poderia falar, a não ser que a patente dela fosse maior que a minha.

– Não estamos viajando para oferecer grandes jantares – respondi.

Aparentemente, isso a atordoou, a confusão transparecendo em seu semblante por um momento.

– Senhora! – disse ela, com a voz suplicante e aflita. – A *senhora* não precisa se preocupar com o que as outras pensam. Só falei algo porque a senhora me deu uma ordem.

Claro. Eu deveria ter percebido. Deveria ter desconfiado dias atrás. Cinco estava preocupada com a possibilidade de *ela* ficar malvista se eu não tivesse o jogo de jantar apropriado para minha patente. De que isso afetasse a própria nave de forma negativa.

– Você está preocupada com a reputação da nave.

– Sim, senhora – respondeu ela, mortificada, mas também aliviada.

– Não sou a capitã Vel. – A capitã Vel dava muita importância a essas coisas.

– *Não mesmo*, senhora.

Eu não tinha certeza se a ênfase e o alívio que percebi em Cinco eram por eu não ser a capitã ou por eu ter finalmente entendido o que ela queria dizer. Ou ambos.

Eu já havia terminado meus negócios ali, todo meu dinheiro fora transformado em vales e guardado em meus aposentos na *Misericórdia de Kalr*. O que eu tinha comigo não seria o suficiente para amenizar a ansiedade de Kalr Cinco. A Estação (a IA que gerenciava esse lugar, que *era* esse lugar) provavelmente poderia facilitar os detalhes financeiros para mim. Mas a Estação acreditava que eu era o motivo da violência da semana anterior e não estaria disposta a me ajudar.

– Volte para o palácio – ordenei. – Diga à Senhora do Radch o que você quer.

Ela arregalou os olhos e, dois décimos de segundo depois, percebi incredulidade e então terror em Kalr Cinco.

– Quando tudo estiver do seu agrado, venha para a nave que nos levará até a *Misericórdia de Kalr*.

Três cidadãs passaram por nós, carregando malas nas mãos enluvadas, e o fragmento de conversa que fui capaz de ouvir me informou que estavam indo para as docas a fim de pegar uma nave para alguma outra estação. A porta de um dos elevadores se abriu. Claro. A serviçal Estação sabia para onde elas iriam, não seria necessário dizer.

A Estação sabia para onde *eu* estava indo, mas não abriria nenhuma porta sem que eu requisitasse expressamente. Eu me virei e entrei depressa no elevador atrás delas, vendo a porta se fechar, Cinco ainda parada, horrorizada, de pé no piso preto do saguão. O elevador se moveu, as cidadãs conversavam. Fechei os olhos e vi Kalr Cinco encarando o elevador, hiperventilando levemente. Ela franziu um pouco a testa, talvez imperceptível para qualquer pessoa que passasse. Os dedos dela se contraíram, chamando a atenção da *Misericórdia de Kalr*, mas de modo hesitante, como se temesse que a nave não fosse responder.

Mas é claro que a *Misericórdia de Kalr* já estava prestando atenção.

"Não se preocupe", disse a nave, uma voz serena e neutra nos ouvidos de Cinco e nos meus. "Sua capitã de frota não está brava com você. Vá em frente. Tudo ficará bem."

Era verdade. Eu não estava brava com Kalr Cinco. Desliguei as informações que via sobre ela, recebi um vislumbre desorientador de Seivarden dormindo e sonhando, e da tenente Ekalu, ainda tensa, pedindo chá a uma de suas Etrepas. Abri os olhos. As cidadãs que estavam comigo no elevador riam de alguma coisa, eu não sabia e nem me importava com o quê, e, quando as portas do elevador se abriram, saímos para o amplo *lobby* das docas, cercado por figuras de deusas que os viajantes poderiam achar interessantes ou reconfortantes. Não estava muito cheio a essa hora, exceto pela entrada do escritório oficial, onde havia uma fila de mal-humoradas capitãs e pilotas à porta esperando sua vez de reclamar às sobrecarregadas inspetoras assistentes. Dois portais intersistemas haviam sido desativados durante o levante da semana anterior, então era provável que outros também o fossem em breve, e a Senhora do Radch proibira qualquer viagem através dos que ainda estavam ativos, fato que prendera dezenas de naves ali, com suas cargas e passageiras.

Elas abriram caminho para mim com uma leve reverência, como se um vento tivesse passado sobre elas. Era por causa do uniforme. Ouvi uma capitã sussurrar para outra "Quem é ela?", e o murmúrio de resposta da sua colega, enquanto as outras comentavam sobre sua ignorância ou adicionavam mais detalhes à história contada. Entreouvi "Mianaai" e "missões especiais". O que elas entenderam dos eventos da semana anterior. A versão oficial era que eu viajara para o palácio de Omaugh disfarçada a fim de desmantelar uma terrível conspiração. Que eu sempre estivera trabalhando para Anaander Mianaai. Qualquer pessoa que houvesse participado do que acontecera saberia ou suspeitaria que a posterior versão oficial era mentira. No entanto, a maioria das radchaai levava uma vida calma e não tinha razão para duvidar do que ouvia.

Ninguém reclamou quando passei pelas assistentes e entrei no escritório da inspetora-geral. Daos Ceit, sua secretária, ainda estava se recuperando dos ferimentos. Uma secretária que eu não conhecia estava sentada em seu lugar, mas ela se levantou e se curvou rapidamente quando entrei. Assim como uma tenente extremamente jovem, sua reverência mais graciosa e controlada do que eu esperaria de uma garota de dezessete anos, com braços e pernas ainda magricelos e frívola o bastante para gastar o primeiro salário em olhos de cor lilás; certamente ela não nascera com os olhos daquela cor. Sua roupa marrom-escura, jaqueta, calças, luvas e botas, estavam bem passadas e sem nenhuma mancha, o cabelo escuro e liso bem curto.

– Capitã de frota. Senhora – disse ela. – Tenente Tisarwat, senhora. – Ela se curvou novamente.

Não respondi, apenas olhei para ela. Se meu olhar escrutinador a perturbava, isso não transpareceu. A tenente Tisarwat ainda não enviava seus dados para a *Misericórdia de Kalr*, e sua pele morena não havia corado. Os broches espalhados discretamente ao redor do ombro direito diziam que vinha de uma família importante, mas não das mais proeminentes do Radch. Ela era, pensei, incrivelmente controlada ou idiota. Nenhuma das opções me agradava.

– Entre, senhora – disse a secretária desconhecida, fazendo um gesto em direção ao escritório. Movi-me, sem dizer uma palavra à tenente Tisarwat.

Pele escura, olhos cor de âmbar, elegante e aristocrática mesmo usando o uniforme azul-escuro de oficial das docas, a inspetora-geral Skaaiat Awer se levantou e se curvou enquanto a porta se fechava atrás de mim.

– Breq. Está de partida?

Abri minha boca para dizer: "Assim que você autorizar nossa saída", mas lembrei-me de Cinco e do serviço que eu havia lhe passado.

– Só estou esperando Kalr Cinco. Aparentemente, não posso decolar sem um jogo de jantar adequado.

Por um instante, foi possível perceber a surpresa em seu semblante. Ela sabia que eu enviara os pertences da capitã Vel para cá, claro. Depois que a surpresa passou, percebi que a inspetora-geral se divertia.

– Bem – disse ela –, você não teria sentido o mesmo?

Quando estive no lugar de Cinco, ela quis dizer. Quando eu havia sido uma nave.

– Não, não teria. Não senti. Outras naves sentiam. Ainda sentem. – Principalmente espadas, que de modo geral se sentiam superiores em relação às menos respeitadas misericórdias, ou às justiças que transportavam tropas.

– Minhas Sete Issas se importavam com esse tipo de coisa.

Antes de ser inspetora-geral do palácio de Omaugh, Skaaiat Awer havia servido como tenente em uma nave com tripulação humana. O olhar dela parou na única joia em minha roupa, um pequeno broche dourado próximo ao ombro esquerdo.

Ela o indicou, parecendo mudar de assunto sem realmente mudar.

– Athoek, certo? – Meu destino ainda não havia sido anunciado publicamente, e até poderia ser considerado uma informação sigilosa. Mas a casa Awer era uma das mais antigas e ricas. Skaaiat tinha primas que conheciam pessoas que sabiam de coisas. – Não sei se escolheria mandar você para esse lugar.

– É para onde estou indo.

Ela aceitou aquela resposta, sem demonstrar surpresa ou ofensa.

– Sente-se. Chá?

– Obrigada, não. – Na verdade, até gostaria de tomar um pouco de chá. Sob outras circunstâncias, aquele encontro com Skaaiat Awer poderia ser agradável e relaxante, mas eu estava muito ansiosa para partir.

Isso também foi encarado pela inspetora-geral com comedimento. Ela mesma não se sentou.

– Você entrará em contato com Basnaaid Elming quando chegar à estação Athoek – disse ela. Não era uma pergunta. Ela sabia que eu faria isso. Basnaaid era a irmã mais nova de uma pessoa que tanto eu como Skaaiat havíamos amado. Uma pessoa que eu, por ordem de Anaander Mianaai, matara. – Ela se parece com Awn em algumas coisas, mas não em outras.

– Teimosa, você quer dizer.

– Muito orgulhosa. E teimosa como a irmã. Provavelmente até mais. Ela ficou muito ofendida quando ofereci clientela a ela em nome da irmã. Menciono isso porque acredito que você pretende fazer algo parecido. E pode ser que você seja a única pessoa no mundo mais teimosa do que ela.

Levantei a sobrancelha.

– Nem a tirana é mais teimosa?

A palavra não era radchaai, mas proveniente de um dos mundos anexados e absorvidos pelo Radch. Por Anaander Mianaai. A própria tirana, a única pessoa, além de Skaaiat e eu, que teria reconhecido e entendido a palavra no palácio de Omaugh.

Skaaiat Awer abriu um sorriso sardônico e disse:

– Pode ser que sim. Pode ser que não. De qualquer forma, seja cuidadosa ao oferecer dinheiro ou favores a Basnaaid.

Ela não verá com bons olhos. – Seu gesto, bem-intencionado, mas resignado, indicava um tipo de "mas é claro que você vai fazer o que achar melhor". – Você já conheceu sua nova jovem tenente.

Ela se referia à tenente Tisarwat.

– Por que ela veio até aqui em vez de ir direto para a nave de transporte?

– Veio se desculpar com a minha secretária. – A substituta de Daos Ceit, aquela que estava no outro escritório. – As mães delas são primas.

Formalmente, a palavra que Skaaiat usou se referia à relação entre duas pessoas de casas diferentes que tinham a mesma mãe ou avó, mas, em uma conversa mais casual, se referia a alguma parente distante com quem se mantinha amizade, ou alguém que tenha sido criado junto. A inspetora continuou:

– Elas marcaram de se encontrar para tomar chá ontem, mas Tisarwat não apareceu nem respondeu às mensagens. E você sabe como militares costumam se comportar com as autoridades das docas. – Que era o mesmo que dizer, com extrema educação e escondido desprezo: – Minha assistente se sentiu ofendida.

– Por que a tenente Tisarwat se importaria?

– Você nunca teve uma mãe que ficasse brava caso você ofendesse uma prima dela – respondeu Skaait, quase rindo –, ou você não faria essa pergunta.

Era verdade.

– O que você acha dela? – perguntei.

– Há um ou dois dias, eu teria dito estourada, mas hoje acredito que esteja mais dócil. – "Estourada" não era um adjetivo apropriado à jovem centrada que eu havia visto antes de entrar no escritório de Skaaiat. A não ser, talvez, por aqueles olhos impossíveis. – Até hoje, estava programado para ela assumir um emprego burocrático em um sistema de fronteira.

– A tirana me mandou uma pequena *burocrata*?

– Eu não imaginava que ela enviaria alguém tão jovem com você. Achava que ela mesma iria, mas talvez não tenham sobrado muitas dela por aqui. – Ela puxou o ar como se fosse dizer mais alguma coisa, mas depois franziu o cenho e inclinou a cabeça. – Desculpe, preciso resolver algumas coisas. As docas estavam cheias de naves que precisavam de provisões, reparos ou assistência médica emergencial; naves que estavam presas naquele sistema, com tripulações e passageiras extremamente insatisfeitas. O pessoal de Skaaiat estava trabalhando havia dias e com poucas folgas.

– Claro. – Fiz uma reverência. – Não vou mais atrapalhar.

– Ela ainda estava ouvindo a mensagem que havia recebido quando me virei para ir embora.

– Breq. – Olhei para trás. A cabeça de Skaaiat ainda estava levemente inclinada, ela ainda ouvia a pessoa que havia lhe enviado a mensagem. – Tome cuidado.

– Você também.

Atravessei a porta e saí do escritório. A tenente Tisarwat estava de pé, parada e em silêncio. A secretária olhava fixamente para a frente, seus dedos se movendo; não havia dúvida de que estava tratando de assuntos urgentes das docas.

– Tenente – chamei rispidamente, e não esperei pela resposta, me afastando do escritório e atravessando a multidão de capitãs descontentes, até a doca em que encontraria o transporte que me levaria até a *Misericórdia de Kalr*.

A nave de transporte era pequena demais para gerar a própria gravidade. Eu estava acostumada com isso, mas algumas oficiais mais jovens, não. Posicionei a tenente Tisarwat na entrada para que esperasse Kalr Cinco e, em seguida, atravessei a fronteira estranha e instável entre a gravidade do palácio e o interior da nave. Dei impulso para chegar até um assento e fechei o cinto de segurança. A piloto acenou com a cabeça de forma respeitosa, já que seria muito difícil fazer uma reverência em tais circunstâncias. Fechei os olhos, vi que Cinco estava de pé em um grande almoxarifado dentro do palácio, as paredes simples, funcionais e cinzas. Cheio de caixas e baús. Em uma das mãos com luvas marrons, ela segurava um delicado bule de chá de vidro cor-de-rosa-escuro. Uma caixa aberta a sua frente mostrava ainda mais utensílios: uma garrafa, sete tigelas, entre outras peças. O prazer que ela sentia com aqueles belos artefatos, o desejo dela, estava minado pela dúvida. Eu não conseguia ler sua mente, mas imaginei que haviam pedido que ela escolhesse os utensílios naquele depósito, ela encontrara alguns que a agradavam muito, mas não acreditava que a deixariam levá-los. Eu estava quase certa de que aquele conjunto era feito à mão e tinha mais de setecentos anos. Não havia me dado conta de que ela possuía o olhar de apreciadora para tais coisas.

Afastei a imagem. Ela ainda levaria algum tempo, pensei, e era melhor que eu dormisse um pouco.

Acordei depois de três horas e vi os olhos cor de lilás da tenente Tisarwat aparecerem no assento a minha frente enquanto ela afivelava o cinto de segurança. Kalr Cinco, agora radiante de felicidade, presumivelmente por conta do resultado de seu trabalho no almoxarifado do palácio, deu um impulso até a tenente Tisarwat e, com um aceno de cabeça e um discreto "Só por preocupação, senhora", ofereceu uma sacola para ser usada no inevitável momento em que o estômago da nova oficial reagisse à microgravidade.

Conheci jovens tenentes que encarariam tal atitude como um insulto. A tenente Tisarwat aceitou a oferta com um leve e vago sorriso que não foi capaz de iluminar todo o seu rosto. Ainda aparentava estar completamente calma e centrada.

– Tenente – chamei, enquanto Kalr Cinco se dirigia ao assento ao lado da piloto, que era outra Kalr –, você tomou algum medicamento?

Mais um possível insulto. Pílulas antináuseas estavam disponíveis, e eu havia conhecido ótimas e experientes oficiais que, durante toda a carreira, as tomavam ao entrar em uma nave de transporte. Nenhuma delas jamais admitiu o fato.

O último resquício de sorriso no rosto da tenente Tisarwat desapareceu.

– Não, senhora. – Controlada. Calma.

– Se você precisar de remédios, a piloto tem. – Aquilo deveria gerar alguma reação.

E gerou. Só que uma fração de segundo depois do que eu esperava. Um leve franzir de testa, um levantar de ombros ofendido, dificultado pelo cinto de segurança do assento dela.

– Não, obrigada, senhora.

"Estourada", Skaaiat Awer havia dito. Ela não costumava se enganar tanto em relação às pessoas.

– Não requisitei a sua presença, tenente – disse, mantendo a voz calma, mas com uma pitada de raiva. Era fácil fazer isso nas atuais circunstâncias. – Você só está aqui por ordens de Anaander Mianaai. Não tenho tempo nem recursos para ensinar tudo a uma oficial que mal saiu das fraldas. É melhor você entrar na linha *logo*. Preciso de oficiais que saibam o que estão fazendo. Preciso de uma tripulação em que eu possa *confiar*.

– Senhora – respondeu a tenente Tisarwat. Calma, mas agora com uma voz mais marcante, aquele leve franzir de testa se acentuando, apenas um pouco. – Sim, senhora.

Ela havia tomado *alguma coisa*. Provavelmente um remédio para enjoos, e eu apostaria minha considerável fortuna no fato de que ela estava entupida de pelo menos um tipo de sedativo. Queria dar uma olhada nos dados pessoais dela, a *Misericórdia de Kalr* já teria acesso a eles a essa altura. Mas a tirana veria que eu solicitara aquilo. A *Misericórdia de Kalr* pertencia, em última instância, a Anaander Mianaai, e ela poderia acessar essas informações. A Nave via tudo que eu fazia, e, se a tirana desejasse aquela informação, era só pedir. E eu não queria que ela soubesse das minhas suspeitas. Queria, na verdade, que minhas suspeitas fossem infundadas. Irracionais.

Por enquanto, se a tirana estivesse olhando, e era certo que ela estava, por meio da *Misericórdia de Kalr*, e continuaria enquanto estivéssemos no sistema, seria melhor se pensasse que eu não queria uma oficial tão jovem em vez de alguém que soubesse o que estava fazendo.

Desviei minha atenção da tenente Tisarwat. Mais à frente a piloto se inclinou em direção a Cinco e disse, em voz baixa e dissimulada:

– Tudo bem? – Então, como Cinco respondeu apenas com um franzir confuso de testa, acrescentou: – Está muito quieta.

– Todo esse tempo? – perguntou Cinco.

Ainda dissimulada. Elas estavam falando sobre mim e não queriam acionar nenhum mecanismo que eu pudesse ter ativado na nave que me avisasse quando a tripulação estava falando de mim. Tenho um hábito antigo, de cerca de dois mil anos, de cantar qualquer música que me vier à cabeça. Ou murmurar a melodia. A tripulação ficara intrigada e aflita a princípio. Este corpo, o único que me restava, não tinha uma voz particularmente boa. Mas elas estavam se acostumando, e agora eu sentia um divertimento meio cruel com o fato de elas se incomodarem com meu silêncio.

– Nem um pio – disse a piloto para Kalr Cinco. Um curto olhar de soslaio e um pequeno espasmo nos músculos do pescoço e ombros me disse que ela pensara em olhar para trás, para a tenente Tisarwat.

– É – respondeu Cinco, concordando, acredito, com a insinuação da piloto sobre o que poderia estar me incomodando.

Ótimo. Deixaria que Anaander Mianaai visse isso também.

Foi uma longa viagem de volta à *Misericórdia de Kalr*, mas a tenente Tisarwat não usou a sacola nem mostrou sinais de desconforto. Passei todo o tempo dormindo, e pensando.

Naves, informações e dados viajavam entre estrelas através de portais claramente demarcados e constantemente abertos. Os cálculos já haviam sido feitos, as rotas, demarcadas na estranheza do espaço dos portais, onde as distâncias não eram iguais ao espaço comum. Mas naves militares, como a *Misericórdia de Kalr*, tinham o poder de gerar os próprios portais. Era muito mais arriscado; se pegássemos qualquer rota, entrada ou saída errada, a nave poderia acabar em qualquer lugar, ou em lugar nenhum. Isso não me incomodava. A *Misericórdia de Kalr* sabia o que estava fazendo e chegaríamos em segurança na estação Athoek.

Enquanto nos movêssemos por meio do espaço do portal em nossa própria bolha de espaço regular, estaríamos completamente isoladas. Eu queria isso. Queria estar longe do palácio de Omaugh, longe dos olhos de Anaander Mianaai, de sua interferência e de suas ordens.

Quando estávamos quase em nosso destino, a apenas minutos do acoplamento nas docas, a Nave falou diretamente em meu ouvido: "Capitã de frota".

Ela não precisava falar comigo dessa maneira, poderia apenas indicar que desejava a minha atenção. E ela quase sempre sabia o que eu queria antes mesmo que eu pedisse. Conseguia me conectar à *Misericórdia de Kalr* de uma forma que ninguém mais a bordo podia. Não conseguia, entretanto, *ser* a *Misericórdia de Kalr*, como havia sido *Justiça de Toren*. Não sem me perder por completo. De forma permanente.

– Nave – respondi em voz baixa.

E, sem dizer mais nada, a *Misericórdia de Kalr* me mostrou os resultados de seus cálculos, feitos sem que eu pedisse; uma gama de possíveis rotas e horários de partida apareceu em meu campo de visão. Escolhi a combinação que levava menos tempo, dei a ordem e cerca de seis horas depois nós partimos.

2

A tirana dissera que nossa história era parecida, e, de certa forma, era. Ela era, e eu havia sido, composta por centenas de corpos que possuíam a mesma identidade. Visto por esse lado, éramos muito similares. Fato que não passou despercebido (pelo menos recentemente, nos últimos cem anos) por algumas cidadãs durante discussões sobre o uso militar de ancilares.

Quando pensavam que aquilo poderia acontecer com você, com uma amiga ou com uma familiar, parecia algo horrível. Mas se a própria Senhora do Radch havia passado por isso, supostamente a mesma coisa pela qual passavam as naves que a serviam, decerto não poderia ser tão ruim quanto bradava a oposição. É tão óbvio que chega a ser ridículo dar explicações, mas, por todo esse tempo, o Radch não tem sido exatamente justo.

Aquela palavra, Radch, era uma tríade. Justiça, Adequação e Benefício. Nenhuma ação justa seria inadequada, nenhuma ação adequada seria injusta. Justiça e adequação, tão interligadas, levavam ao benefício. Perguntar sobre as destinatárias do benefício era assunto para madrugadas de conversas e garrafas abertas de arrack. Normalmente, nenhuma radchaai levantava a questão que a justiça e a adequação só seriam benéficas de uma determinada forma. O Radch nunca, com raras exceções para circunstâncias extraordinárias, aparecia como algo menos que justo, adequado e benéfico.

Claro que, ao contrário de suas naves, a Senhora do Radch era uma cidadã, além de ser a governante de todo o

Radch, absoluta. Na verdade, eu fora uma arma usada por ela para expandir seu domínio. Uma serva. De diversas formas, uma escrava. E a diferença não parava aí. Cada corpo de Anaander Mianaai era idêntico aos demais, clones, concebidos e cultivados para o único propósito de serem parte dela. Suas centenas de mentes haviam sido cultivadas e desenvolvidas a partir de seus implantes. Por trezentos anos, ela não fora ninguém além de Anaander Mianaai. Nunca havia sido uma pessoa com um único corpo, como aquelas que eram capturadas (de preferência no final da adolescência ou começo da vida adulta, mas as mais velhas também serviam se a situação apertasse) e guardadas em suspensão por décadas, ou mesmo séculos, até que fossem necessárias. Descongeladas sem cerimônia, recebiam implantes no cérebro, cortando conexões, abrindo outras, destruindo a identidade que as havia acompanhado por toda a vida e substituindo-a pela IA da nave.

Se você não passou por isso, não acredito que seja possível imaginar. O medo, a náusea, o horror, mesmo depois de tudo implantado e o corpo já sabendo que é a nave, e que a pessoa que fora já não existe mais para se importar com viver ou morrer. Poderia levar uma semana, às vezes até mais, para o corpo e a mente se ajustarem à nova configuração. Um efeito colateral do processo, que provavelmente poderia ter sido eliminado para ajudar a tornar tudo um pouco menos aterrorizante. Mas qual era a importância do desconforto temporário de um corpo? Um corpo entre dezenas, ou mesmo centenas, não era nada; sua angústia era uma mera inconveniência passageira. Se a reação fosse muito intensa ou não desaparecesse dentro de um determinado tempo, aquele corpo seria removido e destruído, substituído por um novo. O estoque estava cheio deles.

Agora, porém, Anaander Mianaai havia declarado que não seriam feitas novas ancilares, ignorando, claro, as prisioneiras já em suspensão nos depósitos dos enormes porta-tropas, centenas de corpos congelados, esperando, e ninguém mais precisaria se preocupar com essa questão.

Como capitã da *Misericórdia de Kalr*, eu possuía aposentos exclusivos, de três por quatro metros, cercado de bancos que serviam também como armários. Um desses bancos era a minha cama, e dentro dele, embaixo das caixas que guardavam meus pertences, estava a caixa que a Nave não conseguia ver ou perceber. Olhos humanos conseguiam vê-la, mesmo que fossem apenas olhos de uma ancilar. Mas nenhum scanner, nenhum sensor mecânico enxergaria aquela caixa, a arma que estava dentro dela ou sua munição, balas que atravessariam qualquer material do universo. Era misterioso como esse resultado havia sido alcançado. Não só as inexplicáveis balas como também a luz proveniente da arma ou de sua caixa, visíveis aos olhos humanos, mas não às câmeras que tinham o mesmo princípio de funcionamento. E a Nave, por sua vez, não via um espaço vazio no lugar da caixa, onde deveria haver algo; ela via aquilo que esperava encontrar. Nada disso fazia sentido. Mas, ainda assim, era o que acontecia. Tudo, caixa, arma e munição, havia sido feito por alienígenas, as presger, e seu objetivo não era claro. Até Anaander Mianaai as temia, mesmo sendo a senhora do vasto espaço do Radch, comandante de seus aparentemente infinitos exércitos.

A *Misericórdia de Kalr* sabia da existência da caixa e da arma, porque eu havia contado. Para as Kalrs que serviam comigo, era apenas uma caixa entre diversas outras; elas não abririam nenhuma. Se elas realmente fossem as ancilares que fingiam ser, isso estaria resolvido. Mas não eram ancilares. Eram humanas, intensamente curiosas. Elas ainda especulavam, lançando olhares prolongados quando guardavam os lençóis e meu catre. Se eu não fosse capitã, ou, melhor ainda, capitã de frota, elas já teriam vasculhado cada milímetro da minha bagagem, duas ou três vezes, e discutido sobre o conteúdo. Mas eu *era* capitã, tinha poder de vida e morte sobre elas, e isso me garantia alguma privacidade.

Meu quarto pertencera à capitã Vel, antes de ela ter escolhido o lado errado na batalha da Senhora do Radch. Os tapetes, tecidos e almofadas que cobriam os bancos haviam sido retirados, deixados no palácio de Omaugh. A capitã Vel pintara as paredes com elaborados arabescos em roxo e verde, um estilo e paleta de cores que trouxera de outra época, aparentemente mais nobre e civilizada do que esta. Diferentemente da capitã Vel, eu havia presenciado essa época e não sentia saudades. Pediria que pintassem novamente as paredes, mas tinha preocupações mais urgentes, e pelo menos aquilo se concentrava apenas no quarto da capitã.

Eu substituíra também as deusas da capitã Vel, que estavam em um nicho abaixo das deusas da nave (Amaat, claro, chefe das deusas radchaai, e Kalr, que fazia parte do nome desta nave) por "Aquela que saltou de dentro do lírio", uma Esk Var (a Emanação do começo e do fim), e uma pequena e barata imagem de Toren. Tivera sorte em achar aquilo. Toren era uma deusa antiga, nada popular, deixada quase no esquecimento, a não ser pela tripulação das naves que carregavam o seu nome, nenhuma delas por perto, e eu, uma dessas naves, agora destruída.

Havia espaço para mais deusas, sempre havia. Mas eu não acreditava em nenhuma delas. A tripulação acharia estranho se eu não tivesse nenhuma além do ícone da nave, então essas teriam que ser suficientes. Elas eram minhas deusas, mas também eram lembretes. A tripulação não sabia ou entendia aquilo, então eu acendia incensos diários para elas, junto com Amaat e Kalr, e elas também recebiam oferendas de comida e broches de flores esmaltadas que fizeram com que Cinco franzisse o cenho na primeira vez que os viu, porque eles eram baratos e comuns; não eram o que ela pensava que uma capitã de frota da família Mianaai devesse oferecer a suas deusas. Ela disse isso para Kalr Dezessete, de forma indireta, sem mencionar meu nome ou patente. Não sabia que eu havia sido ancilar, não sabia como isso tornava fácil para a Nave me mostrar como ela se sentia, o que ela dizia e quando dizia, a qualquer momento que eu solicitasse. Ela acreditava piamente que a Nave manteria sua fofoca em segredo.

Dois dias depois de passarmos pelo portal, seguíamos em direção a Athoek em nosso minúsculo e isolado fragmento de universo. Sentei-me na beirada da cama e tomei chá em uma delicada tigela de vidro rosa-escuro, enquanto Kalr Cinco guardava o tecido e os presságios lançados pela manhã. Os presságios haviam indicado boa sorte, claro. Só uma capitã muito tola leria algo diferente naqueles discos de metal espalhados pelo tecido.

Fechei os olhos. Senti os corredores e aposentos da *Misericórdia de Kalr*, impecavelmente brancos. Toda a nave tinha o reconfortante e familiar aroma de ar reciclado e produto de limpeza. A década Amaat havia limpado sua parte do corredor, e os aposentos pelos quais era responsável. A tenente delas, Seivarden, a mais velha das tenentes da *Misericórdia de Kalr*, estava acabando de inspecionar o trabalho, elogiando o esforço e apontando os problemas, e aproveitava para distribuir os trabalhos do dia seguinte com seu sotaque antiquado e elegante. Seivarden nascera para esse trabalho, havia nascido com um rosto que a apresentava como membro de uma das famílias mais importantes do Radch, prima distante da própria Anaander Mianaai, rica e bem-educada. Ela fora criada com a expectativa de ser comandante. Seivarden era, em vários momentos, a imagem perfeita da oficial militar radchaai. Enquanto falava com suas Amaats, tranquila e segura, ela era quase a pessoa que eu havia conhecido milhares de anos atrás, antes de perder sua nave e ser arremessada no espaço em uma cápsula de fuga por uma de suas ancilares. A bússola da cápsula estava quebrada e Seivarden vagou por séculos. Depois de ser encontrada, descongelada, e descobrir que todas as pessoas que ela havia conhecido estavam mortas, que sua família não existia mais, e que o Radch havia mudado muito, ela fugira do espaço radchaai, vagando por muitos anos, desaparecida, sem rumo. Não queria morrer, acredito, mas sua mente ansiava por algum acidente fatal. Desde o dia em que a encontrei, Seivarden ganhara peso, recuperando boa parte de seus músculos, e aparentava estar muito mais saudável; mesmo assim parecia desgastada. Ela tinha quarenta e oito anos quando suas ancilares a colocaram na cápsula de escape. Se contássemos os mais de mil anos congelada, ela era a segunda pessoa mais velha a bordo da *Misericórdia de Kalr*.

Próxima em idade, a tenente Ekalu montava guarda no Comando com duas de suas Etrepas. Teoricamente, nenhuma vigília era necessária, não quando a *Misericórdia de Kalr* estava sempre alerta, sempre observando, sempre ciente da nave, que era seu próprio corpo, e do espaço ao seu redor. Principalmente dentro de um portal, onde nada adverso ou, sinceramente, interessante deveria acontecer. Mas, às vezes, o sistema das naves enfrentava problemas, e era muito mais fácil e rápido encontrar a saída para uma crise se a tripulação já estivesse em alerta. E era óbvio que manter dezenas de pessoas disciplinadas e trabalhando, quando estavam confinadas em uma pequena nave, exigia trabalho. A nave não parava de colocar números, mapas e gráficos no campo de visão da tenente Ekalu, ou de murmurar informações e algum encorajamento no ouvido dela. A *Misericórdia de Kalr* gostava da tenente Ekalu, confiava em sua inteligência e habilidade.

Kalr era a década da capitã, minha década. Todas as demais décadas da *Misericórdia de Kalr* tinham dez soldadas, mas Kalr tinha vinte. Elas dormiam em horários confusos porque, ao contrário das outras décadas, Kalr estava sempre de serviço, um último resquício da época em que a Nave era tripulada por corpos ancilares, e suas soldadas nada mais do que fragmentos dela mesma, em vez de dezenas de seres humanos. As Kalrs que haviam acabado de acordar, como eu, se reuniam no refeitório das soldadas, que apresentava paredes brancas, sem adornos, de tamanho suficiente para acomodar dez soldadas em suas refeições e um lugar para depositar os pratos. Cada uma delas com seu prato de skel, uma planta pegajosa de crescimento rápido e coloração verde escura contendo todos os nutrientes necessários ao corpo humano. Era necessário se acostumar com o gosto, caso você não houvesse crescido comendo aquilo. Muitas radchaai haviam crescido comendo aquilo.

As Kalrs do refeitório começaram a declamar as orações matinais em uníssono. *A flor da justiça é a paz.* Depois de cada palavra ou grupo de palavras, era possível perceber o ritmo familiar. *A flor da adequação é beleza no pensamento e na ação.*

A médica, cujo nome e patente de tenente não era usado por ninguém para se referir a ela, estava ligada à Kalr, porém não era uma tenente Kalr. Ela era, simplesmente, a médica. Poderia ser requisitado, e já havia sido e seria novamente no futuro, que ela montasse guarda, junto a duas outras Kalr fazendo vigília com ela. Ela era a única das oficiais da capitã Vel que ainda estava na nave. Seria difícil substituí-la, claro, e seu envolvimento nos eventos da semana anterior fora mínimo.

Era alta e comum, sua pele clara para os padrões radchaai, seu cabelo de um tom suficientemente marrom para parecer estranho, mas não chamativo o suficiente para ser considerado artificial. Sua fisionomia era sempre severa, por mais que o temperamento não fosse hostil. Ela estava com setenta e seis anos, mas sua aparência era quase a mesma de quando tivera apenas trinta, e assim permaneceria até pelo menos os cento e cinquenta. A mãe dela havia sido médica, assim como sua avó e a mãe de sua avó. No momento, ela estava extremamente irritada comigo.

Ela acordara pronta para me confrontar, no curto intervalo de tempo antes de sua guarda, pois proclamara sua oração matinal em um murmúrio rápido assim que saiu da cama. *A flor do benefício é Amaat, toda e inteira.* Havia desviado minha atenção das soldadas Kalr no refeitório, mas era impossível ouvir os primeiros versos sem me lembrar do restante. *Eu sou a espada da justiça...* Agora, a médica estava parada e tensa perto de seu assento na sala da década, onde as oficiais faziam suas refeições.

Seivarden entrou na sala para o que seria seu jantar, tranquila e sorridente, e viu a médica esperando, rígida e impaciente, com semblante mais severo do que de costume. Por um segundo, vi irritação em Seivarden, e então ela rejeitou aquilo, se desculpou pelo cansaço e recebeu um murmurado e superficial "não foi nada".

No rancho, as Kalrs terminaram a oração matinal, declamaram as últimas linhas que eu havia ordenado, uma rápida oração pelas mortas (com seus nomes). Awn Elming. Nyseme Ptem, a soldada que havia se rebelado em Ime, prevenindo uma guerra com as estrangeiras rrrrr e cuja decisão acabara custando sua própria vida.

A década Bo dormia em um lugar que mais parecia uma alcova, um espaço quase insuficiente para seus dez corpos, sem privacidade ou espaço individual, mesmo em suas camas. Elas se mexiam, suspiravam e sonhavam de forma mais inquieta do que as ancilares que um dia haviam dormido lá.

Em seu minúsculo dormitório, a tenente delas, a extremamente jovem tenente Tisarwat e seus impossíveis olhos cor de lilás, também dormia; um sono estático e sem sonhos, mas com uma onda de desconforto escondida abaixo da superfície, a adrenalina um pouco mais alta do que o recomendável. Aquilo deveria tê-la acordado, como na noite anterior, mas a médica ministrara algo para ela dormir.

A médica pulou o café da manhã, balbuciou alguma desculpa e saiu correndo da sala da década. "Nave", ela começou a mensagem, seus dedos movendo-se enfaticamente enquanto gesticulava as palavras. "Quero falar com a capitã de frota."

– A médica está vindo – avisei Kalr Cinco. – Vamos oferecer-
-lhe chá, mas é provável que não aceite.

Cinco checou a quantidade de chá na garrafa e trouxe outra tigela de vidro cor-de-rosa. Suspeitei que não veria meu velho jogo esmaltado, a não ser que o requisitasse.

"Capitã de frota", disse a *Misericórdia de Kalr* diretamente em meus ouvidos, antes de me mostrar uma Amaat que seguia em direção ao refeitório das soldadas, cantando sozinha uma daquelas canções infantis que quase todos os lugares tinham. *Tudo gira, tudo gira, o planeta gira em torno do Sol, tudo gira. Tudo gira, a Lua gira em torno do planeta...* Sem sentido e fora de tom.

Em meus aposentos, Kalr Cinco permanecia em vigília e disse, com uma voz inexpressiva:

– A médica pede permissão para falar com a senhora, capitã de frota.

No corredor, a Amaat, ouvindo os passos de outra Amaat atrás dela, ficou em silêncio, subitamente consciente de sua posição.

– Permissão concedida – respondi para Cinco. O que não era necessário, claro, ela já sabia que eu pretendia conversar com a médica.

A porta se abriu e a médica entrou, de forma um pouco mais abrupta do que seria apropriado.

– Capitã de frota – começou ela, firme e furiosa.

Para interromper a fala da médica, levantei a mão e disse:

– Sente-se. Gostaria de um pouco de chá?

A médica se sentou e, claro, recusou o chá. Cinco saiu da sala quando ordenei, um pouco ressentida por perder a fala da médica, que dava sinais de ter algo interessante a dizer. Quando Cinco foi embora, fiz um gesto para que a médica, que estava sentada tensa do outro lado da mesa, continuasse. "Vá em frente."

– Peço sua complacência, capitã de frota. – Não parecia que ela se importava com a minha resposta. Embaixo da mesa, as mãos dela se fecharam em punhos. – A senhora removeu alguns remédios da ala médica?

– Removi.

Minha resposta fez com que ela parasse por um breve momento. Pareceu-me que ela esperava que eu negasse.

– Ninguém mais poderia ter feito isso. A nave insistiu que nunca houve baixa deles no inventário. E eu olhei as anotações, todos os relatórios, todos os registros propriamente ditos, e não existe nada sobre alguém ter jamais usado esses medicamentos. Não existe ninguém mais a bordo que poderia esconder isso de mim.

Temi que isso não fosse mais verdade, mas não falei isso a ela.

– A tenente Tisarwat foi procurar você ontem após o turno dela e pediu sua ajuda para controlar as leves crises de enjoo e ansiedade dela.

Dois dias antes, um pouco depois de atravessarmos o portal, a tenente Tisarwat começou a se sentir mal. Levemente enjoada. Não conseguiu comer muito no jantar daquela noite. As suas Bos haviam notado e, claro, ficaram preocupadas. A maior parte das pessoas de dezessete anos tinha problemas com comer demais, não de menos. Elas haviam decidido, entre elas, que a tenente estava com saudade de casa. E que se sentia nervosa pela nítida raiva que eu expressava quando estava perto dela.

– Você está preocupada com a saúde da tenente? – perguntei.

A médica, indignada, quase pulou da cadeira.

– Não é essa a questão! – Lembrou-se da pessoa a quem se dirigia. – Senhora. – Engoliu, esperou, mas eu não disse nada. – Ela está nervosa. Parece que está passando por um estresse emocional. Perfeitamente compreensível. Perfeitamente normal para uma jovem tenente em sua primeira missão.

Ela percebeu, enquanto falava, que eu provavelmente tinha vasta experiência em reconhecer o que era normal para uma tenente extremamente jovem em sua primeira missão. Arrependeu-se por ter falado, arrependeu-se, momentaneamente, de ter vindo aqui me confrontar, me acusar. Mas só por um momento.

– Perfeitamente normal sob tais circunstâncias – concordei, mas o significado de minhas palavras era diferente.

– E eu não pude ajudá-la porque você removeu todos os remédios que eu poderia prescrever para ela.

– Sim, removi – concordei. – Ela possuía algo no organismo quando chegou? – Eu já sabia qual seria a resposta, mas perguntei mesmo assim.

A médica piscou, surpresa com a minha pergunta, mas só por um momento.

– Quando chegou à enfermaria, depois de sair da nave de transporte, ela *parecia* ter tomado alguma coisa. Mas não havia nada no organismo quando a escaneei. Acho que ela só estava cansada.

Uma leve transformação de postura, uma mudança nas emoções que eu lia, sugeriram que ela estava ponderando o impacto da minha pergunta, a estranha discordância entre como ela via a tenente Tisarwat, por meio de seu olhar profissional, e o que o scanner dizia.

– Alguma recomendação ou ordem para medicação nos arquivos dela?

– Não, nada. – A médica não parecia ter chegado a conclusão alguma. Muito menos à mesma que eu chegara. Mas agora ela estava curiosa, até um pouco irritada com o fato.

– Os últimos acontecimentos foram muito estressantes para todas nós. E ela é tão jovem. E...

A médica hesitou. Talvez estivesse prestes a dizer que agora todas a bordo já sabiam que eu ficara muito brava quando soube que a tenente Tisarwat havia sido designada para a *Misericórdia de Kalr*. Brava o suficiente para não cantar por várias horas.

A tripulação já sabia o que isso significava. Elas haviam até começado a achar reconfortante ter uma forma tão óbvia de saber se eu estava bem.

– Você ia dizendo...? – Minha fisionomia e minha voz o mais neutras possíveis.

– Acredito que pense que você não a quer aqui, senhora.

– Eu não quero. Mas aconteceu.

A médica balançou a cabeça, sem entender, e disse:

– Peço sua complacência, capitã de frota, mas a senhora deveria ter se recusado a trazê-la a bordo.

Eu poderia ter recusado. Quando entrei na nave de transporte que nos levou até a *Misericórdia de Kalr*, poderia tê-la deixado nas docas do palácio e nunca voltar para buscá-la. Eu havia pensado seriamente nisso. Skaaiat teria entendido, eu tinha certeza, e teria esquematizado o momento certo para perceber que nenhuma outra nave poderia levar a jovem tenente até a *Misericórdia de Kalr*.

– Você prescreveu alguma coisa a ela?

– Um remédio para ajudá-la a dormir. Era o fim do expediente dela. Era tudo o que eu podia fazer.

A médica estava irritada, e eu não só havia interferido em seu território como também ela não pudera ajudar.

Não consegui evitar uma rápida olhadela. A tenente Tisarwat dormia, mas não profundamente. Não completamente descansada. Ainda tensa, ainda com um fundo de ansiedade.

– Médica – disse, trazendo minha atenção de volta para a sala em que estávamos –, você tem todo o direito de estar brava comigo. Eu esperava que ficasse, esperava que reclamasse comigo. Ficaria desapontada se você não fizesse nada. – Ela piscou, confusa, as mãos ainda fechadas em punho apoiadas em seu colo. – Confie em mim. – Não havia muito mais que eu pudesse dizer, não agora. – Ainda sou uma incógnita para vocês, e não sou... o tipo de pessoa que está acostumada a dar ordens. – Uma centelha de entendimento passou pelo rosto da médica, depois uma leve repugnância e, por fim, vergonha por esses sentimentos. Ela sabia que eu podia ver, sabia que era quase certo de eu estar observando sua resposta. A médica prestou atenção em meus implantes, que eu havia desativado e danificado a fim de escondê-los. Ela sabia o que eu era, e ninguém mais na nave, exceto Seivarden, sabia. – Mas *confie* em mim.

– Eu não tenho escolha, tenho, senhora? Estamos sem comunicação até chegarmos a Athoek, não posso reclamar com ninguém. – Frustração.

– Faça uma reclamação quando chegarmos a Athoek, se quiser. – Se tivesse alguém lá com quem ela pudesse conversar, seria uma boa notícia.

– Senhora. – Ela levantou, engolindo qualquer resposta que pudesse ter. Fez uma reverência. – Permissão para sair?

– Claro. Concedida, médica.

A tenente Tisarwat era um problema. Seu histórico pessoal oficial, uma junção insossa de fatos, dizia que ela nascera e fora criada em um planeta, terceira filha de uma das genitoras, segunda da outra. Ela tivera a educação que qualquer radchaai média, de uma família de influência moderada, recebia. Saíra-se bem em matemática, se interessava por poesia, mas não era especialmente habilidosa, não tinha interesse ou gosto por história. Recebia uma pensão de suas genitoras, mas nada de que pudesse se gabar. Havia viajado para o espaço pela primeira vez durante o treinamento.

Pelas entrelinhas, era possível aferir que ela não nascera para ter um papel proeminente em sua família, ou para herdar a posição e fortuna de alguém, ou ainda para realizar algum desejo de suas genitoras, Tisarwat nascera para desempenhar seu próprio destino. E não havia dúvidas de que a família a amara e cuidara dela até que ingressasse na carreira militar. A correspondência que elas trocavam confirmava essa situação.

Suas irmãs, todas mais velhas, não pareciam se ressentir do favoritismo dispensado à tenente, mas se orgulhavam dela e a mimavam quase tanto quanto suas genitoras.

"Estourada", Skaaiat Awer havia dito sobre ela. "Frívola", eu havia pensado ao ver a cor que ela comprara para seus olhos, e a lista de aptidões em seu arquivo concordava. Aquelas informações não coincidiam com "controlada". Tampouco explicavam a melancolia nervosa que havia tomado conta dela desde que embarcara na *Misericórdia de Kalr*.

Suas treinadoras já haviam lidado com soldadas parecidas antes e foram duras com a tenente Tisarwat, mas não cruéis. Algumas delas, com certeza, tinham irmãs mais novas, e após o treinamento ela fora designada a um posto administrativo. O fato de ela não conseguir manter a refeição no estômago quando entrava em microgravidade não era um problema grave. Era comum que jovens tenentes sentissem isso, em especial se tivessem pouca experiência no espaço.

Dois dias antes, enquanto Tisarwat era examinada pela médica, e enquanto a Nave fazia as conexões necessárias para que pudesse ler, e me mostrar, as informações da jovem tenente, como faria com qualquer membro da tripulação, as Bos de Tisarwat haviam inspecionado cada milímetro de seus pertences e chegado a uma conclusão bastante precisa sobre seu passado. Elas estavam preparadas para se sentir indignadas com a falta de conhecimento de uma bebê recém-saída do treinamento, um caso para zombaria e irritação. Mas também contavam com uma dose de simpatia e orgulho antecipado. As Bos poderiam se vangloriar de qualquer conquista futura de Tisarwat, já que, afinal, elas também seriam responsáveis por sua educação. Estavam preparadas para *pertencer* a Tisarwat. Desejavam ardentemente que ela viesse a ser o tipo de tenente que inspirava orgulho em suas subordinadas.

Eu desejava muito que minhas suspeitas não estivessem corretas.

A guarda havia sido, claro, tranquila. A médica havia saído de nossa conversa direto para o Comando, ainda irritada. As Amaats de Seivarden estavam fazendo exercícios ou tomando banho, e logo estariam dormindo, se acomodando nos lugares de costume com empurrões e ocasionais suspiros de exasperação; não havia espaço suficiente para se esticar. As Etrepas de Ekalu estavam esfregando os já impecáveis corredores e salas pelos quais eram responsáveis. A tenente Tisarwat continuaria dormindo por cerca de quatro horas.

Fui para a pequena academia de ginástica da nave, algumas Amaats ainda me seguindo como segurança pessoal. Fiz meus exercícios em ritmo pesado por uma hora. Fui, ainda com raiva, e ainda suando por conta da atividade física, para o estande de tiro.

Tratava-se de uma simulação. Ninguém queria ver balas voando em uma pequena nave, não dentro de um casco que nos protegia do vácuo. Os alvos eram imagens que a Nave projetava na parede. Você sentiria o coice e ouviria o barulho da arma, como se uma bala de verdade houvesse sido disparada, mas ela só soltaria luz. Não era tão destrutiva quanto eu gostaria, mas, naquele momento, serviria.

A Nave sabia do meu humor. Ela me bombardeou com uma rápida sucessão de alvos, e acertei todos, quase sem pensar. Recarreguei; na verdade, não havia necessidade disso, mas eu teria que recarregar se fosse uma arma de verdade, e a rotina de treinamento exigia isso. Disparei repetidas vezes, recarreguei, disparei. Não fora o suficiente. E, percebendo isso, a Nave criou alvos móveis, doze de cada vez. Estabeleci um ritmo familiar: disparar, recarregar, disparar, recarregar. Uma música invadiu meus pensamentos; para mim, sempre havia uma música. Essa em especial tinha uma narrativa longa, a história da disputa final entre Anaander

Mianaai e sua antiga amiga Naskaaia Eskur. A poeta fora executada havia mil e quinhentos anos, e sua versão da história fazia Anaander parecer a vilã e terminava com a promessa de que Naskaaia retornaria dos mortos para se vingar. A música havia sido quase completamente esquecida no espaço radchaai, pois cantá-la, até mesmo conhecê-la, poderia levar uma cidadã à reeducação. Mas ainda era ouvida em alguns lugares fora do Radch.

> *Traidora! Há muito tempo prometemos*
> *Trocar igualdades, presente por presente.*
> *Ouça essa maldição: aquilo que você destruir destruirá você.*

Disparar, recarregar. Disparar, recarregar. Sem dúvida, parte dessa música, ou de qualquer outra similar, continha um pingo de realidade. Sem dúvida, o próprio acontecimento fora mundano, não tão poético ou dramático como pintado pelos tons místicos e proféticos. Ainda assim, era gratificante cantá-la.

Cheguei ao final, baixei minha arma. Sem que eu pedisse, a Nave me mostrou o que estava atrás de mim: três Etrepas amontoadas na porta do estande de tiro, olhando assustadas. Seivarden, a caminho de seus aposentos, parada atrás delas. Ela não era capaz de saber meu humor tão bem quando a Nave, mas ela sabia o suficiente para ficar preocupada.

"Noventa e sete por cento", disse a Nave em meu ouvido. Não era necessário.

Respirei fundo. Coloquei a arma de volta em seu lugar. Virei-me. A expressão de perplexidade das três Etrepas mudou rapidamente para uma de neutralidade, como a das ancilares. Elas voltaram para o corredor. Passei por elas, peguei o corredor em direção aos banheiros. Ouvi uma Etrepa dizer:

– Caralho! Então *isso* é uma Missão Especial?

Vi o pânico em suas colegas (sua última capitã tinha regras severas sobre palavrões). Ouvi Seivarden, com uma jovialidade superficial, dizer:

– A capitã de frota *realmente é* foda.

A vulgaridade, combinada com o sotaque arcaico e elegante de Seivarden, fez com que as Etrepas rissem, aliviadas, mas ainda desconfortáveis.

A *Misericórdia de Kalr* não me perguntou por que eu estava irritada. Não me perguntou o que estava acontecendo. Aquilo indicava que minhas suspeitas estavam corretas. Desejei, pela primeira vez em dois mil anos de vida, ser do tipo que falava palavrão.

3

Pedi que a tenente Tisarwat fosse acordada três horas antes do horário normal e ordenei que me encontrasse imediatamente. Ela acordou assustada, o coração disparado, mesmo com os medicamentos que a médica havia receitado. Demorou alguns segundos para que entendesse o que a Nave estava falando diretamente em seu ouvido. Tisarwat passou os vinte segundos seguintes respirando devagar e com cuidado. Estava se sentindo levemente enjoada.

Quando chegou aos meus aposentos, ainda estava agitada. A gola de sua farda um pouco torta, nenhuma das Bos estava acordada para ajudá-la, e ela havia se vestido em uma excitação nervosa, derrubando coisas, atrapalhando-se com procedimentos simples. Encontrei-a de pé, e, como não ordenei que Kalr Cinco nos deixasse a sós, ela ficou por perto, ostensivamente ocupada, mas com a esperança de ver ou escutar alguma coisa interessante.

– Tenente Tisarwat – chamei com rispidez e raiva –, o trabalho de sua década tem sido insatisfatório nos últimos dois dias.

Indignação, raiva, humilhação. Ela já havia se apresentado em posição de sentido, mas eu vi suas costas e seus ombros ficarem ainda mais eretos, e sua cabeça subir alguns milímetros. Mas a tenente foi prudente o bastante para não responder. Continuei:

– Você deve saber que a Nave não é capaz de ver algumas partes de seu próprio corpo. Costumava confiar em ancilares para esse trabalho. Mas a Nave não tem mais ancilares.

A limpeza e manutenção desses locais é de *sua* responsabilidade. E a década Bo tem faltado com o trabalho. Por exemplo, os pinos das dobradiças da câmara de vácuo não são limpos há tempos. – Eu sabia por experiência própria, quando minha vida e a vida de todas no palácio de Omaugh na semana anterior dependera, entre outras coisas, de quanto tempo eu levaria para desmontar a câmera de vácuo da *Misericórdia de Kalr*. – Também existe um lugar, embaixo dos ralos dos banheiros, que você só consegue enxergar se colocar a cabeça dentro da abertura. – Aquela seria uma situação nojenta, na melhor das hipóteses. Pior ainda quando não havia uma limpeza regular. – A *Misericórdia de Kalr* irá lhe passar uma lista. Espero que tudo esteja em ordem quando eu voltar a examinar amanhã, nesse mesmo horário.

– Amanhã, senhora? – A voz da tenente Tisarwat parecia um pouco fora de tom.

– Nesse mesmo horário amanhã, tenente. E nem você nem sua década podem faltar aos horários de ginástica e prática de tiro. Dispensada.

Ela fez uma reverência e foi embora, insatisfeita e com raiva. Assim como suas Bos ficariam quando descobrissem a quantidade de trabalho que eu havia dado a elas.

Era verdade que eu tinha poder quase absoluto sob todas as pessoas na nave, ainda mais no isolamento do espaço de portal. Mas também era verdade que eu seria extremamente idiota se hostilizasse minhas oficiais. E muito idiota também se desagradasse tão ostensivamente as soldadas sem uma boa razão. A década Bo não ficaria satisfeita com o tratamento que dispensei à tenente Tisarwat, ainda mais quando implicava uma inconveniência também para elas. Mais ainda porque a tenente Tisarwat era a tenente *delas*.

Eu queria isso. Estava forçando a barra de propósito. Mas era preciso saber forçar na medida certa. Se forçasse demais, muito rápido, os resultados não seriam o que eu queria, podendo até ser desastrosos. Se forçasse pouco, e demorasse muito, ficaria sem tempo e não alcançaria os resultados desejados. E eu precisava de resultados específicos. Amaat, Etrepa, minhas próprias Kalrs entendiam a posição de Bo. E se eu fosse severa com Bo, já que era isso que significava ser severa com a tenente de Bo, deveria ser por uma razão que as outras décadas pudessem entender. Não queria que ninguém na *Misericórdia de Kalr* pensasse que eu estava sendo dura com elas sem motivo, por capricho, ou que, não importava o que fizessem, eu continuaria fazendo da vida delas um inferno. Já havia visto capitãs que gerenciavam suas tropas assim. Nunca havia sido um bom negócio.

Mas eu não podia explicar minhas razões para elas, não agora, e esperava que nunca pudesse. Nunca tivesse que explicar. Mas, desde o princípio, eu desejara nunca chegar àquela situação para começo de conversa.

Na manhã seguinte, convidei Seivarden para o café da manhã. Meu café da manhã era o jantar dela. Também deveria ter convidado a médica, que fazia suas refeições no mesmo horário, mas pensei que ela ficaria mais feliz comendo sozinha do que em minha companhia.

Seivarden estava sendo cuidadosa. Eu via que ela queria dizer alguma coisa, mas não sabia se isso seria prudente. Ou seja, talvez não soubesse como dizer o que queria de forma prudente. Ela comeu três porções de peixe e disse, em tom de brincadeira:

– Não sabia que eu era compatível com o bom jogo de jantar.

Ela se referia aos delicados pratos de porcelana, pintados em tons de violeta e verde-água. E às tigelas cor-de-rosa. Cinco sabia que minha refeição na companhia de Seivarden não requeria esse nível de formalidade, mas ainda assim ela não conseguira deixar esse jogo de jantar de lado e trazer o esmaltado.

– *Segundo* melhor – eu disse. – Desculpe, eu mesma ainda não vi o melhor jogo.

Cinco, que fingia limpar um utensílio já limpo no canto do aposento, demonstrou uma centelha de orgulho e felicidade ao pensar no melhor jogo de jantar.

– Me disseram que eu precisava de bons jogos de jantar, então pedi que a Senhora do Radch me enviasse algo compatível.

Ela levantou a sobrancelha; sabia que Anaander Mianaai não era um assunto neutro para mim.

– Estou surpresa por a Senhora do Radch não ter vindo conosco. Apesar... – Seivarden olhou de relance para Cinco.

Sem que eu falasse, apenas percebendo meu desejo, a Nave sugeriu que Kalr Cinco saísse da sala. Quando ficamos sozinhas, Seivarden continuou:

– Ela tem acesso e pode obrigar a Nave a fazer o que ela quiser. Ela pode obrigar *você* a fazer o que ela quiser, não é?

Assunto delicado. Mas não havia meios de Seivarden saber disso. Por um momento, vi a tenente Tisarwat, ainda nervosa e enjoada, e agora também exausta (ela não dormira desde que eu havia ordenado que acordasse, havia cerca de vinte horas), deitada no chão do banheiro, a grade afastada, com a cabeça enfiada por baixo do piso, um lugar que a Nave não podia ver. Uma Bo igualmente nervosa e cansada estava atrás dela, esperando pelo veredito.

– Não é tão simples – respondi, voltando minha atenção a Seivarden. Forcei-me a comer um pouco e a beber um gole de chá. – Certamente ainda existe algum acesso, algo que restou de antigamente. – De quando eu havia sido uma nave. Parte da década Esk da *Justiça de Toren*. – Mas só a voz da própria tirana é capaz de acessar esse caminho. E, sim, ela poderia ter usado isso antes que eu saísse do palácio. Ela me informou do fato, você deve lembrar, e afirmou que não queria fazer isso.

– Talvez ela tenha usado e ordenado que você não se lembrasse.

Eu já havia considerado e descartado essa possibilidade. Fiz um gesto *negativo* e continuei:

– Existe um ponto-limite em que o acesso é quebrado.

Seivarden concordou. Quando eu a conhecera, uma jovem tenente de dezessete anos, ela não acreditava que IAs de naves tivessem sentimentos, não um sentimento de verdade. E, como muitas radchaai, pressupôs que raciocínio e sentimento fossem coisas separadas. Que as inteligências artificiais que comandavam as estações e as naves militares fossem completamente desprovidas de emoções. Mecânicas. Histórias antigas, dramatizações de acontecimentos anteriores ao reinado de Anaander Mianaai, relatos de naves soterradas pelo desespero e pelo luto ocasionados pela morte de sua capitã eram coisas do passado. A Senhora do Radch havia melhorado o *design* das IA, removido essa falha.

Seivarden aprendera, há pouco tempo, que isso não era completamente verdade.

– Em Athoek – supôs ela –, com a irmã da tenente Awn, você estava perto desse ponto-limite.

Era mais complicado do que isso. Mas mesmo assim...

– Basicamente isso.

– Breq – disse Seivarden. Talvez para sinalizar que sua vontade de confirmar se estava falando com a parte Breq de mim, e não com a parte capitã de frota. – Tem uma coisa que não consigo entender. A Senhora do Radch disse, aquele dia, que não podia simplesmente fabricar IAs que sempre a obedecessem, porque a mente delas é muito complexa.

– Exato.

Ela havia dito isso enquanto outros assuntos, mais urgentes, estavam sendo discutidos. Por isso, não ocorreu uma discussão sobre o fato.

– Mas as Naves amam pessoas. Quero dizer, algumas pessoas. – Por algum motivo, dizer isso a deixava nervosa, despertando nela uma pontada de apreensão. Para disfarçar, ela pegou sua tigela de chá e bebeu. Depois, com cuidado, tornou a repousá-la sob a mesa. – E esse é o ponto-limite, certo? Digo, pode ser esse. Então, por que não fazer com que todas as naves amem a *própria* Senhora do Radch?

– Porque esse seria um ponto-limite em potencial. – Ela me encarou, confusa, franzindo o cenho. – Você ama ao acaso? – Como assim? – Seivarden piscou, espantada.

– Você ama ao acaso? Como se colocasse a mão em um saco e qualquer coisa que puxasse você decidiria amar? Ou existe algo específico em algumas pessoas que faz com que você consiga sentir amor?

– Eu... acho que entendo. – Ela apoiou o prato na mesa, com um pedaço intocado de peixe. – Acho que entendo o que você quer dizer. Mas não sei o que isso tem a ver com...

– Se existe alguma coisa que faz com que você ame uma pessoa, o que acontece se isso mudar? Se ela deixar de ser quem é?

– Eu acho – disse ela, devagar e com cuidado – que um amor verdadeiro não acabaria, não importa o motivo. – "Amor verdadeiro", para uma radchaai, não era somente o amor romântico de um casal. Não era somente entre genitoras e filhas. "Amor verdadeiro" poderia existir entre patrona e cliente. Idealmente existiria. Inexplicavelmente constrangida, Seivarden continuou: – Então, imagine se suas genitoras deixassem de amar você. – Novamente, testa franzida. Novamente uma centelha de apreensão. – Você seria capaz de parar de amar a tenente Awn?

– Se – respondi depois de uma mordida deliberada do meu café da manhã – ela se transformasse em uma pessoa diferente da que era... – Seivarden ainda não compreendera. – Quem é Anaander Mianaai?

Agora ela compreendera, pois pude perceber o sentimento de desconforto que sentiu ao responder.

– Nem ela sabe, não é? Ela pode ser duas pessoas. Ou mais.

– E, no curso de três mil anos, Mianaai será ainda mais diferente. Qualquer pessoa, que não está morta, muda. Quanto uma pessoa pode mudar e ainda continuar a ser ela mesma? E como ela poderia prever quanto mudaria em milhões de anos? É muito mais fácil utilizar outra coisa. Dever, digamos. Lealdade a um ideal.

– Justiça – disse Seivarden, sabendo que aquele um dia fora meu nome e vendo a ironia em sua fala. – Adequação. Benefício.

A última, benefício, era a mais evasiva.

– Qualquer uma delas serve – concordei. – E depois só ficar de olho nas favoritas de cada nave para não provocar nenhum conflito. Ou você pode usar esses relacionamentos a seu favor.

– Entendo – disse Seivarden. E permaneceu em silêncio pelo restante do jantar.

Só quando a comida já havia acabado, e Kalr Cinco removera os pratos, trouxera mais chá e nos deixara a sós novamente, que Seivarden voltou a falar.

Ela começou com um "Senhora", que significava que o assunto seguinte seria oficial. Eu sabia o que seria. As soldadas das décadas Amaat e Etrepa já haviam visto a década Bo, bem depois do horário de dormir, esfregando desesperadamente, desmantelando pedaços de maquinário, levantando grades, e olhando cada milímetro, cada fresta e cada abertura que ficava no espaço da nave pelo qual eram responsáveis. Quando a tenente Ekalu substituiu Seivarden na patrulha, ela parou por um momento e arriscou algumas palavras. "Não quero ofender... Mas talvez você deva mencionar à senhora..." Seivarden ficara confusa, um pouco por conta do sotaque da tenente Ekalu, mas também pelo uso de "senhora" em vez de "capitã de frota", um resquício dos dias de Ekalu como Amaat Uma, o hábito de não falar algo que pudesse atrair a atenção da capitã. Mas, principalmente, pela suspeita de que ela poderia se sentir ofendida. Ekalu estava constrangida demais para se explicar.

– Você acha que talvez – continuou Seivarden para mim, sem dúvida sabendo que eu poderia ter ouvido a breve conversa com Ekalu no Comando – esteja sendo um pouco dura com Tisarwat? – Fiquei em silêncio e ela percebeu, sem dúvidas, que eu não estava de bom humor, que esse assunto, por algum motivo, não era seguro. Seivarden respirou profundamente e inclinou o corpo para a frente. – Você tem estado furiosa nos útimos tempos.

– Nos últimos tempos? – Levantei a sobrancelha enquanto respondia. Minha tigela de chá permanecia intocada a minha frente.

Ela mexeu um pouco com sua tigela e concordou.

– Você ficou um pouco melhor por alguns dias. Não sei, talvez porque estivesse machucada. Mas agora você está furiosa de novo. E acho que sei o motivo, e não posso dizer que você esteja errada, mas...

– Você acha que estou descontando na tenente Tisarwat.

– Alguém que eu não queria ver na minha frente. Eu não olharia para ela. Duas de suas Bos estavam inspecionando com muita atenção todos os detalhes da parte da nave de transporte pela qual eram responsáveis. Uma de duas que faziam parte da nave. Eu havia destruído a terceira na semana anterior. De vez em quando, as Bos comentavam sobre o tratamento injusto que eu estava dispensando a elas, e como isso estava sendo difícil para a tenente.

– *Você* conhece todos os lugares que uma soldada pode negligenciar, mas não é a mesma coisa para Tisarwat.

– Mesmo assim, ela é responsável pela década dela.

– Você poderia ter me repreendido também – observou Seivarden. Ela tomou um gole de chá. – Eu mesma deveria saber, e não sabia. Minha ancilares sempre resolvem essas coisas sem que eu peça. Porque elas sabem que devem fazer isso. Pelas tetas de Aatr! *Ekalu* deveria saber, mais do que qualquer uma de nós, onde a tripulação costuma fazer vista grossa. Olhe, não estou falando mal dela. Mas qualquer uma de nós merecia uma chamada de atenção. Por que você falou com Tisarwat e não comigo ou com Ekalu? – Eu não queria explicar isso a ela, então não disse nada, só peguei meu chá e tomei um gole. Seivarden continuou: – Eu admito... ela está se mostrando um ser desagradável, toda estranha, sem saber o que fazer com o próprio corpo. É fresca para comer, fica separando ingredientes da comida. E desajeitada. Ela derrubou três tigelas da sala de década, quebrou duas. E é tão... *temperamental*. Estou só esperando ela começar a reclamar que ninguém aqui a entende. O que a Senhora do Radch estava pensando? Tisarwat era a única disponível?

– Provavelmente. – Pensar nisso só me fazia ficar ainda mais irritada. – Você se lembra de quando era tão jovem assim?

Ela pôs a tigela de chá na mesa, horrorizada.

– Por favor, não me diga que eu era *desse jeito*.

– Não, não desse jeito. Você era estranha e irritante de outras formas.

Ela bufou, bem-humorada e desapontada ao mesmo tempo.

– Ainda assim... – Seivarden ficou séria. Subitamente nervosa, ela havia chegado ao que queria dizer desde o princípio, algo ainda mais intimidador do que me acusar de tratar a tenente Tisarwat injustamente. – Breq, a tripulação toda acha que estou tendo um caso com você.

– Sim. – Eu já sabia disso, é claro. – Mas não sei muito bem o motivo disso. Cinco sabe muito bem que você nunca dormiu comigo.

– Bem. Comentaram que eu tenho sido relapsa em minhas... minhas funções. Era muito compreensível que eu desse tempo para você se recuperar de seus ferimentos, mas já passou da hora de eu... tentar aliviar o que quer que esteja incomodando você. E talvez elas tenham razão. – Ela tomou outro gole de chá. – Você está *olhando* para mim. Isso nunca termina bem.

– Sinto muito por deixá-la constrangida.

– Não, não estou constrangida – Seivarden mentiu. E então continuou, mais sinceramente. – Bem, não estou constrangida que todas pensem isso. Mas mencionar dessa forma. Breq, você me achou há, o quê, um ano? E por todo esse tempo você nunca tentou... e, digo, quando você estava... – Ela parou. *Está com medo de dizer a coisa errada*, pensei. A pele dela era muito escura para deixar transparecer qualquer rubor, mas eu podia ver que a sua temperatura aumentara. – Quer dizer, eu sei que você era uma ancilar. É uma ancilar. E naves não... Quero dizer, eu sei que ancilares podem...

– Ancilares podem – concordei. – Como você sabe por experiência própria.

– Eu sei – ela respondeu. Realmente envergonhada agora. – Mas eu acho que nunca pensei que uma ancilar fosse efetivamente *querer* isso.

Deixei que a frase ecoasse por um momento, para que ela pensasse naquilo. E então falei:

– Ancilares têm corpos humanos, mas elas também são partes da nave. O que as ancilares sentem, a nave sente. Porque elas são uma só. Bem, corpos diferentes são diferentes. As coisas podem ter sabor ou sensações diferentes, elas não desejam sempre as mesmas coisas, mas no geral, normalmente, sim, é uma coisa em que eu presto atenção, para os corpos que requerem isso. Não gosto de me sentir desconfortável, ninguém gosta. Fiz o que era preciso para que minhas ancilares se sentissem confortáveis.

– Acho que nunca percebi.

– E não era mesmo para você perceber. – Melhor acabar logo com isso. – De qualquer forma, naves geralmente não querem parceiras. Elas fazem esse tipo de coisa entre elas. Naves com ancilares, é claro. – Meus gestos indicavam que a conclusão era óbvia, não seria necessário explicitar. Não disse que naves não procuram parceiras para algum tipo de romance. Procuram capitãs, tenentes, mas não amantes.

– Bem – disse Seivarden depois de um tempo –, mas você não tem outros corpos para fazer isso, não mais. – Ela parou, tomada por um pensamento. – Como era? Com mais de um corpo?

Eu não ia perder tempo respondendo isso.

– Estou um pouco surpresa de você não ter pensado nisso antes. – Mas só um pouco. Eu conhecia Seivarden o suficiente para saber que não ela gastaria o próprio tempo refletindo em como sua nave pensava ou no que sentia. E ela nunca fora uma daquelas oficiais com fixação inconveniente sobre ancilares e sexo.

– Então, quando acabaram com as ancilares – continuou Seivarden depois de alguns momentos –, deve ter sido como ter partes do seu próprio corpo retiradas. E nunca substituídas.

Eu poderia ter dito: "Pergunte à Nave". Mas a Nave provavelmente não responderia.

– Disseram-me que foi mais ou menos assim – respondi, com uma voz monocórdica.

– Breq, quando eu era tenente, antes disso... – Há mil anos, ela quis dizer, quando ela fora uma tenente da *Justiça de Toren*, sob meus cuidados. – Eu só pensava em mim ou prestei atenção em mais alguma coisa?

Pensei por um momento em toda a gama de respostas que poderia dar, algumas menos diplomáticas do que outras, e disse:

– De vez em quando...

Sem que eu pedisse, a *Misericórdia de Kalr* me mostrou o refeitório das soldadas, com as Amaats de Seivarden limpando o recinto após o jantar. Amaat Uma disse:

– São ordens, cidadãs. A tenente disse.

Algumas Amaats grunhiram.

– Vou ficar com isso na cabeça a noite toda – reclamou outra Amaat.

Em meus aposentos, Seivarden insistiu:

– Espero estar me saindo melhor agora.

No refeitório, Amaat Uma abriu a boca para cantar, sem pressão, um pouco fora do tom *Tudo gira...* As outras a seguiram, sem muita vontade ou entusiasmo. Um pouco constrangidas. *...tudo gira. O planeta gira em torno do Sol, tudo gira.*

– Sim – eu disse a Seivarden. – Um *pouco* melhor.

A década Bo havia se saído bem em seu trabalho. No refeitório, todas estavam em fila, posição de sentido, sem mexer um músculo, as golas e os punhos dos uniformes impecáveis, até mesmo a tenente Tisarwat parecia imperturbável. O que ela sentia era diferente; ainda existia aquela centelha de tensão, um leve enjoo, que se mantivera constante desde a manhã, e ela não havia dormido depois que eu a acordara no dia anterior. As Bos da tenente Tisarwat emanavam uma aura de ressentimento e um orgulho desafiador; afinal, elas haviam conseguido fazer muita coisa naquele dia, de forma muita satisfatória, considerando as circunstâncias. Elas mereciam que eu demonstrasse minha satisfação, esperavam que eu fizesse isso, todas estavam certas daquilo, e também haviam se preparado para o sentimento de injustiça caso eu não reconhecesse o esforço.

Elas mereciam se sentir orgulhosas. A tenente Tisarwat, pelo andar das coisas, não merecia.

– Muito bem, década Bo – elogiei, e fui recompensada com um suspiro de exaustão, orgulho e alívio vindo de cada soldada presente. – Trabalhem para que as coisas permaneçam assim. – Então, com rispidez, eu disse: – Tenente, comigo.

Dei meia-volta, saí do refeitório e andei até meus aposentos. Em silêncio, comuniquei à Nave "Diga a Kalr que quero privacidade", sem pensar no motivo, para não ficar nervosa de novo. Ou ainda mais nervosa. Até o desejo de executar qualquer movimento enviaria impulsos para os músculos, minúsculos movimentos que a Nave poderia ver. Que *eu* poderia ver, quando a Nave me mostrava. Teoricamente, ninguém mais na *Misericórdia de Kalr* poderia receber as informações que eu recebia. Teoricamente. Mas eu não pensaria nisso. Entrei em meus aposentos, a porta se abriu sem que eu ordenasse. As Kalrs que trabalhavam lá fizeram uma reverência e saíram, se espremendo para passar pela tenente Tisarwat, que estava parada na porta.

– Entre, tenente – convidei, com a voz calma. Sem afetação. Eu estava brava, sim, mas eu sempre estava brava, aquilo era normal. Nada que alarmasse alguém que estivesse vendo. A tenente Tisarwat entrou no quarto.

– Você chegou a dormir? – perguntei.

– Um pouco, senhora. – Surpresa. Ela estava muito cansada para pensar com clareza. E ainda se sentia enjoada e infeliz. Os níveis de adrenalina ainda estavam mais altos do que o normal. Bom.

Mas também não era bom. Nem um pouco bom. Horrível.

– Comeu bem?

– Eu não... – Ela piscou. Teve de pensar para responder. – Eu não tive muito tempo, senhora. – Ela soltou o ar, com um pouco mais de facilidade do que segundos antes. Os músculos do ombro relaxaram, só um pouco.

Sem pensar no que estava fazendo, avancei em direção à tenente Tisarwat o mais rápido que pude, o que era muito rápido. Peguei-a pela gola do uniforme e empurrei-a de uma só vez para trás, contra a parede verde e roxa a cerca de um metro de distância. Segurei-a naquela posição, com as costas contra a parede e inclinada para trás por causa do banco aos seus pés.

Vi o que estava procurando. Só por um momento. Durante um breve instante, o costumeiro descontentamento da tenente Tisarwat se transformara em um horror extremo e arrasador. Os níveis de adrenalina e cortisol subiram de forma impensável. E então vi na cabeça dela um leve *flash*, quase um fantasma, de implantes que não deveriam existir, que não estavam ali segundos antes.

Implantes de uma *ancilar*. Bati a cabeça dela contra a parede de novo. Ela gemeu, e eu pude ver mais uma vez o terror repugnante, os implantes que nenhuma humana deveria ter em seu cérebro, mas depois eles desapareceram.

– Saia dos sistemas da *Misericórdia de Kalr*, ou eu mato você com minhas próprias mãos.

– Você não faria isso – disse a tenente, sufocando.

Isso me alertou que ela não estava em seu juízo perfeito. Se estivesse, Anaander Mianaai jamais teria duvidado, nem por um segundo, do que eu era capaz de fazer. Apertei-a com mais força. Ela começou a deslizar pela parede, em direção ao banco, mas a segurei pelo pescoço e pressionei sua traqueia. Dez segundos, mais ou menos, para que ela fizesse o que eu mandei, ou iria morrer.

– Saia dos sistemas da minha nave. – Minha voz estava calma. Regular.

As informações que vinham dela piscaram novamente, claros implantes de ancilar, sua própria náusea e terror, fortes o suficiente para quase me fazer sentir empatia. Soltei-a, me aprumei e observei enquanto ela caía no banco duro, tossindo e procurando ar, depois engasgando, vomitando, tentando não devolver a pouca coisa que havia em seu estômago.

– Nave – chamei.

– Ela cancelou todas as ordens – respondeu *Misericórdia de Kalr*, diretamente em meu ouvido. – Desculpe, capitã.

– Você não poderia ter evitado.

Todas as naves militares radchaai eram construídas para que Anaander Mianaai tivesse total acesso a elas. A *Misericórdia de Kalr* não era exceção. Tive sorte, pois a Nave não parecia particularmente entusiasmada em seguir as ordens da Senhora do Radch, não havia se esforçado para encobertar os pequenos erros e escorregadelas. Se a Nave quisesse ajudar Anaander Miannai, e não a mim, certamente teria conseguido.

– Anaander Mianaai, Senhora do Radch – falei para a jovem tenente que tremia fortemente no banco a minha frente –, você achou que eu não descobriria?

– Sempre existe um risco – sussurrou ela, depois limpou a boca com a manga da camisa.

– Mas acontece que você não está acostumada a correr riscos sem ter décadas, ou mesmo séculos, para se preparar.

– Deixei de lado qualquer expressão pretensamente humana e falei em minha voz de ancilar, sem entonação alguma. – Todas as suas partes são suas desde que nasceram. Provavelmente, até antes disso. Você nunca foi uma pessoa que, de repente, tivesse tecnologia ancilar enfiada em seu cérebro. Não é gostoso, não é mesmo?

– Eu sempre soube que não. – Agora ela conseguia controlar melhor a respiração e havia parado de vomitar. Mas falava em um suspiro rouco.

– Você *sabia* que não. E achou que teria acesso a remédios que a ajudariam até se acostumar... Você mesma poderia tirá-los da clínica médica e fazer com que a *Misericórdia de Kalr* cobrisse seus rastros.

– Você foi mais esperta do que eu – disse ela, ainda se sentindo mal, ainda olhando para o banco que agora estava imundo. – Admito.

– Você é que não foi esperta o suficiente. Não está com o conjunto-padrão de implantes ancilares. – Por mais de centenas de anos havia sido ilegal fabricar ancilares, sem contar os corpos que já estavam estocados para esse fim, e quase todos eles estavam nos porta-tropas (que não haviam estado nem perto do palácio de Omaugh). – Você teve de modificar o equipamento que está usando. E mexer com o cérebro humano é muito complicado. Você não enfrentaria problemas se fosse um dos seus, você conhece *aquele* cérebro de trás para a frente, não teria problemas com um de seus corpos. Mas não podia ser um deles, essa era a *questão*, você não possui mais corpos extras hoje em dia e, além disso, eu teria jogado você para fora, para o vácuo, assim que saímos do ancoradouro. Então você precisava do corpo de *outra pessoa*. Mas a tecnologia que você usa é feita para o *seu próprio* cérebro.

E você tinha uma semana, se isso, então não deu tempo de testar nada. Como foi, você pegou a jovem, enfiou o hardware nela e a jogou nas docas? – Tisarwat não havia comparecido ao chá marcado com a prima de sua mãe naquele dia nem respondera às mensagens. – Mesmo com o hardware certo, e com uma médica que saiba o que está fazendo, não funciona sempre. Com certeza, você sabia disso.

Ela sabia, claro.

– E o que fará agora?

Ignorei a pergunta e continuei:

– Você achou que poderia ordenar que a *Misericórdia de Kalr* me passasse informações falsas, e a médica também, para encobri-la. Você precisa dos remédios para funcionar adequadamente, isso ficou óbvio no momento em que o hardware foi inserido, mas você não podia trazê-los a bordo, pois Bo teria descoberto imediatamente e eu teria me perguntado o motivo de você precisar desse medicamento. – E, então, quando a tenente não teve mais acesso, seu desespero ganhou tamanha intensidade que ela não conseguiu escondê-lo por completo; a única coisa que pôde fazer foi ordenar que a Nave fizesse com que tudo parecesse menos grave do que era. – Mas eu já sabia tudo o que você era capaz de fazer para alcançar seus objetivos e, enquanto me recuperava de meus ferimentos, passei dias deitada em meus aposentos imaginando o que você faria. – E o que eu poderia fazer para contornar o que quer que fosse, sem ser notada. – Eu *nunca* acreditei que você me daria uma nave e me deixaria viajar sem supervisão.

– *Você* conseguiu fazer isso sem remédios. Nunca precisou deles.

Fui até o banco que me servia de cama, puxei os lençóis, abri o compartimento que existia abaixo. Dentro dele, estava a caixa que qualquer olho humano podia ver, mas que nenhuma nave ou estação conseguiria, a não ser que tivessem olhos de ancilares. Abri a caixa e peguei os remédios que tirara da enfermaria, dias antes da última conversa com Anaander

Mianaai no palácio de Omaugh, antes de conhecer a tenente Tisarwat no escritório da inspetora-geral Skaaiat, e antes mesmo de saber que ela existia.

– Vamos para a enfermaria. – E, silenciosamente, informei a *Misericórdia de Kalr*: "Envie duas Kalrs".

As minhas palavras e os remédios que tinha nas mãos fizeram com que a esperança explodisse em Anaander Mianaai, antiga tenente Tisarwat, junto com um desejo esmagador de se livrar de seu sofrimento. Lágrimas escorreram de seus ridículos olhos cor de lilás, e ela deixou escapar uma pequena lamúria, que foi logo controlada.

– Como você suportou isso? Como você sobreviveu?

Não tinha motivo para responder. Era menos uma pergunta e mais uma surpresa, ela não se importava com a resposta.

– Levante-se.

A porta se abriu e duas Kalrs entraram, surpresas e consternadas em ver a tenente Tisarwat maltratada e acabada no banco, bile escorrendo pela manga de seu uniforme.

Andamos até a enfermaria, uma pequena procissão deplorável, Tisarwat (que não era Tisarwat) se apoiando em uma Kalr e seguida pela outra. A médica permaneceu imóvel enquanto observava nossa entrada. Chocada em ter visto, por meio de seus implantes médicos, o que estava na mente da tenente no momento em que a Nave havia parado de interferir com seus dados. Ela se virou para mim, pois queria dizer algo.

– Espere – eu disse, secamente. E então, depois de as Kalrs ajudarem Tisarwat (que não era Tisarwat) a chegar até a maca, eu as dispensei.

Antes que a médica pudesse falar qualquer coisa, antes que Anaander pudesse perceber e reclamar, acionei as correntes de contenção da maca. Ela estava surpresa, porém muito mal para perceber de imediato o que aquilo significava.

– Médica – chamei –, você consegue ver que a tenente Tisarwat possui alguns implantes proibidos. – A médica estava horrorizada demais para responder. – Retire todos.

– Não, não faça isso! – Anaander Mianaai tentou gritar, mas não conseguiu, sua fala soou abafada.

– Quem *fez isso*? – perguntou a médica. Pude perceber que ela ainda tentava achar uma lógica para tudo aquilo.

– Isso importa? – Ela já sabia a resposta, se pensasse bem. Só uma pessoa *poderia* ter feito isso. Só uma pessoa teria feito.

– Médica – chamou Tisarwat, quando percebeu que não seria possível libertar-se das amarras. A voz dela ainda saía abafada. – Sou Anaander Mianaai, Senhora do Radch. Prenda a capitã da frota, me solte e ministre os remédios de que eu preciso.

– Você está indo longe demais, tenente – respondi, antes de virar-me para a médica. – Eu dei uma ordem, doutora.

Isoladas como estávamos no espaço do portal, minha palavra era lei. Não importava quais fossem minhas ordens, quão ilegais ou injustas. Uma capitã poderia enfrentar um julgamento por algumas ordens; mas a tripulação com certeza seria executada se desobedecesse qualquer um desses comandos. Era algo que toda soldada radchaai sabia, mas raramente via ser demonstrado. Nenhuma tripulante da *Misericórdia de Kalr* poderia esquecer. Nyseme Ptem, nome que era mencionado todos os dias na nave sob minhas ordens, fora uma soldada e morrera por ter se recusado a seguir as ordens para matar pessoas inocentes. Ninguém que estivesse na *Misericórdia de Kalr* conseguiria esquecê-la, ou o motivo de sua morte. Ou ainda que eu escolhi proferir o nome dela diariamente, mesmo que ela estivesse morta para sua família, para esta nave. Não era possível que a médica tivesse deixado de notar esse fato.

Eu percebi aflição e indecisão. Tisarwat estava sofrendo, era nítido, e se havia algo que deixava a médica muito nervosa, era um sofrimento que ela não podia aliviar. Minha ordem parecia encurralar a médica, com a ameaça de execução sob sua cabeça, mas também abria o caminho para que ela fizesse o que era preciso, e ela logo perceberia isso.

– Médica! – exclamou Tisarwat roucamente, ainda lutando contra as amarras.

Pousei uma de minhas mãos, cobertas em luvas pretas, na garganta da tenente. Sem pressionar, só como um aviso.

– Médica – eu disse com calma –, não importa quem ela seja, não importa quem diz ser, desde o início a colocação foi ilegal e extremamente injusta. E ela falhou. Já vi isso antes, eu mesma já passei por isso. Não vai melhorar com o tempo. Ela terá muita sorte se não piorar. Os remédios podem fazer com que ela se sinta temporariamente melhor, mas não solucionarão o problema. Só existe uma coisa que *pode acabar* com isso. – Duas coisas. Mas, de alguma forma, as duas eram iguais, ao menos no que dizia respeito àquele fragmento de Anaander Mianaai.

Indecisa, a médica analisou as duas opções igualmente ruins, e decidiu que a única coisa que poderia surtir algum efeito seria aquela que faria sua paciente se sentir um pouco melhor. Percebi na hora quando ela escolheu.

– Eu nunca... Capitã, eu não tenho nenhuma experiência nisso. – Ela tentava não deixar que a voz tremesse. Nunca havia lidado com ancilares, e eu fora a primeira a passar por sua unidade médica. A nave a havia instruído sobre como me tratar.

E eu não era o padrão.

– Poucas médicas têm. Colocar ancilares para funcionar é rotineiro, mas não consigo pensar em alguém que tivesse que *as tirar* de funcionamento. Não alguém que se importasse com a condição do corpo após o procedimento. Mas tenho certeza de que você irá conseguir. A Nave sabe o que fazer. – A Nave estava dizendo a mesma coisa para ela agora. – E eu vou ajudar.

A médica olhou para a tenente Tisarwat, não, Anaander Mianaai, presa na maca com os olhos fechados, não mais lutando contra as amarras. Depois olhou para mim.

– Sedação – começou ela.

– Ah, não! Ela precisa estar acordada para isso. Mas não se preocupe, eu danifiquei bastante a garganta dela agora há pouco. Ela não vai conseguir gritar muito.

Quando terminamos, com Tisarwat ainda inconsciente, por conta da quantidade de sedativos que era seguro administrar, a médica estava tremendo, e não só de exaustão. Nós duas havíamos perdido o almoço e o jantar, enquanto Bos cansadas e ansiosas circulavam pela entrada da enfermaria com pretextos cada vez mais estúpidos. A Nave se recusara a dizer a qualquer pessoa o que estava acontecendo.

– Ela irá voltar? – perguntou a médica, tremendo de pé enquanto eu limpava e guardava os instrumentos. – Tisarwat, eu digo, ela irá voltar a ser Tisarwat?

– Não. – Fechei a caixa e guardei na gaveta. – Tisarwat morreu no momento em que os implantes foram colocados. – *Plural*. Anaander Mianaai deve ter feito isso sozinha.

– Tisarwat é uma *criança*. De dezessete anos! Como alguém pôde... – O pensamento da médica se perdeu. Ela balançou a cabeça, ainda sem acreditar, mesmo depois de horas de cirurgia, mesmo depois de ter visto com os próprios olhos.

– Eu tinha a mesma idade quando passei pelo procedimento. – Não exatamente *eu*, mas este corpo, o último que me restara. – Um pouco mais jovem. – Não completei dizendo que a minha médica não havia reagido da mesma forma comigo. Era diferente quando se tratava de uma cidadã e quando se tratava de uma não civilizada, uma inimiga conquistada.

A médica não percebeu a diferença, ou se sentiu desgastada demais para responder.

– Quem é ela agora?

– Boa pergunta. – Guardei os últimos instrumentos. – Tisarwat terá de escolher.

– E se você não gostar da decisão dela? – Astuta, a médica era astuta. Era preferível tê-la no meu time a tê-la como inimiga.

– Isso – respondi, enquanto fazia um leve gesto com a mão que imitava o jogar dos presságios do dia – será como Amaat quiser. Descanse um pouco. Kalr levará o jantar a seu aposento. Tudo vai parecer melhor depois de você comer e dormir.

– Será mesmo? – perguntou ela, amarga e desafiadora.

– Bem, não necessariamente – admiti. – Mas é mais fácil lidar com as coisas quando se está alimentada e descansada.

4

Kalr Cinco, impressionada com os acontecimentos do dia, mas, claro, sem demonstrar, preparara meu jantar e o deixara pronto em meus aposentos: uma tigela de skel e uma garrafa de água, o mesmo do refeitório das soldadas. Suspeitei que a Nave houvesse sugerido isso a ela, mas não perguntei para confirmar. Eu ficaria satisfeita em comer somente skel, mas isso deixaria Cinco incomodada, e não só porque a privaria de beliscar tudo que não fosse skel, uma valiosa vantagem de servir a capitã ou as oficiais na sala de década.

Enquanto eu comia, a silenciosa década Bo limpava, sem muito entusiasmo e ainda sem capitã, os corredores de sua responsabilidade. Desde a manhã, estavam impecáveis, mas a limpeza era parte da rotina da década e não podia ser negligenciada. Elas estavam cansadas e preocupadas. Levando em conta o pouco que falavam, acreditavam que eu exigira tanto da tenente Tisarwat que ela havia ficado doente. Algumas resmungavam que *não fora diferente com a última*. Tudo com muito cuidado para não pronunciar palavra alguma que chamasse a minha atenção.

Bo Uma, sênior da década, conferiu o trabalho e reportou à Nave. Então disse, sem emitir som, dedos se movendo: "Nave".

"Bo Uma", respondeu a *Misericórdia de Kalr*. Quem conhecia bem Bo Uma havia ouvido todos os resmungos. "Você deve levar seus questionamentos à capitã de frota."

Quando Bo Uma se dirigiu à enfermaria, menos de cinco minutos depois de eu ter saído para meus aposentos, a médica deu a ela o mesmo conselho. E essa havia sido a terceira vez que a Nave lhe recomendara tal ação. Ainda assim, Bo Uma hesitava. Apesar de ser, por direito, a comandante da década, já que a tenente Tisarwat estava inconsciente e eu não indicara ninguém para substituí-la. Ela tinha o direito, até a responsabilidade, de me procurar para saber mais informações e receber instruções.

Ancilares eram parte da nave. Quase sempre existia um vago e paradoxal senso de identidade dentro da década, mas ele coexistia com o fato de que toda ancilar era somente uma parte de algo maior, somente as mãos e os pés (e a voz) da Nave. Nenhuma ancilar levava perguntas à capitã, ou tratava de qualquer questão pessoal com uma oficial.

A *Misericórdia de Kalr* era tripulada por humanas. No entanto, sua última capitã havia exigido que tais humanas se comportassem da maneira mais próxima possível de ancilares. Mesmo quando suas próprias Kalrs se dirigiam a ela, elas o faziam com o mesmo tom da Nave. Como se não tivessem qualquer preocupação pessoal ou desejo. *Um hábito antigo faz Bo Uma hesitar*, pensei. Ela poderia pedir para que outra tenente falasse comigo em seu nome, mas Seivarden estava de guarda e a tenente Ekalu dormia.

Em meus aposentos, pintados de verde e roxo, comi a última folha de skel e disse a Cinco:

– Kalr, vou tomar chá. E quero a pintura removida dessas paredes o mais rápido possível. Também quero monitores.

As paredes podiam ser alteradas para que mostrassem qualquer coisa que eu desejasse, inclusive imagens do espaço fora da nave. O material necessário para isso estava a bordo, mas, por alguma razão, a capitã Vel não fizera nenhuma alteração. Eu não precisava daquilo, mas queria que a arrumação da antiga capitã desaparecesse da forma mais definitiva possível.

Sem expressar sentimento algum, com a voz monocórdica, Cinco respondeu:

– Isso pode trazer alguns inconvenientes para a senhora, capitã de frota. – Um *flash* de apreensão perpassou seu rosto quando a Nave falou com ela. Hesitação. A Nave continuou no ouvido dela "Vá em frente". – Capitã, Bo Uma deseja falar com a senhora.

Que bom. Mais quatro segundos e eu teria de pedir que ela viesse até mim. Só estava esperando terminar meu jantar.

– Não me importo com os inconvenientes. Receberei Bo Uma.

Bo Uma entrou com um ar de aparente confiança, mas estava assustada. Ela fez uma reverência, levantou-se e se sentiu estranha. Ancilares não se curvavam.

– Bo – chamei, reconhecendo a presença dela na sala.

No canto, Kalr Cinco se ocupou com a garrafa de chá, fingindo que precisava fazer alguma coisa antes de me servir a bebida que eu pedira. Escutando. Preocupada.

Bo engoliu em seco. Respirou fundo.

– Peço sua complacência, capitã de frota – começou ela, um discurso claramente ensaiado. Devagar, com cuidado, pronunciando cada sílaba, incapaz de esconder por completo seu sotaque, por mais que tentasse. – Mas existem preocupações no que concerne à situação da oficial da década Bo. – Um momento de dúvida, percebi, ela sabia que eu estivera irritada com a presença da tenente Tisarwat a bordo. Bo Uma sentia que estava em uma posição ruim só por falar comigo, que dirá trazer a jovem tenente à discussão. Aquela frase havia sido cuidadosamente estudada, pensei, para soar muito formal e evitar o nome da tenente Tisarwat. – A médica foi consultada e me foi recomendado que abordasse a capitã de frota.

– Bo – respondi. Minha voz estava calma, sim, meus sentimentos nunca transpareciam em meu tom, a não ser que eu quisesse. Mas eu estava sem paciência para esse tipo de coisa. – Seja direta quando se dirigir a mim.

Kalr Cinco fez barulho com as coisas do chá.

– Sim, senhora – disse Bo Uma, ainda ereta. Mortificada.

– Estou contente que tenha vindo. Estava pronta para convocá-la. A tenente Tisarwat está doente. Ela já estava doente quando embarcou. A administração militar queria uma oficial a bordo e não se importou com a saúde dela. Até tentaram esconder o fato de mim. – Uma mentira que não era totalmente falsa. E toda soldada e oficial em qualquer nave gostava de reclamar sobre as decisões impensadas e burras da administração (que não sabia o que era estar a bordo de uma nave). – Falarei algumas coisas sobre isso quando surgir a oportunidade. – Era quase possível *ver* a mente de Bo Uma encaixando as informações. *A capitã de frota está brava com a administração, não com a nossa tenente.* – Ela voltará aos próprios aposentos amanhã, e precisará de um ou dois dias de descanso, além de uma carga leve de trabalho até que a médica lhe dê alta. Você é a sênior da década, claro, então será a responsável por suas soldadas e seus turnos enquanto ela não voltar à ativa. Reporte-se diretamente a mim. Preciso que a década Bo cuide muito bem da tenente Tisarwat. Sei que tal tarefa caberia a você, se eu não falasse nada, mas agora você tem uma ordem expressa a cumprir. Se tiver qualquer dúvida sobre a saúde dela, ou se o comportamento dela for esquisito, se parecer confusa sobre algo simples, ou parecer estranha de alguma forma, pode se reportar à médica. Mesmo que a tenente Tisarwat mande que não o faça. Estou sendo clara?

– Senhora. *Sim*, senhora. – Ela já estava se sentindo mais confortável.

– Muito bem. Dispensada.

Enfim, Kalr Cinco pegou a garrafa para servir meu chá, sem dúvida já estava pensando em como repassaria essa conversa para as outras Kalrs.

Bo Uma fez uma reverência. E enfim, com alguma hesitação, disse:

– Peço desculpas, capitã de frota, senhora... – Ela parou e engoliu em seco, surpresa com a própria coragem. Com a minha disponibilidade. – Todas nós, senhora, da década Bo, gostaríamos de dizer muito obrigada pelo chá, senhora.

Até o meu estoque acabar, eu havia estipulado cinco gramas por pessoa por semana (soldadas, e até mesmo oficiais, faziam a maior quantidade possível de chá com a menor porção de folhas). Em um primeiro momento, tal gesto foi visto com suspeita. Capitã Vel havia insistido que elas só bebessem água. Como ancilares. Será que eu estava tentando deixá-las mais dóceis? Mostrar quão rica eu era? Concedendo um privilégio que depois eu poderia retirar a meu bel-prazer?

Mas se existia algo que toda radchaai considerava essencial para a vida civilizada, era chá. E eu sabia o que era estar em uma nave cheia de ancilares. Não precisava de toda aquela encenação.

– De nada, Bo. Dispensada.

Ela fez uma nova reverência e saiu. Enquanto a porta se fechava, a Nave disse em meu ouvido "Foi uma boa conversa".

Nos dois dias seguintes, a tenente Tisarwat permaneceu deitada em seu pequeno quarto. A Nave passara alguns vídeos de sua biblioteca para entretê-la, coisas leves com músicas doces ou animadas e finais felizes. Tisarwat assistia a eles, plácida e desconectada; ela teria assistido a uma sequência de filmes trágicos com a mesma falta de emoção, levando em conta a quantidade de remédios que tomara para estabilizar seu humor e deixá-la confortável. As Bos trouxeram cobertores, chá e cuidaram dela. Bo Nove até fez uma espécie de doce confeitado na pequena cozinha da sala da década e levou para ela. As hipóteses sobre a doença da tenente não mais recaíam sobre mim, mas mesmo assim se espalhavam. No final, decidiram que Tisarwat havia sido interrogada do jeito errado antes de ser alocada a *Misericórdia de Kalr*. Ou, menos possível, mas ainda plausível, fora vítima de uma educação inepta. Algumas vezes, quando uma cidadã precisa aprender muita coisa, ela pode buscar uma médica e receber medicamentos para aprendizagem, os mesmos utilizados em interrogatórios, testes de aptidão e na reeducação, um tema que a maioria das bem-educadas radchaai tinha dificuldade em trazer à tona. Os quatro procedimentos (interrogatório, aprendizado, aptidão e reeducação) deveriam ser realizados por uma especialista médica, uma pessoa que sabia o que estava fazendo. Por mais que ninguém da *Misericórdia de Kalr* fosse dizê-lo, o fato de que Tisarwat parecia ter acabado de sair de uma reeducação pairava sobre qualquer conversa. Tal ideia era reforçada pelo fato de o procedimento cirúrgico a bordo da nave ter sido realizado por mim e pela médica, sem a ajuda das Kalrs e sem divulgar para ninguém o que fora feito. Mas ninguém que passasse por reeducação poderia servir ao exército.

O que quer que fosse, não era culpa de Tisarwat. Ou minha. Todas se mostravam aliviadas com isso. No dia seguinte, enquanto sentava em meus aposentos e tomava chá (ainda com o conjunto de vidro cor-de-rosa; nem eu mesma era digna do melhor aparelho de chá), percebi claramente que Seivarden queria me perguntar o que acontecera. Em vez disso, ela disse:

– Estava pensando no que você falou no outro dia. Sobre como eu nunca vi você... Digo... – Ela se desconcertou ao perceber que, provavelmente, a frase não estava soando bem. – Oficiais têm seus próprios aposentos, então é fácil, mas eu nunca pensei se minhas Amaats... Digo, não existe nenhum lugar privado, não é, nenhum lugar que elas possam ir se quiserem... Digo...

Na verdade, existiam vários lugares, inclusive diversos compartimentos de carga, todas as naves de transporte (ainda que a falta de gravidade deixasse as coisas um pouco estranhas), e até, se o desespero fosse suficiente, embaixo da mesa do refeitório das soldadas. No entanto, Seivarden sempre tivera os seus aposentos e nunca precisou se submeter a nenhum desses lugares.

– Acho bom que você esteja pensando nessas coisas. Mas deixe que as suas Amaats tenham o pouco de dignidade que podem ter. – Bebi mais um pouco de chá e continuei. – Parece que você tem pensado muito sobre sexo ultimamente. Fico feliz que tenha evitado dar ordens a qualquer uma de suas Amaats para isso. – Ela não teria sido a primeira oficial a fazer isso nesta nave.

– Cheguei a pensar nisso – disse Seivarden, o rosto ainda mais quente do que antes. – Mas então pensei no que você diria.

– Não acho que a médica faça o seu tipo. – Na verdade, suspeitava que a médica não tinha interesse algum em sexo. – A tenente Tisarwat é um pouco nova, e não está em condições neste momento. Já pensou em falar com Ekalu? – Ekalu já havia pensado nisso, eu tinha certeza. No entanto, a aparência aristocrática de Seivarden e o sotaque antiquado a deixavam intimidada na mesma medida em que a atraíam.

– Não quis insultá-la.

– No sentido de ser uma superior abordando uma subordinada? – Seivarden concordou. – Pensar nesses termos já é um tipo de insulto, não?

Ela soltou um suspiro, colocou a xícara na mesa e disse:

– Não há saída.

– Ou só existe uma boa saída.

Seivarden riu.

– Fico *muito* contente que a médica tenha conseguido ajudar Tisarwat.

Nos aposentos da tenente Tisarwat, Bo Nove arrumou os cobertores pela terceira vez em uma hora. Ajeitou os travesseiros e conferiu a temperatura do chá da tenente. Tisarwat se submetia a tudo com uma calma medicamentosa e sem emoção.

– Eu também – respondi.

Já havíamos percorrido um terço do caminho até Athoek quando, dois dias depois, convidei a tenente Ekalu e a tenente

Tisarwat para jantarem comigo. Pela forma como os horários eram distribuídos na *Misericórdia de Kalr*, seria o meu almoço, o jantar de Ekalu e o café da manhã de Tisarwat. E como minhas Kalrs estavam retirando a pintura de meus aposentos, a refeição se deu na sala da década. Era quase como estar comigo novamente, ainda que a sala de década da *Misericórdia de Kalr* fosse bem menor do que a minha própria sala da década Esk, quando eu fora *Justiça de Toren* e tivera vinte tenentes para cada uma de minhas dez décadas.

O fato de fazer minha refeição ali causou um certo transtorno no que tangia jurisdição: Kalr Cinco queria estabelecer a própria autoridade no local que normalmente era território da equipe das oficiais. Ela sofreu para decidir se usava o segundo melhor jogo de pratos (a fim de não deixar dúvidas de que era a responsável pela refeição, além de exibir o conjunto que ela amava) ou se deixava Etrepa Oito e Bo Nove usarem o jogo de jantar da sala (o que faria com que sua preciosa porcelana não sofresse danos, mas daria a entender que Etrepa e Bo eram as responsáveis pela refeição). Ao final, o orgulho dela venceu e comemos ovos e legumes sobre pratos pintados à mão.

Ekalu, que havia servido como soldada comum na nave por quase toda sua vida, e provavelmente conhecia as manias de Kalr Cinco, comentou:

– Peço complacência à capitã de frota, mas esses pratos são lindos.

Cinco não sorriu, ela raramente o fazia perto de mim, mas pude ver que Ekalu havia sido certeira em seu alvo.

– Foi Cinco quem os escolheu – respondi, aprovando a manobra de Ekalu. – Eles são de Bractware e têm cerca de mil e duzentos anos. – Por um momento, Ekalu permaneceu parada, seus talheres pairando sobre o prato, com medo de acertar a porcelana com muita força. – Na verdade, eles não são extremamente valiosos. Existem lugares onde quase todo mundo tem um pequeno conjunto embalado em uma caixa escondida, algo que nunca é usado. Mas eles são muito bonitos, não é mesmo? Dá para entender por que são tão populares.

– Se eu ainda não tivesse conquistado Kalr Cinco, teria conseguido naquele momento. – E, tenente, se você começar todas as suas frases com "peço complacência à capitã de frota", esse jantar será um martírio. Pelo bem de todos, assuma que eu concedi minha licença.

– Sim, senhora – concordou Ekalu, envergonhada. Ela voltou a atenção para os ovos. Com cuidado, tentando não tocar o prato com seus talheres.

Tisarwat ainda não falara nada além dos ocasionais "sim, senhora", "não, senhora" e "obrigada, senhora". Durante todo o tempo, aqueles olhos cor de lilás permanceram baixos, sem encarar Ekalu ou a mim. A médica havia diminuído os sedativos, mas ela ainda estava sentindo os efeitos da medicação. Por trás dos efeitos, empurrados para o canto pelas drogas, era possível sentir raiva e desespero. Só barulho por enquanto, mas não era o que eu gostaria que prevalecesse quando ela parasse de tomar os remédios.

Era hora de fazer algo a respeito.

– Ontem – disse, após engolir uma bocada de ovos –, a tenente Seivarden estava me contando que a década Amaat era a melhor da nave, claro.

Seivarden não havia dito tal coisa, claro. Mas a onda de orgulho ferido que emanava de Etrepa Oito e Bo Nove, paradas no canto da sala esperando serem chamadas, era tão nítida que, por um momento, tive dificuldades de entender como Ekalu e Tisarwat não conseguiam ver. A reação de Kalr Cinco não foi tão forte, havíamos acabado de elogiar o jogo de jantar e, além do mais, a década da capitã estava acima desse tipo de coisas.

Imediatamente pude perceber a confusão de Ekalu. Ela havia sido uma Amaat até pouco tempo e tivera a resposta-padrão de uma Amaat ao ouvir alguém dizer que sua década era superior. Mas, claro, agora Ekalu era tenente da década Etrepa. Ela parou, pensando sobre aquilo, tentando achar, acredito, uma resposta. Tisarwat olhou para seu prato, provavelmente entendendo meu objetivo, mas não se importando com isso.

– Senhora – disse Ekalu, por fim. Obviamente tendo de se forçar para esquecer o "peço complacência à capitã de frota". Tomando muito cuidado com seu sotaque. – Todas as décadas da *Misericórdia de Kalr* são excelentes. Mas se eu tivesse que escolher uma... – Ela fez uma pausa. Talvez percebendo que havia sido um pouco formal demais em sua forma de pronunciar cada palavra. – Se alguém fosse obrigada a escolher, seria obrigada a dizer que Etrepa é a melhor. Sem querer ofender a tenente Seivarden ou as demais Amaats, com todo o respeito, é só uma observação. – As últimas frases vieram acompanhadas de um sotaque mais próximo ao natural de Ekalu.

Tisarwat permaneceu em silêncio. Ela foi traída pela apreensão de Bo Nove, que esperava, sem nada dizer, no canto da sala de década. "Tenente", a *Misericórdia de Kalr* falou em seu ouvido. "Sua década está esperando que a senhora fale em nome delas."

Tisarwat levantou o olhar, me encarou por um segundo, com seriedade em seus olhos cor de lilás. Ela sabia o que eu estava fazendo, sabia que só havia uma saída para ela. Estava magoada com aquilo, magoada comigo. Sua raiva silenciosa aumentou só um pouco, mas não conseguiu continuar a crescer, voltando aos seus níveis anteriores com rapidez. E não só raiva, por um momento eu vira desejo, uma fugaz e impossível vontade. Ela desviou o olhar para Ekalu.

– Desculpe, tenente, mas, com todo o respeito, acho que está enganada. – No meio da frase, ela lembrara que não deveria estar falando como Seivarden. Como Anaander Mianaai. Disfarçou um pouco o sotaque. – Bo pode ser nova, mas minhas Bos são claramente melhores do que qualquer outra década nesta nave.

Ekalu piscou. O rosto dela estava tão sem expressão quanto o de uma ancilar, quando, por um momento, foi surpreendida pela forma como Tisarwat falava (sua dicção, sua óbvia confiança, em nada parecida com uma garota de dezessete anos), mas então ela se recuperou. Procurou por uma resposta. Ekalu não poderia dizer que Bo *era realmente* jovem, aquilo a deixaria vulnerável quando tratasse da afirmação de Seivarden sobre Amaat. Ela olhou para mim.

Eu havia investido em uma expressão neutra, porém interessada, e a mantive ali, firme.

– Bem – eu disse com prazer –, devemos resolver isso. Objetivamente. Habilidade com armas de fogo e armaduras, talvez. – Ekalu finalmente percebeu que eu estivera orquestrando a coisa toda. Mas ainda assim parecia intrigada, sem entender os detalhes. Removi minhas luvas com pompa, enquanto mandava um recado para Kalr Cinco. Disse em voz alta para as duas tenentes: – Como estão seus números?

Elas piscaram enquanto a Nave lhes mostrava a informação diretamente.

– Todos conforme os padrões, senhora – disse Ekalu.

– *Padrões?* – perguntei, com incredulidade na voz. – Tenho certeza de que essa tripulação é melhor do que os *padrões*. – A tenente Tisarwat olhou para baixo para encarar o prato mais uma vez. Por trás do ressentimento, da aprovação e da raiva provocados pelo medicamento, vi o mesmo desejo de antes. Tudo silenciado. – Darei uma semana a vocês. Ao final dela, veremos qual década tem os melhores resultados, Etrepa ou Bo. Isso inclui vocês, tenentes. Levantem as armaduras. Vocês têm minha permissão para usá-las para treinar sempre que acharem necessário.

Minha própria armadura era implantada, um campo de força pessoal que eu poderia levantar na menor fração de um segundo. Essas tenentes, e as duas décadas, usavam as armaduras amarradas em volta do torso quando necessário. Mesmo que não estivessem em combate, era possível erguê-las em um segundo, conforme o estipulado, mas eu queria que elas se saíssem melhor do que isso, principalmente sabendo o que poderíamos enfrentar, e sabendo que, de agora em diante, tudo seria diferente.

Kalr Cinco entrou na sala de década, três garrafas azuis escuras, uma em cada mão e outra embaixo do braço. Enquanto colocava as garrafas na mesa, exibia um rosto sem expressão, mas por dentro demonstrava desaprovação.

– Arrack – pontuei –, do bom. Para quem ganhar.

– Para a década toda, senhora? – perguntou a tenente Ekalu, hesitante. Impressionada.

– Vocês podem dividir com quem quiserem – respondi, sabendo que Etrepa Oito e Bo Nove já teriam enviado mensagens para suas colegas de década a essa altura e que as soldadas de cada década já teriam calculado sua parte do prêmio. Era possível que tivessem considerado uma porção maior para suas oficiais.

Mais tarde, nos aposentos de Seivarden, Ekalu se virou e disse para a companheira sonolenta:

– Com todo respeito, S... Sem ofensas. Não quero ofender. Mas eu... Todo mundo está querendo saber se você se rendeu à senhora.

– Por que faz isso? – perguntou Seivarden, confusa, e, conforme foi despertando, continuou: – Diz coisas como *senhora* em vez de *capitã de frota*. – Seus sentidos foram melhorando.

– Não, eu sei o motivo, agora que pensei sobre isso. Desculpe. Por que eu me sentiria ofendida? – Ekalu, muito impressionada, confusa e envergonhada, não respondeu. – Eu me renderia se ela quisesse. Mas ela não quer.

– A senhora é... a capitã de frota é celibatária?

Seivarden deu uma pequena e irônica risada.

– Não acredito que seja. Ela não é muito atirada, nossa capitã de frota. Nunca foi. Mas posso afirmar... – Seivarden respirou fundo. Depois repetiu o ato enquanto Ekalu esperava ela terminar de falar. – Você pode confiar nela até o fim do universo. Ela *nunca* a deixará na mão.

– Isso seria impressionante. – Ekalu claramente não acreditava naquele discurso. Desconfiava. Depois de pensar mais um pouco, continuou: – Ela era das missões especiais antes, certo?

– Não posso contar. – Seivarden pousou a mão nua na barriga de Ekalu. – Quando você tem de voltar para o trabalho?

Ekalu segurou o leve arrepio que nasceu da complicada cascata de emoções que sentia, a maioria delas agradável. A maioria das não radchaai não entendia a carga emocional que mãos nuas carregavam para as nativas.

– Daqui uns vinte minutos.

– Uh... – murmurou Seivarden, pensando sobre o assunto. – Temos bastante tempo.

Deixei as duas sozinhas. Bo e sua tenente dormiam. Nos corredores, as Etrepas varriam e esfregavam em meio a clarões prateados que surgiam intermitentemente quando subiam suas armaduras.

Mais tarde ainda, Tisarwat tomava chá comigo na sala de década. Com os efeitos dos sedativos diminuindo, suas emoções ficaram mais naturais, mais perto da superfície. Quando ficamos sozinhas, ela disse:

– Sei o que você está fazendo. – Demonstrando uma pitada de raiva e desejo. – E o que está tentando.

Aí está o desejo, pensei. Realmente fazer parte da tripulação, conquistar a admiração e a lealdade da década Bo. Talvez até as minhas. Coisas que a verdadeira e desafortunada Tisarwat iria querer. Eu estava oferecendo isso a ela agora.

Mas oferecia isso segundo meus termos, e não os dela.

– Tenente Tisarwat – chamei, após tomar calmamente um gole de chá –, você acha que esse tom é apropriado para se dirigir a mim?

– Não, senhora – respondeu ela. Derrotada... mas não exatamente. Mesmo sob efeito de remédios, ela era um exemplo de contradições, todo sentimento acompanhado de seu oposto paradoxal. Tisarwat nunca quisera ser Anaander Mianaai. Não a fora por muito tempo, só alguns dias. E quem quer que ela fosse agora, não importando quanto isso era desastroso para os planos de Anaander Mianaai, sentia-se muito *melhor*. *Eu* havia feito aquilo. Ela me odiava por isso. Mas também não.

– Venha jantar comigo, tenente – convidei, como se a conversa anterior não tivesse acontecido. Como se eu não pudesse saber o que ela estava sentindo. – Você e Ekalu. Você pode se gabar do progresso de sua década, e Kalr pode preparar o doce que você tanto gostou, com cobertura de açúcar. – Em meus aposentos, a Nave passou meu pedido para Kalr Cinco enquanto ela olhava as paredes, verificando se tudo estava instalado corretamente. Cinco revirou os olhos e suspirou como se estivesse frustrada, murmurou algo sobre o apetite adolescente, mas no fundo, onde só a Nave podia ver, ela estava satisfeita.

A competição estava acirrada. Tanto Etrepa quanto Bo passaram todo o tempo livre na cabine de tiros, e o tempo de trabalho treinando o levantamento das armaduras. A performance de ambas havia melhorado consideravelmente; quase todas subiram de nível nas rotinas de treinos com armas, e aquelas que ainda não o haviam feito estavam em vias de conseguir. Além disso, qualquer Etrepa e Bo podia levantar ou abaixar sua armadura em menos de meio segundo. Nada perto daquilo que ancilares conseguiam fazer, ou do que eu queria, mas ainda assim uma melhora.

Quase todas as Bos entenderam qual era o objetivo da competição, e cumpriam seus treinamentos com muita determinação e foco. A década Etrepa também, elas absorveram minha meta (da forma como entendiam), mas não se privaram de tentar alcançá-la. No entanto, o prêmio acabou ficando com a década Bo. Entreguei as três garrafas de arrack (muito chique e muito forte) à tenente Tisarwat, que estava quase sem nenhum efeito medicamentoso, no refeitório das soldadas, com todas as Bos paradas atrás dela, quase sem expressão nos rostos, como ancilares. Parabenizei as vencedoras, e saí para que começassem a beber de verdade. Sabia que isso aconteceria assim que eu estivesse no corredor.

Menos de uma hora depois, Seivarden veio até mim, falando em nome das Amaats. Elas haviam tentando ser compreensivas sobre tudo isso, mas não era possível passar pelo refeitório sem serem lembradas de que não tiveram nem a oportunidade de competir pelo arrack. Então dei a ordem para que fossem servidas frutas a todas as Etrepas e Bos durante o jantar. Eu tinha um estoque de laranjas, rambutam e frutas cristalizadas, todas compradas por Kalr Cinco e cuidadosamente armazenadas em suspensão. Mesmo depois que o jantar fora retirado, era possível sentir o doce cheiro de frutas cristalizadas no corredor, o que deixava as Amaats de Seivarden com raiva e fome.

– Diga a elas – respondi a Seivarden – que eu quis encorajar a tenente Tisarwat, e, se elas estivessem competindo, a tenente não teria nenhuma chance. – Seivarden riu por um momento, em parte reconhecendo a mentira e, por outro lado, acreditando que aquilo era verdade. As Amaats sob seu comando provavelmente teriam uma reação semelhante. – Faça com que elas melhorem seus números na próxima semana, e também receberão frutas cristalizadas no jantar. Kalr também. – A última frase foi direcionada para a sempre presente Cinco.

– E o arrack? – perguntou Seivarden cheia de esperança.

No refeitório das soldadas, a bebedeira (que havia começado de uma maneira focada e disciplinada, com cada gole do grupo acompanhado pelo nome de uma das deusas da nave e o gosto ardente do arrack saboreado enquanto descia) estava começando a se perder. Bo Dez se levantou e, com a voz um pouco pastosa, pediu licença à tenente e, depois que a obteve, disse que pretendia declamar uma poesia de sua autoria.

– Tenho mais arrack – respondi a Seivarden em meus aposentos. – E pretendo dividir um pouco, mas não com todo o mundo.

No refeitório das soldadas, a fala de Bo Dez levantou salvas de aprovação, até mesmo da tenente Tisarwat. Então Bo Dez começou a declamar uma narrativa épica, altamente improvisada, sobre os feitos da deusa Kalr (a qual, de acordo com o relato de Bo Dez, passava boa parte do tempo bêbada e tinha pouca capacidade de rimar).

– Limitar a distribuição do arrack é uma boa ideia – continuou Seivarden em meus aposentos, com um pouco de melancolia. – E eu não tomaria nada mesmo. – Quando eu a encontrei, nua e inconsciente em uma rua gelada no ano anterior, ela estivera sob os efeitos de kef havia muito tempo. Desde então, era praticamente abstêmia.

Enquanto Bo Dez continuava a declamar, seu poema acabou virando uma elegia à superioridade da década Bo sobre todas as demais décadas, incluindo Amaat. Ou melhor, *especialmente* em relação a Amaat, que cantava músicas infantis e ainda por cima não era boa o suficiente.

– Nossa música é melhor! – gritava uma das embriagadas Bos, sobrepondo-se à poesia de Bo Dez. Outra, igualmente embriagada, mas talvez com o pensamento um pouco mais centrado em atividades de uma soldada, perguntou:

– Qual é a nossa música?

Bo Dez, sem se importar muito com o que estava falando e sem querer deixar de ser o centro das atenções, começou a cantar com sua surpreendentemente boa (apensar da bebida), voz de contralto:

– *Ó, árvore! Coma o peixe!* – Era uma canção que eu mesma cantava com frequência. Não era radchaai, e Bo Dez só conseguia fazer sons aproximados para os fonemas, trocando as palavras por outras mais familiares. – *Este granito se doma como um feixe!* – Na ponta da mesa, Tisarwat começou a gargalhar. – *Ó, árvore! Ó, árvore! Onde está minha bunda?*

A última palavra fez com que Tisarwat e todas as suas Bos caíssem na gargalhada. Quatro delas foram das cadeiras para o chão. Levaram cerca de cinco minutos para se recompor.

– Esperem! – exclamou Tisarwat. Ela pensou em se levantar, mas abandonou a ideia ao perceber o esforço necessário. – Esperem! Esperem! – E, quando toda a atenção estava voltada para ela, continuou: – Esperem! Aquela... – Ela balançou uma das mãos enluvadas. – É a nossa música. – Ou tentou dizer isso, a última palavra se perdeu em meio às risadas. Ela levantou seu copo, quase derrubando o arrack sobre a mesa. – À década Bo!

– À década Bo! – Todas ecoaram, e então uma soldada continuou: – À capitã de frota Breq!

E a tenente Tisarwat estava bêbada o suficiente para concordar, sem hesitação:

– À capitã de frota Breq! Que não sabe onde sua bunda está! – E depois daquilo nada mais foi dito, além de risadas e estrofes berradas de "Ó, árvore! Onde está minha bunda?".

– É por isso, senhora – disse a médica, uma hora mais tarde, na sala de banho, enquanto era banhada, assim como eu, por uma Kalr com um pano e uma bacia –, que a capitã Vel não permitia que as décadas bebessem.

– Não, não é – respondi de forma serena. A médica, ainda com o semblante franzido de sempre, levantou uma sobrancelha, mas não discordou. – Não seria uma boa ideia se fosse periódico, claro. Mas tenho meus motivos agora. – A médica sabia. – Você está preparada para cuidar de onze ressacas quando elas acordarem?

– Senhora! – Ela recebeu a pergunta com indignação. Levantou um cotovelo e mexeu uma das mãos na água, algo bem rude. – Kalr pode facilmente cuidar disso.

– Elas podem – concordei. A Nave não disse nada, apenas continuou a me mostrar Tisarwat e suas Bos, rindo e cantando no refeitório das soldadas.

5

Se a estação de Athoek tinha alguma importância, era porque o planeta que ela orbitava produzia chá. Além de outras coisas, é claro (planetas são grandes). E, quando terraformados, planetas temperados acabam adquirindo um valor extraordinário, resultado de séculos, se não milênios, de investimento, paciência e trabalho árduo. Mas Anaander Mianaai não tivera que arcar com nenhum desses custos. E, em vez disso, ela deixava que as próprias habitantes fizessem todo o trabalho para depois enviar sua frota de naves de guerra, seu exército de ancilares, para conquistar o planeta. Após alguns milênios fazendo isso, Anaander Mianaai conseguira adquirir uma boa coleção de planetas habitáveis, o que fazia com que as radchaai não pensassem neles como particularmente valiosos.

Mas Athoek possuía uma ampla cadeia de montanhas, diversos lagos e rios. Além de uma rede de controle térmico que as athoeki haviam construído cerca de cem anos antes da anexação. Tudo que as recém-chegadas radchaai tiveram de fazer foi plantar chá e esperar. Agora, cerca de seis séculos depois, Athoek produzia dezenas de milhões de toneladas métricas por ano.

O espaço de portal, irreconhecível e sufocantemente preto, se abriu para as estrelas, revelando o sistema Athoek. Sentei-me no comando, a tenente Ekalu ao meu lado. Duas das Etrepas de Ekalu estavam nos consoles designados e próximas a nós. A sala era pequena e simples, nada além de uma parede branca para o caso de a Nave precisar projetar alguma imagem (ou caso preferíssemos assistir a tudo por ali), dois consoles e uma cadeira para a comandante ou a oficial de plantão. Alguns locais onde era possível se segurar caso a aceleração da Nave fosse maior do que o ajuste à gravidade. Era uma das poucas partes da nave que a capitã Vel frequentara, mas não pedira que fosse pintada ou decorada, com exceção de uma placa que ficava em cima da porta com os dizeres "Atenção ao dever é uma graça das deusas". Um chavão comum, mas pedi para que a placa fosse retirada e armazenada junto aos demais pertences da capitã Vel.

Eu não precisava ficar na sala de comando, pois, em qualquer lugar que estivesse, poderia fechar os olhos e ver a escuridão ceder à luz do Sol de Athoek, sentir a súbita onda de partículas, ouvir o barulho de diversos sistemas de comunicação e avisos de torres de comando. Athoek estava longe o bastante para parecer um pequeno e brilhante círculo branco e azul. Minha imagem do planeta era de uns bons três minutos atrás.

– Estamos no sistema Athoek, capitã de frota – disse uma das Etrepas.

Em alguns segundos, a Nave diria a ela que eu já havia visto, que parecia haver uma boa quantidade de naves ao redor da estação de Athoek, definitivamente mais do que o normal, e que, com exceção desse detalhe, nada parecia estranho; ou pelo menos não parecera dois ou dez minutos antes, o tempo que a luz demorava para chegar à nossa localização. Também diria que, por mais que três naves militares estivessem atracadas ali, somente uma poderia ser vista logo de cara, próxima a um dos quatro portais do sistema. Ou estivera ali cerca de dois minutos e meio antes. Desconfiava que seria a *Espada de Atagaris*, mas não poderia confirmar até estar mais próxima.

Pensei naquela nave distante. Onde estariam as outras duas, e por que esta estava vigiando um dos portais de

Athoek? O menos importante dos quatro, vale ressaltar, já que, para além dele, havia um espaço vazio. Aquele portal fora construído antes da anexação, tendo em vista uma expansão futura das athoeki.

Pensei naquilo por alguns segundos. Ao meu lado, a tenente Ekalu franziu a testa de leve quando a Nave lhe mostrou as mesmas imagens que eu estava vendo do sistema. A tenente não demonstrou surpresa, ou nervosismo. Só um pouco intrigada.

– Senhora, acredito que aquela seja a *Espada de Atagaris*, perto do portal fantasma. Não vejo a *Misericórdia de Phey* ou a *Misericórdia de Ilves*.

– O portal fantasma?

– É como elas o chamam, senhora. – Percebi que ela estava um pouco envergonhada. – Supostamente, o sistema do outro lado é mal-assombrado.

Radchaai acreditavam em fantasmas. Ou, mais precisamente, muitas radchaai acreditavam. Depois de tantas anexações, tantas pessoas de tantas religiões incorporadas ao Radch, existia uma boa gama de opiniões conflitantes sobre a vida além da morte. A maioria das cidadãs pelo menos mantinha a suspeita de que mortes injustas ou violentas, ou aquelas que não tinham um funeral adequado, deixariam o espírito preso a esse plano, de forma desagradável e até perigosa. Mas essa era a primeira vez que eu ouvia falar em fantasmas que assombravam um sistema inteiro.

– O sistema todo? Quem o assombra?

Ainda envergonhada, a tenente Ekalu fez um gesto de dúvida.

– As explicações variam.

Pensei naquilo por um instante antes de falar:

– Certo. Nave, nos identifique e mande saudações cordiais para a capitã Hetnys da *Espada de Atagaris*. – Tanto a *Misericórdia de Kalr* como a tenente Ekalu acreditavam que a nave próxima ao portal fantasma era a *Espada de Atagaris*, e eu achava que estavam com a razão. – E, enquanto esperamos pela resposta – que levaria pelo menos cinco minutos para chegar até nós –, verifique se atracaremos próximo à estação de Athoek.

Havíamos saído do espaço de portal um pouco antes do que deveríamos. Eu queria ter essa vantagem e ver como estavam as coisas antes de me aproximar.

Mas, de onde estávamos, poderia levar dias, até mesmo semanas, para chegarmos a Athoek. Poderíamos, é claro, ter saído mais próximo do local. Até mesmo, teoricamente, bem na estação, o que seria muito perigoso. Para executar tal manobra com segurança, precisaríamos saber a localização de cada nave, cada meio de transporte, cada módulo de viagem, no exato momento em que saíssemos do espaço de portal. A abertura do portal poderia destruir qualquer coisa que estivesse naquele local, e a *Misericórdia de Kalr* poderia bater em outra nave que estivesse próxima.

Eu fizera esse tipo de coisa antes, quando era uma nave. Em anexações, quando um pequeno acréscimo de morte e destruição não faria diferença. Não em um sistema radchaai, cheio de cidadãs civilizadas.

– Senhora, gostaria de tomar chá? – perguntou a tenente Ekalu.

Eu já desviara minha atenção para fora da nave, voltada à estrela, sua luz e seu calor, e o planeta distante. Os portais e as torres. O gosto de terra no casco da *Misericórdia de Kalr*. Abri a boca para responder "não, obrigada", mas percebi que era ela quem queria tomar chá. Ekalu ficara sem tomar nada durante o período em que esperamos a saída criada para o nosso espaço de portal, mas agora queria beber alguma coisa. Não tomaria nada se eu não fizesse o mesmo, e até a forma como perguntou já era algo ousado para ela.

– Sim, obrigada, tenente.

Pouco depois, quase exatamente um minuto antes de eu sequer esperar qualquer resposta à minha primeira mensagem, uma Etrepa me passou uma tigela de chá e a nave que achávamos ser *Espada de Atagaris* desapareceu.

Eu estava prestando atenção e apreciando a vista. Pela primeira vez, essa experiência foi quase mais impactante do que toda a informação que eu recebia da Nave. Não era possível processar tudo, mas isso não mudava a ideia de que eu estava vendo o que eu queria; tão perto, mas não o suficiente para tocar.

Por alguns momentos, *quase* consegui esquecer que eu não era mais uma nave. Então, quando a *Espada de Atagaris* desapareceu, reagi imediatamente, sem pensar.

Mas continuei parada. Os números que eu queria não apareceram, não de imediato, e a nave (a Nave que era, claro, a *Misericórdia de Kalr* e não eu) não se movia a partir do meu desejo, da mesma forma que meu corpo teria feito. Voltei a mim, a meu único corpo sentado no comando.

Mas a Nave sabia o que eu queria, e o motivo disso.

– Senhora, está tudo bem? – perguntou a tenente Ekalu.

Então a *Misericórdia de Kalr* se moveu, só um pouco mais rápido que sua capacidade de ajustar a gravidade. A tigela balançou em minhas mãos e caiu no chão, derramando chá em minha calça e botas. A tenente Ekalu e suas Etrepas se desequilibraram e seguraram onde podiam. Estávamos de volta ao espaço de portal.

– Elas passaram pelo portal – expliquei. – Logo que nos viram. – Com certeza antes de receber a nossa mensagem de identificação. – Nos viram e, trinta segundos depois, saíram do lugar.

A tigela que havia derrubado chá em meus pés acabou acordando a tenente Tisarwat, bem como suas Bos. Uma das Amaats de Seivarden havia caído e torcido o pulso. A isso se somavam apenas alguns pratos quebrados, sem maiores danos. Tudo estava preso, para o caso de sofrermos qualquer acidente na saída no portal.

– Mas... mas, senhora, somos uma misericórdia. É possível identificar só de olhar. E nós não chegamos de fininho. Por que elas correriam assim que nos vissem? – Então ela mesma conseguiu completar o raciocínio sem a minha ajuda. – Você não acha que estavam fugindo.

– Não pagaria para ver – respondi. Uma Etrepa rapidamente recolheu os pedaços de porcelana e limpou a poça de chá.

– Saindo do espaço de portal em quarenta e cinco segundos – informou a Nave para todas.

– Mas *por quê*? – perguntou a tenente Ekalu. Realmente preocupada e intrigada. – Não podem saber o que aconteceu em Omaugh, os portais que ligavam os dois lugares caíram antes de qualquer notícia surgir.

Sem saber sobre a divisão de Anaander Mianaai, ou sobre as diversas lealdades de naves militares e oficiais que lutaram, a capitã Hetnys da *Espada de Atagaris* não teria razão alguma para ver a nossa chegada como uma ameaça.

Mesmo as cidadãs que acreditavam que pessoas corruptas haviam se infiltrado no Radch, que acreditavam que algumas oficiais e capitãs eram inimigas, não sabiam que a luta havia finalmente eclodido às claras.

– Ou elas já sabiam de alguma coisa – continuei –, ou alguma coisa aconteceu aqui.

“Segurem-se”, avisou a Nave a todas nós.

– Senhora, como podemos saber onde a *Espada de Atagaris* vai estar quando sairmos? – perguntou Ekalu.

– Não vamos saber, tenente.

Ela respirou fundo. Pensou em dizer algo, mas desistiu.

– Provavelmente não vamos bater – completei. – O espaço é grande e os presságios de hoje são bons.

Ela não sabia se eu estava falando sério ou não.

– Sim, senhora.

Estávamos de volta ao universo. Sol, planetas, portais, barulho de fundo. Sem *Espada de Atagaris*.

– Onde ela está? – perguntou a tenente Ekalu.

– Dez segundos – respondi. – Ninguém se mexe.

Dez segundos e meio depois, um buraco mais escuro que o vazio se abriu no universo, e a *Espada de Atagaris* apareceu, a menos de quinhentos quilômetros de distância. Mesmo antes de estar completamente fora do portal, começou a transmitir:

– Nave desconhecida, identifique-se ou será destruída.

"Quero ver ela tentar", respondeu a Nave, só para mim.

– Não é a capitã Hetnys – disse Ekalu. – Acho que é a tenente Amaat da nave.

– *Espada de Atagaris* – respondi. A Nave saberia como transmitir minhas palavras. – Aqui quem fala é a capitã de frota Breq Mianaai, comandante da *Misericórdia de Kalr*. Explique-se.

Levou meio segundo para que a mensagem chegasse a outra nave, e mais quatro segundos para que a tenente do outro lado conseguisse se recompor o suficiente para responder.

– Capitã de frota, senhora. Peço desculpas, senhora. – Enquanto isso, a *Misericórdia de Kalr* se identificava para a *Espada de Atagaris*. – Nós... estávamos com medo de que não fosse o que parecia, senhora.

– O que você pensou que fôssemos, tenente?

– Eu... não sei, senhora. É que, senhora, não estávamos esperando vocês. Existem rumores de que o palácio de Omaugh está sob ataque, ou até mesmo que foi destruído, e não temos nenhuma resposta há mais de um mês.

Olhei para a tenente Ekalu. Ela adotara o antigo hábito de todas as soldadas da *Misericórdia de Kalr* e seu rosto não expressava nenhuma emoção. Isso funcionava, mas é claro que eu podia perceber mais coisas. Mesmo sem levar em consideração o que acabara de acontecer, ela não tinha a tenente Amaat da *Espada de Atagaris* na mais alta conta.

– Se você continuasse como está – respondi rispidamente –, ainda estaria esperando por notícias de Omaugh. Agora quero falar com a capitã Hetnys.

– Peço desculpas à capitã de frota. A capitã Hetnys está na estação Athoek. – Ela deve ter percebido como aquilo soava mal, porque logo depois continuou: – Conversando com a governadora do sistema.

– E quando eu a encontrar – falei, com um tom de voz levemente sarcástico – ela será capaz de me explicar o que você acha que está fazendo aqui?

– Sim, senhora.

– Que bom.

A Nave cortou a conexão, e me virei para a tenente Ekalu.

– Você conhece essa oficial?

Ainda sem expressão no rosto.

– Água desgasta qualquer pedra, senhora.

Era um provérbio. Ou a metade de um. Água desgasta qualquer pedra, mas não aquece o alimento. Tudo tem o seu ponto forte. Se dito com suficiente ironia, também podia significar que, como as deusas têm um propósito para cada um, aquela pessoa devia ser boa em algo, mas quem proferia o ditado não saberia dizer em quê.

– Ela vem de uma boa família – continuou Ekalu, depois de meu silêncio. – Uma árvore genealógica tão grande quanto meu braço. A mãe dela é prima de segundo grau da neta de uma cliente da cliente da própria Mianaai, senhora.

E fazia questão de que todas soubessem, pelo visto.

– E a capitã? – Anaander Mianaai havia me dito que, o que lhe faltava em visão de futuro a capitã Hetnys compensava com senso de dever. – É possível que ela tenha deixado ordens para que atacassem qualquer nave que entrasse no sistema?

– Acredito que não, senhora. Mas a tenente não é exatamente... criativa. Joelhos mais fortes que o cérebro. – Por fim, o sotaque de Ekalu apareceu, só um pouco. – Peço complacência à capitã de frota.

Então era provável que as ordens fossem de atacar qualquer nave que chegasse. Teria de perguntar sobre isso à capitã Hetnys, quando a encontrasse.

O procedimento de engate na estação Athoek foi quase todo automático. Quando a pressão foi estabilizada e Cinco abriu a porta para a nave de transporte, a tenente Tisarwat e eu demos o impulso necessário para sair da gravidade zero da nave e entrar na gravidade artificial da estação. A área era de um cinza lúgubre, arranhada, como todas as outras de qualquer estação.

A capitã de uma nave estava nos esperando, com uma ancilar parada um pouco atrás dela. Ao ver aquilo, senti uma pontada de inveja. Eu havia sido o que aquela ancilar era. E nunca poderia ser novamente.

– Capitã Hetnys – disse enquanto Tisarwat aparecia atrás de mim.

A capitã Hetnys era alta, mais alta do que eu por uns bons dez centímetros, robusta e de constituição pesada. O cabelo dela, cortado em estilo militar, era de um cinza prateado, em extremo contraste com sua pele escura. Talvez por uma questão de vaidade. Ela escolhera aquela cor de cabelo, queria que as pessoas reparassem na cor ou no corte. Nem todos os broches que usava, de forma cuidadosa e diferente do padrão, em fileiras na frente de sua jaqueta, tinham algo escrito; e alguns deles eu não conseguia ler de onde estava. Hetnys fez uma reverência.

– Capitã de frota, senhora.

Não me curvei.

– Quero ver a governadora do sistema – disse, diretamente e com frieza. Deixei escapar só um pouco do sotaque antigo que qualquer Mianaai deveria ter. – E depois você vai me explicar por que sua nave tentou me atacar quando cheguei.

– Senhora. – Ela parou por um momento, tentando, imagino, parecer calma. Quando mandei a primeira mensagem à estação Athoek, fui avisada que a governadora Giarod estaria ocupada com suas obrigações religiosas por um tempo. Assim como estavam, aparentemente, todas as oficiais da estação. Era feriado pelo calendário de Athoek, e talvez por isso, por ser uma celebração local, ninguém me avisara que a estação inteira estaria praticamente fechada. A capitã Hetnys sabia que eu havia sido avisada sobre a indisponibilidade da governadora. – As iniciadas devem sair do templo dentro de uma ou duas horas. – Ela começou a franzir o cenho, mas parou. – Pretende ficar na estação, senhora?

Atrás de mim e da tenente Tisarwat, Kalrs Cinco, Dez, Oito e Bo Nove arrastavam as malas para fora da nave de transporte. Por isso, a capitã Hetnys havia feito a pergunta.

– Senhora, é que... – continuou ela ao não receber nenhuma resposta – os alojamentos da estação estão lotados neste momento. Será difícil encontrar um lugar adequado.

Havia imaginado que a destruição de alguns portais faria com que o tráfego fosse reorganizado dessa maneira. Dezenas de naves que estavam ali não haviam planejado passar por Athoek, e outras ainda gostariam de sair de lá, mas não podiam. Mesmo que a ordem dada por Anaander Mianaai vetando navegação pelos outros portais não houvesse chegado aqui ainda, as capitãs de diversas naves poderiam estar receosas de entrar em qualquer portal. Todas as viajantes com boas conexões já deveriam ter se apossado dos melhores alojamentos de Athoek. A *Misericórdia de Kalr* já havia perguntado à Estação, só para confirmar, e ela havia respondido que, a não ser que recebêssemos um convite para ficar na residência da governadora, o lugar estava lotado.

O fato de a capitã Hetnys estar incomodada com meus planos de ficar na estação era quase tão interessante quanto o fato de a Estação não ter mencionado minhas intenções a ela. Talvez ela não tivesse pensado em perguntar.

– Tenho um lugar para ficar, capitã.

– Ah... Que bom, senhora. – Ela não parecia convencida.

Fiz um gesto para que ela me seguisse, saindo da passagem e indo para o corredor. As ancilares da *Espada de Atagaris* seguiram atrás de nós três, junto com Kalr Cinco. Eu pude ver (a *Misericórdia de Kalr* me mostrou) o orgulho de Cinco por conseguir se passar por uma ancilar, bem ao lado das verdadeiras.

As paredes e o chão do corredor, assim como a área de engate, eram velhos e demonstravam sua idade e mau uso. Não haviam sido limpos com a frequência e o esmero que uma nave militar esperaria. Mas guirlandas coloridas alegravam as paredes. Enfeites apropriados para o período.

– Capitã – eu disse depois de dez passos, sem reduzir o ritmo –, entendo que estamos no Festival da Genitália. Mas quando vocês dizem *genitália*, isso não corresponde a todos os genitais? Ou só a um deles? – Durante todo o trajeto que percorri até o final do corredor, as paredes estavam cheias de pequenos pênis coloridos: verde, rosa, azul e um laranja que causava incômodo aos olhos.

– Senhora – respondeu a capitã Hetnys atrás de mim –, é um problema de tradução. As palavras são as mesmas no idioma de Athoek.

Ah... O idioma de Athoek. Como se só existisse um. Nunca havia uma só língua, pela minha considerável experiência.

– Com a complacência da capitã... – Enquanto a capitã Hetnys falava, fiz um gesto para que prosseguisse, sem me virar para vê-la. Eu podia, se quisesse, ver as costas dela e as minhas, pelos olhos de Kalr Cinco. Ela continuou: – As athoeki não eram muito civilizadas. – Não civilizadas. Não *radchaai*. A palavra era a mesma, só era possível diferenciar pelo contexto, mas isso podia ser perdido facilmente. – Mesmo agora, a maioria ainda não é. Elas dividem as pessoas entre aquelas que têm pênis e as que não têm. Quando chegamos no sistema, elas se renderam de imediato. A governante delas ficou louca. Acreditava que as radchaai não tivessem pênis, e, como todas teriam de virar radchaai, ordenou que todas as habitantes do sistema que tivessem pênis o cortassem. Mas as athoeki não queriam fazer isso, então produziram órgãos falsos e os empilharam na frente da residência da governante, para que ela ficasse satisfeita até que fosse presa e recebesse ajuda. Agora, na comemoração anual desse dia, todas as crianças oferecem pênis para as deusas.

– E as athoeki com outros genitais? – Havíamos chegado ao local dos elevadores que nos levariam para fora das docas. O *lobby* estava deserto.

– Elas não usam genitais *de verdade*, senhora – explicou a capitã Hetnys, claramente desdenhando da situação. – Elas compram imitações.

A Estação não abriu a porta dos elevadores com a rapidez que eu estava acostumada na *Misericórdia de Kalr*. Por um momento, pensei em esperar só para ver quanto tempo ficaríamos de pé ali, talvez a Estação realmente não gostasse da capitã Hetnys. Mas, se esse fosse o caso, se a hesitação viesse da Estação, esperar ali só exporia o problema.

Mas, quando tomei fôlego para fazer a solicitação, as portas se abriram. O elevador não estava decorado. Já dentro dele, com as portas fechadas, eu disse:

– Por favor, Estação, para o saguão principal.

Levaria um tempo para que Oito e Dez arrumassem as acomodações que eu havia arranjado, e enquanto isso pretendia aparecer no Palácio da Governadora pela entrada do saguão principal e ver um pouco do festival.

– A história pareceu plausível para você, então? – perguntei à capitã Hetnys, que estava ao meu lado.

Uma regra que se aplicava ao sistema todo. *Elas se renderam de imediato.* Pela minha experiência, nenhum sistema se rendeu completamente de imediato. Algumas partes, sim. Nunca o sistema todo. A única exceção havia sido as garseddai, e fora um procedimento tático, uma tentativa de emboscada. Falharam, é claro, e não existem mais garseddai por conta disso.

– Senhora? – Era nítido que a capitã Hetnys estava surpresa e intrigada com a minha pergunta, mesmo que ela tentasse esconder isso ao manter sua voz e expressão inalteradas.

– Aquilo aconteceu de verdade? São coisas que uma pessoa realmente faria?

Mesmo feita de um modo diferente e tendo tempo para pensar, a pergunta a intrigou.

– Não civilizada, senhora. – Um suspiro e, depois, talvez encorajada pela nossa conversa: – Peço complacência à capitã de frota, mas... – Fiz um gesto de aprovação. – Senhora, o que aconteceu no palácio de Omaugh? Elas atacaram? Começou uma guerra?

Uma parte de Anaander Mianaai acreditava, ou pelo menos dizia acreditar, que a briga que tivera com ela mesma fora causada por uma infiltrada presger.

– Guerra, isso. Mas as presger não tiveram nenhuma participação nisso. Fomos nós mesmas que nos atacamos. – A capitã Vel, que havia comandado a *Misericórdia de Kalr*, acreditara na mentira sobre as presger. A capitã Hetnys havia conhecido a capitã Vel. – Vel Osck foi presa por traição. Para além disso, não sei o que aconteceu com ela. – Mas todas sabiam qual seria o seu destino provável. – Você a conhecia bem?

Era uma pergunta perigosa. A capitã Hetnys, que era muito pior em esconder suas emoções que minha tripulação, obviamente percebeu o perigo.

– Não o suficiente, senhora, para perceber qualquer tipo de deslealdade.

A tenente Tisarwat se encolheu um pouco quando a capitã Hetnys falou sobre deslealdade. A capitã Vel nunca fora desleal, e ninguém sabia disso melhor que Anaander Mianaai.

As portas do elevador se abriram, e o saguão da estação Athoek se mostrou bem menor do que o do palácio de Omaugh. Alguma idiota, em algum momento, achara que branco seria a cor ideal para o chão longo e extremamente movimentado. Como todos os saguões principais de todas as estações radchaai, tinha dois andares e, neste caso, também tinha algumas janelas no piso superior; escritórios e lojas ficavam no primeiro piso, junto aos principais templos da estação. Um para Amaat, e provavelmente também para algumas deusas menores, que não tinha a fachada tão elaborada como o de Omaugh, apenas as imagens das quatro Emanações em roxo, vermelho e amarelo, sujeira se acumulando em relevos e depressões. Ao lado, um templo menor, dedicado, supus, à deusa que apareceu na história da capitã Hetnys. A entrada do templo estava decorada com guirlandas quase iguais às que tínhamos visto nas docas, mas maiores e iluminadas por dentro, suas cores fortes brilhando.

Cidadãs enchiam o lugar, em grupos, conversando quase aos berros, com casacos e calças de cores intensas, verde, rosa, azul, amarelo; roupas de festa, claro. Usavam tantas joias quanto uma radchaai, mas parecia que ali a moda não permitia que broches e condecorações fossem fixados direto na roupa, eles eram colocados em um tecido que passava por um dos ombros e terminava no lado oposto do quadril em um nó e pontas penduradas. Crianças de diferentes idades corriam pelo local, gritando umas com as outras e eventualmente parando perto de adultas para pedir doces. Embalagens azuis, rosas, laranjas e verdes se acumulavam no chão. Algumas foram carregadas pelo vento até a porta do elevador quando chegamos. Pude perceber que palavras estavam impressas nesses papéis. Só consegui ler partes enquanto voavam: "bênçãos", "a deusa que...", "não tenho".

Assim que saímos do elevador, uma cidadã veio ao nosso encontro em passos largos pela multidão. Ela usava roupas feitas sob medida, um casaco e uma calça de um verde tão claro que quase poderia ser branco, além de luvas. Sem faixa de tecido, mas com muitos broches, inclusive uma grande e elaborada rodocrosita envolta por fios de prata. A cidadã assumiu uma expressão de surpresa e felicidade enquanto fazia uma enfática reverência.

– Capitã de frota! Soube que a senhora estava aqui e acabei encontrando vocês! Terrível esse fechamento do portal do palácio de Omaugh, todas aquelas naves mudando de rota ou sem poder sair, mas, agora que você está aqui, tenho certeza de que tudo vai se resolver rapidamente. – A forma como ela falava era quase igual a de uma bem-educada radchaai, mas havia algo de estranho com suas vogais. – Mas você ainda não sabe quem eu sou. Fosyf Denche, e estou muito feliz com este encontro. Tenho um apartamento aqui na estação, bastante espaçoso, e uma casa mais distante, ainda mais espaçosa. Ficaria honrada em lhe oferecer minha hospitalidade.

Ao meu lado, capitã Hetnys e sua ancilar estavam paradas e em silêncio. Atrás de mim, Cinco demonstrava sua impassividade de ancilar, mas eu podia perceber, por meio da *Misericórdia de Kalr*, que ela se ressentia da familiaridade com que a cidadã Fosyf se dirigia a mim. A tenente Tisarwat, por trás dos resquícios de medicamento contra enjoo e sua infelicidade costumeira, parecia entretida e um pouco desdenhosa.

Pensei na forma como Seivarden teria respondido a uma abordagem dessas quando mais nova. Bem de leve, movi meus lábios.

– Não será preciso, cidadã.

– Ah, alguém chegou antes de mim. Justo! – Fosyf Denche não se sentia desencorajada por meus modos, o que me dizia que já havia passado por situação semelhante, talvez estivesse até acostumada. E, claro, era quase certo que eu tivesse notícias de Omaugh, coisa que quase todo mundo aqui gostaria de saber. – Mas pelo menos venha jantar conosco, capitã de frota! A capitã Hetnys já está convidada, é claro. A senhora não vai conseguir tratar de nenhum assunto oficial hoje.

Suas últimas palavras ficaram suspensas em uma súbita onda de silêncio, depois da qual ouvimos um coro de uma dezena ou mais de crianças, cantando em uníssono. Não em radchaai nem no mesmo timbre do idioma radchaai, porém em um ritmo que subia em um arco com saltos e intervalos largos e angulares, para depois descer em degraus, subindo ao final novamente, e terminando em um tom ainda mais alto do que no começo. Fosyf interrompeu sua fala ao perceber para onde minha atenção estava voltada.

– Ah, sim – disse ela –, é o templo...

– Silêncio! – gritei.

As crianças começaram outro verso. Eu ainda não entendia as palavras. Elas cantaram mais dois versos, enquanto a cidadã à minha frente tentava esconder sua consternação. Ela não iria embora, pois estava determinada a conversar comigo, aparentemente. Certa de que teria uma oportunidade para fazer isso se fosse paciente o bastante.

Eu poderia perguntar à Estação, mas sabia o que ela me diria. Fosyf Denche era uma cidadã proeminente aqui e acreditava que sua proeminência deveria ser significativa para qualquer uma a quem se apresentasse; e, neste sistema, nesta estação, isso queria dizer *chá*.

A música terminou em uma onda de aplausos. Voltei minha atenção novamente à cidadã Fosyf. Seu semblante desanuviou, ficou mais iluminado.

– Ah, capitã de frota, *eu sei o que você é*! Você é uma *colecionadora*! Você precisa visitar minha casa lá embaixo, no planeta. Não tenho um bom ouvido, mas as trabalhadoras da plantação perto da minha casa produzem diversos sons não civilizados. Tenho certeza de que são trechos autênticos de músicas herdadas de suas ancestrais. Já me disseram que é quase uma apresentação de museu. Mas a administradora da estação pode explicar tudo para a senhora no jantar de hoje. Ela também é uma colecionadora, e sei como vocês são, não importa qual seja a coleção. Vocês sempre querem comparar e trocar. Você tem *certeza* de que tem um bom lugar para ficar?

– Vá embora – respondi para ela, seca e brusca.

– Claro, capitã de frota. – Ela fez uma reverência. – Verei você no jantar, certo? – E, sem esperar resposta, virou-se e foi saindo com a multidão.

– Peço complacência à capitã de frota – disse capitã Hetnys, aproximando-se para que não precisasse falar em voz alta para todo o saguão –, a família da cidadã Fosyf possui as terras que produzem cerca de um quarto do chá que é exportado de Athoek. O apartamento dela é muito próximo da administração. Na verdade, no saguão superior.

Cada vez mais interessante. Mais cedo, havia ficado nítido que a capitã Hetnys não esperava ou desejava que eu ficasse. Agora parecia querer que eu me hospedasse com essa produtora de chá.

– Vou para o Palácio da Governadora – afirmei. Sabia que a governadora do sistema não estava lá. Mas ainda assim faria isso. – E você pode me passar seu relatório enquanto me estabeleço em minhas acomodações.

– Sim, senhora. – E então, quando eu não disse mais nada, ela continuou: – Se me permite perguntar, onde a senhora vai ficar?

– Nível quatro do Jardim Inferior – respondi, com a voz inalterada. Ela tentou bravamente não demonstrar surpresa ou desdém, mas era óbvio que ela não esperava ou gostara daquela resposta.

6

A inteligência artificial das estações era construída (crescia) enquanto a estação era construída. Assim que a estação de Athoek ficou pronta, os ressentimentos causados pela anexação ainda eram recentes, e havia ocorrido violência. Uma dezena de seções em quatro níveis distintos sofreram danos permanentes.

Instalar uma IA em uma construção já existente era um trabalho arriscado. Raramente os resultados agradavam, mas era possível. Fora feito algumas vezes, mas, por alguma razão (talvez um desejo de esquecer o acontecido, talvez pelos presságios não terem sido auspiciosos, talvez por alguma outra coisa), a área em questão havia sido bloqueada em vez que consertada.

Claro, ainda era possível entrar. Havia centenas de pessoas vivendo no Jardim Inferior, ainda que não fosse permitido. Cada cidadã tinha um localizador implantado assim que nasciam, para que a Estação soubesse onde cada uma estava. Assim, a Estação sabia que elas estavam no Jardim Inferior, mas não as via nem ouvia da mesma forma que as outras moradoras, a não ser que estivessem programadas para enviar informações à Estação; eu suspeitava que poucas estivessem configuradas dessa forma.

A porta que levava ao Jardim Inferior era mantida aberta pelos restos de uma mesa manca. O indicador próximo à entrada dizia que, do outro lado da porta (supostamente fechada), havia alto vácuo. Era uma constatação séria. Portas que separavam seções se fechariam automaticamente em caso de perda de pressurização, a fim de selar qualquer violação do casco. Apesar daquilo que o indicador mostrava, não estávamos nem próximas de um alto vácuo, no entanto, qualquer pessoa que passasse bastante tempo em uma nave (ou que more em uma estação) levaria as medidas de segurança bem a sério. Virei-me para a capitã Hetnys.

– Todas as portas de seções que chegam ao Jardim Inferior estão desativadas e são mantidas abertas por escoras como esta?

– Foi como eu disse, capitã de frota, esta área estava selada, mas as pessoas continuam invadindo. Elas foram seladas diversas vezes, mas sem sucesso.

– Sim – concordei, fazendo um gesto que indicava a obviedade de suas palavras. – Então por que as portas não foram consertadas de uma vez?

Ela piscou, era nítido que não estava entendendo a minha pergunta.

– Mas não é para ninguém ficar nesta área, senhora.

A aparência dela era de completa seriedade, essa linha de raciocínio fazia sentido para ela. A ancilar que estava às suas costas olhava para a frente sem expressão, aparentemente sem opinião sobre o assunto. O que eu sabia, quase com certeza, não ser o caso. Não respondi, me virei e subi na mesa para entrar no Jardim Inferior.

No corredor à frente, painéis portáteis de luz estavam espalhados pelas paredes; eles acendiam quando passávamos, uma luz inconstante e fraca, e se apagavam logo depois. O ar estava opressivamente parado, com uma umidade improvável e um cheiro rançoso. A Estação não controlava o fluxo de ar ali, e era possível que as portas permanecessem abertas à força por uma questão de sobrevivência: o ar. Depois de andar cinquenta metros, chegamos a uma espécie de pequeno saguão, formado por uma extensão de corredores que tiveram suas portas e paredes um dia brancas arrancadas a fim de formar um quase labirinto aberto de um só andar, iluminado por mais painéis portáteis (ainda que esses tivessem uma melhor fonte de energia). Várias cidadãs, que estavam indo ou voltando de algum lugar, subitamente se lembraram que seu roteiro deveria levá-las para longe de nós, e só por acaso descobriram que não tinham desejo algum de voltar o olhar em nossa direção.

Mais luz se derramava da entrada de um dos corredores. Ao lado da porta, uma pessoa com calça e camiseta larga olhou de relance para nós, pareceu considerar algo por um momento e então virou-se para trás, abaixou-se para pegar o galão de tinta que estava a seus pés, ficou de pé de novo e começou a pincelar com cuidado e resignação ao redor do batente. Nos lugares em que batia sombra, espirais e círculos vermelhos brilhavam quase imperceptivelmente na parede. A cor da tinta que ela estava usando devia ser muito próxima à cor da parede e fosforescente. Para além da entrada, pessoas estavam sentadas em mesas de diferentes tipos, bebendo chá e conversando. Ou já haviam encerrado a conversa quando chegamos.

O ar estava desconfortavelmente espesso. Tive um repentino *flash* de memória. Calor úmido e cheiro de água de pântano. O tipo de memória que havia se tornado menos comum conforme os anos iam se passando. Memória de quando eu fora uma nave. Quando fora uma unidade de ancilares sob o comando da tenente Awn (ainda viva na época; cada respiração, cada movimento dela uma parte constante de minha consciência, e eu sempre, sempre ao seu lado).

A sala de década da *Misericórdia de Kalr* apareceu em minha mente: Seivarden sentada, tomando chá, olhando os cronogramas de hoje e amanhã, o cheiro de solvente que vinha do corredor de fora ainda mais forte do que o normal, com três Amaats esfregando o chão já limpo. Elas cantavam baixinho em um uníssono descompassado e fora do tom. *Tudo gira, a estação gira em torno da Lua, tudo gira.* Eu chegara à sala sem intenção ou a *Misericórdia de Kalr* havia mandado essa informação como resposta a algo que havia percebido em mim? E isso importava?

– Senhora – aventurou-se a capitã Hetnys, talvez porque eu tivesse parado, fazendo com que ela também parasse, além de *Espada de Atagaris*, tenente Tisarwat e Kalr Cinco. – Peço complacência à capitã de frota. Ninguém deveria estar no Jardim Inferior. As pessoas não *ficam* aqui.

Olhei determinada para as pessoas sentadas às mesas, para além da porta, todas tomando cuidado para não prestar atenção em nós. Olhei para as cidadãs que passavam ao nosso entorno. E então disse para Tisarwat:

– Tenente, vá conferir como a transferência de nossos pertences está transcorrendo. – Eu podia ter todas as informações necessárias da Nave só com um pensamento, mas o estômago de Tisarwat havia melhorado agora que estávamos fora da nave, e ela já começava a ter fome e a se sentir cansada.

– Senhora – respondeu ela antes de sair.

Distanciei-me da capitã Hetnys e sua ancilar, e andei em direção à entrada decorada com espirais. Cinco me seguiu. A pintora ficou tensa quando passamos, hesitou e depois continuou a pintar.

Duas das pessoas sentadas nas diferentes mesas surradas usavam as costumeiras calças, jaqueta e luvas radchaai. Obviamente era a vestimenta-padrão, tecido duro, de um bege-acinzentado, o tipo de roupa que toda cidadã poderia usar, mas algo que somente aquelas que não tinham condições de comprar algo melhor faziam. O restante usava camisetas soltas e leves, junto com calças escuras, vermelhas, azuis e roxas, vívidas em contraste com as lúgubres paredes cinzas. O ar parado e espesso fazia com que aquelas roupas parecessem muito mais adequadas do que o meu uniforme. Não vi nenhum tipo de decoração como a que havia no saguão principal e quase nenhuma joia. E a maioria delas segurava tigelas do que imaginei ser chá. Era quase possível dizer que eu não estava em uma estação radchaai.

Quando entrei, a proprietária havia ido para um canto cheio de tigelas e observado suas freguesas com muita atenção; era claro que não podia perder nenhuma delas por conta da minha presença. Caminhei em sua direção e disse:

– Com licença, cidadã. Não sou daqui e gostaria de saber se você pode responder a minha pergunta. – A proprietária me encarou, parecendo não entender, como se a chaleira que ela segurava fosse mais interessante, como se eu estivesse maluca. – Contaram-me que hoje é um feriado muito importante em Athoek, mas não vejo nenhuma faixa decorativa aqui. – Nenhuma guirlanda de pênis, nenhum doce, só pessoas cuidando das próprias vidas. Fingindo não ver as soldadas que estavam paradas no meio de seu bairro.

A proprietária pigarreou.

– Porque todas as athoeki são xhai, certo? – Kalr Cinco parou atrás de mim. A capitã Hetnys e a ancilar da *Espada de Atagaris* continuavam paradas onde eu as havia deixado, a capitã me encarando.

– Ah – respondi –, agora eu entendo.

– O que você está fazendo aqui? – perguntou uma pessoa que estava sentada a uma das mesas. Nenhuma cortesia para com a minha patente, nem o minimamente educado "cidadã". As pessoas sentadas perto dela ficaram tensas, olharam para o outro lado. E as que ainda falavam pararam de falar. Uma das que estava sentada sozinha a alguns metros, uma das duas que vestia a roupa-padrão radchaai, com jaqueta barata e dura, luvas e tudo o mais, fechou os olhos, respirou profundamente algumas vezes e voltou a abri-los. Mas não disse nada.

Ignorei tudo isso.

– Preciso de um lugar para ficar, cidadã.

– Não temos hotéis chiques aqui – respondeu a pessoa que havia falado de forma rude. – Ninguém vem aqui para *ficar*. Pessoas vêm aqui para beber, para comer a comida ychana *de verdade*.

– *Soldadas* vêm aqui para espancar pessoas que estão cuidando da própria vida – resmungou alguém atrás de mim. Não me virei para olhar e enviei uma rápida mensagem para que Kalr Cinco não se movesse.

– E a governadora sempre tem espaço para pessoas *importantes* – continuou a pessoa que estava falando, como se a outra fala não tivesse existido.

– Talvez eu não queira ficar com a governadora.

Por algum motivo, aquela parecia ser a coisa certa a se dizer. Todas que estavam ouvindo riram. Com exceção de uma, a que estava vestida conforme o costume radchaai e continuava em silêncio. Os poucos broches que ela usava eram genéricos e baratos, de latão e vidro pintados. Nada que indicasse afiliação familiar. Somente um pequeno enfeite esmaltado de IsaaInu que ela usava no pescoço dizia algo sobre ela. Era a Emanação de movimento e quietude, e indicava que talvez ela fosse membro de um séquito que praticava um tipo específico de meditação. Por outro lado, as Emanações eram populares, e, como adornavam a fachada do templo de Amaat daqui, deviam servir como substitutas de deusas locais. Por isso, no fim de contas, o enfeite não me deu nenhuma informação extra. Mas me deixou intrigada.

Puxei a cadeira que estava na frente dela e me sentei.

– Você é muito brava.

– Você não está sendo razoável comigo – respondeu ela depois de suspirar.

– Sentimentos e pensamentos são irrelevantes. – Percebi que havia ido longe demais, e que em pouco tempo ela iria se levantar, com pressa, e fugir. – A Segurança só se preocupa com ações.

– É o que dizem. – Ela largou a tigela e fez menção a se levantar.

– Sente-se! – ordenei com firmeza. Com autoridade. Ela congelou. Levantei a mão e chamei a proprietária. – O que quer que seja que você sirva, vou tomar um. – Recebi uma tigela com um tipo de pó dentro, sobre o qual água foi despejada, revelando o chá espesso que todas estavam tomando. Bebi um gole. – Chá, e algum tipo de grão torrado? – A proprietária levantou os olhos, como se eu tivesse dito algo muito estúpido, depois virou-se e saiu sem me responder. Fiz um gesto resignado e tomei mais um gole. Olhei a pessoa a minha frente, que ainda não havia relaxado em sua cadeira, mas ao menos ainda não havia levantado e fugido, e disse: – Então, possivelmente é algo político.

Ela arregalou os olhos, toda inocente.

– Desculpe, cidadã? – Ostensivamente, e tecnicamente educada, apesar de eu ter certeza de que, caso ela conseguisse ler os sinais da minha patente, teria se dirigido a mim de forma mais apropriada. Se ela realmente quisesse ser educada.

– Ninguém aqui está conversando com você – continuei. – E seu sotaque não é o mesmo que o delas. Você não é daqui. A reeducação normalmente funciona como um condicionamento muito eficaz e torna muito desagradável para você fazer aquilo pelo qual foi condenada. – Ou era assim que funcionava o tipo mais básico de reeducação, mas é claro que podia ser muito mais complexo que isso. – E a coisa que a está deixando desconfortável é expressar a própria raiva. E você está com muita raiva. – Eu não conhecia ninguém lá, mas identificava a raiva. A raiva era uma velha amiga minha. – Foi uma injustiça, do começo ao fim, certo? Você não fez nada. Ou pelo menos nada que você considerasse errado. – Era provável que ninguém ali achasse errado também. Ela não havia sido retirada da mesa, a presença dela não havia feito com que as outras se retirassem. A proprietária servira chá a ela.

– O que aconteceu?

Ela ficou em silêncio por alguns segundos.

– Você está acostumada a dizer o que quer e conseguir, não é? – disse ela com calma.

– Esta é minha primeira vez na estação Athoek. – Tomei mais um gole do grosso chá. – Só estou aqui há uma hora e, até agora, não gostei do que vi.

– Então, tente ir para outro lugar. – A voz dela estava estável, quase sem nenhum sinal de ironia ou sarcasmo. Como se ela realmente só quisesse dizer aquilo que as palavras expressavam.

– Agora me diga, o que aconteceu?

– Quanto chá você já bebeu, cidadã?

– Muito – respondi. – Afinal, sou radchaai.

– Sem dúvida você está acostumada a beber do melhor. – Aquela aparente sinceridade. Ela havia recuperado boa parte de sua compostura, eu pensei, e aquela visível amabilidade com um circuito raivoso quase inaudível era normal para ela.

– Escolhido à mão, a mais rara, mais delicada erva.

– Não sou tão fresca – respondi no mesmo tom. Ainda que, para ser sincera, eu não soubesse se o chá que estava bebendo fora escolhido a dedo ou qualquer outra coisa sobre ele, só sabia o nome, e que era bom. – Então o chá é escolhido a mão?

– Alguns. Você devia descer para ver. Existem alguns passeios que são até baratos. As turistas os adoram. Muitas pessoas vêm para cá só para ver o chá. E por que não viriam? O que são as radchaai sem seu chá, afinal de contas? Tenho certeza de que uma das cultivadoras ficaria muito satisfeita em mostrar o lugar para *você* pessoalmente.

Pensei na cidadã Fosyf.

– Talvez eu faça isso. – Tomei mais um gole do mingau de chá.

Ela ergueu sua tigela, bebeu o restante do que tinha. Levantou-se.

– Obrigada, cidadã, pela excelente conversa.

– Foi um prazer conhecer você, cidadã – respondi. – Estou hospedada no nível quatro. Passe por lá quando estivermos acomodadas.

Ela fez uma reverência e não falou nada. Virou-se para sair, mas parou ao ouvir algo pesado batendo com força do lado de fora da parede.

Todas as que estavam na loja de chá prestaram atenção àquele som. A proprietária apoiou a chaleira na mesa com tanta força que as pessoas ao seu redor deveriam ter se assustado, mas não o fizeram, tal era a concentração delas no que estava acontecendo lá fora. Uma determinação sombria e raivosa apareceu em seu semblante, e ela andou a passos largos para fora da loja. Levantei-me e a segui, Cinco logo atrás de mim.

Do lado de fora, a ancilar da *Espada de Atagaris* havia prensado a pintora na parede com o braço direito virado para trás. E, a julgar pela mancha marrom rosada na parede, ela havia chutado o galão de tinta. As marcas e o galão estavam agora no chão. A capitã Hetnys continuava parada onde eu a havia deixado, observando. Sem dizer nada.

A proprietária da loja de chá foi para junto da ancilar.

– O que foi que ela fez? – esbravejou. – Ela não fez nada!

A *Espada de Atagaris* não respondeu, só virou o braço da pintora com ainda mais força, fazendo com que ela se distanciasse da parede com um grito de dor e caísse de joelhos, depois deitasse com o rosto do chão. A ancilar pressionou as costas da pintora, entre os ombros, com um dos joelhos; isso fez com que ela arquejasse e soltasse uma lamúria chorosa.

A proprietária da casa de chá deu um passo para trás, mas não foi embora.

– Solte ela! Eu *contratei* essa pessoa para pintar a porta.

Era hora de intervir.

– *Espada de Atagaris*, solte a cidadã.

A ancilar hesitou, pois não entendia a pintora como uma cidadã. Depois soltou-a e ficou parada. A proprietária da loja de chá se ajoelhou perto da pintora, falando em uma língua que eu não entendia, mas o tom de sua voz me dizia que ela estava perguntando se estava tudo bem. Eu sabia que ela não estava bem (a forma como *Espada de Atagaris* dobrou seu braço fora propositalmente violenta). Eu já usara essa mesma técnica para machucar; várias vezes.

Ajoelhei-me ao lado da proprietária da loja de chá.

– Provavelmente seu braço está quebrado – disse à pintora. – Não se mexa. Vou chamar a assistência médica.

– As médicas não vêm até aqui – respondeu a proprietária, a voz dela amarga e desdenhosa. Depois continuou para a pintora: – Consegue se levantar?

– Você realmente não devia se mexer – continuei. Mas a pintora me ignorou. Com a ajuda da proprietária e outras duas pessoas, ela conseguiu ficar de pé.

– Capitã de frota, senhora. – A capitã Hetnys estava claramente indignada, mas tentava se conter. – Esta pessoa estava danificando a estação, senhora.

– Esta pessoa – respondi – estava pintando a porta de uma loja de chá, serviço esse solicitado por sua proprietária.

– Mas ela não tem permissão para isso, senhora! E com certeza a tinta é roubada.

– Não foi roubada! – gritou a proprietária, enquanto a pintora se afastava lentamente, escorando-se em duas outras pessoas, uma delas a nervosinha de luvas cinza. – Eu *comprei* a tinta.

– Você chegou a perguntar à pintora onde ela conseguiu a tinta? – questionei. A capitã Hetnys olhou para mim com uma expressão de clara confusão, como se minha pergunta não fizesse sentido algum para ela. – Você perguntou se ela tinha permissão?

– Senhora, ninguém tem permissão para fazer *nada* aqui.
– A voz da capitã Hetnys estava cuidadosamente uníssona, apesar de eu conseguir ouvir a frustração que se escondia nela.

Sendo esse o caso, queria saber por que aquela particular atividade sem permissão havia angariado uma reação tão violenta.

– Você perguntou à Estação se a tinta era roubada? – A pergunta parecia não significar nada para a capitã Hetnys.

– Existe alguma razão para você não chamar a segurança da estação?

– Senhora, neste momento, *nós somos* a segurança no Jardim Inferior e manteremos a ordem enquanto as coisas não se ajeitam. A segurança da estação não vem até aqui. Ninguém...

– Deve estar aqui. – Virei-me para Cinco. – Certifique-se de que a cidadã chegue ao departamento médico em segurança e que seus ferimentos sejam tratados imediatamente.

– Nós não precisamos da *sua* ajuda – declarou a proprietária.

– Como quiser – respondi, então fiz um gesto para Cinco e ela se foi. Virei-me novamente para a capitã Hetnys. – Então a *Espada de Atagaris* está comandando a segurança do Jardim Inferior.

– Sim, senhora – respondeu a capitã Hetnys.

– Ela, ou você, têm alguma experiência no comando de segurança civil?

– Não, senhora. Mas...

– Aquela técnica – interrompi – não deve ser usada em cidadãs. E é possível matar alguém sufocado ao se apoiar em suas costas daquela forma. – O que não seria um problema, caso você não se importasse com o fato de aquela pessoa sobreviver ou não. – Você e sua nave irão se familiarizar com as normas de segurança para lidar com cidadãs civis, imediatamente. E vocês irão seguir essas normas.

– Peço complacência à capitã de frota, senhora, mas a senhora não entende. Essas pessoas... – Hetnys parou. Baixou a voz. – Essas pessoas quase não são civilizadas. E elas podiam estar escrevendo qualquer coisa nessas paredes. Na atual conjuntura, pintando a parede dessa forma, elas poderiam estar espalhando rumores, mensagens secretas, instigando outras... – Ela parou, em dúvida por um momento. – E a Estação não consegue enxergar aqui, senhora. Várias pessoas não autorizadas podem estar aqui. Até mesmo alienígenas!

Por um momento, a expressão "pessoas não autorizadas" me deixou intrigada. De acordo com a capitã Hetnys, todas que estavam ali eram pessoas não autorizadas, ninguém tinha permissão para ficar. Então entendi que ela se referia a pessoas cuja própria existência era não autorizada. Pessoas que haviam nascido sem que a Estação tomasse conhecimento, que não tinham localizadores implantados. Pessoas que a Estação não podia enxergar de forma alguma.

Podia imaginar, talvez, uma ou duas pessoas assim. Mas em uma quantidade grande o suficiente para se tornar um problema? "Pessoas não autorizadas"? Voltei a usar minha forma antiga de falar e adicionei uma pitada de ceticismo na voz.

– Alienígenas? *Sério*, capitã?

– Com a complacência da capitã de frota, imagino que a senhora esteja acostumada a locais onde todas são civilizadas. Onde todas já foram assimiladas à vida radchaai. Aqui não é assim.

– Capitã Hetnys, você e sua tripulação não usarão violência contra cidadãs desta estação, a não ser que seja absolutamente necessário. E... – continuei, passando por cima do claro desejo dela de protestar – caso seja necessário, você seguirá o mesmo protocolo que a segurança da estação. Entendido?

Ela piscou. E engoliu o que quer que quisesse dizer.

– Sim, senhora.

Virei-me para a ancilar.

– *Espada de Atagaris*? Fui clara?

A ancilar hesitou. Surpresa, não havia dúvidas, por ter me dirigido diretamente a ela.

– Sim, capitã de frota.

– Bom. Vamos continuar essa conversa em particular.

7

Com a ajuda da Estação, consegui alguns alojamentos no quarto piso. O ar parecia parado, e eu suspeitei que alguns dos painéis de luz que estavam nas paredes do corredor por onde havíamos passado antes foram roubados, já que as lojas não estavam abertas hoje e a própria Estação devia ter poucas funcionárias em sua equipe. Mesmo com a parca iluminação, as paredes e o chão pareciam desagradáveis, sujos e encardidos. Além da nossa própria bagagem, alguns pedaços de madeira e estilhaços de vidro sugeriam que a pessoa que vivera ali não havia levado todos os seus pertences embora, mas qualquer coisa que pudesse ser útil já havia sido pilhada havia tempos.

– Não temos água, senhora – informou a tenente Tisarwat.

– Isso significa que os banheiros mais próximos estão... A senhora não vai querer ver o banheiro mais próximo, senhora. Mesmo que não haja água, as pessoas têm usado o banheiro para... bem. De qualquer forma, mandei Nove buscar baldes e materiais de limpeza, caso encontrem alguns.

– Muito bem, tenente. Existe algum lugar em que eu possa fazer uma reunião com a capitã Hetnys? De preferência um lugar onde possamos nos sentar?

Os olhos cor de lilás da tenente Tisarwat demonstraram sua preocupação.

– Senhora, não há lugar para sentar, exceto o chão. Ou nas malas.

Malas atrasariam nossa acomodação.

– Vamos nos sentar no chão, então. – A *Misericórdia de Kalr* me mostrou a onda de indignação que percorreu todas as Kalrs presentes, mas nenhuma delas falou nada ou mesmo mudou de expressão, com exceção da tenente Tisarwat, que tentou esconder seu desprezo da melhor forma possível.

– Existe alguém perto de nós?

– A Estação diz que não, senhora – respondeu a tenente Tisarwat, enquanto fazia um gesto que indicava uma porta. – Provavelmente, esse é o melhor lugar.

A capitã Hetnys me seguiu em direção ao cômodo que a tenente havia indicado. Fiquei de cócoras no chão sujo e fiz um gesto que convidava Hetnys a fazer o mesmo. Com alguma hesitação, ela se agachou diante de mim, com sua ancilar em pé atrás dela.

– Capitã, você ou sua nave estão enviando informações para a Estação?

– Não.

Ela arregalou os olhos, surpresa. Uma breve consulta me mostrou que minha nave também não estava.

– Então, se entendi bem, você acredita que as presger estão prestes a atacar o sistema. Que elas inclusive já se infiltraram nesta estação.

O Radch sabia de, ou tinha contato com, pelo menos três espécies alienígenas: as geck, as rrrrr e as presger. As geck raramente saíam de seu planeta natal. A relação com as rrrrr era tensa, já que o primeiro encontro havia sido desastroso. Por conta da forma como nosso tratado com as presger havia sido estruturado, entrar em guerra contra as rrrrr seria o equivalente a quebrá-lo. Antes daquele tratado, relação com as presger havia sido impossível. Na verdade, havia sido fatal. Antes do tratado, as presger haviam sido implacáveis inimigas da humanidade. Ou melhor, predadoras.

– Sua tenente Amaat pensou, acredito, que a *Misericórdia de Kalr* fosse uma nave presger disfarçada.

– Sim, senhora. – Ela parecia quase aliviada.

– Você tem algum motivo para acreditar que as presger quebraram o tratado? Possui alguma pista de que elas têm qualquer interesse em Athoek?

Alguma coisa. Alguma coisa passou pela expressão em seu rosto.

– Senhora, há mais ou menos um mês não recebo nenhum comunicado oficial. Perdemos contato com Omaugh há vinte e seis dias, toda essa parte da província perdeu. Enviei a *Misericórdia de Phey* para Omaugh a fim de descobrir o que acontecera, mas, mesmo que ela tenha conseguido alguma informação e esteja voltando, vai demorar dias para sequer chegar aqui. – Ela deve ter chegado a Omaugh logo depois que parti. – A governadora do sistema recebe informações oficiais de "dificuldades não previstas", mas nada além disso. As pessoas estão tensas.

– O que é compreensível.

– E dez dias atrás perdemos todas as formas de comunicação com o palácio de Tstur. – O que seria o tempo que as notícias de Omaugh levariam para chegar até Tstur, mais a distância de lá até aqui. – E as presger nunca foram nossas amigas, senhora, e... Eu tenho ouvido coisas.

– Da capitã Vel... – suspeitei. – Coisas sobre as presger estarem sabotando o Radch.

– Sim, senhora. Mas a senhora disse que a capitã Vel é uma traidora.

– As presger não tiveram nada a ver com isso. A Senhora do Radch está se desentendendo com ela mesma. Ela se dividiu em ao menos duas facções com objetivos opostos, ideias diferentes sobre o futuro do Radch. Ambas estão recrutando naves para suas causas. – Olhei para cima, para onde a ancilar estava, parada, sem expressão. Ela parecia não se importar. Mas eu sabia que aparências enganam. – *Espada de Atagaris*, você está neste sistema há duzentos anos.

– Sim, capitã de frota. – A voz dela era estável, monocórdia. Não demonstrava nada da surpresa que eu sabia que sentia por eu ter me dirigido diretamente a ela pela segunda vez.

– A Senhora do Radch a visitou nesse meio-tempo? Conversaram em particular? Aqui no Jardim Inferior talvez?

– Não consigo entender o que a capitã de frota está perguntando – respondeu a *Espada de Atagaris*, por meio de sua ancilar.

– Estou perguntando – respondi, percebendo a evasão – se você teve uma conversa privada com Anaander Mianaai, que ninguém poderia ouvir. Mas talvez você já tenha respondido. Foi a que diz que as presger estão infiltradas no Radch ou a outra? – A outra sendo a que me dera o comando da *Misericórdia de Kalr*. E me enviara Tisarwat. – Ou, deusas queiram que não, havia uma terceira parte de Mianaai com outra justificativa para o que quer que ela estivesse fazendo?

– Peço complacência à capitã de frota para falar livremente – disse a capitã Hetnys, no silêncio que se seguiu à minha pergunta.

– Claro, capitã.

– Senhora. – Ela engoliu em seco. – Peço perdão, mas conheço as capitãs de frota das províncias, e seu nome não está entre elas.

A *Espada de Atagaris* com certeza havia mostrado a ela meu registro de serviço, ou a parte dele que estava disponível para a nave, e ela vira que eu só me tornara capitã de frota havia algumas semanas. Quando me juntara às militares. Várias eram as possíveis conclusões que alguém poderia tirar ao ver isso, e ela escolhera uma: que eu havia sido designada para tal função por algum motivo e não possuía experiência militar. Dizer isso em voz alta, para mim, era arriscar a própria vida.

– Fui designada recentemente.

Só essa informação já seria capaz de levantar diversas dúvidas. Para uma oficial como a capitã Hetnys, esperava que a dúvida fosse porque ela não havia sido designada capitã de frota. Provavelmente essa era a primeira questão a passar pela cabeça dela.

– Senhora, há dúvidas sobre a minha lealdade? – Então ela percebeu que sua carreira não era o assunto mais importante.

– A senhora disse que a Senhora do Radch está... dividida. Que tudo isso é resultado de uma briga que ela está tendo com ela mesma. Não sei se consigo entender como isso é possível.

– A Senhora do Radch se tornou muito grande para continuar sendo uma só entidade, capitã. Se é que foi um dia.

– Claro que era apenas uma, senhora. Com o perdão da capitã de frota, talvez a senhora não tenha muita experiência com naves tripuladas por ancilares. Não é exatamente a mesma coisa, senhora, mas o princípio é parecido.

– Sinto informar à capitã – respondi, com uma voz fria e irônica – que meu histórico de serviço não está totalmente disponível para você. Estou bem familiarizada com ancilares.

– Ainda assim, senhora. Se o que diz é verdade, que a Senhora do Radch está dividida e brigando com ela mesma, se ambas são a Senhora do Radch e não... não uma falsificação, então como saberemos qual é a correta?

Neste momento, lembrei que essa era uma ideia nova para a capitã Hetnys. Que até agora nenhuma radchaai havia questionado a identidade de Anaander Mianaai, ou se perguntado sobre o direto dela de governar. Tudo isso era dado como certo.

– Ambas são, capitã. – Ela não pareceu compreender. – Se a Anaander "correta" não se preocupasse com a vida das cidadãs tão logo ganhasse a batalha contra ela mesma, você ainda seguiria suas ordens?

Ela ficou em silêncio por alguns segundos.

– Acredito que eu precisaria saber mais. – Justo. – Mas, com seu perdão, capitã de frota, tenho ouvido coisas sobre uma infiltração alienígena.

– Vindas da capitã Vel.

– Sim, senhora.

– Ela estava sendo enganada.

"Manipulada" seria o termo correto; era mais fácil para uma das Anaander ganhar a confiança dela, e até mesmo sua crença, se acusasse uma inimiga externa, uma que quase todo o Radch temia e odiava.

Mas eu não podia ter certeza de que as presger não estavam envolvidas. Foram elas que criaram a arma que eu carregava embaixo de meu casaco, invisível para qualquer scanner, com balas capazes de perfurar qualquer material existente. As presger haviam vendido aquelas armas, vinte e cinco delas, para as garseddai, para que resistissem à anexação do Radch. E havia sido a destruição das garseddai que resultara dessa luta, a completa e total obliteração de todo organismo vivo naquele sistema que servira de gatilho para a crise de Anaander, um conflito pessoal tão extremo que ela só conseguiria resolver por meio de uma guerra contra ela mesma.

Mas essa era uma crise que estava apenas esperando para acontecer. Milhares de corpos distribuídos pelo Radch, doze quartéis diferentes, todos em comunicação constante, mas com algum atraso. O espaço do Radch, e a própria Anaander, estivera em constante expansão por três mil anos, e agora um pensamento poderia demorar semanas para chegar à outra parte de Anaander. Desde o começo, isso estava fadado a se quebrar. Em retrospecto, era óbvio. Deveria ser evidente também no início, você pode pensar. Mas é muito fácil não ver o que está a sua frente, mesmo quando é algo escancarado.

– Capitã – recomecei –, minhas ordens são de manter esse sistema seguro e estável. Se isso significa defendê-lo da própria Senhora do Radch, então é isso que eu vou fazer. Se você tem ordens para se alinhar a um determinado lado, ou se tem ideais políticos condizentes, pegue sua nave e saia. Vá para o mais longe de Athoek que puder.

Ela teve que pensar sobre a proposta por um período um pouco mais longo do que eu gostaria.

– Senhora, não é meu trabalho ter qualquer ideal político. – Eu não tinha certeza de quão honesta era essa resposta. – Meu trabalho é seguir ordens.

– Ordens que até agora serviram apenas para ajudar a governadora do sistema a manter a paz. Agora as ordens são para me ajudar a manter o sistema seguro.

– Senhora. Sim, senhora. Claro, senhora, mas...

– Mas...

– Sem querer insultar a inteligência e a capacidade da capitã... – Ela se perdeu ao tentar, pelo que entendi, começar uma frase que levaria a um pensamento estranho. – Você está preocupada com a minha aparente falta de experiência militar. – Trazer isso à tona poderia custar a vida da capitã Hetnys. Dei um leve sorriso para ela. – Assumo que a administração às vezes apresente designações muito estranhas. – Ela esboçou um sorriso de concordância. Toda soldada tinha reclamações sobre como a administração militar arrumava as coisas. – Mas não foi a administração que me nomeou. Foi a própria Anaander Mianaai. – O que era verdade, mas não era uma boa justificativa, e não era algo que eu estava particularmente feliz em reconhecer. – E você pode dizer "ela é Mianaai, ela é prima da Senhora do Radch". – Uma leve contração dos músculos do seu rosto me informou que ela havia pensado naquilo. – E você já teve experiências com pessoas que foram promovidas por suas relações familiares. Não culpo você, eu também tive. Mas, apesar de só uma parte do meu histórico de serviço estar disponível para você, eu *não* sou uma nova recruta. – Ela pensou naquilo. Mais um instante e logo chegaria à conclusão de que eu passara minha carreira toda em missões especiais, envolvidas em coisas secretas demais para se admitir.

– Capitã de frota, peço desculpas. – Fiz um gesto para indicar que estava tudo bem. – Mas, senhora, quem trabalha com missões especiais está acostumada a um certo nível de... irregularidades e...

Incrível, vindo de uma pessoa que não havia titubeado ao pensar em suas ancilares machucando cidadãs.

– Tenho experiência em situações que acabaram muito mal porque alguém estava agindo incorretamente. E também porque alguém trabalhava com uma ideia muito estreita do que era correto. E, mesmo que Athoek estivesse livre de qualquer problema, todo o Radch se encontra em uma zona de irregularidades.

Ela respirou fundo para perguntar mais alguma coisa, mas reconsiderou.

– Sim, senhora.

Levantei meu olhar para a ancilar da *Espada de Atagaris* que estava parada ali, ainda em silêncio.

– E você, *Espada de Atagaris*?

– Faço o que minha capitã ordena, capitã de frota. – Monocórdica. Uma aparente falta de emoção. Mas tinha quase certeza de que fora pega de surpresa pela minha pergunta.

– Bem. – Não havia por que pressionar muito. Fiquei de pé. – Foi um dia difícil para todas nós. Então, vamos esperar por um novo começo. E você tem um convite para jantar, capitã, se bem me lembro.

– Assim como a capitã de frota – lembrou-me a capitã Hetnys –, tenho certeza de que a comida será ótima. E algumas das pessoas que você quer conhecer estarão lá. – Ela tentou reprimir o desejo de olhar em volta. Sem móveis. Até sem água. – A governadora com certeza estará lá, senhora.

– Sendo assim, presumo que devo ir ao jantar.

8

O apartamento da cidadã Fosyf Denche ostentava uma presunçosa sala de jantar com uma parede toda de vidro, uma vista elevada, por onde era possível ver o saguão da estação ainda cheio de pessoas. Quatro por oito metros, paredes pintadas de ocre. Uma fileira de plantas na estante mais alta, grossos galhos pendurados que desciam até quase o chão com espinhos afiados e folhas muito verdes. Mesmo sendo grande para os padrões de uma residência de estação, não era suficiente para abrigar todas as integrantes de uma família radchaai abastada (primas, clientes, empregadas e suas filhas); e, a julgar pela quantidade de crianças que já haviam desistido de partes de seu vestuário e agora dormiam pelos sofás da sala, esta era a segunda rodada de jantares.

– A capitã de frota – disse Fosyf de seu lugar na ponta da mesa de madeira clara e dourada – é uma colecionadora assim como você, administradora Celar!

Era nítido que a cidadã Fosyf estava feliz em ter descoberto aquilo. E o suficiente para quase esconder por completo o descontentamento que sentia por minha recusa em compartilhar informações sobre a perda de comunicações com os palácios mais próximos, ou sua inabilidade de perguntar isso de forma educada.

A administradora da estação, Celar, arriscou uma expressão de cuidadoso interesse.

– Uma colecionadora, capitã de frota? De músicas? Qual tipo?

Ela era uma pessoa larga, corpulenta, e usava casaco e calças cor-de-rosa vivo, com uma faixa amarela esverdeada. Olhos e pele escuros, cabelos cacheados e volumosos presos em um coque alto no topo da cabeça. Era muito bonita e sabia disso, pensei, mas não a ponto de ser desagradável. A filha dela, Piat, estava sentada ao seu lado em um silêncio estranhamente introspectivo. Piat não era tão grande e nem tão bonita, mas ainda era jovem e poderia se igualar à mãe em algum momento.

– Meu gosto é eclético e não faço qualquer discriminação, administradora.

Recusei outro prato de ovos defumados. A capitã Hetnys permanecia sentada em silêncio ao meu lado, concentrada em seu segundo prato. Do outro lado da mesa, ao lado da administradora da estação, estava Giarod, a governadora do sistema, alta e de ombros largos, com um leve e macio casaco verde. Algo em seu tom de pele sugeria que ela havia escurecido sua tez de propósito. Desde que entrara, havia se comportado como se aquele fosse um jantar comum, nada além do extraordinário.

– Tenho particular interesse pela música ghaônica – confessou a administradora Celar.

Fosyf sorriu. Raughd, filha de Fosyf, deu um sorriso forçado para mascarar o seu tédio. Quando cheguei, percebi que ela estava atenta demais, respeitosa demais, e eu já vira um número suficiente de pessoas jovens da classe social dela (de forma íntima e por bastante tempo) que mesmo sem uma IA eu podia afirmar que a jovem estava se curando de uma ressaca. Dava para perceber que o remédio de Raughd começara a fazer efeito.

– Fui criada a apenas alguns portais de Ghaon, sabe – continuou a administradora –, e trabalhei como administradora assistente naquela estação por vinte anos. Lugar fascinante! E é tão difícil encontrar música autêntica de lá.

Com seu talher, ela pegou um pequeno pedaço de fruta com açúcar, mas, em vez de levá-lo até a boca, colocou-o em seu colo, embaixo da mesa. Ao lado dela, sua filha Piat sorriu levemente, o primeiro sorriso que eu vira da garota.

– Ghaônica em geral? – A estação em que a administradora Celar havia trabalhado fora construída quando eu estivera lá, há séculos. – Existiam ao menos três entidades políticas diferentes em Ghaon no momento da anexação, dependendo de como você conte, e algo próximo a sete idiomas diferentes, cada um com diversos estilos musicais.

– Você *sabe* – respondeu ela, perdendo por um momento toda a delicadeza com que estava me tratando –, tudo aquilo e pouquíssimas músicas realmente ghaônicas sobraram.

– O que você me daria, por uma música ghaônica que você nunca ouviu?

A administradora arregalou os olhos, parecendo não acreditar na minha pergunta.

– Senhora – respondeu ela, indignada e ofendida –, a senhora está sendo irônica comigo?

Levantei uma sobrancelha.

– Asseguro-lhe que não estou fazendo isso, administradora. Tenho diversas músicas ghaônicas em minha coleção por causa de uma nave que estivera lá durante a anexação. – Só não mencionei que a nave em questão era *eu*.

– A senhora conheceu a *Justiça de Toren*! Que perda! A senhora serviu nela? Sempre quis conhecer alguém que servira a *Justiça de Toren*. Uma das horticultoras daqui tem uma irmã que serviu lá, mas isso foi muito antes de ela vir para cá. Ela era só uma criança quando... – A administradora balançou a cabeça arrependida. – Tão triste. – Era hora de mudar o rumo da conversa. Virei-me para a governadora Giarod.

– Eu poderia, governadora, perguntar sobre esse ritual no templo que a manteve ocupada durante todo o dia? – Meu sotaque era elegante como o de qualquer oficial bem-nascida, meu tom extremamente cortês, mas no fundo era possível perceber uma pitada de nervosismo.

– Pode, sim – disse a governadora. – Mas não sei como responder. – Assim como a administradora da estação, ela pegou um pedaço de fruta com açúcar e colocou no colo.

– Ah – arrisquei –, mistérios do templo.

Eu já vira diversos em meus dois mil anos de vida. Nenhum deles conseguira permissão para continuar, a não ser que admitissem Anaander Mianaai entre suas participantes. Ou ao menos em teoria, já que podia ser caro demais entrar em alguns deles.

A governadora Giarod colocou outro pedaço de fruta embaixo da mesa. Para alguma criança ainda mais exausta e possivelmente com mais iniciativa do que suas irmãs e primas, imaginei.

– Os mistérios são bem antigos – respondeu a governadora. – E muito importantes para as athoeki.

– Importantes para as athoeki ou só para as xhai? E estão, de alguma forma, ligados à história das athoeki que tinham pênis e fingiram cortá-los?

– Coisas diferentes, capitã de frota. O festival da genitália vem de muito antes da anexação. As athoeki, particularmente as xhai, são muito espiritualizadas. A metáfora é uma forma inadequadamente material que serve para falar de coisas imateriais. Se a senhora possui algum interesse no campo espiritual, sugiro que se torne membro.

– Temo... – interrompeu a cidadã Fosyf, antes que eu pudesse responder – que os interesses da capitã de frota sejam mais musicais do que espirituais. Ela só está interessada na cantoria. – Uma consideração um tanto rude, mas verdadeira.

Embaixo da mesa, uma pequena mão sem luvas agarrou a perna da minha calça; quem quer que estivesse ali havia desistido de esperar pela governadora e resolveu tentar a sorte comigo. Ela não tinha mais que um ano de idade, e estava, até onde eu podia ver, completamente nua. Ofereci-lhe um pedaço de fruta com açúcar, era claramente sua favorita, e ela aceitou com a mão melada, colocou-a na boca e mastigou, franzindo a testa ao fazê-lo e completamente absorta no ato, enquanto se recostava em minha perna.

– A cidadã Fosyf me disse que as trabalhadoras do estado dela assinaram um bom acordo – comentei.

– Ah, sim! – concordou a administradora da estação. – No passado, as transportadas eram quase todas samirend, mas agora são todas valskaayanas.

Aquilo me pareceu estranho.

– *Todas* as trabalhadoras do campo são valskaayanas? Passei outro pedaço de fruta com açúcar para debaixo da mesa. Kalr Cinco reclamaria das marcas de dedos em minhas calças. Mas as radchaai normalmente mimavam as crianças pequenas, então ela não ficaria brava.

– Samir foi anexada há algum tempo, capitã de frota – respondeu Fosyf. – Todas as samirend são mais ou menos civilizadas agora.

– Mais ou menos – murmurou a capitã Hetnys ao meu lado.

– Conheço muitas músicas valskaayanas – disse, ignorando o comentário da capitã. – Elas falam delsig?

Fosyf franziu o cenho.

– Bem, claro, capitã de frota. Não falam muito radchaai, com certeza.

Valskaay tinha um planeta completamente temperado e habitável, sem falar em dezenas de estações e luas. Delsig era a língua que as valskaayanas usariam se quisessem fazer negócios longe de casa, mas não era certeza de que todas as valskaayanas soubessem o idioma.

– Elas mantiveram a tradição de música de coro?

– Algumas – respondeu a administradora Celar. – Elas também improvisaram um baixo ou um canto separado para as músicas que aprenderam desde que chegaram. Pedais, paralelos, a senhora sabe, esse tipo de coisa, tudo bem primitivo, mas não muito interessante.

– Por não ser autêntico? – perguntei.

– Isso mesmo – concordou Celar.

– Pessoalmente, me preocupo muito pouco com isso de autenticidade.

– Gosto eclético, como a senhora já disse – respondeu Celar com um sorriso.

Levantei meus talheres indicando concordância.

– Alguém importou um pouco de música escrita? – Em alguns lugares de Valskaay (particularmente nas áreas em que delsig era o idioma principal), sociedades de corais faziam parte de uma instituição social importante, e todas as pessoas bem-educadas aprendiam a ler notações musicais. – Para que não fiquem presas a pedais primitivos e desinteressantes? – Coloquei uma pitada de sarcasmo em minha voz.

– Pela graça de Amaat, capitã de frota! – interrompeu a cidadã Fosyf. – Essas pessoas mal conseguem falar três palavras em radchaai. Não consigo imaginar minhas trabalhadoras do campo sentadas para aprender a ler música.

– Pode mantê-las ocupadas – respondeu Raughd, que estivera sentada em silêncio até agora, com um sorriso forçado. – Mantê-las longe de confusão.

– Bem, sobre isso – continuou Fosyf – eu diria que as samirend que têm educação são as que nos dão mais trabalho. As supervisoras do campo são quase todas samirend, capitã de frota. Inteligentes, em geral. E geralmente confiáveis, mas algumas... Se deixarmos essas uma ou duas se unirem, elas convencem mais gente, e de repente você se depara com um campo de trabalhadoras revoltadas. Já aconteceu há uns quinze ou vinte anos. As trabalhadoras do campo de cinco fazendas diferentes se sentaram e se recusaram a colher chá. Simplesmente se sentaram! Mas é claro que paramos de alimentá-las, já que elas estavam se recusando a trabalhar. Porém, isso não funciona tão bem em planetas. Qualquer uma que não sinta vontade de trabalhar pode viver da terra.

Passou-me pela cabeça que viver da terra não deveria ser tão simples assim.

– Vocês trouxeram trabalhadoras de outros lugares?

– Era o melhor período para a lavoura, capitã de frota – respondeu a cidadã Fosyf –, e todas as minhas vizinhas estavam passando pela mesma dificuldade. Mas acabamos contornando isso quando fizemos algumas líderes samirend de exemplo. As trabalhadoras voltaram atrás depois disso. Havia tantas perguntas que eu poderia fazer.

– E as queixas das trabalhadoras?

– Queixas?! – Fosyf estava indignada. – Elas não apresentaram queixas. Não fizeram queixas reais. Tinham uma vida boa, posso lhe garantir. Algumas vezes, *eu* gostaria de ser uma colhedora de chá.

– A senhora vai ficar por aqui, capitã de frota? – interveio a governadora Giarod. – Ou já está voltando para a sua nave?

– Vou ficar no Jardim Inferior – respondi.

Imediatamente, um completo silêncio recaiu sobre o recinto, nem mesmo os talheres fazendo barulho contra a porcelana. Até as empregadas domésticas, que arrumavam os pratos na mesa clara e dourada, congelaram. A criança que estava debaixo da mesa mastigava o último pedaço de fruta, sem perceber nada.

Então Raughd gargalhou.

– Bem, por que não? Nenhuma daquelas animalescas figuras vai se meter com a *senhora*, não é? – Por mais que ela tivesse sido boa em esconder, agora o desprezo exalava de sua voz. Já havia conhecido pessoas como ela, várias. Algumas até se transformaram em boas oficiais, depois de aprender o que precisavam aprender. Outras, bem, não haviam chegado lá.

– É mesmo, Raughd – respondeu a mãe dela, calmamente. Na verdade, ninguém parecia surpresa ou chocada com as palavras de Raughd. Fosyf se virou para mim. – Raughd e algumas amigas gostam de ir beber no Jardim Inferior. Já disse a elas mais de uma vez que isso não é seguro.

– Não é seguro? – questionei. – Mesmo?

– Pequenos furtos não são incomuns – respondeu a administradora Celar.

– Turistas! – disse Raughd. – Elas *querem* ser roubadas. É por isso que vão para lá. Aquela reclamação e lamentação com a Segurança – Raughd moveu a mão coberta com uma luva azul de forma desdenhosa – faz parte da diversão. Se não fosse isso, elas teriam mais cuidado.

De repente, quis estar de volta à *Misericórdia de Kalr*. A médica, que estava de guarda, disse alguma coisa breve e áspera para uma das Kalrs que estava com ela. A tenente Ekalu inspecionava as Etrepas trabalhando. Seivarden, sentada na beirada de sua cama, perguntou à Nave:

"Nave, como está a capitã de frota?"

"Frustrada", respondeu a *Misericórdia de Kalr* diretamente no ouvido de Seivarden. "Com raiva. Segura, mas, como dizem, brincando com fogo."

Seivarden quase bufou.

"Como de costume, então."

Quatro Etrepas, no corredor de outro deck, começaram a cantar uma canção conhecida, cansadas e fora de tom. Na sala de jantar ocre, a criança, que ainda agarrava a perna da minha calça, começou a chorar. As cidadãs Fosyf e Raughd ficaram surpresas, pois não haviam percebido a criança embaixo da mesa. Abaixei-me, peguei a criança e a coloquei no meu colo.

– Você teve um dia longo, cidadã – disse com solenidade.

Uma empregada se adiantou, ansiosa, pegou a criança e sussurrou:

– Peço desculpas, capitã de frota.

– Sem problemas, cidadã – respondi.

A ansiedade da empregada me pegou de surpresa. Para mim, estava claro que, mesmo que Fosyf e Raughd não tivessem percebido a criança, todas as outras pessoas tinham, e ninguém achou estranho. Não teria por que acharem estranho. Mesmo assim, embora eu estivesse familiarizada com radchaai adultas havia dois mil anos, tivesse ouvido e visto todas as mensagens que elas mandavam e recebiam, e tivesse interagido com crianças em locais anexados pelo Radch, eu nunca estivera no seio de uma família radchaai, nunca passara muito tempo com crianças radchaai. E não era uma boa pessoa para julgar o que era ou não normal.

O jantar terminou com uma rodada de arrack. Pensei em várias formas educadas de me livrar daquilo e levar a governadora Giarod comigo, mas, antes que eu escolhesse uma, a tenente Tisarwat chegou, aparentemente para me avisar que os aposentos estavam prontos, mas, na verdade, suspeitei que estava à procura de comida. Fosyf, é claro, pediu que uma das empregadas preparasse um pouco de comida para viagem. A tenente Tisarwat agradeceu com cordialidade e fez uma reverência para as demais pessoas à mesa. Raughd Denche olhou-a por cima, a boca contorcida em um leve sorriso. Feliz? Intrigada? Desdenhosa? Todos os três, talvez. Quando se levantou, Tisarwat cruzou olhares com Raughd e ficou intrigada. Bem, elas tinham idades próximas e, por mais que eu não gostasse de Raughd, uma relação entre as duas seria benéfica para mim. Talvez me trouxesse informações. Fingi ignorar. Piat, a filha da administradora da estação, fez o mesmo. Levantei-me e disse:

– Governadora Giarod?

– Afirmativo – respondeu a governadora com uma desenvoltura impressionante. – Fosyf, o jantar estava delicioso como sempre, agradeça a sua cozinheira por mim, ela é maravilhosa. – Giarod fez uma reverência. – E que companhia agradável. Mas o dever me chama.

O escritório da governadora Giarod ficava do outro lado do saguão. A mesma vista do apartamento de Fosyf, mas de outro ângulo. As paredes eram cobertas por uma seda bege pintada com folhas. Cadeiras e mesas baixas estavam espalhadas. Como de costume, havia uma representação de Amaat em um nicho na parede com uma tigela em frente, mas sem cheiro de incenso; claro, hoje a governadora não havia trabalhado.

Eu enviara Tisarwat de volta ao Jardim Inferior com seu prêmio: comida suficiente para deixar uma pessoa de dezessete anos satisfeita e ainda sobrar; os elogios da governadora à cozinheira de Fosyf eram genuínos. Também dispensara a capitã Hetnys, com ordens de se reportar a mim pela manhã.

– Por favor, sente-se, capitã de frota. – A governadora apontou para algumas cadeiras largas e acolchoadas longe da janela. – O que a senhora pensa de nós? Desde o começo dessa... crise, tenho tentado conservar tudo o mais calmo e rotineiro possível. E é claro que manter as tarefas religiosas é muito importante nesse tempo de nervosismo. Só posso agradecer pela paciência.

Sentei-me, e a governadora seguiu meu exemplo.

– Estou me aproximando do limite da minha paciência. Mas acredito que você também. – Durante todos os dias de viagem, pensei no que diria à governadora Giarod. Quanto iria revelar. Por fim, decidi contar a verdade sem subterfúgios. – Pois bem, a situação é a seguinte: duas facções de Anaander Mianaai estão em conflito há milhares de anos. Por baixo dos panos, escondidas de todas. – A governadora Giarod franziu o cenho. O que eu dizia não estava fazendo muito sentido. – Há vinte e oito dias, no palácio de Omaugh, isso se transformou em um conflito aberto. A própria Senhora do Radch bloqueou as comunicações originadas do local, em uma tentativa de esconder o conflito das outras partes dela mesma. Ela fracassou nisso e agora a informação está viajando pelo espaço do Radch, para todos os outros locais. – Provavelmente, já devia estar chegando ao palácio de Irei, o mais afastado de Omaugh. – O conflito em Omaugh parece estar resolvido.

Era obvio que a consternação da governadora havia crescido com cada palavra que havia escutado.

– A favor de quem?

– Anaander Mianaai, é claro. Quem mais? Estamos todas em uma situação impossível. Apoiar qualquer uma das partes é um ato de traição.

– Assim como *não* apoiar todas as partes.

– Exatamente. – O fato de ela ter percebido isso imediatamente me deixou aliviada. – Enquanto isso, facções nas forças militares, também estimuladas pela Senhora do Radch, que está pensando em uma batalha futura, começaram a brigar. Uma delas começou a atacar portais. E é por isso, mesmo que as comunicações com Omaugh estejam funcionando agora, que vocês continuam isoladas. Qualquer caminho que a mensagem pudesse tomar teve seu portal destruído. – Ao menos nas rotas que não demoravam meses.

– Dezenas de naves estavam no portal Hrad-Omaugh! Dezoito delas ainda desaparecidas! O que poderia ter...

– Creio que ainda estão tentando segurar a informação. Ou, ao menos, dificultar a viagem entre sistemas para naves não militares. E elas não se importam com quantas cidadãs podem morrer no processo.

– Eu não posso... Não posso acreditar nisso.

Entretanto, era verdade.

– A Estação vai lhe mostrar minha remissão. Estou no comando de todos os recursos militares deste sistema e tenho ordens de zelar pela segurança das cidadãs. Também trago uma autorização para proibir toda viagem por portais por tempo indeterminado.

– Quem deu essa ordem?

– A Senhora do Radch.

– Qual delas? – Eu não respondi. A governadora mostrou indignação. – E essa... briga que ela está tendo com ela mesma?

– Posso contar o que ela me disse. Posso contar o que *eu* penso sobre a situação. Mais do que isso... – Fiz um gesto que denotava ambiguidade e incerteza. A governadora esperou em silêncio. – O gatilho, o evento que desencadeou tudo, foi a destruição das garseddai. – A governadora piscou quase imperceptivelmente. Ninguém gostava de falar sobre essa ocorrência, sobre quando Anaander Mianaai teve um acesso de fúria e ordenou a destruição de toda forma de vida em um sistema solar inteiro. Mesmo que milhares de anos houvessem passado desde então. – Quando você faz algo dessa magnitude, como é possível reagir?

– Espero que eu não faça *nada* parecido com aquilo.

– A vida é imprevisível, e nós não somos sempre as pessoas que acreditamos ser. Se não tivermos sorte, descobrimos isso em momentos como este. Quando algo assim acontece, você tem duas opções. – Ou mais do que duas, mas, se pensarmos bem, acabamos com duas. – Você pode admitir o erro e se comprometer a nunca mais repeti-lo, ou você pode se recusar a admitir o erro e empregar todos os esforços possíveis para se convencer de que era a única coisa certa a se fazer, e que você faria de novo.

– Sim, é isso mesmo. Mas Garsedd foi há milhares de anos. Com certeza, é tempo suficiente para se decidir por uma ou outra. E, se me perguntassem, eu diria que minha senhora se decidiu pela primeira opção. Sem, é claro, admitir seu erro publicamente.

– É mais complicado do que isso. Já existiam questões anteriores que os eventos em Garsedd trouxeram à tona. Só posso conjecturar sobre quais. Com certeza, a Senhora do Radch não podia continuar a marcha de expansão para sempre. – E, se a expansão parasse, o que faríamos com todas aquelas naves e ancilares? Com as oficiais que as comandavam? Mantê-las seria um desperdício de recursos, não teria nenhum propósito. Mas, se as dispensássemos, a periferia do Radch estaria vulnerável a um ataque. Ou a revoltas. – Acredito que a Senhora do Radch não estava se recusando a admitir apenas o erro, mas também sua própria mortalidade.

A governadora Giarod considerou aquilo em silêncio por vinte e quatro segundos.

– Não gosto desse raciocínio, capitã de frota. Se tivessem me perguntado isso há dez minutos, teria respondido que a Senhora do Radch está próxima da imortalidade. Como pode ser diferente? Como a senhora pode morrer já que cultiva novos corpos constantemente? – Outro franzir de testa e mais três segundos de silêncio. – E, se ela morrer, o que sobrará do Radch?

– Não acho que devemos nos preocupar com nada além de Athoek. – Era possivelmente a coisa mais perigosa que eu poderia dizer, já que não sabia quais eram as simpatias da governadora. – Minhas ordens dizem respeito somente à segurança do sistema.

– E se elas fossem diferentes? – A governadora não era boba. – E se uma outra parte da Senhora do Radch tivesse ordenado outra coisa? Ou tivesse pedido que usasse esse sistema como vantagem? – Não respondi. – Não importa o que façamos, é sedição, revolta, e o coerente é que você faça o que achar melhor, não?

– É. Algo assim. Mas eu realmente tenho ordens.

Ela balançou a cabeça como que para dissipar qualquer obstrução de pensamento.

– Mas o que mais podemos fazer? Acha possível que tenha havido... interferência externa?

A pergunta era, infelizmente, familiar para mim.

– As presger não usariam subterfúgios para atacar o Radch. E existe o tratado, que acredito que elas levem muito a sério.

– Elas não usam juramentos, usam? São alienígenas. Como um *tratado* pode significar algo para elas? Como qualquer acordo pode significar alguma coisa?

– As presger estão por perto? Elas são uma ameaça em potencial?

Um leve franzir de testa. A pergunta a perturbara de alguma forma. Talvez porque a ideia de ter as presger por perto fosse aterrorizante.

– Às vezes, elas passam por Prid Presger a caminho do palácio de Tstur. – Prid Presger ficava a alguns portais daqui. Era próximo, pois levaria mais ou menos um mês para chegar lá e não um ano ou mais. – Foi acordado que dentro do Radch elas só poderiam viajar por portais. Mas...

– O tratado não foi firmado com o Radch – frisei. – É um tratado com todas as humanas. – A governadora Giarod me encarou intrigada. Para a maioria das radchaai, *elas* eram humanas, todas as outras eram... outra coisa. – Digo, a existência de Anaander Mianaai não interfere em nada. O tratado ainda se mantém. – Ainda assim, mais de mil anos antes do tratado, as presger haviam interpelado naves humanas. Entrado em estações humanas. Desmantelando tudo, tripulação, passageiras, residentes. Só por diversão, ao que parecia. Ninguém podia impedir. Elas só pararam por conta do tratado. E só pensar nelas já trazia um arrepio às humanas. Inclusive à governadora Giarod. – A não ser que você tenha uma razão específica, não acredito que precisemos nos preocupar com elas agora.

– Não, claro, tem razão. – Mas a governadora ainda parecia assustada.

– Nós produzimos comida o suficiente para o sistema todo?

– Sim. Mas importamos alguns artigos supérfluos. Não produzimos muito arrack, por exemplo. Importamos também alguns suprimentos médicos. Isso seria uma questão.

– Vocês não produzem corretores aqui?

– Não muitos e não de todos os tipos.

Isso poderia ser um problema no futuro.

– Veremos o que é possível fazer a esse respeito. Enquanto isso, sugiro que continue como estava, mantendo a calma e a ordem. Devemos avisar a todas que os portais que estão fechados e que permanecerão assim por tempo indeterminado. E que viajar pelos portais que restaram é perigoso demais para permitirmos que continue.

– A cidadã Fosyf não vai gostar nada disso! Nem as outras donas de plantação. Até o final do mês, só pela parte de Fosyf, teremos toneladas de *Filhas dos Peixes* estocados sem lugar para vender.

– Bem... – Sorri de leve. – Pelo menos todas teremos chá de qualidade para beber.

Era muito tarde para fazer uma visita cortês à cidadã Basnaaid. E eu queria algumas informações que não estavam nos documentos oficiais que recebi de Omaugh. A situação política do local antes das anexações era considerada irrelevante, qualquer divisão interna era apagada com a chegada da civilização. Tudo que sobrava (alguns idiomas, talvez, ou alguma forma de arte) era preservado em museus, mas nunca dentro da documentação oficial. Para além disso, Athoek era como todos os outros sistemas radchaai. Uniforme. Completamente civilizado. Dentro dele, se você prestasse atenção, se fosse forçada a prestar atenção, era possível perceber que não era bem assim. Mas era necessário encontrar um meio-termo entre o presumível sucesso da anexação e a obrigação de lidar com as coisas que, talvez, a anexação não tivesse apagado. Uma das formas de alcançar esse equilíbrio era fingindo não ver aquilo que não era necessário ver.

A Estação saberia. Seria melhor ter uma conversa com a Estação, começar com o pé direito. Em caráter oficial, a IA de uma nave ou estação não poderia se opor a mim, mas eu sabia por experiência própria quanto a vida poderia ser mais fácil se ela gostasse de você, se estivesse disposta a ajudar.

9

Apesar de o Jardim Inferior não ser muito bem ventilado e de minha cama não passar de uma pilha de cobertores no chão, dormi confortavelmente. Quando Kalr Cinco trouxe meu chá, fiz questão de dizer isso a ela, pois conseguia perceber que todas as minhas *Misericórdias de Kalr* estavam orgulhosas do que haviam feito enquanto eu jantava com a cidadã Fosyf. Elas limparam diversos aposentos em nível quase militar, instalaram fios de luzes no teto, consertaram as portas e transformaram as malas e caixas em mesas e cadeiras. Cinco trouxe meu café da manhã (o chá era um pouco mais espesso do que aquele que eu havia bebido na loja; simples, mas satisfatório), e comi em silêncio junto à tenente Tisarwat. Ela estava em um estado contido de raiva contra si mesma. Quase não era possível perceber isso a bordo da *Misericórdia de Kalr*. As tarefas e o isolamento de nossa viagem haviam possibilitado que ela quase se esquecesse daquilo que sofrera nas mãos de Anaander Mianaai. Aquilo que eu havia feito com Anaander Mianaai. Mas agora, na estação Athoek, o caos da limpeza e arrumação havia acabado, e ela devia estar pensando naquilo que a Senhora do Radch queria fazer quando chegasse aqui.

Pensei em perguntar a ela. Já sabia o que Anaander Mianaai pensava sobre a governadora do sistema, das naves e das capitãs paradas aqui. Sabia que ela considerava que quase todas as casas produtoras de chá não se preocupavam com nada além de seu comércio e não se sentiam ameaçadas pelas manobras que a Senhora do Radch havia feito nos últimos cem anos. Afinal, casas arrivistas bebiam tanto chá quanto casas aristocráticas (tirando capitãs que exigiam das soldadas humanas um comportamento de ancilar), e soldadas também.

Athoek não era um bom terreno para a outra Anaander. Por agora, era provável que grande parte das lutas se concentrasse nos arredores dos palácios. Mas, novamente, um planeta era um recurso valioso. Se a briga durasse muito tempo, Athoek poderia atrair atenção indesejada. E em um jogo com apostas tão altas, nem Anaander deixaria de trazer alguns peões para cá.

Quando Kalr Cinco saiu, a tenente Tisarwat levantou o olhar de sua comida, seus olhos de lilás sérios.

– Ela está muito brava com a senhora.

– Quem está brava, tenente? – Mas era claro que ela se referia a Anaander Mianaai.

– A outra, senhora. Digo, ambas estão, na verdade. Mas a outra, se ela ganhar a dianteira agora, ela virá com tudo para cima da senhora. Ela está muito brava. E...

E aquela era a parte da Senhora do Radch que havia lidado com Garsedd usando o argumento de que estava certa em perder a cabeça.

– Sim, obrigada, tenente. Já pensei nisso. – Por mais que eu quisesse saber quais eram os planos da Senhora do Radch, não queria fazer Tisarwat falar sobre isso. Mas ela havia introduzido o assunto. – Acredito que você tenha os códigos de acesso para todas as IAs deste sistema.

Rapidamente, a tenente desviou o olhar para a tigela, envergonhada demais.

– Sim, senhora.

– Eles só servem para IAs específicas ou você controla qualquer uma?

Aquilo a surpreendeu. E, estranhamente, a desapontou. A tenente Tisarwat levantou o olhar, sua irritação nítida.

– Senhora! A Senhora do Radch não é *burra*.

– Não use os códigos – respondi com uma voz agradável. – Ou você estará em apuros.

– Sim, senhora. – Ela lutava para esconder seus sentimentos, uma mistura de vergonha e humilhação. Uma pontada de alívio. Uma nova onda de infelicidade e desgosto contra si mesma.

Era uma das coisas que eu queria evitar, por isso tentara não falar sobre o objetivo por trás de Anaander enviá-la para mim. Não queria que a tenente Tisarwat cedesse às emoções que a cercavam.

E descobri que não estava disposta a esperar muito para encontrar a irmã da tenente Awn. Comi mais um bocado e disse:

– Tenente, vamos visitar os jardins.

Surpresa, quase fui capaz de distraí-la.

– Peço complacência à capitã de frota, mas a senhora não vai se encontrar com a capitã Hetnys?

– Kalr Cinco vai entretê-la até que eu volte. – Vi uma centelha de temor nela. E um pouco de... admiração? E inveja. Aquilo era interessante.

Raughd Denche havia dito que os Jardins eram uma atração turística, e eu entendia o motivo. Eles ocupavam quase todo o nível superior da estação, mais de cinco acres, e, sob uma redoma transparente, era possível ter luz do Sol e um grande espaço aberto. Ao entrar, tudo o que eu conseguia ver para além do amontoado de perfumadas rosas vermelhas e amarelas era o céu escuro dividido em discretas secções hexagonais, Athoek pendia como uma joia lá no alto. Uma vista espetacular, mas, por estar tão perto do vácuo, seria preciso que existissem outras partes, mais portas, e eu não vi sinal de nada assim.

O chão fora construído para ficar cada vez mais baixo a partir de onde entramos. Para além das rosas, o caminho se intrincava em arbustos com folhagens verdes, brilhantes, e grandes ramos de amoras roxas, rodeando canteiros de uma folhagem de aroma pungente e folhas prateadas em formato de agulha. Pequenas árvores e mais arbustos, formações rochosas elevadas, o caminho ia serpenteando, às vezes até revelando um pedaço de lago com de vitórias-régias amplas, cheias de flores brancas e cor-de-rosa. Estava quente, mas uma leve brisa balançava as folhas. Não havia problema de ventilação no local, mas ainda assim eu previa uma queda de pressão, pois ainda estava impressionada com o enorme espaço aberto. O caminho cruzou com um pequeno veio d'água que corria para um canal feito de rochas, rumando a algum lugar abaixo de nós. Poderíamos estar em um planeta, não fosse a imensidão preta que pairava sobre nós.

A tenente Tisarwat estava atrás de mim e não parecia perturbada. Esta estação existia há centenas de anos. E, se algo acontecesse agora, havia pouco que pudéssemos fazer. Não havia outra coisa além de seguir em frente. Na curva seguinte, deparamo-nos com um aglomerado de pequenas árvores com galhos torcidos e deformados, abaixo dos quais havia uma pequena piscina que derramava água em outra piscina mais abaixo, que também fazia o mesmo em outra, e assim sucessivamente até chegar a um veio d'água com flores de vitória-régia. A tenente Tisarwat parou, piscou e sorriu para o pequeno peixe marrom e laranja que nadava na água cristalina aos nossos pés, um repentino momento de prazer e alegria. Em seguida, olhou para mim, e aquilo desapareceu. Ela estava infeliz novamente, lembrando-se de tudo que acontecera.

A curva seguinte revelou um espaço de três acres repleto de água. Em um planeta, não seria grande coisa, mas era algo único em uma estação. A margem mais próxima era bordeada pelas flores que já havíamos visto enquanto descíamos. Alguns metros à esquerda, havia uma ponte levemente curva que levava a uma pequena ilha com uma grande pedra no centro, em formato de cilindro de um metro e meio com laterais chanfradas, tão alto quanto largo. Em todos os lugares, formações rochosas despontavam da água. Do outro lado da lagoa, contra a parede (ou melhor, até onde eu conseguia ver, contra o próprio vácuo), uma queda-d'água. Não como as pequenas gotas que vimos pelo caminho, mas uma enorme, barulhenta e espumosa quantidade de água que espirrava descendo por uma parede de rocha, balançando o lago que se formava no andar inferior. Aquela parede de rocha se estendia pelo lado mais distante do lago, saliente e irregular. Havia outra entrada ali, no meio das saliências, um caminho que levava ao outro lado.

Fora construído para realçar a vista, tão bonita e dramática quanto possível, depois dos pedaços de água que vimos pelo caminho e as pequenas quedas d'água. E aquela quantidade de água era dramática. Em uma estação, era comum que tamanha quantidade de água fosse dividida em tanques, para conter um vazamento ou problema de gravidade. Comecei a pensar sobre a profundidade da lagoa. Depois de alguns palpites e cálculos, percebi que um problema de contenção seria desastroso para os níveis inferiores. O que as arquitetas da estação colocaram ali embaixo?

Claro! O Jardim Inferior.

Uma pessoa com um sobretudo verde estava dentro do lago, com água na altura dos joelhos, ao final da fileira de flores sob vitórias-régias, com o corpo dobrado para a frente, as mãos tateando embaixo d'água. Não era Basnaaid. Quase deixei de prestar atenção depois disso, meu único objetivo encontrar Basnaaid Elming. Não, a pessoa que trabalhava perto das flores não era Basnaaid. Mesmo assim, a reconheci. Saí do caminho que ainda serpenteava pela frente e me encaminhei para a beirada da água. A pessoa que estava lá levantou o olhar, aprumou o corpo, suas luvas e mangas enlameadas e pingando. A pessoa com quem eu havia conversado no dia anterior, na loja de chá no Jardim Inferior. Sua raiva estava oculta, controlada, mas voltou à tona quando me viu. Também aparentou, acreditei, estar com um pouco de medo.

– Bom dia, cidadã – falei. – Que bom encontrá-la.

– Bom dia, capitã de frota – respondeu ela, com gentileza. Visivelmente calma e despreocupada, mas eu podia perceber aquela leve, quase invisível, tensão em seu maxilar. – Como posso ajudar?

– Estou procurando a horticultora Basnaaid – respondi, com um sorriso nada ameaçador.

Ela franziu o cenho, estava curiosa. Depois olhou para minha única joia, o broche memorial dourado. Não intuí que a cidadã conseguiria lê-lo de onde estava, e era uma coisa comum, produzida em série, o mesmo nome de milhares, se não milhões, de outras.

– Vai ter que esperar um pouco – respondeu ela, recuperando o semblante anterior. – Basnaaid deve aparecer em breve.

– Seu Jardim é muito bonito, cidadã. Mas tenho de admitir que aquele belo lago me parece pouco seguro.

– Não é *meu* jardim. – A raiva de novo e cuidadosamente reprimida. – Eu só trabalho aqui.

– Esse jardim não seria o que é se não fosse pelas pessoas que trabalham aqui. – Ela concordou, com um leve e irônico gesto. – Acredito que você seja muito nova para ter sido uma das líderes das greves nas plantações de chá há quinze anos. – A palavra "greve" existia em radchaai, mas era muito antiga e obscura. Usei um termo em liost que havia aprendido na estação na noite anterior. As samirend que foram trazidas para Athoek falavam liost, e até hoje ainda o usavam de vez em quando. Esta pessoa era samirend, eu havia descoberto o suficiente sobre ela. E havia aprendido o suficiente com a cidadã Fosyf para saber que samirend de outros locais estiveram envolvidas nas greves. – Você tinha, o quê, dezesseis anos? Dezessete? Se você tivesse sido importante, estaria morta agora, ou em algum outro sistema, onde não teria o tipo de conexão social que viesse a causar algum problema. – Seu semblante estava congelado, e ela respirava pela boca com muito cuidado.

– Elas foram lenientes por conta de sua pouca idade e posição marginal, mas se certificaram de que você serviria de exemplo. – Injusto, como suspeitara no dia anterior.

A princípio, ela não respondeu. O incômodo era muito marcante, mas me dizia que eu estava certa. A reeducação deve ter sido feita de forma a trazer um desconforto visceral sempre que se deparasse com certas ações, e eu estava fazendo com que a cidadã se lembrasse dos eventos que a levaram a até a Segurança. Claro, toda radchaai acharia a mera menção à reeducação de extremo mau gosto.

– Se a capitã de frota já disse tudo – concluiu, tensa, mas com um tom de voz um pouco mais fino –, preciso voltar ao trabalho.

– Claro. Peço desculpas. – Ela piscou, surpresa, imaginei. – Você está tirando as folhas mortas das flores?

– E flores mortas. – Ela se curvou, enfiou a mão dentro da água e puxou um caule fino e esbranquiçado.

– Qual é a profundidade do lago? – Ela olhou para mim, depois para a água em volta de seu corpo. De novo para mim. – Sim, posso ver a profundidade. O lago todo é igual?

– O local mais fundo tem dois metros. – A voz dela estava firme, aparentemente havia recuperado sua compostura.

– Existem repartições embaixo da água?

– Não. – Como que para confirmar aquelas palavras, um peixe roxo e verde nadou no espaço sem flores que ela estava colhendo, um animal chamativo que devia ter quase um metro de comprimento. Ele ficou embaixo d'água, provavelmente olhando para nós. – Não tenho nada – disse ela para o peixe, e deixou suas mãos enluvadas fora da água. – Vá esperar na ponte, alguém vai aparecer. Sempre aparece. – O peixe continuou a se debater. – Olha, elas estão chegando.

Duas crianças deram a volta em um arbusto e vieram correndo pelo caminho em direção à ponte. A menor pulou para a ponte com um estrondo. A água perto da ponte começou a se mexer, e o peixe se virou e voltou.

– Tem um pote de comida na ponte – ela me explicou –, vai ficar bem lotado daqui a uma hora.

– Fico feliz de ter vindo antes. Se não for muito incômodo, você pode me dizer quais são as medidas de segurança para um lugar como este?

A cidadã soltou uma gargalhada curta e mordaz.

– Isso deixa a senhora nervosa, capitã de frota? – Ela apontou a redoma acima de nós. – E aquilo?

– Aquilo também – admiti. – Os dois são preocupantes.

– Não precisa se preocupar. Não foi feito por Athoeki, em sua construção não foram usados subornos, materiais mais baratos e depois superfaturados, nenhum tipo de esquema.

– A cidadã parecia dizer isso com sinceridade, sem nem um pouco de sarcasmo, como seria de se esperar. Ela realmente acreditava naquilo. – E, é claro, a Estação está sempre de olho e nos avisaria ao menor sinal de problemas.

– Mas a Estação não consegue ver o Jardim Inferior, certo?

Antes que ela pudesse responder, uma voz gritou:

– Como vai, Sirix?

Eu conhecia aquela voz. Já ouvira gravações dela, mais infantil, anos atrás. Era parecida com a da irmã, mas não exatamente igual. Virei-me para vê-la. Ela lembrava muito a irmã, o parentesco com a tenente Awn óbvio em seu semblante, na sua voz, na sua postura, na nítida rigidez por trás do uniforme verde da horticultura. A pele era um pouco mais escura que a da tenente Awn, o rosto mais redondo, como era de se esperar. Eu já havia visto vídeos de Basnaaid Elming quando criança, mensagens que enviara à irmã. Agora eu conhecia ela como adulta, vinte anos desde que eu perdera a tenente Awn. Que eu matara a tenente Awn.

– Quase acabando, horticultora – respondeu a pessoa da loja de chá, ainda com água pelos joelhos. Ou pelo menos era o que eu achava, já que ainda estava olhando para Basnaaid Elming. – Essa capitã de frota quer falar com você.

Basnaaid olhou diretamente para mim. Prestou atenção no meu uniforme marrom e preto, franziu o cenho em sinal de curiosidade, e então percebeu o broche dourado. O franzir de testa desapareceu e deu lugar a uma expressão de calculada desaprovação.

– Eu não a conheço, capitã de frota.

– Não. Nunca nos vimos. Eu era amiga da tenente Awn.

– Um jeito estranho de explicar a relação, de me referir a ela, uma amiga. – Esperava que você pudesse tomar chá comigo em algum momento. Quando for melhor para você. – Burrice, e quase rude ser tão direta. Mas ela não parecia estar com vontade de conversas, e a inspetora supervisora Skaaiat havia me avisado que Basnaaid não ficaria feliz em me ver. – Com seu perdão, existem alguns assuntos que eu gostaria de discutir com você.

– Duvido que tenhamos algo a discutir. – Basnaaid ainda estava friamente calma. – Se deseja me contar alguma coisa, por favor, faça-o agora. Qual é o seu nome mesmo?

Aquilo me pareceu bem rude. Mas eu sabia o motivo, sabia de onde vinha aquela raiva. Basnaaid era mais discreta em seu modo de falar do que a tenente Awn. Acredito que começara a praticar mais cedo, com um único objetivo, e ela também deveria ter mais facilidade. Mas, ainda assim, era um disfarce. Assim como a irmã, Basnaaid Elming entendia muito bem o que era condescendência e o que era insulto. Não sem motivos, claro.

– Me chamo Breq Mianaai. – Consegui não gaguejar ao dizer o nome da casa que a Senhora do Radch me obrigara a usar. – Você não vai reconhecer meu nome, eu usava outro quando conheci sua irmã. – *Aquele* nome ela teria reconhecido. Mas eu não podia dizer. *Fui a nave na qual sua irmã serviu. Fui as ancilares que ela comandava, que a serviam.* Até onde todo mundo sabia, aquela nave havia desaparecido fazia vinte anos. E naves não eram pessoas, não eram capitãs de frota ou oficiais de qualquer patente, não convidavam ninguém para tomar chá. Se eu tivesse contado a ela quem eu realmente era, Basnaaid teria duvidado da minha sanidade. O que até poderia ser bom, levando em consideração o que eu teria que contar a ela depois disso, quando contasse o que acontecera com a tenente Awn.

– Mianaai. – Basnaaid não parecia acreditar.

– Como eu disse, não era o nome que eu usava quando conheci sua irmã.

– Bem. – Ela quase cuspiu as palavras. – Breq Mianaai. Minha irmã era justa e adequada. Ela nunca se ajoelhou para você, não importa o que você tenha entendido, e nós não queremos nenhum pagamento da sua parte. Não precisamos disso. Awn não precisava ou iria querer isso.

Em outras palavras, se a tenente Awn tivesse tido qualquer relação comigo (*ajoelhar* implicava alguma relação de cunho sexual), não teria sido porque esperava alguma vantagem. Quando a inspetora supervisora Skaaiat sugerira à tenente Awn que podia oferecer clientela à Basnaaid, havia ficado implícito que a relação de Awn e Skaaiat era baseada na troca de sexo por posição social. Era uma troca bastante comum, mas as cidadãs que saíam de um nível social baixo a um muito alto eram alvo de acusações, e suas promoções ou tarefas eram frequentemente consideradas resultado de favores sexuais, e não de mérito.

– Você tem razão, sua irmã nunca se ajoelhou. Nem para mim nem para ninguém. Nunca. Se alguém disser o contrário, você pode encaminhá-la para mim e eu a farei perceber o quão enganada está. – Seria melhor ter sido um pouco mais cuidadosa. Tomar chá, comer, conversar de forma educada e indireta em um primeiro momento, estudar melhor o terreno antes de decidir por uma abordagem, burilar o disparate que eu precisava dizer. Mas havia percebido que Basnaaid não permitiria isso. Era melhor eu falar tudo aqui e agora. – A dívida que tenho com a sua irmã é muito maior que isso e impossível de ser paga, mesmo que ela ainda estivesse viva.

Só posso oferecer a você uma humilde lembrança. Sugiro fazer de você minha herdeira.

Ela piscou duas vezes, incapaz de encontrar uma resposta.

– O que você disse?

O barulho da queda-d'água era contraditoriamente distante e opressivo. Percebi que a tenente Tisarwat e a cidadã Sirix estavam completamente imóveis, olhando para nós, Basnaaid e eu.

– Sugiro – eu repeti – que você seja minha herdeira.

– Eu tenho genitoras – respondeu Basnaaid, depois de três segundos de silêncio.

– São ótimas genitoras – reconheci. – Não tenho intenção de ocupar esse lugar. Jamais.

– Qual é a sua intenção?

– Ter certeza – disse, com cuidado e clareza, sabendo que eu havia errado, havia falhado –, pela sua irmã, de que você está bem e em segurança, e que sempre tenha tudo o que quiser.

– *Tudo o que eu quero* – disse Basnaaid, tão deliberadamente quanto eu – é que você vá embora agora e *nunca mais fale comigo*.

Fiz uma reverência me curvando bem baixo, uma patente inferior para uma superior.

– Como a cidadã desejar.

Virei-me e subi novamente o caminho, para longe da água, longe de Sirix que ainda estava na água junto das flores, longe de Basnaaid Elming, que continuava parada, rígida e indignada na margem do lago. Sem me virar nem para ver se a tenente Tisarwat estava me seguindo.

Eu sabia. Sabia qual seria a reação de Basnaaid Elming quando fizesse a oferta. Mas eu havia imaginado que faria um convite para o chá e só depois escutaria a dura recusa. Eu estava errada. E agora, eu sabia, a capitã Hetnys estava me esperando em meus aposentos no Jardim Inferior, suando com o calor, o ar parado, recusando com irritação o chá que Kalr Cinco oferecia. Ir para aquela reunião em meu atual estado de espírito seria desastroso, mas não havia, aparentemente, jeito de evitar.

Na entrada dos aposentos, encontrei Bo Nove parada, impassível, em posição de sentido um pouco depois da porta. A tenente Tisarwat esquecera que ela estivera comigo durante a caminhada do lago até aqui, e falou:

– Senhora. Peço complacência à capitã de frota.

Parei sem olhar para trás. Contatei a *Misericórdia de Kalr* que me mostrou uma impressionante mistura de emoções. A tenente Tisarwat estava triste desde a manhã, mas aquela tristeza estava intermeada em uma espécie de estranho desejo... E o que ela desejava? Além de uma alegria completamente nova, que eu nunca havia visto antes.

– Senhora, peço permissão para voltar ao Jardim. – Ela queria voltar? Agora?

Lembrei-me daquele curto momento de prazer quando ela vira o pequeno peixe no lago, mas percebi que, depois disso, eu não prestara mais atenção nela, pois estava completamente absorta em meu encontro com Basnaaid.

– Por quê? – perguntei de uma vez. Não era a melhor forma de responder, levando tudo em consideração, mas eu não estava nas melhores condições.

Por algum tempo, uma espécie de nervosismo misturado com medo impediu-a de falar, mas depois ela conseguiu:

– Senhora, talvez eu consiga falar com ela. Basnaaid não pediu que *eu* não falasse mais com ela. – Enquanto Tisarwat falava, aquela estranha e esperançosa alegria apareceu ainda mais destacada, e com ela algo que eu já havia visto em diversas tenentes jovens e emocionalmente vulneráveis.

Ah, *não*.

– Tenente. Você não vai chegar nem *perto* da cidadã Basnaaid Elming. Não preciso que você interfira nos meus assuntos. E a cidadã Basnaaid *com certeza* também não precisa.

Foi como se eu tivesse batido na tenente Tisarwat. Ela quase encolheu o corpo, mas se segurou e permaneceu firme.

Sem saber o que dizer por algum tempo, magoada e com raiva. Por fim, ela disse, amarga e ressentida:

– Não vai me dar nem *uma chance*!

– Não vai me dar nem uma chance, *senhora* – corrigi. Lágrimas de raiva transbordaram daqueles ridículos olhos cor de lilás. Se ela fosse qualquer outra tenente de dezessete anos, eu a enviaria para ser rejeitada de uma vez por aquela a quem ela tão rapidamente se afeiçoara, e então a deixaria chorar, depois de um ou três drinques. Ah, a quantidade de jovens lágrimas que meus uniformes já haviam absorvido quando eu fora uma nave... Mas Tisarwat não era uma tenente qualquer.

– Vá para seus aposentos, tenente. Controle-se e lave o rosto. – Era cedo para beber, mas ela precisava de tempo para se recompor. – Depois do almoço, você pode sair e ficar muito bêbada se quiser. Melhor ainda, pode arrumar uma trepada. Você tem várias parceiras mais adequadas aqui. – A cidadã Raughd até podia estar interessada, mas eu não disse nada.

– Você viu a cidadã Basnaaid por *cinco minutos*. – E ao dizer isso, ficara ainda mais claro quão ridícula era a situação. Na verdade, não tinha nada a ver com Basnaaid, mas isso só me deixou ainda mais determinada a afastar Tisarwat dela.

– Mas a senhora não entende! – chorou Tisarwat.

Virei-me para Bo Nove.

– Bo, leve sua oficial para o quarto.

– Sim, senhora – respondeu Bo, e eu me virei e entrei no cômodo que servia de antessala para nossos aposentos.

Quando eu era uma nave, tinha milhares de corpos. Exceto em circunstâncias extremas, se um desses corpos se sentisse cansado ou esgotado, eu poderia deixá-lo descansar e usar outro muito facilmente. Se um deles estivesse muito machucado ou parasse de funcionar corretamente, minhas médicas o removeriam e colocariam outro em seu lugar. Era muito prático.

Quando eu era só uma ancilar, um corpo humano no meio de milhares, parte da nave *Justiça de Toren*, nunca estava sozinha. Sempre estive cercada por mim mesma, e todas as outras partes de mim sempre sabiam se um determinado corpo precisava de alguma coisa: descanso, comida, toque e conforto. O corpo de uma ancilar pode momentaneamente se sentir soterrado por tarefas, irritado, ou ter qualquer outro tipo de emoção; era apenas um reflexo natural, corpos tinham sentimentos. Mas, quando era apenas um corpo que sentia, aquilo parecia pequeno, mesmo que a emoção e o desconforto físico fossem grandes, o corpo sabia que era apenas um entre muitos, sabia que as outras estavam lá para ajudar.

Como eu sentia falta das minhas outras partes. Agora não podia mais descansar ou ajudar um corpo enquanto outro fazia o meu trabalho. Eu dormia sozinha, com um pouco de inveja das demais soldadas da *Misericórdia de Kalr*, que dormiam juntas em um pequeno quarto, transferindo calor pela proximidade. Elas não eram ancilares, não era a mesma coisa, nunca seria, mesmo se eu abandonasse qualquer vestígio de dignidade e me juntasse a elas. Eu sabia disso, sabia que seria tão insuficiente que não valeria a pena tentar. Mas naquele momento eu sentia tanta falta disso que, se estivesse a bordo da *Misericórdia de Kalr*, eu teria tentado, teria me enrolado junto às Etrepas que a Nave me mostrara e teria dormido, sem me importar com quão insuficiente isso fosse. Seria *algo*.

Era uma coisa horrível, tirar ancilares de uma nave, tirar a nave de suas ancilares. Talvez não tão horrível quanto matar seres humanos para fazer as ancilares. Mas, ainda assim, era uma coisa horrível.

Não podia me dar ao luxo de pensar sobre isso. Eu não possuía outro corpo, um corpo mais calmo, para enviar até a reunião com a capitã Hetnys. Não tinha uma hora, ou duas, para me exercitar, meditar e tomar chá até que me sentisse mais calma. Eu só tinha a mim mesma.

"Vai ficar tudo bem, capitã de frota", disse a Nave em meu ouvido, e por um momento tive a inebriante sensação de ser novamente Nave. As Etrepas que dormiam, a tenente Ekalu quase acordada, finalmente feliz e relaxada, Seivarden no banho, cantando *Minha mãe diz que tudo gira*, suas Amaats, a médica e minhas Kalrs, todas juntas, me inundando ao mesmo tempo. Mas tudo passa. Eu não era capaz de reter a sensação, não com um único corpo, um único cérebro.

Eu havia pensado que a dor de perder partes de mim, de perder a tenente Awn havia se tornado tolerável; não estava curada, acho que nunca estaria, mas acreditava que aqueles sentimentos estavam mais suportáveis. Mas ver Basnaaid Elming havia me tirado do meu centro, e eu não lidara bem com isso. E não havia, por isso mesmo, lidado bem com a tenente Tisarwat. Eu já conhecia a montanha-russa emocional de uma tenente de dezessete anos; a reação dela pouco tempo antes havia sido a mesma de uma pessoa no fim da adolescência. Eu já vivera isso, sabia o que era, e deveria ter dado uma resposta mais razoável.

"Nave", chamei em silêncio, "fui presunçosa quando achei que tivesse resolvido Seivarden com Ekalu?"

"Talvez um pouco, capitã de frota."

– Senhora – chamou Kalr Cinco, que entrara na antessala com a impassividade de uma ancilar –, a capitã Hetnys está na sala de jantar. – E não precisou continuar com "Ela está muito irritada, e começando a ficar com raiva por esperar tanto tempo".

– Obrigada, Cinco. – Apesar de eu ter permitido que vestisse camisas de manga curta no Jardim Inferior, ela ainda estava de jaqueta. Quando acessei a Nave, percebi que todas as minhas *Misericórdias de Kalr* também estavam. – Você ofereceu café da manhã e chá para ela?

– Sim, senhora. Mas ela não quis nada. – Era possível perceber um leve traço de frustração. Sem dúvida, Kalr Cinco sentia que fora privada da oportunidade de exibir seus pratos.

– Certo. Vou entrar.

Respirei profundamente, fiz tudo que pude para afastar Basnaaid e Tisarwat da minha mente e fui encontrar a capitã Hetnys.

10

A capitã Hetnys havia enviado a *Misericórdia de Ilves* em uma missão nas estações próximas. Ela trouxera algumas de suas ancilares Atagaris para Athoek, além de sua tenente e década Var para cuidar da segurança do Jardim Inferior. A capitã tentava agora me explicar por que havia enviado a *Espada de Atagaris* para vigiar um portal que levava a um sistema sem habitantes, sem outros portais, repleto de pedras, gigantes gasosas e luas congeladas.

– As presger conseguem viajar sem portais, senhora, elas podiam...

– Capitã, se as presger decidirem nos atacar, não haverá nada que nós possamos fazer. – Os dias em que o Radch comandava frotas grandes o suficiente para tomar sistemas inteiros estavam no passado. E mesmo naquela época, lutar contra as presger seria uma perda de tempo. Essa era a principal razão por que Anaander Mianaai assinara o tratado. Era o motivo pelo qual as pessoas ainda tinham medo das presger.

– E sinceramente, capitã, o maior perigo agora serão as próprias naves radchaai. De ambos os lados, elas tentarão controlar e destruir recursos que possam ser úteis para a outra. Aquele planeta ali embaixo, por exemplo. – Toda aquela comida. Uma base, se elas conseguissem conquistar aquele espaço. Se *eu* conseguisse conquistar. – E é possível que Athoek fique de fora disso tudo. Eu certamente não acredito que alguém consiga juntar uma frota oficial em pouco tempo, se é que um dia conseguirão. – Eu não achava possível alguém nos surpreender. Uma nave militar *poderia* usar o portal para parar a poucos quilômetros da estação ou do planeta, mas não que alguém tentasse isso. Se aparecessem, teríamos tempo para vê-las chegar. – Devemos concentrar nossas defesas em volta da estação e do planeta.

Ela não gostou de ouvir isso, pensou em uma resposta, mas fechou a boca e não disse nada. Perguntas sobre minha autoridade ou sobre a lealdade da capitã Hetnys não foram feitas. Não havia por que continuar a discutir o assunto, não era vantajoso para mim, ou para ela. Se eu tivesse sorte, todas as outras pessoas ignorariam Athoek e isso nunca seria um problema. Mas eu não iria apostar todas as minhas fichas nisso.

Depois que a capitã Hetnys foi embora, pensei um pouco sobre o que fazer. Encontrar a governadora Giarod, provavelmente, e descobrir o que, além de provisões médicas, poderia acabar logo e o que deveríamos fazer para evitar a escassez. Encontrar alguma coisa para manter a *Espada de Atagaris* e a *Misericórdia de Phey* ocupadas, e longe de confusões, mas também próximas o suficiente caso eu precisasse. Enviei uma pergunta para a *Misericórdia de Kalr*. A tenente Tisarwat estava lá em cima, no segundo piso do Jardim Inferior, em um aposento largo e escuro, com uma iluminação irregular proveniente de alguns painéis espalhados pelas paredes. Tisarwat, Raughd Denche e mais uma meia dúzia de pessoas estavam encostadas em almofadas compridas e fofas; a Nave me disse que eram filhas das cultivadoras de chá e oficiais da estação. Elas bebiam algo forte, picante. Tisarwat ainda não havia decidido se gostava ou não da bebida, mas ela parecia se divertir. Piat, filha da administradora da estação, estava um pouco mais animada do que na noite anterior, quando eu a vira; ela havia acabado de dizer alguma coisa vulgar e todas riam. Raughd disse, em um tom de voz baixo que não deve ter alcançado ninguém além de Tisarwat:

– Pelas tetas de Aatr, Piat, de vez em quando você é a porra de uma ridícula.

A reação de Tisarwat, que só eu e a Nave podíamos ver, foi de instantânea revolta.

– Piat – disse ela –, não acho que a cidadã Raughd esteja gostando de você agora. Venha mais perto, preciso de alguém que me distraia.

Toda a cena, somada à hesitação de Piat e à resposta ostensivamente divertida de Raughd – "Eu só estava brincando, tenente, não seja tão sensível!" –, me fez entender detalhes desagradáveis sobre aquele relacionamento. Se elas fossem minhas oficiais, na época em que eu era Nave, teria conseguido intervir de alguma forma, ou teria falado com a tenente sênior. Por um instante, pensei no motivo pelo qual a Estação não fazia nada, mas então me dei conta de que Raughd devia ser muitíssimo cuidadosa sobre os locais em que dizia certas coisas. A Estação não conseguia ver nada do Jardim Inferior, e, mesmo que todas ali estivessem ligadas à comunicação, elas provavelmente haviam desligado seus implantes. Aquele deveria ser o real motivo para passarem o tempo ali, e não em outro lugar.

Abaixo, em meus próprios aposentos, Kalr Cinco falou.

– Senhora. – Agitação por trás de seu exterior rígido.

– Está tudo bem – disse uma voz desconhecida atrás dela, na outra sala. – Sou bem grandinha, não vou comer ninguém! – O sotaque era estranho, um pouco de radchaai estudado e um pouco outra coisa que eu não conseguia identificar, nada parecido com os sotaques que eu havia ouvido aqui.

– Senhora – disse Kalr Cinco novamente –, a tradutora Dlique. – Ela teve dificuldade em pronunciar o nome estranho.

– Tradutora? – Ninguém comentara nada sobre alguém do departamento de tradutoras estar no sistema, e não havia motivo para uma delas estar ali. Solicitei que a Nave acessasse a memória de Kalr Cinco enquanto ela abria a porta para aquela pessoa, de camisa e calças largas e brilhantes, as mesmas que as pessoas do Jardim Inferior usavam. Com luvas, mas luvas cinza de material duro. Nenhuma joia. Nenhuma menção ao nome de sua casa ou à sua divisão dentro do departamento de tradutoras, nenhuma alusão à família ou patente. Pisquei para afastar a visão. Fiquei de pé. – Ordene que entre.

Cinco deu um passo para o lado, e a tradutora Dlique entrou, lançando um largo sorriso.

– Capitã de frota! Como estou contente em vê-la. A residência da governadora é *terrivelmente* chata. Eu preferiria ter ficado na minha nave, mas elas disseram que havia um problema no casco e que, se eu ficasse lá, não teria ar para respirar. Não sei, não parece grande coisa, parece? Respirar? – Ela inspirou profundamente e fez um gesto de indecisão. – Ar! É tão idiota, na verdade. Eu ficaria muito bem sem isso, mas elas insistiram.

– Tradutora. – Não me curvei, assim como ela. Uma terrível suspeita recaiu sobre mim. – Parece que você está em vantagem aqui.

Ela levantou os ombros, arregalou os olhos, surpresa.

– Eu! Vantagem! É você que tem todas as soldadas.

Minha suspeita se transformava em certeza. Essa pessoa não era radchaai. Era tradutora de algum grupo alienígena com o qual o Radch mantinha negócios. Mas não as geck ou as rrrrrr. Eu havia conhecido tradutoras geck e sabia algumas coisas sobre as humanas que traduziam para as rrrrrr, e aquela pessoa não se encaixava em nenhuma dessas categorias. A não ser por daquele sotaque estranho.

– Quero dizer, você parece saber quem eu sou, mas eu não sei quem você é.

Ela riu vigorosamente.

– Bem, claro que sei quem *você* é. Todo mundo não para de falar de você. Bem, não para *mim*. Eu não devia nem saber que você está aqui. Eu também nem devia ter saído da residência da governadora. Mas tava entediada.

– Acho que você deveria me contar quem é, exatamente.

– Mas eu sabia. Ou sabia tudo que precisava saber. Essa era uma das pessoas que as presger haviam criado para falar com o Radch. Tradutora para as presger. "Uma companhia incômoda", era o que Anaander Mianaai havia dito sobre elas. E a governadora sabia que ela estava na estação. Assim como, eu poderia apostar, a capitã Hetnys. Era isso que estava por trás de seu inexplicável medo de que as presger aparecessem de repente. O que eu gostaria de entender é por que não haviam me contado.

– Quem eu sou? *Exatamente*? – A tradutora Dlique franziu o cenho. – Eu não sou... é isso, acabei de dizer que sou Dlique, mas posso não ser, posso ser Zeiat. Ou... Espera, não. Não, tenho quase certeza que sou Dlique. Ah! Eu deveria ter me apresentado, não é? – Ela se curvou em uma reverência. – Capitã de frota, eu sou Dlique, tradutora das presger. Estou honrada em conhecer você. Agora, eu acho, você diz algo como a "honra é toda minha" e então me oferece chá. Estou cansada de chá, você tem arrack?

Enviei uma mensagem silenciosa para Cinco, e então fiz um gesto para que a tradutora Dlique se sentasse em uma junção de caixas e almofadas cobertas com uma colcha amarela e cor-de-rosa bordada, surpreendentemente confortável.

– Então – disse, quando me sentei em frente a ela em minha própria pilha de malas – você é uma diplomata, certo?

Todas as suas expressões haviam sido quase infantis, quase completamente sem censuras. Agora ela mostrava uma sincera consternação.

– Causei confusão, não foi? Era para ser tudo simples. Estava no palácio de Tstur indo para casa depois de ter visto o lançamento de presságios do fim do ano. Fui a festas, sorri e disse "Que os presságios sejam muito auspiciosos, o próximo ano trará justiça e benefício para todas". Depois de um tempo, agradeci às humanas pela hospitalidade e fui embora. Como eu deveria fazer. Tudo muito entediante, ninguém de importância estava lá.

– E então o portal caiu, e você foi enviada para outra rota. E agora não pode ir para casa.

Do jeito como as coisas estavam, ela nunca voltaria à área presger. A não ser que tivesse uma nave capaz de gerar seu próprio portal. Mas o tratado entre humanas e presger havia proibido, expressamente, com muita veemência, que as presger trouxessem algo assim para a área radchaai.

A tradutora Dlique jogou as mãos estranhamente enluvadas de cinza para cima, em um gesto que imaginei significar frustração.

– "Diga exatamente o que ensinamos e você não vai fazer nada de errado", elas disseram. Bem, tudo deu errado. E elas não disseram nada sobre *isso*. Você pode pensar que elas teriam incluído isso, falaram tantas outras coisas. "Sente-se direito, Dlique." "Não desmembre a sua irmã, Dlique, isso não é legal." "Órgãos internos devem ficar dentro de você, Dlique." – Ela fez uma careta, como se a última frase fosse particularmente desconfortável.

– Parece haver um consenso sobre você ser mesmo Dlique.

– É você que acha! Mas não funciona assim quando você não é alguém importante. Ah! – Ela levantou o olhar para Kalr Cinco que entrava com dois copos e uma garrafa de arrack. – É coisa da boa! – Dlique pegou o copo que Cinco ofereceu e olhou intensamente para o rosto dela. – Por que você está fazendo de conta que não é humana?

Cinco, arrebatada por um sentimento tão intenso de horror e ofensa que não seria capaz de esconder, não respondeu, só se virou e me entregou o outro copo. Continuei, calmamente:

– Não seja rude com minhas soldadas, Dlique.

A tradutora riu, como se eu tivesse dito algo engraçado.

– Eu gosto de você, capitã de frota. Com a governadora Giarod e a capitã Hetnys é sempre "Por que você está aqui, tradutora?" e "Quais são suas intenções, tradutora?" e "Você espera que a gente acredite nisso, tradutora?". E então "Você vai achar esses aposentos muito confortáveis, tradutora", "As portas estão trancadas para a sua própria segurança, tradutora" e "Tome mais chá, tradutora". Nada de Dlique, sabe?

– Ela tomou um bom gole do arrack. Tossiu um pouco enquanto a bebida descia.

Gostaria de saber quanto tempo demoraria até que a equipe da governadora percebesse que Dlique estava desaparecida. Não sabia por que a Estação não disparara nenhum alarme. Mas então me lembrei da arma que nenhuma nave ou estação podia ver, a arma que havia vindo das presger. A tradutora podia parecer desligada e infantil, mas com certeza era tão perigosa quanto a governadora Giarod e a capitã Hetnys suspeitavam. Até mais. Ao que parece, elas a haviam subestimado. Talvez por sua aparência.

– E as outras em sua nave?

– Outras?

– Tripulação? Equipe? Outras passageiras?

– É uma nave *muito* pequena, capitã de frota.

– Então deve ter ficado lotada, com Zeiat e a tradutora juntas.

A tradutora Dlique deu um sorriso forçado.

– *Sabia* que iríamos nos dar bem. Ofereça-me comida, ok? Eu como comida normal, sabe.

Lembrei do que ela havia dito quando chegou.

– Você comeu muitas pessoas quando era menor?

– Ninguém que eu não *devesse* comer! Apesar de que... – Ela franziu o cenho. – Às vezes eu *queria* ter comido alguém que não devia. Mas agora é tarde. O que você vai comer? Radchaai comem uma quantidade absurda de peixe quando estão nas estações, ao que parece. Estou começando a enjoar de peixe. Ah, onde é o banheiro? Eu tenho que...

– Não temos banheiro. Não tem encanamento aqui. Mas temos um balde.

– Agora, sim, *isso* é diferente! Ainda não estou enjoada de baldes.

A tenente Tisarwat entrou assustada enquanto Cinco retirava o último prato e a tradutora Dlique dizia com sinceridade:

– Ovos são tão inadequados, não acha? Quero dizer, eles poderiam se transformar em *qualquer coisa*, mas você sempre acaba com uma galinha. Ou um pato. Ou o que quer que seja que eles são programados para ser. Você nunca acaba com alguma coisa interessante, como arrependimento, ou o meio da noite da semana passada. – Esse era apenas um exemplo de como a conversa fora durante o jantar.

– Você levantou uma boa questão, tradutora – respondi, e então me virei para a tenente Tisarwat. Havia mais de três horas que não prestava atenção na tenente, e ela bebera uma boa quantidade de álcool nesse tempo. Não conseguia sequer ficar parada, e olhou para mim irritada.

– Raughd Denche... – Enquanto dizia isso, Tisarwat levantou a mão e apontou para o lado, como que para enfatizar a fala. Ela não parecia ter percebido que Dlique, que olhava a cena com curiosidade, estava ali. – Raughd. Denche. É uma *pessoa horrível*.

A julgar pelo pouco que vira da cidadã Raughd hoje, suspeitei que Tisarwat tinha razão.

– *Senhora* – adicionou Tisarwat tardiamente.

– Bo – chamei bruscamente a soldada que vinha atrás e rondava ansiosa a tenente –, leve sua tenente para fora daqui antes que ela faça algum estrago. – Bo a pegou pelo braço e a conduziu cambaleante para fora. Tarde demais, eu temia.

– Não acho que ela irá conseguir chegar até o balde – disse a tradutora Dlique com solenidade. Quase com pesar.

– Também acho que não – respondi. – Mas vale a pena tentar.

Uma tradutora presger na estação de Athoek já era problemático o suficiente. Quanto tempo levaria até que a pessoa que a enviou percebesse que não havia voltado? Como elas reagiriam ao fato de Athoek ter feito dela quase uma prisioneira, mesmo que sem sucesso? E o que aconteceria quando elas soubessem da situação do Radch? Certamente, nada.

O tratado não diferenciava um tipo ou outro de humana, todas estavam no pacote, e o tratado impedia as presger de causar danos físicos a quaisquer humanas. Isso levantava a questão de o que, exatamente, seria "dano físico" para as presger. Mas era possível que essa questão já tivesse sido resolvida pelas tradutoras dos dois lados.

A presença ou atenção das presger poderia ser uma vantagem. Nos últimos cem anos elas haviam começado a vender corretores médicos de alta qualidade, bem mais baratos do que os produzidos no Radch. A governadora Giarod disse que Athoek não produzia os próprios suprimentos médicos. E as presger não se importavam se Athoek fazia parte do Radch ou não. Elas só queriam saber se Athoek podia pagar, e mesmo que a ideia de "pagamento" para elas fosse um pouco diferente, não havia dúvida alguma de que poderíamos encontrar algo.

Então, por que a governadora trancou a tradutora em sua casa? E não me contou nada sobre isso? Eu conseguia imaginar a capitã Hetnys fazendo algo assim; ela havia conhecido a capitã Vel e acreditava que a fratura de Anaander Mianaai era resultado de uma infiltração presger. Eu estava certa de que a chegada de Dlique era uma coincidência, mas coincidências eram significativas para as radchaai. Amaat era o Universo, e tudo que acontecia era porque Amaat queria. As intenções da Deusa poderiam ser interpretadas por meio do estudo de todos os pequenos detalhes, até os mais insignificantes. E os acontecimentos das últimas semanas eram tudo, menos insignificantes. A capitã Hetnys estaria alerta à procura de ocorrências estranhas, e essa em particular devia ter ativado sua preocupação. Não, o fato de ela esconder a tradutora Dlique só confirmava o que eu já suspeitava sobre sua posição.

Mas quanto à governadora Giarod. Eu havia saído do jantar na casa da cidadã Fosyf, e da posterior reunião no escritório da governadora com a impressão de que Giarod não era só inteligente e habilidosa, mas também entendia que o atual conflito das duas partes de Anaander Mianaai começara dentro dela mesma, e não fora. Não acreditava que eu pudesse ter me enganado tanto em relação a ela. Mas estava claro que eu deixara alguma coisa passar, havia algo que não entendera sobre a posição dela.

"Estação", transmiti em silêncio.

"Sim, capitã de frota."

"Avise gentilmente a governadora Giarod que eu quero falar com ela logo pela manhã." Nada mais. Se a Estação não desconfiava que eu sabia da existência da tradutora Dlique, menos ainda de que ela havia jantado comigo, eu poderia criar pânico na governadora e na capitã Hetnys só por mencionar Dlique. Enquanto isso, eu precisaria encontrar uma forma de lidar com essa situação ainda mais complicada.

Na *Misericórdia de Kalr*, Seivarden estava sentada no comando. Falava com a tenente Amaat da *Espada de Atagaris*, também em guarda na nave.

"Então", dizia a tenente Amaat, e a Nave enviava as palavras diretamente para o ouvido de Seivarden, "de onde você é?"

"De um lugar onde a gente não fica de gracinha enquanto está de guarda", respondeu Seivarden, mas silenciosamente, só para a Nave. Em voz alta, ela disse:

– Inais.

"Sério?" Era óbvio que a tenente da *Espada de Atagaris* nunca havia ouvido falar daquele lugar. O que não era nenhuma surpresa, já que o Radch era tão grande, mas não ajudou em nada a impressão que Seivarden tinha sobre ela. "Mudaram todas as suas oficiais? Sua predecessora era legal." Ekalu (que estava dormindo naquela hora, respirando pesada e ritmicamente) havia descrito a tenente Amaat anterior como metida e insuportável. "Mas aquela médica não era simpática em absoluto. Se achava muito especial, isso, sim." (A médica estava na sala de década da *Misericórdia de Kalr*, franzindo a testa para seu almoço de skel e chá. Calma, com o humor relativamente bom.)

De certa forma, durante a juventude, Seivarden havia sido tão insuportável quanto a tenente anterior da *Misericórdia de Kalr*. Mas ela servira em um porta-tropas, o que significava que estivera em combate e sabia o que era realmente importante em uma médica.

– Você não deveria estar procurando por naves inimigas?

"Ah, a Nave me avisa se encontrar alguma coisa", respondeu com entusiasmo a tenente da *Espada de Atagaris*. "Aquela capitã de frota é intimidadora. Mas acho que ela precisa ser. Ela ordenou que ficássemos mais próximas da estação. Então seremos vizinhas, pelo menos por um tempo. A gente podia tomar chá."

– A capitã de frota é um pouco menos intimidadora quando você não está tentando destruir a nave dela.

"Ah, bem. Aquilo foi um engano. Depois que vocês se apresentaram, tudo ficou claro. Você não acha que ela vai ficar com raiva de mim por isso, acha?"

Na estação Athoek, no Jardim Inferior, Kalr Cinco levava os pratos para um aposento próximo ao meu, e então falava com Oito sobre a aparição repentina e irritante da tradutora Dlique. Em outro cômodo, Bo tirava as botas de uma inconsciente Tisarwat. E eu disse para a Nave:

"Ekalu não estava exagerando sobre a tenente Amaat da *Espada de Atagaris*."

"Não", respondeu a *Misericórdia de Kalr*. "Ela não estava."

Na manhã seguinte, enquanto me vestia (já estava com as calças, abotoando a camisa, mas ainda sem sapatos), ouvi um grito no corredor.

– Capitã de frota! Capitã de frota! – A Nave me mostrou, por meio dos olhos da Kalr, que estava de guarda no corredor, uma criança de sete ou oito anos com a roupa solta e encardida, sem sapatos ou luvas. – Capitã de frota! – gritava ela, insistentemente. Ignorando as guardas.

Peguei minhas luvas e saí correndo de meu quarto para a antessala, passando pela porta que Cinco abrira para mim.

– Capitã de frota, senhora! – disse a criança, ainda gritando apesar de eu estar na frente dela. – Venha logo! Alguém pintou a parede de novo! Se alguma daquelas soldadas cadáver vir isso, vai ser muito *ruim*!

– Cidadã – começou Cinco. Eu a interrompi.

– Estou indo.

A criança saiu correndo, e eu a segui pelo corredor mal iluminado. "Alguém pintou a parede de novo." Uma coisa pequena. Pequena o suficiente para ser ignorada, eu pensei, mas a capitã Hetnys havia reagido mal antes. Era horrível perceber na urgência dessa criança a ideia do que poderia acontecer quando Var da *Espada de Atagaris* chegasse. Talvez alguma adulta houvesse incutido isso nela. Portanto, ainda era sério o suficiente. E se não fosse nada demais, bem, eu só terei atrasado meu café da manhã por alguns minutos.

– O que elas pintaram? – perguntei, subindo por uma escada no poço de acesso, a única forma de andar entre os pisos.

– Umas palavras – respondeu a criança, acima de mim. – São *palavras*!

Ou ela não viu as palavras, ou não conseguia ler. Suspeitava que fosse a segunda opção. Elas provavelmente não eram radchaai, ou raswar, que era, eu havia aprendido nos últimos dias, a língua falada por quase todas ychanas daqui. A Estação havia me contado, na minha primeira noite, quando pedi informações e um pouco de história, que a maioria das moradoras do Jardim Inferior eram ychanas.

Era xhi, embora transcrita foneticamente para radchaai. Quem quer que tivesse pintado isso usara a mesma tinta cor--de-rosa que decorava a porta da loja de chá, a mesma tinta que havia sido deixada ao lado do pequeno pátio. Reconheci as palavras, não porque eu sabia xhi, mas porque eram palavras da época da anexação e tinham sido o símbolo de um movimento de resistência que a Estação me mostrara duas noites antes. "Sangue no lugar de chá!" Uma brincadeira com as palavras. A palavra radchaai para "chá" era muito parecida com a palavra xhi para "sangue", e significava que as revolucionárias não se submeteriam ao Radch e tomariam chá; elas resistiriam e tomariam (ou ao menos derramariam) sangue radchaai. Aquelas revolucionárias estavam mortas havia anos, aquele lema nada mais do que uma curiosidade histórica.

A criança, percebendo que eu estava olhando para a pintura, próxima da entrada da loja de chá, correu para longe, buscando segurança novamente. As demais moradoras do Jardim Inferior fizeram o mesmo. O pequeno pátio estava vazio, apesar de eu saber que ele deveria estar cheio a essa hora. Qualquer uma que passara por aqui e vira o "Sangue no lugar de chá!" havia dado meia-volta e procurado um lugar longe e seguro das ancilares da tenente Var da *Espada de Atagaris*. Eu estava sozinha, Kalr Cinco ia subindo a escada do poço de acesso, mais lenta que eu.

Uma voz que eu não conhecia disse atrás de mim:

– Aquele criança vomitadeira de olho roxo estava certa.

Virei-me. A tradutora Dlique estava ali, vestida da mesma forma que na noite anterior, quando me visitara.

– Certa sobre o quê, tradutora?

– Raughd Denche realmente é uma pessoa horrível.

Naquele momento, duas ancilares da *Espada de Atagaris* chegaram correndo no pátio.

– Vocês, paradas! – disse uma delas, em alto e bom som. Percebi, naquele instante, que elas poderiam não reconhecer a tradutora Dlique, que deveria estar trancada na casa da governadora e estava vestida como ychana, e, como em todo o Jardim Inferior, a iluminação era muito ruim. Eu mesma não usava o meu uniforme completo, estava com as calças, luvas e camisa parcialmente abotoada. Demoraria um tempo até que a *Espada de Atagaris* percebesse quem éramos.

– Ah, *esporocarpos*! – A tradutora Dlique se virou, e imaginei que ela fosse fugir antes que a *Espada de Atagaris* percebesse quem ela era e a prendesse.

Ainda não havia se virado completamente, e eu só tive um breve instante para pensar no uso da palavra "esporocarpos" como uma interjeição, quando um único tiro ecoou alto no espaço fechado; a tradutora Dlique engasgou e caiu para a frente no chão. Sem pensar, levantei minha armadura e gritei:

– *Espada de Atagaris*, não se mova! – E ao mesmo tempo transmiti à Estação com urgência "Emergência médica no primeiro piso do Jardim Inferior!". Caí de joelhos ao lado da tradutora Dlique. "Estação, a tradutora Dlique foi baleada nas costas. Eu preciso de médicas *agora*."

"Capitã de frota", disse a Estação em meu ouvido, calmamente. "Médicas não vão até o..."

"*Agora*, Estação." Baixei minha armadura, olhei para as duas Vars da *Espada de Atagaris* que estavam agora ao meu lado.

– Seu kit médico, Nave, rápido. – Eu queria perguntar "O que você acha que está fazendo, atirando em pessoas?", mas estancar a hemorragia da tradutora Dlique era mais importante. E isso não era culpa somente da *Espada de Atagaris*, ela estava seguindo as ordens da capitã Hetnys.

– Eu não tenho kit médico, capitã de frota – respondeu uma das ancilares. – Esta não é uma situação de combate, e a estação possui dependências médicas. – E eu, é claro, também não tinha. Havíamos trazido alguns, como procedimento de rotina, mas eles ainda estavam encaixotados três pisos acima. Se a bala tivesse acertado, digamos, a artéria renal (uma possibilidade pequena, considerando o ponto de entrada), ela poderia sangrar até a morte em minutos, e, mesmo que eu ordenasse que uma de minhas Kalrs trouxesse um kit médico, seria tarde demais.

Dei a ordem mesmo assim, enquanto minhas mãos pressionavam as costas da tradutora Dlique. Não seria o suficiente, mas era tudo que eu *podia* fazer.

"Estação, eu preciso das médicas!" Olhei para a *Espada de Atagaris*.

– Traga um módulo de suspensão. *Agora*.

– Não temos nenhum por aqui – disse a dona da loja de chá. Ela devia ser a única pessoa que ficou por perto quando viu a frase pintada na parede. Agora ela estava falando da porta da loja. – As médicas nunca vêm até aqui.

– É melhor que elas venham agora. – A pressão que eu fazia estava diminuindo o sangramento da tradutora, mas eu não poderia estancar a hemorragia interna, e a respiração dela estava ficando cada vez mais fraca e inconstante. Perdia sangue muito rapidamente, mais rápido do que eu podia ver. No terceiro piso, Kalr Oito abria a caixa com os kits médicos. Ela havia começado no instante que eu dera a ordem, agia com rapidez, mas eu não achava que daria tempo.

Eu ainda estava fazendo pressão nas costas da tradutora, enquanto ela engasgava no chão, com o rosto virado para baixo.

– Sangue fica *dentro* de suas artérias, Dlique.

Ela soltou uma meia risada fraca.

– Viu... – Ela parou e respirou fracamente algumas vezes. – Respirar... Desnecessário.

– Sim, respirar é desnecessário e entediante, mas continue respirando, Dlique. Faça isso por mim.

Ela não respondeu.

Quando Kalr Oito trouxe o kit médico e a capitã Hetnys correu para o local com uma dupla de médicas e a *Espada de Atagaris* trazendo um módulo de suspensão, já era tarde demais. A tradutora Dlique estava morta.

11

Ajoelhei-me no chão ao lado do corpo da tradutora Dlique. Meus pés ensopados de sangue, meus joelhos e minhas mãos, que ainda pressionavam as costas da tradutora, e as mangas da minha camisa estavam vermelhos. Não era a primeira vez que me pegava coberta pelo sangue de outra pessoa. Não temia aquilo. As duas ancilares da *Espada de Atagaris* estavam congeladas depois de deixar o núcleo de suspensão que trouxeram de lado. A capitã Hetnys permanecia parada com a testa franzida, confusa, sem entender muito bem, pensei, o que acabara de acontecer.

Levantei-me para dar passagem às médicas que se dirigiram imediatamente para a tradutora Dlique.

– Cida... Capitã de frota – disse uma delas depois de um tempo –, sinto muito, não há nada que possamos fazer.

– Nunca há – respondeu a proprietária da loja de chá, que ainda estava parada na porta. "Sangue no lugar de chá!" pairava a alguns metros de nós. Aquilo era um problema. Mas não, suspeitei, o problema que a capitã Hetnys imaginava.

Tirei as luvas. Escorria sangue delas e minhas mãos estavam meladas. Andei rapidamente em direção a capitã Hetnys para que ela não pudesse sair do lugar, agarrei-a pela jaqueta com minhas mãos ensanguentadas. Arrastei-a até onde o corpo da tradutora Dlique estava. As duas médicas deram espaço, e, antes que a capitã Hetnys pudesse recobrar a compostura e resistir, joguei-a junto do cadáver. Virei-me para Kalr Oito.

– Chame uma sacerdotisa – disse a ela. – Qualquer uma que tenha qualificação para realizar purificações e funerais.

Se ela disser que não vem ao Jardim Inferior, informe-a que virá querendo ou não.

– Sim, senhora – respondeu Oito antes de sair.

Enquanto isso, a capitã Hetnys conseguira se levantar novamente, com a ajuda de suas ancilares.

– Como isso aconteceu, capitã? Dei ordens para que as cidadãs não fossem tratadas com violência a não ser em casos absolutamente necessários. – A tradutora Dlique não era uma cidadã, mas a *Espada de Atagaris* não sabia em quem estava atirando.

– Senhora – respondeu a capitã Hetnys com a voz entorpecida de raiva pelo que eu acabara de fazer ou pelo estresse da situação –, a *Espada de Atagaris* perguntou à Estação, e ela respondeu que não sabia quem era a pessoa nem conseguia encontrar seu localizador. Ela não era, portanto, uma cidadã.

– E por isso atiraram nela?

Mas estava claro, eu mesma já havia seguido uma lógica semelhante diversas vezes. Era um raciocínio tão fácil para alguém como a *Espada de Atagaris* (para alguém como eu) que nunca havia passado pela minha cabeça que ela dispararia armas de fogo ali, em uma estação cheia de cidadãs, uma estação que era parte do Radch havia séculos.

Eu devia ter pensado nisso. Eu era responsável por tudo que acontecia sob meu comando.

– Capitã de frota – continuou a capitã Hetnys, indignada e tentando esconder o sentimento –, pessoas não autorizadas representam um perigo para...

– Isso – interrompi enfaticamente –, é a tradutora Dlique, tradutora das presger.

"Capitã de frota", a Estação chamou em meu ouvido. Havia deixado aquela conexão aberta, então ela escutara tudo o que eu dissera. "Com todo o respeito, a senhora está enganada. A tradutora Dlique ainda está em seu quarto na residência da governadora."

– Olhe de novo, Estação. Mande *alguém* olhar. Capitã Hetnys, nem você nem nenhuma de suas ancilares a partir de agora carregarão armas de fogo nessa estação. Nenhuma nave ou oficial entrará no Jardim Inferior sem a minha permissão. Var e as tenentes da *Espada de Atagaris* irão retornar à nave o mais rápido possível. Não... – ela abrira a boca para argumentar – diga mais nada. Você escondeu informação importante de mim. Você colocou em risco a vida das cidadãs desta estação. Suas tropas causaram a morte de uma representante diplomática das presger. Estou tentando pensar em algum motivo para não fuzilar você. – Na verdade, havia pelo menos dois ótimos motivos: as duas ancilares ao lado da capitã e o fato de que eu havia saído correndo de meus aposentos e deixara minha arma para trás.

Virei-me para a dona da loja de chá.

– Cidadã. – Tive que me esforçar muito para não falar com minha voz monocórdica de ancilar. – Você pode me trazer chá? Ainda não tomei café da manhã e precisarei comer muito bem hoje. – Sem dizer nada, ela voltou para dentro da loja.

Enquanto esperava pelo chá, a governadora Giarod chegou. Olhou para o corpo da tradutora Dlique, para a capitã Hetnys parada em silêncio e com a roupa suja de sangue, respirou fundo e disse:

– Capitã de frota, eu posso explicar.

Olhei para ela. E então me virei para a proprietária da loja de chá que colocava uma tigela de chá empapado no chão a um metro de onde eu estava. Agradeci a ela e peguei a tigela. Vi o nojo na expressão da capitã Hetnys e da governadora Giarod quando segurei a tigela com as mãos nuas, e bebi.

– É assim que vai funcionar – disse depois de beber metade do chá –, ocorrerá um funeral. Não me peçam para manter isso em segredo por medo de pânico nos corredores. Haverá um funeral, com oferendas e lembranças, e um período de luto para todas as funcionárias da administração. O corpo será preservado em suspensão até as presger virem buscá-lo. O corpo será liberado para elas, que farão o que desejarem com ele.

– Por agora, a *Espada de Atagaris* vai me dizer quando foi a última vez que viu essa parede em branco, e então a Estação me dirá o nome de todas as pessoas que pararam na frente dela desde aquele momento.

A Estação podia não saber quem pintara aquilo, mas saberia dizer onde estava cada pessoa, e eu tinha certeza de que somente a pintora teria ficado olhando para essa parede durante esse intervalo de tempo.

– Peço complacência à capitã de frota – atreveu-se a capitã Hetnys, contra todo bom senso –, mas isso já foi feito. A Segurança já prendeu a pessoa responsável.

Levantei uma sobrancelha, surpresa e desacreditada.

– A Segurança prendeu Raughd Denche?

Agora foi a vez de a capitã Hetnys ficar surpresa.

– Não, senhora! – protestou. – Não sei por que a senhora presumiria que a cidadã Raughd Denche faria algo assim. Não, senhora, isso só pode ser obra de Sirix Odela. Ela passou aqui quando estava indo para o trabalho esta manhã e ficou parada por quinze segundos. Tempo mais do que suficiente para realizar a pintura.

Se ela passara aqui, então morava no Jardim Inferior. A maioria das moradoras do local era ychana, mas o nome dela era samirend. E familiar.

– Essa pessoa trabalha nos Jardins acima? – perguntei. A capitã Hetnys fez um gesto afirmativo. Pensei na pessoa que conheci quando cheguei. Aquela que eu vira no lago do Jardim, tão incomodada com a ideia de expressar raiva. Não era possível que ela tivesse feito algo assim. – Por que uma samirend pintaria uma frase xhi em fonemas radchaai? Por que ela não escreveria em liost já que é samirend? Ou raswar para que todas aqui pudessem ler?

– Historicamente, capitã de frota... – começou a governadora Giarod.

– *Historicamente*, governadora – interrompi –, muitas pessoas têm motivos para reclamar da anexação. Mas aqui e agora, nenhuma delas receberá qualquer desconto se começar uma revolta.

Era isso que acontecera séculos atrás. Nenhuma moradora do Jardim Inferior que desse valor à própria vida (e às vidas de suas conhecidas) teria pintado aquela frase na parede; não fariam isso sabendo como a administração da estação reagiria. E eu podia apostar que todas no Jardim Inferior sabiam como a administração reagiria.

– O Jardim Inferior não foi criado propositalmente – continuei, enquanto a *Misericórdia de Kalr* me mostrava *flashes* de Kalr Oito conversando de forma séria com uma sacerdotisa jovem –, mas, como foi benéfico para vocês, também acham que é justo e adequado. – Aquele trio de palavras, Justiça, Adequação e Benefício. Em teoria, não podiam existir separadamente. Nada era só inadequado, nada era só benéfico, ou só injusto.

– Capitã de frota – começou a governadora Giarod, indignada. – Eu não acho que...

– Tudo precisa do seu oposto – interrompi-a. – Como vocês podem ser civilizadas se não existirem as não civilizadas? – Civilizada. Radchaai. A palavra era a mesma. – Se esse lugar não beneficiasse alguém, de alguma forma, existiria encanamento, iluminação, além de portas que funcionassem e médicas que pudessem ajudar em caso de emergência. – Antes que a governadora do sistema pudesse fazer mais do que piscar em resposta, virei-me para a dona da loja de chá que ainda estava parada na porta. – Quem mandou me chamar?

– Sirix – respondeu ela. – E veja como isso a ajudou.

– Cidadã – começou a capitã Hetnys, séria e indignada.

– Fique em silêncio, capitã. – Meu tom era controlado, mas a capitã Hetnys não disse mais nada.

Soldadas radchaai que tocavam em cadáveres limpavam suas impurezas com um banho e uma prece rápida; nunca conheci uma soldada que se banhasse sem murmurar ou falar baixinho sua reza. Quando eu era uma nave, não fazia isso, só minhas oficiais. Era provável que médicas civis fizessem algo parecido.

O banho e a prece eram suficientes, não era preciso fazer oferendas em templos. Mas para a maioria das civis radchaai, ter contato com pessoas mortas era algo completamente diferente.

Se eu fosse um pouco mais maldosa, teria contornado todo o pátio, ou todo aquele andar do Jardim Inferior, tocado as coisas e espalhado sangue por todos os lados; assim, as religiosas que passassem por aquelas paredes precisariam passar dias ali. Mas nunca vi ninguém se beneficiar de maldades gratuitas, e além disso suspeitava que todo o Jardim Inferior estava em uma situação calamitosa no que dizia respeito a rituais de purificação. Se as médicas nunca iam até ali, com certeza outras já haviam morrido, e se as sacerdotisas não vinham as impurezas ainda pairavam pelo local. Isso se elas acreditassem nesse tipo de ritual, claro. As ychanas provavelmente não acreditavam. Ainda mais um motivo para não as considerar radchaai, e não as tratar com as amenidades básicas a que uma radchaai teria direito.

Uma sacerdotisa mais velha chegou, acompanhada de duas assistentes. Ela parou a dois metros do corpo da tradutora Dlique, em sua poça de sangue, e encarou o cadáver com olhos arregalados e nítido horror.

– Como elas lidam com cadáveres aqui? – perguntei.

– Elas os arrastam para os corredores próximos do Jardim Inferior e os deixam lá – respondeu a governadora Giarod.

– Nojento – murmurou a capitã Hetnys.

– O que mais elas podem fazer? Não existe um espaço para cadáveres aqui. Médicas e sacerdotisas não vêm até aqui. – Olhei para a sacerdotisa. – Não é mesmo?

– Ninguém deve vir aqui, capitã de frota – respondeu a sacerdotisa, enquanto olhava de relance para a governadora.

– É verdade. – Virei-me para Kalr Cinco, que voltara com as sacerdotisas. – Esse módulo de suspensão funciona?

– Sim, senhora.

– Então a capitã Hetnys vai me ajudar a colocar o corpo da tradutora nele. E então vocês... – Fiz um gesto que indicava as sacerdotisas, um gesto que ficava mais ofensivo ao ser executado por minhas mãos sem luvas. – Farão o que for necessário.

Eu e a capitã Hetnys passamos vinte minutos nos lavando em água benta, rezando e sendo salpicadas em sal e fumigadas com três tipos de incenso. Isso não lavou toda nossa contaminação, só mitigou o fato para que pudéssemos andar pelos corredores ou ficar em uma sala sem que as outras pessoas também precisassem chamar uma sacerdotisa. O banho e a prece das soldadas também teriam funcionado, talvez até melhor, mas não teria satisfeito as moradoras da estação Athoek.

– Se eu entrar em luto tradicional – disse a governadora Giarod, quando já havíamos passado por uma parte do ritual e já estávamos novamente vestidas –, não poderei ir ao meu escritório por duas semanas. O mesmo será válido para toda a administração. Entretanto, concordo que algo deve ser feito, capitã de frota. – Como parte do ritual havia sido realizada, a expressão em seu rosto era mais calma do que quando chegara.

– Sim, todas vocês terão que ser familiares distantes. Capitã Hetnys e eu seremos a família nuclear. – Capitã Hetnys não parecia nada feliz com isso, mas não estava em posição de reclamar. Ordenei que Kalr Cinco trouxesse uma lâmina para que a capitã Hetnys e eu raspássemos a cabeça para o funeral, e também que procurasse uma joalheira para fabricar as lembranças. – Agora – disse para a governadora Giarod, quando Cinco se afastou e a capitã Hetnys foi enviada para meus aposentos a fim de se preparar para o jejum –, preciso que você me fale sobre a tradutora Dlique.

– Capitã de frota, não acho que este seja o lugar mais adequado...

– Não posso ir ao seu escritório da forma como estou.

– Eu estava de luto havia pouco tempo, devia estar jejuando em casa. A inadequação seria muito óbvia, e esse funeral precisava ser o mais adequado possível. – E não tem ninguém aqui perto. – A vendedora de chá estava dentro da loja, fora do nosso campo de visão. As sacerdotisas haviam saído assim que acharam adequado. Eu havia ordenado que as ancilares da *Espada de Atagaris* saíssem. Minhas duas *Misericórdias de Kalr*, próximas a nós, não contavam. – E guardar segredo não se mostrou uma escolha sábia.

A governadora Giarod fez um gesto resignado e disse:

– Dlique chegou com a primeira leva de naves que tiveram a rota alterada. – As naves que os sistemas vizinhos enviaram para cá a fim de encontrar uma rota alternativa, visto que os portais estavam fechados ou porque seus portos se mostravam cheios. – Ela estava sozinha em uma pequena nave mensageira, menor do que uma nave de transporte. Não sei nem como aquela nave conseguia todo o ar que Dlique precisaria para uma viagem tão longa quanto a que disse que estava fazendo. E chegar aqui justo nessa hora... – A governadora exibiu sua frustração com um gesto. – Não podia perguntar para o palácio, então joguei os presságios, só eu, e os resultados foram perturbadores.

– Claro. – Nenhuma radchaai estava imune à superstição da coincidência. Nada acontecia por acaso, nem o menor movimento. Tudo era um sinal em potencial para as intenções da Deusa. Coincidência particularmente estranhas podiam ser vistas como mensagens divinas. – Eu até entendo a sua preocupação. Em alguma medida, entendo também seu desejo de confinar a tradutora e esconder a presença dela das moradoras da estação. Nada disso me deixa irritada. O que me incomoda é você não ter dito nada para mim sobre essa situação potencialmente perigosa.

A governadora Giarod suspirou.

– Capitã de frota, eu escuto coisas. Pouca coisa é dita nesta estação, e, na verdade, em quase todo o sistema, que eu não fique sabendo. Desde que fui encarregada deste escritório escuto rumores sobre corrupção no Radch.

– Isso não me surpreende. – Era uma reclamação constante: as moradoras de mundos anexados, recém-transformadas em cidadãs, traziam costumes não civilizados e atitudes que poderiam destruir a verdadeira civilização. Eu ouvira isso minha vida toda (cerca de dois mil anos). O que acontecera no Jardim Inferior só confirmava esses rumores, com certeza.

– Recentemente – continuou a governadora Giarod, com um sorriso pesaroso –, a capitã Hetnys sugerira que as presger haviam se infiltrado em altos escalões com o objetivo de nos destruir. E como as tradutoras presger eram pouco diferentes de humanas, e o departamento de tradução estava sempre em contato com elas...

– Governadora, você chegou a conversar com a tradutora Dlique?

– Eu sei o que a senhora vai dizer, capitã de frota – respondeu ela, com um gesto de frustração. – Mas, de novo, ela saiu de um quarto trancado da residência oficial do governo sem que ninguém notasse, conseguiu roupas, e andou livremente por aqui sem que a Estação soubesse. Sim, conversar com ela era peculiar, e ninguém a confundiria com uma cidadã. Mas a tradutora era claramente capaz de muito mais do que demonstrava. De algumas coisas realmente preocupantes. E eu nunca acreditei nos rumores que as presger, que haviam nos deixado em paz desde a assinatura do tratado, e eram tão diferentes, se preocupariam com os nossos problemas, pois nunca haviam demostrado interesse. Mas daí a tradutora Dlique aparece assim que os portais são fechados e nós perdemos contato com o palácio de Omaugh e...

– E a capitã Hetnys falou sobre a infiltração presger em altos escalões. No mais alto escalão. E então eu, prima de Anaander Mianaai, chego com uma história de que a Senhora do Radch está brigando com ela mesma sobre o futuro da civilização, e com uma ficha oficial que claramente não combinava com quem eu era. E assim, de repente, ficou difícil para você não acreditar nos rumores sobre as presger.

– Exatamente isso.

– Governadora, você concorda que não importa o que aconteça fora daqui, a única coisa possível e apropriada a se fazer é cuidar da segurança das moradores deste sistema? Não importa se existe ou não uma briga dentro da Senhora do Radch, a única ordem que poderíamos esperar dela é a de manter a segurança do sistema, certo?

A governadora Giarod pensou por seis segundos.

– Sim, capitã de frota, tem razão. O único problema é que se precisarmos comprar suprimentos médicos, teremos que lidar com fontes externas, como as presger.

– Veja só – respondi com a voz muito, muito calma – como não foi uma boa ideia manter a tradutora Dlique escondida de mim. – Ela concordou com um gesto. – Você não é boba. E eu não pensei que fosse. Admito que descobrir a existência da tradutora Dlique me fez duvidar desse julgamento. – Ela não disse nada. – Agora, antes que eu comece oficialmente o jejum, preciso tratar de outro assunto. Preciso falar com Celar, a administradora da estação.

– Sobre o Jardim Inferior?

– Entre outras coisas.

Na minha sala de espera no Jardim Inferior, as Kalrs receberam a ordem de nos deixar a sós. Em seguida, disse para Tisarwat:

– Terei que passar as próximas duas semanas em luto. E isso significa que não poderei trabalhar. A tenente Seivarden está, é claro, no comando da *Misericórdia de Kalr* durante esse período. E você será responsável pelos nossos aposentos.

Ela havia acordado com uma ressaca terrível. Chá e alguns remédios estavam começando a fazê-la se sentir melhor, mas não completamente.

– Sim, senhora.

– Por que ela deixou esse lugar assim?

Tisarwat piscou. Franziu a testa. E só então entendeu.

– Senhora, não é um *grande* problema. É útil ter um lugar onde é possível... fazer coisas sem que ninguém saiba. – Era verdade. Era útil para todas as partes da Senhora do Radch, mas eu não disse nada. Ela já sabia disso. – E, a senhora sabe, as pessoas aqui estavam bem antes de a capitã Hetnys chegar.

– Elas estavam bem? Sem água, sem médicas para emergências e pelo visto sem ninguém para questionar os métodos da capitã Hetnys, certo? – Ela desviou o olhar para os pés. Envergonhada, um tanto triste. E então olhou para cima.

– Elas estavam pegando água de *algum lugar*, senhora. Elas plantam cogumelos. Elas têm um prato que...

– Tenente.

– Sim, senhora.

– O que ela ia fazer aqui?

– Ajudar a senhora. Principalmente. A não ser que a senhora fosse fazer algo que a impedisse de... Voltar a ser apenas uma depois que tudo isso acabasse. – Não respondi imediatamente, e ela continuou. – Ela acha que isso é provável, senhora.

– Essa situação do Jardim Inferior precisa ser resolvida. Vou falar com a administradora da estação agora. Use seus contatos, com certeza você tem alguns, e arrume tudo. Depois que o funeral acabar, não poderei cuidar de mais nada diretamente, mas eu *vou* vigiar você.

Tisarwat saiu, e Kalr Cinco conduziu a administradora Celar até minha sala. Ela vestia o azul-claro da administração e conseguia fazer com que o uniforme-padrão ficasse elegante em seu corpo grande e pesado. Sentei-me ao mesmo tempo que ela. Não ofereci chá, como a educação mandava. Em meu estado de luto, ninguém podia comer ou beber na minha frente, somente minha família.

– A situação do Jardim Inferior é insustentável – disse sem delongas, sem amenidades. Não agradeci a ela por ter ido até ali no que certamente teria sido um momento bem inconveniente. – Francamente, estou surpresa que o local tenha sido deixado assim por tanto tempo. Mas não estou pedindo explicações ou desculpas. Espero que os reparos comecem de imediato.

– Capitã de frota – respondeu a administradora da estação, eriçando-se com a minha fala, mesmo que meu tom de voz tenha sido calmo –, só podemos fazer...

– Então faça o que for possível. E não me diga que ninguém deve morar aqui. As pessoas *estão* morando aqui. E... – Eu estava entrando em um território delicado. – Duvido muito que tudo isso tenha acontecido sem o conhecimento da Estação. Tenho fortes suspeitas de que a Estação está escondendo coisas de você. É um problema seu, e foi você mesma que o criou. – A administradora Celar franziu a testa, não entendendo de imediato. Ofendida. – Solicito urgentemente que você observe a situação do ponto de vista da Estação. Uma parte considerável dela foi danificada. Restaurar tudo não é possível, mas ainda não houve nenhuma tentativa de melhorar a situação. O local só foi selado e esquecido. Mas a Estação não pode simplesmente esquecer. – E então percebi: para a Estação, ter pessoas ali era melhor do que um espaço vazio e morto. E, ao mesmo tempo, era um lembrete constante de que aquilo estava quebrado. Mas eu não saberia explicar como e por que cheguei a essa conclusão. – E as pessoas que moram aqui são residentes da Estação, a Estação tem a incumbência de tomar conta delas. Vocês não as tratam muito bem, e imagino que a Estação perceba isso. E a Estação não pode dizer isso para você, então ela só... deixa as coisas de fora. Faz e fala somente aquilo que você pede. Já conheci IAs infelizes. – Não disse como nem que eu possuía uma IA. – E você tem uma IA infeliz aqui.

– Como uma IA pode ser infeliz fazendo exatamente aquilo que foi programada para fazer? – perguntou a administradora da estação. Ainda bem que não perguntou como eu podia saber se uma IA estava infeliz ou não. E então, mostrando que ela não havia ganhado sua patente somente por sua beleza, continuou: – Mas você disse que nós impedimos a Estação de fazer isso. É o ponto principal de sua argumentação, certo? – Celar suspirou. – Quando cheguei, minha antecessora descreveu o Jardim Inferior como um pântano de crimes e sordidez, um local impossível de ser consertado. Tudo o que eu vi corroborava a fala dela. E havia sido desse jeito por muito tempo, parecia impossível de arrumar. Todas concordavam com isso. Mas isso não é uma desculpa. É *minha* responsabilidade.

– Arrume as portas da seção. Conserte o encanamento e a iluminação.

– E o sistema de ar... – completou a administradora Celar, abanando-se com a mão coberta pela luva azul.

Assenti.

– Confira as moradoras e seus endereços, para começar.

– Levar assistência médica até lá e patrulhas de segurança que não arrumariam mais problemas do que resolveriam seria o próximo, e mais difícil, passo.

– De alguma forma, capitã de frota, não acho que vai ser tão simples.

Era provável que não. Mas mesmo assim.

– Não saberia dizer. Mas algo precisa ser feito. – Percebi que ela prestou atenção ao *nós*. – E agora eu preciso falar sobre sua filha, Piat. – A administradora franziu a testa, confusa. – Ela tem um relacionamento amoroso com a cidadã Raughd?

Ainda estava confusa.

– Elas são namoradas desde crianças. Raughd morava lá embaixo, no planeta, e Piat a visitava com frequência para fazer companhia. Não havia muitas crianças da mesma idade na época. Não nas montanhas, pelo menos.

Lá embaixo, onde a Estação não podia ver nada além de indicadores de posição.

– Você gosta de Raughd. É uma boa conexão para se ter, e ela tem seu charme, não é? – A administradora Celar assentiu. – Sua filha é muito submissa. Não fala muito. Passa mais tempo em outras casas do que na sua. Você acha que, talvez, ela esteja isolando você?

– Aonde quer chegar, capitã de frota?

Mesmo que a Estação visse a forma como Raughd tratava Piat quando ninguém estava olhando, ela não teria reportado diretamente. Em uma estação, privacidade era ao mesmo tempo inexistente e necessária. A Estação via seus momentos mais íntimos. Mas você sempre sabia que a Estação não contaria nada para ninguém, ela não faria *fofoca*. A Estação reportaria crimes e situações de emergência, mas, para além disso, ela iria no máximo liberar algumas indicações. Uma estação residencial poderia ser, algumas vezes, cheia de segredos, mesmo em um local onde se vivia tão perto de tantas pessoas. Mesmo que todos os seus momentos fossem vigiados pelo olhar constante e onipresente da Estação.

Os dedos dela estavam impacientes, solicitando um arquivo. Ela piscou, seus olhos se moviam como se estivesse vendo um filme com cenas de Raughd, Piat e outras pessoas, deitadas em sofás, bebendo. Vi em seu rosto o momento em que ela ouviu a cidadã Raughd dizer "Você é uma porra de uma ridícula". Em um primeiro momento, ela não conseguia acreditar, mas então seu olhar começou a mostrar raiva e determinação. A Estação continuava mostrando as constantes agressões de Raughd dirigidas a Piat, e uma bêbada tenente Tisarwat tentando tirar Piat de perto de Raughd. A administradora fez um gesto que parou o vídeo.

– Tenho razão – perguntei antes que ela pudesse falar – em dizer que a cidadã Raughd nunca fez a prova de aptidão? Já que era herdeira da cidadã Fosyf? – Celar disse que "sim".

– A prova certamente mostraria a inclinação dela para isso, e indicaria o tratamento certo, ou designaria um tipo de trabalho que se beneficiaria dessa personalidade. Às vezes, junto a outras coisas, isso é bom para uma carreira militar, e a disciplina ajuda a controlar impulsos, além de ensinar um comportamento melhor. – Que as deusas ajudassem a tripulação de qualquer oficial que não tivesse aprendido a se comportar melhor. – Elas podem ser muito charmosas. Ninguém suspeita de suas ações privadas. E a maioria não acreditaria se você contasse.

– Eu não teria... Se não tivesse me mostrado... – Ela apontou para a frente, indicando o vídeo que acabara de passar em seus olhos e ouvidos.

– Foi por isso que mostrei. Ainda que não seja um comportamento adequado da minha parte.

– Nada é totalmente inadequado.

– Tem mais, administradora. Como eu disse, a Estação tem escondido as coisas que você não solicita explicitamente. Em ao menos uma situação a cidadã Piat foi à ala médica com hematomas no rosto. Ela disse que estava bebendo no Jardim Inferior quando tropeçou e bateu contra uma parede. Os hematomas não combinavam com esse tipo de acidente, não ao que pude ver. E a médica também não achou que fosse isso, mas elas não se envolveriam em nenhum assunto particular da administradora. Tenho certeza de que elas pensaram que a Estação traria o assunto até você se realmente importasse. – E ninguém perceberia. Um corretor, algumas horas, e os hematomas desapareceriam. – Não havia ninguém por perto, a não ser Raughd. Já vi coisas parecidas. Raughd provavelmente se desculpou e jurou nunca mais fazer algo parecido. Eu realmente recomendo que você pergunte diretamente à Estação sobre todas as vezes que sua filha foi à ala médica, não importando o tipo de ferimento. Também acho que deve perguntar à Estação sobre o uso de kits de primeiros socorros e corretores. Perguntei diretamente à Estação, pois desejo saber exatamente esse tipo de coisa, já vi acontecer antes e sabia que existia algo do tipo aqui. A Estação só me respondeu porque a governadora do sistema ordenou.

Celar não disse nada. Ela mal podia respirar. Talvez estivesse assistindo o vídeo da filha indo à ala médica.

– Então – continuei depois de um tempo –, com certeza você sabe sobre os problemas dessa manhã que levaram à morte da tradutora Dlique.

Ela piscou, desnorteada com a mudança súbita de assunto. Franziu a testa.

– Capitã de frota, só hoje fiquei sabendo da existência da tradutora, juro.

– Perguntaram diretamente à Estação quem havia ficado próxima àquele muro, naquele horário, por tempo suficiente para pintar a frase. A Estação respondeu com dois nomes: Sirix Odela e Raughd Denche. A segurança imediatamente prendeu a cidadã Sirix, pois presumiu que Raughd não faria uma coisa dessas. Mas não perguntaram à Estação se uma das cidadãs estava com as roupas sujas de tinta. E, como não perguntaram, a Estação não falou por vontade própria. – Eu não estava ligada à Estação naquele momento, mas era provável que a administradora Celar estivesse. – Não é motivo para você culpar a Estação, como eu já expliquei antes.

– Claro, foi uma brincadeira, algo inconsequente. Coisa de jovens.

– Qual brincadeira – perguntei, com um tom cuidadosamente monocórdico – poderia estar passando pela cabeça da jovem? Assistir Var da *Espada de Atagaris* prender cidadãs inocentes? Colocar essas cidadãs inocentes em um interrogatório? Ou pior, não interrogar e ficar satisfeita com as evidências de que "Raughd Denche nunca faria algo assim"? Deixar você, a capitã Hetnys e a governadora ainda mais apreensivas em um momento em que todas estão tensas? E se, só para ilustrar, fizéssemos de conta que isso foi uma brincadeira inconsequente, por que ninguém disse que a cidadã Sirix "devia estar só brincando"? – Silêncio. Os dedos dela se mexiam um pouco, estava falando com a Estação, sem dúvida. – As luvas da cidadã Raughd estão sujas de tinta, não estão?

– A assistente pessoal dela está até agora tentando eliminar a tinta das luvas.

– Então... – Isso iria ser mais delicado do que o problema com a Estação. – A cidadã Fosyf é importante e rica. Você tem autoridade aqui, mas é mais fácil conseguir o que precisa se tiver o apoio de alguém como Fosyf. E, sem dúvida, ela lhe dá vários presentes. Coisas valiosas. O romance entre suas filhas é conveniente. Quando você enviou Piat para o planeta a fim de fazer companhia a Raughd, você já estava pensando nisso. E pode até estar se perguntando se já havia percebido que sua filha estava infeliz. Ou por quanto tempo você já estava percebendo os sinais, mas continuava se enganando que não era nada, que todo mundo pode aguentar um pouco de estresse, pelo bem das relações familiares. Que, se a coisa realmente estivesse ruim, a Estação lhe contaria. Entre todas as pessoas, ela contaria para você. É tão fácil seguir assim, não ver o que está acontecendo. E quanto mais você não visse, mais difícil seria *passar a ver*, porque você teria que admitir que havia ignorado muita coisa por muito tempo. Mas agora tudo foi jogado na sua frente, sem ambiguidade. Esse é o tipo de pessoa que Raughd Denche é. Isso é o que ela tem feito com a sua filha. Os presentes da mãe dela valem o bem-estar da sua filha? Os favores políticos valem? O benefício para sua casa é maior que isso? Você não pode mais postergar essa decisão. Não pode fazer de conta que não existe uma decisão a ser tomada.

– A senhora é uma companhia muito desagradável, capitã de frota – disse a administradora da estação, com a voz amarga e afiada. – Sempre faz isso nos lugares que visita?

– Ultimamente, sim.

Enquanto eu falava, Kalr Cinco entrou na sala em silêncio e ficou parada como uma ancilar. Era nítido que queria chamar minha atenção.

– Pois não, Cinco? – Ela não teria interrompido se não fosse por um bom motivo.

– Peço complacência à capitã de frota, mas a assistente pessoal da cidadã Fosyf perguntou se era possível convidar a senhora e a capitã Hetnys para passar as duas semanas do luto da tradutora Dlique na propriedade dela no planeta. – Um convite desse tipo deveria ser feito pessoalmente, e perguntar isso antes, por meio de assistentes, evitava qualquer inconveniência e vergonha. – Ela tem mais de uma casa na propriedade, então vocês poderão fazer o luto de forma correta.

Olhei para a administradora Celar, que deu uma breve gargalhada.

– Sim, também achei isso estranho quando cheguei. Mas aqui em Athoek você não passa as duas semanas de luto trancada no quarto, se tiver dinheiro. – Após os dias de jejum, depois do funeral, moradoras em luto familiar não trabalhavam, mas ficavam em casa recebendo visitas de clientes e amigas. Eu havia presumido que eu e a capitã Hetnys ficaríamos aqui no Jardim Inferior por esse período. – Se está acostumada a ter as coisas feitas por você – continuou a administradora da estação –, principalmente se você não come no refeitório comunitário e tem uma cozinheira, as duas semanas podem se mostrar especialmente longas. Então você vai e fica em outro local que é, tecnicamente, também a sua casa, mas as empregadas podem cozinhar e limpar tudo para você. Existe um lugar logo depois do pátio principal que é especializado nisso, mas ele está ocupado por pessoas que precisam de um lugar para ficar.

– E isso é considerado adequado?

– O fato de eu não estar acostumada com isso levantou algumas dúvidas quanto à minha criação, eu poderia não ser tão bem-criada quanto aparentava. *A senhora* não estar acostumada com isso será um choque para elas, talvez nunca se recuperem.

Eu não deveria estar surpresa. Conhecia oficiais de quase todas as províncias, sabia que os detalhes do ritual funeral (entre outras coisas) podiam variar dependendo do local. Às vezes, coisas consideradas obrigatórias só estavam disponíveis para quem possuía dinheiro, mesmo que poucas pessoas falassem sobre isso. E eu sabia que alguns pequenos detalhes passavam sem ser mencionados, pois presumia-se que todas as radchaai faziam as coisas da mesma forma e não havia motivo para falar sobre aquilo. Mas estava acostumada a ver diferença em pequenos detalhes: qual tipo de incenso usar, preces que seriam adicionadas ou retiradas das religiosidades diárias, restrições alimentares estranhas.

Observei Cinco. Ela estava lá, estranhamente parada, mas querendo que eu visse alguma coisa e impaciente por eu não ter ainda percebido. Achava que sua fala havia sido suficientemente clara.

– É comum que se pague por esses serviços? – perguntei à administradora.

– Sim – respondeu ela, com um sorriso irônico. – Mas tenho certeza de que Fosyf só está sendo generosa.

E vendo a própria vantagem. Não ficaria surpresa se Fosyf tivesse percebido o papel que sua filha desempenhara na morte da tradutora Dlique. Talvez esperasse que me acomodar durante meu luto fosse um gesto (e não um suborno) que demonstraria remorso pelos atos de sua filha. Mas isso poderia ser útil.

– Raughd viria junto conosco, é claro – adicionei. – E ficaria por mais tempo. Por bastante tempo.

– *Cuidarei disso* – respondeu a administradora Celar, com um leve e amargo sorriso que me faria tremer caso fosse de Raughd Denche.

12

O céu de Athoek estava claro e azul, e em alguns lugares era possível ver pequenos rasgos brilhantes (partes visíveis da rede de controle térmico do planeta). Por algumas horas, sobrevoamos as águas acinzentadas e calmas, mas agora as montanhas se aproximavam; marrom e verde na base, preto e cinza no topo gelado.

– Capitã de frota, cidadãs, vamos levar mais uma hora – disse a piloto.

Duas pilotos nos encontraram na saída do elevador. Depois de alguns ajustes (incluindo uma boa manobra de Kalr Cinco), Fosyf e Raughd ficaram em outra nave com a capitã Hetnys e a ancilar da *Espada de Atagaris* que a acompanhava. Tanto a capitã Hetnys quanto eu estávamos em luto completo: o cabelo que havíamos raspado começava a crescer, não usávamos nenhum tipo de maquiagem, com exceção da faixa branca e larga pintada diagonalmente em nossos rostos. Depois que o período de luto terminasse, o broche memorial da tradutora Dlique iria se juntar ao dourado da tenente Awn em meu uniforme. O broche era feito de opala e tinha dois centímetros, *Tradutora Dlique Zeiat Presger* gravado em letras claras e prateadas. Não sabíamos se ela possuía outros nomes.

No assento ao meu lado, silenciosa por toda a viagem (impressionantes dois dias sem dizer nada mais que o absolutamente necessário), estava Sirix Odela. Meu pedido para que ela me acompanhasse havia deixado a equipe dos Jardins desfalcada, e, teoricamente, ela poderia ter recusado. Mas, na verdade, a decisão não era estritamente dela. Acredito que a raiva tenha impedido sua fala; já que Sirix não podia violar os termos de sua reeducação, qualquer tentativa de expressar raiva faria com que ela sentisse um desconforto extremo. Por isso, não insisti para que dissesse algo, nem no segundo dia.

– Capitã de frota – chamou Sirix. Finalmente. O tom de voz era alto o suficiente para que eu ouvisse, mas não o bastante para chegar até a piloto. – Por que estou aqui? – Sua voz soava cuidadosamente controlada, um controle que eu sabia ter sido alcançado com esforço.

– Você está aqui – respondi, em um tom de voz calmo e razoável, como se não houvesse percebido o ressentimento e a preocupação em sua pergunta – para me dizer as coisas que a cidadã Fosyf *não* dirá.

– E por que a senhora acha que eu faria qualquer coisa em seu benefício, capitã de frota? – A voz de Sirix ficou um pouco mais alta, provavelmente era tudo que ela conseguia expressar sem se sentir desconfortável.

Virei-me e olhei para ela. Sirix continuou olhando para a frente, como se minha reação não lhe dissesse respeito.

– Existe algum membro de sua família que gostaria de visitar? – Ela havia vivido ali, tinha parentes que trabalhavam nas plantações de chá. – Tenho certeza de que posso providenciar isso.

– Eu não... – Ela hesitou. Engoliu em seco. De alguma forma, eu havia passado do limite. – ... tenho família. Para fins práticos.

– Ah. – Ela possuía o nome de uma casa, então não era legalmente reconhecida como sem família. – Jogar você para fora da casa seria uma desonra para elas. Não seria possível aguentar. Mas você ainda mantém contato com alguém? Mesmo que discretamente? Mãe? Irmã? – As crianças geralmente tinham mães de mais de uma casa. Genitoras ou irmãs de outras casas não eram consideradas parentes próximas, ocasionalmente podia-se até pedir algum auxílio a elas; os laços existiam, principalmente em tempos de crise.

– Na verdade, capitã de frota – disse Sirix, como se respondesse à minha pergunta –, não quero passar as próximas duas semanas junto da cidadã Raughd Denche.

– Não acho que ela saiba disso – respondi. A cidadã Raughd parecia alheia a tudo. Alheia à gravidade de seu ato, alheia à ideia de que alguém soubesse o que ela havia feito. – Por que você mora no Jardim Inferior, cidadã?

– Não gostei do alojamento que me deram... Acredito que a capitã de frota goste da minha forma direta de falar.

Levantei a sobrancelha.

– Seria hipocrisia da minha parte não gostar.

Um leve movimento de sua boca deu a entender que ela compreendia.

– Gostaria de ficar sozinha agora.

– Claro, cidadã. Por favor, não hesite em me chamar ou a uma de minhas Kalrs caso precise de alguma coisa. – Kalr Cinco e Kalr Oito estavam sentadas atrás de nós. Virei-me para a frente de novo. Fechei os olhos e pensei na tenente Tisarwat.

Ela estava no jardim, na ponte que cruzava o lago. Peixes coloridos – roxos e verdes, laranja e azuis, dourados e vermelhos – movimentavam a água abaixo dela e passavam conforme Tisarwat jogava bolinhas de comida na água. Piat, filha de Celar, estava ao lado da tenente Tisarwat, ancorada no corrimão. Ela acabara de falar alguma coisa que surpreendera a tenente. Não perguntei o que havia sido, mas esperei para ouvir a resposta.

– Isso é ridículo – disse Tisarwat, indignada. – Assistente direta da chefe de horticultura da estação, isso não é *pouca coisa*. Se não fosse pela horticultura, ninguém nesta estação poderia comer ou respirar. Não é possível que você ache que seu trabalho não seja importante.

– Que trabalho? Preparar o chá da chefe de horticultura?

– E lidar com as reuniões dela, comunicar as ordens dela para as outras, aprender como os Jardins são organizados. Aposto que se ela ficasse em casa na semana que vem, ninguém iria reparar, você manteria as coisas funcionando da melhor maneira possível.

– Mas isso ocorre porque todo mundo sabe o que precisa ser feito.

– Inclusive você.

Espertinha! Eu havia dito à tenente Tisarwat para ficar longe de Basnaaid, o que significava ficar longe dos Jardins, mas ela sabia muito bem que eu aprovaria uma amizade entre ela e a filha da administradora da estação, mesmo que por motivos políticos. Não consegui ficar muito brava, a surpresa que ela havia demonstrado com o pouco caso que Piat fazia do próprio trabalho era sincera. E ela claramente havia sido eficaz em ganhar a confiança de Piat em tão pouco tempo.

A cidadã Piat cruzou os braços, virou de costas para o corrimão, o rosto virado para longe de Tisarwat.

– Só estou nesse trabalho porque a chefe da horticultura está apaixonada pela minha mãe.

– Isso não me surpreende. Sua mãe é *maravilhosa*. – Eu estava vendo a cena pelos olhos de Tisarwat, então não pude enxergar a expressão de Piat. Mas eu podia imaginar, assim como Tisarwat. – E, sendo sincera, você puxou a ela. Se alguém disser o contrário... – Ela parou, hesitante por alguns momentos, pensando se essa seria a melhor forma de ataque. – Qualquer uma que lhe disser que você conseguiu seu bom emprego por causa da sua mãe, ou que você não é tão bonita e competente quanto ela, bem, essa pessoa estará mentindo. – Ela despejou uma grande quantidade de bolinhas de comida de peixe na água, que brilharam em cores vivas. – Provavelmente será inveja.

Piat falou em tom de piada, uma forma de tentar esconder que ela claramente estava tentando não chorar.

– Por que a... – Parou. Talvez estivesse prestes a dizer um nome que ela não queria pronunciar, quase uma acusação. – Por que alguém teria inveja de *mim*?

– Porque *você* fez o teste de aptidão. – Eu não havia dito nada a Tisarwat sobre minhas dúvidas quanto a Raughd nunca ter feito os testes, mas era nítido que ela não fora a Senhora do Radch por alguns dias à toa. – E os testes falaram que você devia fazer algo importante. E qualquer pessoa que olhe para você sabe que será tão bonita quanto a sua mãe. – Um momento de aflição por ter dito *será*. Não era o tipo de coisa que uma pessoa de dezessete anos diria. – Quando você parar de dar atenção às pessoas que a puxam para baixo.

Piat se virou, os braços ainda cruzados. Lágrimas escorriam pelo seu rosto.

– Pessoas são indicadas a cargos por razões políticas *o tempo todo*.

– Claro, sua mãe provavelmente ganhou o primeiro cargo por razões políticas. Razões que provavelmente incluíam o fato de ela ser capaz de fazer o trabalho. – Não era sempre assim, e Tisarwat sabia muito bem disso.

Aquilo soava como alguém muito mais velha que Tisarwat. Mas Piat não pareceu notar. Ela estava preparando a última defesa.

– Vi você vagando por aqui nos últimos dias. Você só faz isso porque tem uma queda pela horticultora Basnaaid.

Aquilo foi um gol de placa. Mas a tenente Tisarwat manteve as aparências.

– Eu nem *estaria aqui* se não fosse por você. A capitã de frota disse que eu era muito nova para ela e *ordenou* que eu ficasse longe. Eu deveria ficar longe dos Jardins, mas *você* está aqui, não é? Então vamos para outro lugar tomar alguma coisa?

Piat ficou em silêncio, aparentemente pega de surpresa.

– Não, não vamos para o Jardim Inferior – disse por fim.

– Imaginei que não! – respondeu Tisarwat aliviada. Ela sabia que vencera o primeiro tempo da partida, uma vitória parcial, mas ainda assim válida. – Elas nem começaram a consertar as coisas por lá. Vamos encontrar um lugar que tenha banheiros em vez de baldes.

A *Espada de Atagaris* agora se movia para longe do Portal Fantasma, e para perto da estação Athoek. Não havia dito quase nada à *Misericórdia de Kalr* durante esse tempo. Não era de se surpreender: naves não eram muito dadas à conversa fiada e, além do mais, espadas sempre se achavam melhores do que as outras.

Na *Misericórdia de Kalr*, a tenente Ekalu acabara seu turno de guarda, e Seivarden a encontrou na sala da década.

– Sua correspondente na *Espada de Atagaris* estava perguntando por você – disse Ekalu, enquanto se sentava à mesa em que a Etrepa servia o almoço.

Seivarden sentou-se ao lado dela.

– Estava? – Ela já sabia, é claro. – E ficou feliz em ver uma pessoa conhecida a bordo?

– Não acho que tenha me reconhecido – respondeu Ekalu. Depois de um momento de hesitação e um gesto rápido de Seivarden, que já havia jantado, ela comeu uma colherada de skel. Mastigou e engoliu. – Não pelo meu nome, pelo menos. Eu era só Amaat Uma para ela. E eu não enviei nenhum vídeo, pois estava de guarda. – Ekalu não sabia muito bem como se sentia em relação a isso; era complicado a tenente Amaat da *Espada de Atagaris* não a reconhecer e ela não se sentia totalmente confortável com a situação.

– Ah, eu queria que você tivesse mandado. Adoraria ver a cara dela.

Percebi que, mesmo que Ekalu gostasse da ideia do incômodo da tenente da *Espada de Atagaris* ao se deparar com uma oficial de origem tão humilde, a diversão que Seivarden podia tirar disso a deixava preocupada e triste. E também me fazia lembrar de algumas interações entre a tenente Awn e Skaaiat Awer, vinte anos atrás. A Nave disse em meu ouvido: "Direi algo para a tenente Seivarden". Mas eu não sabia o que a Nave poderia fazer para que Seivarden entendesse.

Na sala da década da *Misericórdia de Kalr*, Ekalu completou:

– Pode esperar, porque ela vai entrar em contato com você assim que você começar seu próximo turno de guarda. Ela está determinada a convidá-la para um chá agora que a *Espada de Atagaris* vai estar próxima o suficiente.

– Não posso deixar a nave – respondeu Seivarden em um misto de seriedade e zombaria. – Só temos três guardas a bordo.

– A Nave pode lhe dizer se alguma coisa importante acontecer – disse Ekalu com um desdém sarcástico.

Na sala de comando, a médica disse:

– Tenentes, estou avisando que alguma coisa parece ter saído do Portal Fantasma.

– O que saiu? – perguntou Seivarden enquanto se levantava. Ekalu continuou comendo, mas solicitou um vídeo do que a médica estava vendo.

"É muito pequeno para saber a essa distância", disse a Nave para mim, enquanto sobrevoávamos a água de Athoek. "Acredito que seja uma nave de transporte ou uma nave muito pequena."

– Perguntamos à *Espada de Atagaris* – disse a médica na sala de comando.

– Quer dizer que elas não ameaçaram destruir o objeto a não ser que se identificasse? – perguntou Seivarden a caminho da sala de controle.

– Nada com que se preocupar. – Foi a resposta da *Espada de Atagaris*, vinda da tenente que estava de serviço e parecia entediada. – É só lixo. O portal fantasma não recebe a mesma limpeza que os outros. Algumas naves se quebraram há muitos anos.

– Desculpe-me, mas – disse a médica com firmeza enquanto Seivarden chegava na sala de comando – tínhamos entendido que nunca houvera ninguém do outro lado desse portal.

– Ah, algumas pessoas vão para lá depois de apostas, de brincadeiras ou só por diversão. Mas esse objeto não é de agora, dá para ver que é bem velho. Vamos puxá-lo para perto, ele é grande o suficiente e pode ser perigoso.

– Por que não o queimam de uma vez por todas? – perguntou Seivarden.

A Nave deve ter transmitido a pergunta porque a tenente respondeu:

– Bem, você sabe, existem alguns contrabandos entre sistemas. Nós sempre damos uma olhada.

– E o que poderia ser contrabandeado de um sistema inabitado? – perguntou a médica.

– Ah, nada vindo do portal fantasma – começou a resposta desleixada –, mas normalmente é o esperado: drogas ilegais, antiguidades roubadas...

– Pelas tetas de Aatr! – praguejou Seivarden. – Falando em antiguidades... – A Nave havia pedido para *Espada de Atagaris* enviar uma imagem mais clara do objeto em questão, e havia mostrado o que recebera para a médica e Seivarden. Um casco curvo, amassado e chamuscado.

– Um belo pedaço de lixo, não? – continuou a tenente da *Espada de Atagaris*.

– Burra, ignorante – xingou Seivarden depois que a *Espada de Atagaris* saiu da transmissão. – O que elas ensinam no treinamento de oficiais hoje em dia?

A médica virou-se para Seivarden.

– Perdi alguma coisa, tenente?

– Aquilo é um compartimento de suprimentos de uma nave notai de transporte militar. Você não sabe mesmo?

As radchaai normalmente falavam do Radch como composto por só um tipo de pessoa, que falava um só idioma: radchaai. Mas uma esfera de Dyson tinha um interior amplo. Mesmo que tivesse começado com uma população que falava uma só língua (o que não era o caso), não teria permanecido assim. Muitas das naves e capitãs que se opuseram à expansão de Anaander haviam sido notai.

– Não – respondeu a médica. – Não reconheço. Não me parece muito notai. E também não é um compartimento de suprimentos. Mas parece velho.

– Minha casa é notai. *Era* notai. – Durante os mil anos que passara em suspensão, a casa de Seivarden fora absorvida por outra. – Apesar disso, éramos totalmente leais. Tínhamos uma velha nave de transporte da época das guerras, ancorada em Inais. As pessoas vinham de vários lugares para vê-la. – A lembrança deve ter sido inesperadamente clara e específica. Ela engoliu em seco para que a sensação de perda não transparecesse em sua voz. – Como uma nave notai conseguiu quebrar no portal fantasma? Nenhuma dessas batalhas aconteceram nem remotamente perto daqui.

A Nave mostrou imagens do que Seivarden dizia.

– Isso, isso mesmo – concordou Seivarden. – Mostre o compartimento de suprimentos.

A Nave obedeceu.

– Tem alguma coisa escrita ali – disse a médica.

– "Vi..." – Seivarden franziu o cenho, intrigada com as palavras. – "Vi..." alguma coisa?

"Essência Divina da Percepção" – disse a Nave. "Uma das últimas derrotadas nas guerras. Agora está em um museu."

– Não parece notai – disse a médica. – Principalmente pelos escritos.

– E o escrito dessa – respondeu Seivarden, gesticulando para ver a imagem da nave que saíra do Portal Fantasma – está todo queimado. Nave, você realmente não reconhece?

"Não imediatamente", esclareceu a Nave para ambas. "Eu tenho um pouco menos de mil anos e nunca vi uma nave notai de perto. Mas, se a tenente Seivarden não conseguir identificá-la, posso trazer a resposta em alguns minutos.

– Você teria olhado – perguntou a médica – se confiássemos na *Espada de Atagaris*? – Então algo novo passou por sua mente. – É possível que a *Espada de Atagaris* não a tenha reconhecido?

– É – respondeu Seivarden. – Caso contrário, ela teria falado para sua tenente.

– A não ser que ambas estejam mentindo – disse Ekalu, que ouvira tudo da sala de década. – Elas *estão* voltando para pegar um pedaço de lixo que poderiam ter marcado e deixado para outra nave pegar.

– Nesse caso – completou Seivarden –, elas estão assumindo que a *Misericórdia de Kalr* não reconheceu o objeto. O que não me parece uma boa ideia.

"Não sei qual é a opinião da *Espada de Atagaris* sobre a minha inteligência", disse a Nave.

Seivarden deu uma curta risada.

– Médica, peça que a *Espada de Atagaris* nos diga o que descobriu quando examinar o... lixo.

A *Espada de Atagaris* acabou respondendo que não encontrara nada que valesse a pena e que destruíra o objeto.

A casa da cidadã Fosyf era a maior de três construções, uma longa estrutura de dois andares de pedra polida com varanda, e era possível ver algumas cintilâncias em verde e azul conforme a luz mudava. Ficava ao lado de um lago amplo e cristalino rodeado de pedras, e de um píer de madeira com um pequeno e gracioso barco de velas brancas amarrado. O entorno era coberto por montanhas; árvores e musgo rodeavam o lago. A fazenda de chá (eu a vira quando sobrevoávamos, fileiras verdejantes e trêmulas que subiam encostas e davam a volta em pedras pretas) estava escondida atrás de uma serrania. A temperatura era de 20,8 °C, e a brisa era leve e agradável, trazendo o aroma de folhas e água fria.

– Aqui estamos, capitã de frota! – disse a cidadã Fosyf quando saiu de sua nave. – Silêncio e paz. Se as circunstâncias fossem outras, sugeriria que pescássemos no lago, andássemos de barco, ou mesmo uma escalada, se esse é o tipo de coisa que gosta de fazer. Mas até ficar dentro de casa é bom por aqui. Temos uma casa de banho separada, atrás da casa, bem em frente aos seus aposentos. Uma banheira grande com espaço para pelo menos doze pessoas, muita água. É uma coisa xhai. Bárbara e luxuosa.

Raughd chegou perto da mãe.

– Drinks na banheira! Não existe nada melhor depois de uma longa noite. – Ela forçou um sorriso.

– Raughd consegue encontrar longas noitadas até aqui – apontou Fosyf, feliz por ver a capitã Hetnys e suas ancilares se aproximando. – Ah, ser jovem novamente! Mas venha, mostrarei seu aposento.

Os brilhos verdes e azuis sumiram conforme mudamos de posição. Do outro lado da casa, um largo caminho de pedras cinzas achatadas era ladeado por árvores gordas e um musgo espesso. À esquerda do caminho era possível ver uma construção baixa e ovalada: um dos lados era de madeira, outros dois, possivelmente de vidro.

– A casa de banhos – disse Fosyf.

Do outro lado das pedras e do musgo, no topo de uma estradinha que subia a serrania e chegava até a casa perto do lago, ficava outra construção de pedra preta, azul e verde, de dois andares, mas menor do que a casa principal, e sem varanda. Já o lado que ficava de frente para nós era ocupado por um terraço coberto de treliça de vinha, onde um grupo de pessoas nos esperava. A maioria delas usava calça e camiseta, ou camisetas que pareciam ter sido costuradas a partir de calças, o tecido, agora desbotado e gasto, já havia sido de um azul, verde ou vermelho vivo. Nenhuma delas usava luvas.

Acompanhando o grupo estava uma pessoa vestida da forma esperada e convencional: jaqueta, calças, luvas e joias. Pela sua aparência, imaginei que fosse samirend e algum tipo de supervisora. Paramos a três metros do grupo, na sombra da treliça, e Fosyf disse:

– Especialmente para você, capitã de frota, já que gosta de ouvi-las cantar.

A supervisora se virou para o grupo e disse em radchaai, calma e clara:

– Pronto. Agora, cantem.

Uma das mais velhas do grupo se inclinou para a pessoa do seu lado e disse em delsig:

– Eu falei que não era a música certa.

Depois de alguns sussurros e olhos agitados da supervisora, que aparentemente não entendia o motivo do atraso, elas juntaram o ar e cantaram:

Oh você, que vive no temor da Deusa, que vive toda sua vida à sombra dela.

Eu conhecia cada estrofe e cada parte. Muitas valskaayanas que falavam delsig cantavam isso em funerais.

Era um gesto de conforto. Mesmo que não soubessem a razão de eu estar ali, elas não tinham como não reparar em nossas cabeças raspadas e a faixa de luto em nossos rostos, meu e da capitã Hetnys. Essas pessoas não nos conheciam, e provavelmente não conheciam quem morreu. Representávamos o poder que as havia conquistado, destruído suas casas e as levado para trabalhar ali. Elas não tinham nenhum motivo para se importar com os nossos sentimentos. Não possuíam motivos para pensar que entendíamos o suficiente de delsig para compreender a letra. E menos motivo ainda para achar que entenderíamos a importância da música. Essas coisas estavam carregadas de significado simbólico, repletas de emoção; mas isso só seria percebido por quem tivesse alguma noção da importância da música.

Mas elas cantaram mesmo assim. E, quando terminaram, a mais velha se curvou e disse:

– Cidadãs, vamos rezar por aquela que vocês perderam. – Ela usava um radchaai perfeitamente compreensível, ainda que com muito sotaque.

– Cidadãs – respondi em radchaai, porque não queria que soubessem que eu falava delsig, pelo menos não por enquanto –, estamos muito emocionadas e agradecidas por sua música e suas preces.

A supervisora falou em tom alto e claro:

– A capitã de frota agradece. Agora podem ir.

– Esperem! – pedi. E me virei para Fosyf. – Você me faria um favor? Dê algo de comer e beber a essas pessoas antes de irem embora. – Ela piscou sem entender. A supervisora me encarava sem acreditar. – É um desejo meu. Se for algum problema para você, ficarei feliz em recompensá-la. O que estiver à mão. Chá e bolos, talvez. – Era o tipo de coisa que eu esperava encontrar na cozinha da casa.

Fosyf se recuperou do espanto que meu pedido causara e disse:

– Claro, capitã de frota. – Ela fez um gesto para a supervisora, que era claramente contra a minha ideia, e dispensou as trabalhadoras.

O primeiro andar da casa em que estávamos era um espaço amplo e aberto, uma mistura de sala de jantar e estar, uma de cada lado. Na parte de estar, cadeiras grandes e mesinhas de canto com jogos de tabuleiro e contadores coloridos. Do outro lado, em uma mesa longa cercada de cadeiras diferentes, mas todas com bom design, comíamos ovo e sopa de tofu; ao nosso lado, uma mesa repleta de frutas e bolos. Pequenas janelas rodeavam o teto e mostravam o crepúsculo e as nuvens que surgiam. No andar superior, os corredores eram estreitos e todos os quartos eram decorados com cores próprias. O meu era laranja e azul, em tons pastel, e a roupa de cama estava dobrada com cuidado em uma tentativa de fazê-la parecer um pouco desbotada e gasta para dar a ideia de conforto. Um simples chalé no campo, era possível pensar a princípio, mas tudo meticulosamente arrumado.

A cidadã Fosyf, sentada do outro lado da mesa, disse:

– Antigamente, aqui era o estoque e a administração. O prédio principal era a casa de hóspedes, sabe? Antes da anexação.

– Todos os quartos da casa principal têm saída para a varanda – disse Raughd, que conseguiu se sentar ao meu lado e agora inclinava levemente a cabeça e dava um sorriso sabichão. – Muito conveniente para escapulidas. – Percebi que ela estava *flertando* comigo. Mesmo sabendo que eu estava em luto e qualquer atenção da parte dela seria no mínimo inapropriada.

– *Ha, ha*! – riu a cidadã Fosyf. – Raughd sempre achou as escadas exteriores muito úteis. Eu também achava quando tinha a idade dela.

A cidade mais próxima ficava a uma hora de voo. Não havia ninguém ali com quem Fosyf pudesse escapulir, a não ser membros das casas. Na casa principal, supus que ficassem as primas e clientes. Nem todas que moravam em uma casa eram parentes, então nem todas as atividades sexuais eram condenáveis. Talvez fosse possível que ela tivesse alguma relação ali sem precisar se impor nas trabalhadoras.

A capitã Hetnys estava sentada a minha frente, as *Espada de Atagaris* paradas atrás dela, esperando. Não era exigido que as ancilares seguissem o luto. Kalr Cinco estava atrás de mim, parecendo convencer a todas que ela também era uma ancilar.

A cidadã Sirix estava sentava do meu outro lado em silêncio. As empregadas da casa pareciam ser samirend com algumas xhai, mas eu visualizara algumas valskaayanas trabalhando fora da casa. As empregadas que nos levaram aos nossos aposentos hesitaram um pouco, e eu acreditava que fosse por conta de Sirix; elas a teriam levado para o quarto de empregada caso não tivessem recebido instruções diferentes. Era possível que alguém ali a reconhecesse, mesmo que ela tivesse deixado o planeta havia vinte anos e não fosse da região.

– As tutoras de Raughd sempre acharam este lugar chato – disse Fosyf.

– *Elas* eram chatas! – corrigiu Raughd. Com a voz melódica e anasalada, declamou: – "Cidadã! Em métrica tripla e modelo Alcata, diga como a Deusa se parece uma pata." – A capitã Hetnys riu. – Sempre tentei fazer a vida delas mais alegre, mas elas nunca pareciam satisfeitas.

A cidadã Fosyf também riu. Eu não. Já havia ouvido sobre tais "alegrias" de minhas antigas tenentes e já percebera a tendência de Raughd à crueldade.

– Você consegue nos dizer em verso como a Deusa se parece com uma pata? – perguntei.

– Não acho que a Deusa seja parecida com uma pata – disse a capitã Hetnys, encorajada por meus dias anteriores de silêncio. – Honestamente. Uma pata!

– Mas, claro – continuei com intenção de irritar –, a Deusa é uma pata. – A Deusa era o Universo, e o Universo era a Deusa.

Fosyf fez um gesto que desconsiderava minha colocação.

– Claro, claro, capitã de frota, mas tenho certeza de que é possível dizer isso sem toda a pompa de métrica tripla e dicção correta.

– E por que escolher algo tão ridículo? – perguntou a capitã Hetnys. – Por que não dizer que a Deusa é parecida com... rubis, ou estrelas, ou... – Ela fez um gesto vago para o entorno. – Até mesmo chá? Algo que tenha valor. Algo grandioso. Teria sido muito mais apropriado.

– Uma questão – continuei – que nos faz pensar. Cidadã Fosyf, acredito que o chá daqui seja completamente colhido e processado à mão.

– Exatamente! – Fosyf sorriu radiante. Era nítido que tinha orgulho disso. – Colhido à mão. Você pode ver o processo se quiser. A fábrica é aqui perto, de fácil acesso, se achar apropriado. – Uma pausa breve, ela piscou, alguém havia enviado uma mensagem. – A seção perto da serrania será colhida amanhã. E, é claro, fazer com que as folhas se transformem em chá é um processo constante que funciona dia e noite. As folhas precisam ser secas e misturadas até que cheguem ao ponto certo, então são cozidas e ficam enroladas até o momento em que são niveladas e completamente secas. É possível fazer tudo isso com máquinas, claro, algumas fábricas fazem e o chá é perfeitamente aceitável. – Uma leve pitada de desprezo no "perfeitamente aceitável". – O tipo de coisa pelo qual se paga caro em lojas. Mas este chá não está disponível em lojas.

O chá dela, *Filhas dos Peixes*, só era trocado como presente. Ou, talvez, comprado diretamente de Fosyf e dado de presente. O Radch tinha sua moeda própria, mas muitas transações não eram monetizadas. Troca de presentes. A cidadã Fosyf não recebia muito por seu chá. Não tecnicamente. Aqueles campos verdes que sobrevoamos, todo aquele chá, o processo de produção complicado, nada era feito para maximizar a eficiência; não, o propósito do *Filhas dos Peixes* era *prestígio*.

E isso explicava por que, mesmo que existissem fazendas maiores em Athoek rendendo mais dinheiro, a única fazendeira que se sentiu à vontade para me procurar foi aquela que não vendia seu chá.

– Deve ser preciso mãos leves – comentei – para colher e processar. Suas trabalhadoras devem ser muito competentes. – Ao meu lado, a cidadã Sirix tossiu quase inaudivelmente, engasgando com sua sopa.

– Elas são, capitã de frota! Você entende por que eu nunca as trataria mal, eu preciso delas! Na verdade, elas moram na antiga casa de hóspedes, a alguns quilômetros daqui, próximo da serrania. – Chuva batia nas pequenas janelas. Só chovia a noite, a Estação havia me dito, e a chuva sempre parava a tempo da colheita da manhã.

– Que bom – respondi com a voz insossa.

Levantei-me antes de o Sol nascer, quando o céu ainda apresentava tons perolados de azul e cor-de-rosa, e tanto o lago como a montanha estavam escuros. O ar era frio, mas não gelado, e havia mais de um ano eu não encontrava um lugar decente para correr. Tinha adquirido esse hábito na Tetrarquia Itran. Lá, praticar esportes era considerado uma obrigação religiosa, e jogos com bola eram vistos como prece e meditação. Era bom voltar a correr, mesmo que ninguém ali entendesse a atividade ou soubesse que existia. Peguei a estradinha que levava à base da serrania e fiz uma corrida leve, tomando cuidado com meu quadril direito que fora machucado um ano antes e que ainda não havia sarado completamente.

Em um ponto mais alto da estradinha, ouvi alguém cantar. Uma voz forte, empostada de forma a ecoar nas pedras que cercavam a plantação e tomar todo o campo onde as trabalhadoras com cestas penduradas em seus ombros colhiam com rapidez as folhas que estavam na altura da cintura. Pelo menos metade das trabalhadoras era formada por crianças. A música estava sendo cantada em delsig e era um lamento, alguém que a cantora amava havia se comprometido de forma exclusiva com outra pessoa. Um assunto tipicamente valskaayano, não era algo que apareceria em uma relação radchaai padrão. Eu já havia ouvido essa música antes, e ela fez com que eu me lembrasse de Valskaay, do aroma de calcário do distrito que eu visitara, um lugar embrenhado e esculpido na rocha.

A cantora parecia ser uma vigia. Quando me aproximei, as palavras mudaram. Ainda em delsig, e incompreensível para a maioria das supervisoras, ela cantava agora para as superintendentes.

> *Aqui está a soldada*
> *Tão gananciosa, tão sedenta por música.*
> *Tantas ela engoliu, que elas vazaram.*
> *Elas escorreram pelos cantos de sua boca*
> *E voaram para longe, desesperadas por liberdade.*

Era muito inteligente encaixar essas palavras no ritmo exato da música, e eu teria sorrido se não conseguisse controlar minhas expressões. Fiquei satisfeita por isso. O sorriso teria comunicado a elas que eu entendia o idioma. Continuei correndo, aparentemente alheia. Mas observei as trabalhadoras. Todas pareciam ser valskaayanas. A sátira da cantora sobre a minha presença tinha o objetivo de chegar a essas pessoas, e havia sido cantada em idioma valskaayano. Na estação Athoek, me disseram que todas as trabalhadoras das plantações de Fosyf eram valskaayanas, e achei isso estranho. Algumas até poderiam ser, mas todas? Quando tive a confirmação visual disso, fui tomada pela certeza de que aquilo era errado.

Em uma situação como essa, um contêiner cheio de valskaayanas deveria ser dividido entre dezenas de fazendas (e qualquer outro lugar que aceitasse o trabalho delas), ou postas em suspensão e retiradas esparsamente ao longo das décadas. Devia haver meia dúzia de valskaayanas ali. Mas, em vez disso, eu via mais de seis vezes esse número. E eu estava esperando encontrar algumas samirend, talvez até algumas xhai ou ychanas, até mesmo membros de outros grupos, já que, com certeza, haviam outros grupos aqui antes da anexação.

Também não deveria haver uma separação tão rígida entre as trabalhadoras do campo (todas valskaayanas pelo que pude ver nesses dois dias) e as empregadas da casa (todas samirend, com algumas xhai). Valskaay havia sido anexado cem anos atrás, e por agora algumas pessoas que foram transportadas, ou até mesmo suas filhas, já deviam ter alcançado outras posições de trabalho.

Continuei correndo até o alojamento das trabalhadoras, um prédio de tijolos marrons e sem vidro nas janelas, alguns cobertores esticados no chão. Era nítido que ele nunca havia sido tão grande ou luxuoso quanto a casa do lago de Fosyf. Mas a vista do vale, agora repleto de chá, era linda, e havia um caminho direto para o lago amplo e cristalino. O entorno, que agora estava completamente pisoteado, poderia ter sido um jardim ou gramado bem cuidado. Estava curiosa para ver o interior, mas, em vez de entrar sem ser convidada, me virei e continuei a correr de volta para a casa principal.

"Capitã de frota", disse a *Misericórdia de Kalr* em meu ouvido, "a tenente Seivarden pede que eu a lembre de ser cuidadosa com sua perna".

"Nave", respondi em silêncio, "minha própria perna está me lembrando disso". O que a *Misericórdia de Kalr* bem sabia. E a conversa com Seivarden acontecera havia dois dias.

"A tenente *vai* ficar aflita", continuou a Nave. "E a senhora parece estar ignorando esse fato." Eu estava detectando sinais de desaprovação na voz serena da Nave?

"Ficarei em repouso pelo restante do dia", prometi. "Estou quase chegando."

Quando cruzei a serrania novamente, o céu e o vale estavam mais claros e quentes. Encontrei a cidadã Sirix em um banco sob a treliça com uma tigela de chá quente em suas mãos. Sem jaqueta, com a camiseta para fora da calça e sem enfeites. Vestimenta de luto, embora ela não fosse obrigada a prestar homenagens à tradutora Dlique, não tivesse raspado a cabeça e não tivesse pintado a listra branca do luto.

– Bom dia – disse quando entrei no pátio. – Você me levaria até a casa de banho, cidadã? E talvez me explicasse algumas coisas?

Ela hesitou por um momento.

– Ok – respondeu por fim, com cautela, como se eu tivesse pedido algo perigoso.

A janela longa e curva da casa de banho servia de moldura para os picos cobertos de gelo. De um dos cantos era possível ver um pedacinho da casa em que estávamos hospedadas. As hóspedes devem ter elogiado muito a vista, poucas radchaai pensariam em fazer uma parede toda de vidro.

As outras paredes eram claras, de madeira elaborada, talhada e polida. O chão era feito de pedras com uma piscina redonda de água quente, com um banco de ripas onde a pessoa poderia se sentar e aproveitar o calor, e outra piscina de água fria.

– Serve para acalmar depois de todo o calor – explicou Sirix. Ela estava sentada no banco da água quente, de frente para mim. – Fecha os poros.

O calor fazia bem para o meu quadril. Era possível que a corrida tenha piorado sua recuperação.

– É mesmo?

– Sim, é uma espécie de limpeza. – Parecia uma palavra estranha para descrever o processo. Devia ser a tradução de uma expressão mais complexa, xhi ou liost. – Você vive bem – continuou Sirix. Levantei uma sobrancelha como se perguntasse algo. – Chá logo que acorda. Suas roupas são lavadas e passadas enquanto você dorme. Você se veste sozinha?

– Normalmente, sim. Se eu precisar de algo extremamente formal, é melhor ter ajuda. – Eu mesma nunca havia precisado, mas já provera esse tipo de ajuda para outras. – Então, sobre suas antepassadas. As samirend que foram originalmente transportadas para cá. Todas elas, ou quase todas, foram enviadas para as montanhas para colher chá?

– Muitas delas, sim.

– E a anexação foi há muito tempo, mas, conforme elas foram se tornando civilizadas... – Permiti que um leve traço de ironia acompanhasse a palavra –, foram sendo enviadas para outros trabalhos. O que faz sentido para mim. Mas não consigo entender por que não existem samirend trabalhando nos campos agora. Ou qualquer outro grupo além das valskaayanas. E as valskaayanas não trabalham em nenhum outro lugar além das plantações. A anexação de Valskaay aconteceu há centenas de anos. Nenhuma delas foi promovida a supervisora?

– Bem, capitã de frota, ninguém vai continuar colhendo chá se puder fazer outra coisa. As trabalhadoras do campo são pagas a partir de um peso mínimo de folhas. Mas esse mínimo significa uma enorme quantidade de trabalho, algo que três trabalhadoras experientes levariam três dias para conseguir.

– Ou uma trabalhadora e várias crianças – supus. Eu havia visto as crianças trabalhando nos campos.

Sirix concordou.

– Nenhuma trabalhadora está ganhando o mínimo necessário. E também existe a questão da comida. Refeições em pó, você já viu isso no espaço. Elas usam galhos e pó que sobram da secagem do chá para dar algum sabor à comida. E Fosyf cobra por isso. Preços bem altos. Afinal de contas, não é qualquer resto que cai no chão, são os restos do *Filhas dos Peixes*! – Ela parou por um momento, respirou algumas vezes e ia dizer alguma coisa raivosa. – Duas tigelas por dia de mingau. É pouco, e se elas quiserem mais, precisam pagar.

– Preços altos.

– Exatamente. Existem alguns lotes nos quais elas podem plantar legumes, mas é preciso comprar sementes e ferramentas, e o tempo investido nisso significa menos tempo colhendo chá. Elas não têm casas, então não possuem famílias que possam ajudar, tudo deve ser comprado. Não podem viajar, não podem ir para longe e comprar coisas com um preço melhor. Não podem encomendar nada, porque não têm dinheiro, estão na verdade seriamente endividadas, então é Fosyf quem vende coisas a elas. Ferramentas, entretenimento, comida, o que for, e ela pode cobrar quanto quiser.

– As trabalhadoras samirend conseguiram sair desse ciclo?

– Algumas das empregadas domésticas com certeza ainda estão pagando as dívidas de suas avós e bisavós. Ou de suas tias. A única forma de superar isso seria formando casas e trabalhando muito. Mas as valskaayanas... Acho que não eram muito ambiciosas. E parece que elas não entendem o que significa montar casas.

As famílias valskaayanas não eram como as famílias radchaai. No entanto, eu sabia que as valskaayanas eram absolutamente capazes de entender os benefícios que ter uma casa como uma radchaai. E em diversos lugares, grupos valskaayanos haviam encontrado formas de fazer isso.

– E nenhuma das filhas delas foi testada para outras tarefas? – perguntei, mesmo já sabendo a resposta.

– Hoje, as trabalhadoras do campo não fazem testes de aptidão – respondeu Sirix. Era visível que estava lutando contra a reeducação que a impedia de expressar raiva. Sirix desviou os olhos de mim e respirou calmamente pela boca. – Não que o teste pudesse indicar qualquer coisa diferente. Elas são ignorantes, supersticiosas e selvagens, todas elas. Mas mesmo assim. Não é *certo*. – Ela respirou fundo novamente. – Fosyf não é a única que faz isso. E vai lhe dizer que faz isso porque elas não querem fazer o teste. – Aquilo parecia plausível para mim. Quando estive em Valskaay pela última vez, as pessoas estavam discutindo com fervor sobre fazer ou não os testes. – Mas não existem mais pessoas sendo transportadas, certo? Não recebemos ninguém da última anexação. Então, se as donas de plantação não tiverem mais valskaayanas, quem vai querer colher chá por um salário miserável, pouca comida e nenhum benefício? É muito mais conveniente se as trabalhadoras não puderem sair, ou mandar suas filhas para outro lugar. Capitã de frota, *isso não é certo*. A governadora não se importa com um bando de selvagens sem casa, e ninguém se importa em chamar a atenção da Senhora do Radch para a situação.

– Você acha que a greve de vinte anos atrás chamou a atenção dela?

– Deve ter chamado. Ou ela fez alguma coisa. – Três suspiros calmos, pela boca. Lutando contra a raiva. – Desculpe--me. – Ela se levantou rapidamente, espirrando água quente, saiu da piscina, foi até a água fria e entrou. Cinco trouxe uma toalha. Ela saiu da água fria e deixou a casa de banho sem falar mais nada.

Fechei os olhos. Na estação Athoek, a tenente Tisarwat dormia profundamente, sonhando, um dos braços sobre o rosto. Desviei minha atenção para a *Misericórdia de Kalr*. Seivarden estava de guarda. Dizia algo para uma de suas Amaats.

– Essa coisa da capitã de frota ir para o planeta lá embaixo. – Estranho. Não era o tipo de coisa que Seivarden normalmente discutia com suas Amaats. – Isso é mesmo necessário? Ou é uma injustiça em especial que a preocupa?

– Tenente Seivarden... – respondeu a Amaat, estranhamente ereta, mesmo para os padrões dessa nave que adorava imitar ancilares. – A senhora sabe que terei de reportar essa pergunta à capitã de frota, não sabe?

Um pouco frustrada, Seivarden respondeu:

– É claro, Nave. Ainda assim.

Entendi de súbito o que acontecia. Seivarden estava falando com a *Misericórdia de Kalr*, não com sua Amaat. A Amaat estava vendo as respostas da Nave e as lendo em voz alta. Como se ela fosse uma ancilar, uma parte da nave, uma das dezenas de bocas pelas quais a Nave poderia falar. Por sorte, nenhuma tripulante havia tentado fazer algo parecido comigo. Eu não teria aprovado em absoluto.

Mas pela minha observação, era nítido que Seivarden estava confortável com aquilo. Ela se sentia confortável. Estava preocupada, e ouvir a Nave dava a ela alguma segurança. Não havia nenhuma razão racional para isso. Mas assim o era.

– Tenente – disse Amaat. A Nave por meio da Amaat. – Só posso dizer que a capitã de frota já discutiu isso com a senhora em reuniões. Se, ainda assim, tem alguma opinião contrária, é algo que precisa resolver com ela. E com a ausência da capitã de frota e da cidadã Raughd, a tenente Tisarwat está fazendo bons contatos políticos com as jovens cidadãs proeminentes da estação Athoek.

Seivarden soltou um *ha!* cético.

– Daqui a pouco você vai me falar que Tisarwat tem tino político!

– Acredito que ela pode surpreender.

Seivarden claramente não acreditava na Nave.

– Mesmo assim. Nossa capitã de frota costuma se manter longe de confusão, mas, quando não consegue evitar, nunca é algo pequeno. E estamos a horas de distância dela para servir de ajuda. Se você perceber alguma coisa sendo tramada, e ela estiver muito distraída para pedir que nos aproximemos para ajudar, você vai me dizer?

– Para isso eu precisaria saber com dias de antecedência que "alguma coisa está sendo tramada", como diz. Não consigo imaginar que a capitã de frota se distraia por tanto tempo. – Seivarden franziu o cenho. – Mas posso assegurar que estou tão preocupada com a segurança dela quanto a senhora. – O que era a melhor resposta que a Nave poderia dar, e Seivarden teria que ficar satisfeita com isso.

– Tenente Seivarden – disse a *Misericórdia de Kalr* –, mensagem de Hrad.

Seivarden fez um gesto para que prosseguisse. Uma voz estranha soou em seus ouvidos.

– Aqui é a capitã de frota Uemi, a frente da *Espada de Inil*, saída do palácio de Omaugh. Tenho ordens para assumir a segurança do sistema Hrad. – Um portal de distância, onde ficava Hrad. Quase vizinho. – Minhas saudações à capitã de frota Breq. A luta continua dura no palácio de Tstur. Diversas estações foram destruídas. Dependendo de como tudo se desenrolar, é possível que a Senhora do Radch envie um porta-tropas para vocês. Ela manda lembranças e confia que tudo corra bem por aqui.

– Você conhece a capitã de frota Uemi, Nave? – Não havia necessidade de uma resposta imediata. Hrad ficava a algumas horas-luz de distância através do portal.

– Não conheço muito bem – respondeu a *Misericórdia de Kalr*.

– E a *Espada de Inil*?

– É uma espada.

– *Ha!* – disse Seivarden.

– Tenente, a capitã de frota deixou instruções para que uma mensagem fosse entregue em sua ausência.

– *É mesmo...* – Seivarden não sabia se estava surpresa ou não. – Bem, vamos vê-la então.

Minhas instruções eram pontuais. Seivarden respondeu:

– Aqui é a tenente Seivarden, à frente da *Misericórdia de Kalr* enquanto a capitã de frota Breq está ausente. É um prazer conhecê-la, capitã de frota Uemi, e ficamos felizes por ter notícias. Peço a complacência da capitã de frota e informo que a capitã de frota Breq gostaria de saber se a *Espada de Inil* recebeu alguma tripulante nova no palácio de Omaugh. – Mas não era só com a nova tripulação que eu devia me preocupar, era perfeitamente possível fazer ancilares a partir de adultas mais velhas.

Nenhuma resposta chegaria a mim antes do jantar. A questão deixara Seivarden, que não sabia sobre Tisarwat, intrigada, mas a Nave não explicara nada a ela.

Ao andar de volta para a casa, encontrei Raughd vindo do edifício principal.

– Bom dia, capitã de frota! – disse ela, sorrindo abertamente. – É tão revigorante estar de pé no raiar do dia. Eu realmente devia fazer disso um hábito. – Eu tinha que admitir, era um sorriso muito charmoso, apesar do resquício de tensão por trás dele. Mesmo sem ela mencionar, eu tinha certeza de que esse não era o horário em que Raughd costumava acordar. Mas saber tanto sobre ela estragou o momento para mim.

– Não me diga que já esteve na casa de banho – continuou ela, com uma pontada de decepção, calculadamente tímida.

– Bom dia, cidadã – respondi sem parar de andar. – E sim, já estive. – E entrei na casa para tomar o café da manhã.

13

Depois de um café da manhã de frutas e pão, que as empregadas de Fosyf deixaram ao lado de minha cama na noite anterior e me fizeram acreditar serem sobras do jantar, a capitã Hetnys e eu deveríamos passar o dia sentadas em silêncio, rezando em intervalos regulares, comendo simples e pouco. Sentamo-nos, como era para ser, na sala de estar do andar inferior. Com o passar dos dias, poderíamos gastar algum tempo do lado de fora casa, sob a treliça de vinha, por exemplo. As regras de etiqueta permitiam alguma movimentação para aquelas que não conseguiam ficar paradas durante o luto; eu havia utilizado essa prerrogativa para minha corrida e para ir à casa de banho aquela manhã. Mas a maior parte dos próximos dias seria passada em nossos aposentos, somente com a companhia uma da outra, ou de alguma vizinha que aparecesse para prestar condolências.

A capitã Hetnys não estava usando o uniforme. Dadas as circunstâncias atuais, não era obrigatório. A camiseta que ela usava para fora da calça verde-oliva era de um cor-de-rosa claro. Mas as roupas civis que eu possuía eram formais demais para esse contexto de luto, ou muito fora de moda para o Radch vigente. Em vez disso, vesti minha camiseta e calças do uniforme, marrom e preto. Se fôssemos seguir à risca, eu não deveria usar nenhuma joia, mas não deixei de colocar o broche memorial da tenente Awn em minha camiseta. Sentamos em silêncio por um tempo, Kalr Cinco e a *Espada de Atagaris* em pé atrás de nós, sem se mexer, caso precisássemos delas.

A capitã Hetnys estava cada vez mais tensa, apesar de não ter demonstrado nada disso até que Sirix se juntasse a nós. A capitã se levantou abruptamente e andou a passos largos pela sala. Ela não havia dirigido a palavra a Sirix durante a viagem, nem na noite anterior. Parecia não querer falar com ela agora. Mas isso poderia ser atribuído ao processo normal de luto, que permitia um comportamento um pouco excêntrico.

Ao meio-dia, empregadas apareceram com bandejas de comida: mais pão, que poderia ser considerado artigo de luxo em algumas estações, mas ainda considerado comida simples, e uma variedade de pastas para acompanhar, todas elas pouco ou nada temperadas. Mesmo assim, a julgar pelo jantar da noite anterior, tinha certeza de que só uma avaliação estritamente técnica os colocaria na categoria "simples".

Uma das empregadas foi até a parede e, para minha surpresa, a moveu para o lado. Quase toda a parede era composta por painéis dobráveis que se abriam para o pátio externo, permitindo que a luz do Sol e uma leve brisa com cheiro de folha entrassem no cômodo. Sirix levou seu almoço para um dos bancos externos; ainda que a abertura da parede deixasse a ideia de "externo" um pouco ambígua.

Na estação Athoek, a tenente Tisarwat estava sentada na loja de chá, esparramando-se confortavelmente nas cadeiras que rodeavam uma mesa baixa repleta de garrafas vazias ou quase vazias de arrack. Mais do que o soldo dela poderia pagar. Ela comprara fiado ou havia recebido presentes graças a seu *status*. Ou ao meu. Uma de nós duas teria de encontrar uma forma de retribuir, o que não seria um problema. A cidadã Piat estava sentada ao lado dela, com meia dúzia de jovens nas cadeiras próximas. Alguém havia acabado de dizer algo engraçado, todas estavam rindo.

Na *Misericórdia de Kalr*, a médica levantou uma sobrancelha enquanto ouvia Kalr cantar baixinho.

Quem um dia me amou?
Quem um dia me disse "Nunca amarei novamente"
e foi verdadeira?
Não eu.

Em Athoek, nas montanhas, a capitã Hetnys parou de andar de um lado para o outro e levou seu almoço para a mesa. Sirix, no banco do pátio, pareceu não notar. Uma das empregadas da casa andou até ela, parou, disse algo breve e baixinho que não pude escutar, ou talvez tenha falado em liost. Sirix olhou para ela com seriedade e respondeu claramente em radchaai:

– Sou somente uma consultora, cidadã. – Nenhum sinal de rancor. Estranho, depois de toda a tristeza da manhã, aquele senso indignado de injustiça.

Lá em cima, na loja de chá da estação, alguém disse:

– Agora que a capitã Hetnys e aquela capitã de frota assustadora estão lá embaixo no planeta, é Tisarwat quem vai nos proteger das presger!

– Sem chance – respondeu Tisarwat. – Se as presger decidirem nos atacar, não tem nada que possamos fazer. Por sorte, acho que vai demorar bastante antes de as presger chegarem aqui. – Ninguém sabia sobre a divisão da Senhora do Radch ainda, e os problemas com os portais eram considerados "dificuldades inesperadas". Como sempre, quem não aceitava essa explicação acabava achando a ideia de uma interferência alienígena bem mais plausível. – Vai ficar tudo bem.

– Mas estar sem conexão alguma como agora...

A cidadã Piat interveio:

– Está tudo bem. Mesmo que a gente perca a conexão com o planeta... – Alguém murmurou "Que a deusa não permita". – A gente vai ficar bem. Temos como nos alimentar aqui, de qualquer forma.

– E, se não tivermos – disse outra pessoa –, podemos cultivar skel na água do lago.

Alguém riu.

– Isso deixaria aquela horticultora irritada! Você deveria fazer isso, Piat.

Tisarwat aprendera com suas Bos. Ela manteve o rosto e a voz incrivelmente calmos:

– Quem é essa horticultora?

– Como é mesmo o nome dela? Basnaaid? – respondeu a pessoa que rira. – Ela não é ninguém, na verdade. Mas, sabe, uma Awer veio de Omaugh oferecer clientela para ela e ela *recusou*. Não tem família, e não é lá muito bonita, mas, mesmo assim, ela era boa demais para uma Awer!

Piat estava sentada em um dos lados de Tisarwat, e do outro havia uma pessoa que a Nave me explicou ser a prima de Skaaiat Awer (embora não fosse da família Awer). Tisarwat a convidara, ela não fazia parte desse grupo.

– Skaaiat não ficou ofendida – disse a prima. Ela também sorriu, quase conseguindo esconder o nervosismo em sua voz.

– Bem, é claro que não. Mas recusar uma oferta dessas não é adequado. Isso só mostra o tipo de pessoa que aquela horticultora é.

– Realmente mostra – concordou a prima de Skaaiat.

– Ela é boa no que faz – disse Piat, com uma urgência repentina, como se tivesse passado os últimos segundos lutando contra o impulso de falar. – E ela *deveria* sentir orgulho.

Um momento de silêncio constrangedor, e então:

– Queria que Raughd estivesse aqui – disse a pessoa que trouxe o assunto à tona. – Não sei por que ela teve que ir lá para baixo também. A gente sempre dá tanta risada quando a Raughd está aqui.

– Mas a pessoa que é motivo de risada não *acha* isso – disse a prima de Skaaiat.

– Bem, claro que não – respondeu a partidária de Raughd.

– Ou a gente não estaria rindo dela. Tisarwat, você precisa ver Raughd imitando a capitã Hetnys. É hilário.

Em Athoek, na casa, Sirix se levantou e foi para o andar de cima. Virei-me para Cinco, vi que ela estava suando por baixo do uniforme, e que sentira tédio ao ficar ali observando nós três. Ela só pensava na comida que estava na mesa de canto, pois conseguia sentir o cheiro. Eu precisaria subir logo, talvez fingindo que dormiria um pouco, para que Cinco descansasse, assim ela e a *Espada de Atagaris* poderiam comer. Capitã Hetnys, sem saber que acabara de ser mencionada na estação lá em cima, foi se sentar no pátio, agora que Sirix estava a uma distância segura.

Uma das empregadas da casa se aproximou de Kalr Cinco. Ficou por um momento parada, pensando, eu acreditava, em qual tratamento usar, até que finalmente se decidiu por:

– Se for de seu agrado.

– Sim, cidadã – respondeu Cinco, com a voz calma e monocórdica.

– Isso chegou esta manhã. – Ela segurava um pacote pequeno embrulhado um tecido aveludado de cor violeta. – Foi pedido que entregássemos diretamente à ajudante da capitã de frota. – Ela não explicou por que havia dado isso para Cinco.

– Obrigada, cidadã – respondeu Cinco enquanto pegava o pacote. – Quem enviou?

– A mensageira não informou. – Mas eu sabia quem era. Ou pelo menos suspeitava.

Cinco desembrulhou o tecido e viu a caixa simples e fina de madeira clara. Dentro da caixa havia um pedaço triangular de pão velho, duro e pesado; um broche, um disco prateado de dois centímetros pendendo de um objeto de contas de vidro azuis e verdes e, embaixo, um cartão pequeno impresso em um idioma que eu acreditava ser liost. A língua que muitas samirend falavam. Uma consulta rápida à estação Athoek confirmou minhas suspeitas e me ajudou a entender um pouco do que estava escrito no cartão.

Cinco voltou a fechar a caixa.

– Obrigada, cidadã.

Levantei-me sem dizer nada, fui até Cinco e peguei a caixa com o tecido, e subi para o outro andar até o quarto de Sirix. Bati na porta. Quando ela abriu, disse:

– Cidadã, acredito que isso seja para você. – Entreguei a caixa e o tecido roxo dobrado.

Ela me olhou, em dúvida.

– Não tem ninguém aqui para me enviar coisas, capitã de frota. Deve ser engano.

– Com certeza isso não foi enviado para mim – respondi, ainda segurando a caixa. – Cidadã – insisti quando ela não se moveu para pegar o pacote.

Oito se aproximou por trás dela, tentando pegar o pacote da minha mão, mas Sirix fez um gesto pedindo que ela se afastasse.

– Não pode ser para mim – insistiu ela.

Com a minha mão livre, abri a tampa da caixa para que ela visse o que tinha dentro. Ela de repente ficou dura, parecendo nem respirar.

– Meus pêsames, cidadã – falei.

O broche era um memorial, o nome de família da falecida era Odela. O cartão trazia detalhes da vida e do funeral dela. Não sabia o significado do pão, mas claramente representava alguma coisa. Significava algo para Sirix, com certeza. Mas eu não era capaz de dizer se a reação dela seria por conta do luto ou da raiva que ela não podia expressar.

– Você disse que não tinha família aqui, cidadã – falei depois de alguns momentos de silêncio desconfortável. – Mas alguma Odela está pensando em você. – Elas devem ter ouvido que Sirix estava aqui comigo.

– Ela não tem o direito – disse Sirix. Aparentemente estava calma, sem emoção, mas eu sabia que isso era necessário para ela, uma questão de sobrevivência. – Nenhuma delas tem. Elas não podem ter tudo, elas não podem simplesmente voltar atrás. – Ela respirou, parecia que ia falar de novo, mas, em vez disso, respirou novamente. – Devolva

– disse por fim. – Não é meu, não pode ser meu. Elas que sejam responsáveis.

– Se assim quiser, cidadã, será feito. – Coloquei a tampa novamente, desdobrei o tecido roxo e o enrolei na caixa.

– Só isso – disse Sirix, a amargura nítida na voz –, nenhuma lição sobre ser grata, sobre lembrar que elas são, afinal de contas, minha f... – A voz dela falhou. Fora longe demais. O fato de não ter batido a porta na minha cara e assim poder sofrer sozinha era um ponto a favor de seu autocontrole. Ou talvez ela soubesse que Oito ainda estava no quarto e que ela não ficaria sozinha, não importava o que fizesse.

– Eu posso falar essas coisas se você quiser, cidadã, mas elas não seriam verdadeiras. – Fiz uma reverência. – Se você precisar de alguma coisa, não hesite em falar comigo. Estou a sua disposição.

Ela fechou a porta. Eu poderia continuar a observando por meio dos olhos de Oito, mas não o fiz.

Quando o jantar chegou, Fosyf e Raughd apareceram também. Sirix não havia descido desde o almoço. Ninguém comentou nada, sua presença só era tolerada aqui, pois ela estava comigo. Depois de comermos, nos sentamos no fim da sala, as portas ainda abertas. A parte visível do lago havia se tornado cinza com o anoitecer, sombria, somente os picos das montanhas ainda brilhavam com o pôr do sol. O ar ficava cada vez mais frio e úmido, e as empregadas da casa trouxeram tigelas de bebidas quentes e agridoces.

– Estilo xhai – disse Fosyf.

Sem Sirix para me flanquear, tinha Fosyf de um lado e Raughd do outro. A capitã Hetnys estava de frente para mim com a cadeira um pouco virada para que pudesse observar o lago.

Na *Misericórdia de Kalr*, a resposta para a pergunta que havia sido enviada naquela manhã à capitã de frota Uemi finalmente chegara. A Nave a transmitiu para os ouvidos da tenente Ekalu. "Muito obrigada, tenente Seivarden, por suas calorosas boas-vindas. Meus cumprimentos à capitã de frota Breq, mas eu não peguei nenhuma tripulante em Omaugh."

Eu havia deixado instruções sobre como responder.

– A capitã de frota Breq agradece à capitã de frota Uemi pela compreensão – disse a tenente Ekalu. Tão curiosa quanto Seivarden estivera horas antes. – Mas alguma tripulante da *Espada de Inil* passou um ou dois dias na estação sem contatar a nave?

– Bem, capitã de frota – disse Fosyf, lá embaixo, na beirada do lago que escurecia –, espero que tenha tido um dia tranquilo.

– Sim, obrigada, cidadã. – Eu não tinha nenhuma obrigação de ser mais simpática. Na verdade, poderia ignorar qualquer uma que falasse comigo na próxima semana e meia, se quisesse.

– A capitã de frota acorda inacreditavelmente cedo – disse Raughd. – Levantei cedo para me certificar de que alguém a levaria até a casa de banho, mas a capitã já estava acordada havia *tempos*.

– Com certeza, cidadã – disse Hetnys inspirada –, sua concepção de "cedo" não é a mesma que a nossa.

– Disciplina militar, Raughd – explicou Fosyf, com indulgência. – Mesmo com todo o seu interesse recente... – Ela olhou de relance para mim. – Você nunca foi boa nisso.

– Ah, não sei – respondeu Raughd com leveza. – Nunca tentei, não é mesmo?

– Fui até a serrania essa manhã e vi as trabalhadoras – comentei, não queria continuar a falar sobre a possível aptidão militar de Raughd.

– Espero que tenha conseguido adicionar algumas músicas a sua coleção, capitã de frota – respondeu Fosyf. Inclinei levemente a cabeça, quase nada, mas o suficiente para parecer uma resposta.

– Não sei por que não fizeram ancilares com elas – disse Raughd. – Com certeza seria melhor para elas. – E sorriu, segura de si. – Duas unidades de um porta-tropas seria o suficiente para nós, e ainda sobraria muito para as outras.

Fosyf riu.

– Raughd parece ter um súbito interesse em assuntos militares! Está pesquisando. Naves e uniformes, essas coisas.

– Os uniformes são tão *interessantes* – concordou Raughd. – Fico tão satisfeita em ver que está usando o seu, capitã de frota.

– Ancilares não podem ser novas cidadãs – respondi.

– Bem – disse Fosyf –, bem, você sabe, não tenho muita certeza de que valskaayanas possam ser cidadãs. Mesmo em Valskaay, elas causavam problemas, não é? Essa religião delas. – Na verdade, existiam diversas religiões em Valskaay, mais ainda no sistema e nos vários outros setores. Mas Fosyf estava se referindo à religião mais comum, a que muitas pessoas chamavam de "valskaayana". Era um tipo de monoteísmo, coisa que a maioria das radchaai achava incompreensível. – Apesar de não estar tão certa de que aquilo pode ser chamado de religião. É mais um... um monte de superstição e filosofias estranhas. – Do lado de fora, escurecia; as árvores e as pedras cobertas de musgo iam desaparecendo nas sombras. – E a religião é o menor dos problemas. Elas tiveram diversas oportunidades de *se tornar* cidadãs. Como as samirend, por exemplo! – Fosyf fez um gesto para mostrar o entorno, acredito que se referindo às empregadas domésticas que serviam o jantar. – Elas começaram da mesma forma que as valskaayanas, que tiveram muitas oportunidades. Mas... elas aproveitaram? Não sei se viu o lugar onde elas moram. Uma ótima casa de hóspedes, tão bonita quanto essa casa em que moro, porém está em ruínas. Elas não se importam em manter o lugar e entram em dívidas absurdas por conta de um instrumento musical, ou alguma ferramenta.

– Ou máquinas para fazer bebida alcoólica – disse Raughd com afetação.

Fosyf suspirou, aparentemente pesarosa.

– Algumas usam o próprio alimento para fazer isso, e depois entram em dívidas para comprar mais comida. A maioria nem chega a receber salário. Elas não têm *disciplina*.

– Quantas valskaayanas foram enviadas para cá? – perguntei para Fosyf. – Depois da anexação. Você sabe?

– Não tenho ideia, capitã de frota. – Fosyf fez um gesto resignado. – Eu só pego as trabalhadoras que me mandam.

– Crianças estavam trabalhando nos campos essa manhã – falei. – Elas não vão à escola?

– Não tem por quê – respondeu Fosyf. – Não com as valskaayanas. Elas não vão à escola. Elas não têm a seriedade necessária. Não conseguem *ficar paradas*. Ah, mas eu gostaria de levá-la a um tour, capitã de frota! Quando as duas semanas acabarem, talvez. Quero mostrar meu chá, e tenho certeza de que vai gostar de ouvir todas as músicas que puder.

– Na verdade – disse a capitã Hetnys, que estivera calada até então –, a capitã de frota Breq não coleciona só música.

– É mesmo? – perguntou Fosyf.

– Fiquei nos aposentos dela durante os dias de jejum – respondeu a capitã Hetnys –, e o conjunto de louça do dia a dia é formado por pratos azuis e roxos de Bractware. Serviço completo. Em condições *perfeitas*. – Atrás de mim, a Nave me mostrou Kalr Cinco escondendo um sorriso de satisfação. Quase não havíamos comido durante os dias de jejum, como era de se esperar, mas Cinco havia servido o pouco que podia nos pratos Bractware e, propositalmente, havia deixado o restante não utilizado do conjunto em um lugar que a capitã Hetnys pudesse ver.

– Bem, quanto bom gosto! E fico feliz que Hetnys tenha mencionado isso. – Ela fez um gesto e a empregada que estava próxima a ela se curvou, ouviu algumas instruções e saiu. – Tenho algo que pode ser de seu interesse.

Lá fora, no escuro, uma voz inumana cantou uma série de vogais no mesmo tom.

– Ah! – exclamou Fosyf. – Era o que eu estava esperando.

Outra voz se juntou à primeira, um pouco mais baixa, e então outra, um pouco mais alta, e mais outra, e mais outra, até que pelo menos uma dúzia de vozes entoassem, indo e vindo, um dissonante e estranho coral.

Era nítido que Fosyf esperava alguma reação minha.

– O que é isso? – perguntei.

– São plantas – respondeu Fosyf, muito animada por ter me surpreendido. – Deve ter aparecido alguma em seu caminho hoje de manhã. Elas têm uma espécie de bolsa que guarda ar e, quando a bolsa está cheia e o Sol se põe, soltam esse assobio. Contando que não esteja chovendo, por isso elas não fizeram esse som ontem de noite.

– Ervas-daninhas – pontuou a capitã Hetnys. – São um incômodo, na verdade. Tentaram erradicá-las, mas continuam nascendo.

– Hipoteticamente – continuou Fosyf, depois de concordar com o que a capitã havia dito –, a pessoa que as criou foi uma noviça no templo. E a planta canta diversas palavras em xhi, todas ligadas aos mistérios do templo, e, quando as outras pessoas do templo ouviram as plantas, perceberam que os mistérios estavam sendo revelados ao mundo e mataram a criadora. Desmembraram-na com as próprias mãos, ao que parece, bem aqui neste lago.

Não me atrevi a perguntar que tipo de casa de hóspedes era essa.

– Então esse era um lugar sagrado? Um templo? – Pelo que eu sabia, grandes templos estavam sempre próximos a grandes cidades ou vilas, e eu não vira sinal de nada assim por ali. Perguntei-me se teria existido uma cidade que fora apagada para assim se produzir mais chá, ou se todo aquele imenso terreno havia sido sacrossanto. – O lago era sagrado? E esta era a casa de hóspedes do templo?

– Pouca coisa escapa à capitã de frota! – exclamou Raughd.

– É verdade – concordou Fosyf. – O que restou do templo se encontra do outro lado do lago. Houve uma oráculo lá durante algum tempo, mas agora só restam superstições sobre um peixe que realiza desejos.

E o nome do chá era derivado do solo que já fora sagrado, imaginei. Gostaria de saber como as xhai se sentiam em relação a isso.

– Quais são as palavras que as plantas cantam? – Eu sabia pouco xhi e não reconheci nenhuma das palavras que vinha da escuridão.

– Existem diversas listas – respondeu Fosyf, geniosa –, depende de para quem você pergunta.

– Quando era criança, eu saía de casa no escuro – disse Raughd – e procurava por elas. Elas param de cantar se você as ilumina.

Desde que havíamos chegado eu não visualizara nenhuma criança, a não ser as trabalhadoras do campo. Achei aquilo estranho, ainda mais naquele contexto, mas, antes que eu pudesse perguntar qualquer coisa, a empregada que Fosyf havia dispensado reapareceu trazendo uma caixa grande.

Era de ouro, ou pelo menos banhada, incrustada com vidros vermelhos, azuis e verdes, em um estilo que era mais velho do que eu. Mais velho, na verdade, que Anaander Mianaai em cerca de três mil anos. Eu só havia visto algo parecido uma vez, quando tinha mais ou menos uma década de vida, cerca de dois mil anos atrás.

– Com certeza – falei – isso é uma imitação.

– Não é, capitã de frota – respondeu Fosyf, muito satisfeita, claro. A empregada deixou a caixa no chão entre nós e se afastou. Fosyf se abaixou e levantou a tampa. Aninhado dentro da caixa, um serviço de chá: jarra, doze tigelas, coador. Tudo em ouro, incrustado com elaborados padrões verdes e azuis.

Eu ainda estava segurando a tigela que haviam me dado, e a levantei. Cinco veio em meu auxílio e a retirou de minha mão, mas não se afastou. Eu não queria que ela o fizesse. Levantei-me do meu lugar e me agachei perto da caixa.

A parte de dentro da tampa também era dourada, embora uma faixa de sete centímetros de madeira nas extremidades revelasse o que tinha por baixo. Aquele pedaço de ouro estava entalhado. Em notai. Eu conseguia ler, mas duvidava que mais alguém conseguisse. Muitas casas antigas (a de Seivarden entre elas), e até algumas mais novas que achavam a ideia romântica, diziam ser descendentes de notai. Entre elas, apenas algumas reconheceriam o que estava escrito, e talvez até conseguissem ler algumas palavras. Pouquíssimas haviam se preocupado em aprender o idioma.

– O que está escrito? – perguntei, mesmo já sabendo.

– É uma invocação à deusa Varden – respondeu a capitã Hetnys – e uma benção para quem possui a caixa.

"Varden é sua força", dizia a caixa, "Varden é sua esperança, e Varden é sua alegria. Vida longa e prosperidade à filha da casa. Como comemoração da feliz ocasião".

Olhei para Fosyf.

– Onde você arrumou isso?

– *A-há*! Então Hetnys estava certa, você conhece bastante disso! Nunca teria adivinhado.

– Onde você arrumou isso? – repeti.

Fosyf riu brevemente.

– E determinada, estou vendo. Mas isso eu já sabia. Comprei da capitã Hetnys.

Comprei. Não seria possível pensar nessas peças antigas e raríssimas nem como *presente*. Alguém pagar uma quantia de dinheiro por elas era quase inimaginável. Ainda agachada, virei-me para a capitã Hetnys, que respondeu ao meu questionamento não formulado:

– A dona precisava de dinheiro. Ela não queria vender pessoalmente, bem, você imagina o que falariam se soubessem que ela vendeu *coisas assim*. Então, fui a intermediária.

– E pegou a sua parte – disse Raughd. Eu suspeitava que ela não estava satisfeita por ter sido eclipsada pelo conjunto de chá.

– É verdade – concordou a capitã Hetnys.

Mesmo uma parte do montante deve ter sido muito dinheiro. Aquele conjunto não era o tipo de coisa que alguém pudesse *ter*, a não ser nominalmente. Nenhuma casa minimamente funcional permitiria que um membro se desfizesse de tais peças. O serviço de chá que eu havia visto quando fora uma jovem nave, com menos de dez anos, não havia pertencido a uma pessoa. Havia sido parte dos pertences da sala da década de uma Espada, usado enquanto minha capitã estava a bordo, para impressioná-la. Aquele era roxo e prateado com madrepérolas, e o nome da deusa na prece também era diferente. Estava escrito: "Como comemoração da feliz ocasião de sua promoção. Capitã Seimorand". E uma data apenas quinhentos anos antes da ascensão de Anaander Mianaai, antes de o conjunto ser pego como prova da derrota de sua dona.

Estava certa de que o escrito na parte de dentro da tampa fora cortado, que "Como comemoração da feliz ocasião" era só o começo da frase. Não havia sinal do corte, as beiradas douradas pareciam lisas, e a madeira embaixo, intacta. Mas eu sabia que alguém havia removido, cortado uma faixa da parte de baixo e colocado o restante de volta, centralizado para que não parecesse que algo fora removido.

Isso não era uma coisa passada através dos séculos para as descendentes de uma capitã: as descendentes jamais removeriam o nome da ancestral que havia deixado uma herança como essa. Mas uma pessoa poderia retirar o nome para esconder a verdadeira origem, visto que qualquer uma que lesse o nome saberia qual casa estivera em enorme necessidade financeira a ponto de precisar vender o valioso jogo. No entanto, a maioria das famílias que possuía algo assim tinha outras formas melhores de capitalizar objetos desse tipo. A casa de Seivarden, por exemplo, havia aceitado presentes e dinheiro em troca de tours turísticos para visitar a nave notai.

"Antiguidades roubadas", havia dito a tenente da *Espada de Atagaris*. Mas eu não imaginara nada desse tipo.

Junto daquele compartimento de suprimentos. "Lixo." Qualquer identificação convenientemente apagada, como esse conjunto de chá.

A capitã Hetnys achara importante estacionar sua nave próxima ao portal fantasma. Um pedaço de lixo que tinha mais de três mil anos (cuja probabilidade de estar em Athoek era muito pequena, para começo de conversa) havia saído do portal. Um pedaço de nave notai.

A capitã Hetnys ganhara muito dinheiro vendendo esse serviço de chá quase tão antigo quanto aquele compartimento de suprimentos. Onde ela teria conseguido isso? Quem removera o nome da dona, e por quê?

O que havia do outro lado do portal fantasma?

14

Quando voltei ao meu quarto, tirei a camiseta e a entreguei para Kalr Cinco. Estava me abaixando para desamarrar os sapatos quando ouvi alguém bater à porta. Levantei o olhar. Kalr Cinco me encarou com o rosto inexpressivo, e foi atender. Ela observara o comportamento de Raughd nos últimos dias e sabia que isso era esperado, apesar de eu estar surpresa por Raughd ter escolhido agir tão rápido.

Eu me afastei, pois não queria que quem estivesse na saleta conseguisse me ver. Peguei minha camiseta que Cinco havia deixado de lado e a vesti novamente. Cinco abriu a porta do corredor, e por meio dos olhos dela pude ver o sorriso falso de Raughd.

– Gostaria de falar com a capitã de frota em particular – disse Raughd, com certa rispidez.

A frase era bem pensada, não mostrava nenhuma consideração à Cinco, mas também não era ofensiva a mim. "Deixe-a entrar." Cinco subiu. "Mas não saia de perto." Apesar de ser possível, e até provável, que a ideia de Raughd de *privacidade* incluísse a presença de empregadas.

Raughd entrou. Correu os olhos me procurando, curvou-se de soslaio e sorriu enquanto direcionava o olhar para mim, que estava naquele momento saindo do quarto.

– Capitã de frota, estava esperando que pudéssemos... conversar.

– Sobre o que, cidadã? – Eu não a convidei a se sentar.

Ela piscou, genuinamente surpresa, pensei.

– Capitã de frota, tenho certeza de que fui muito clara ao expressar meus desejos.

– Cidadã, eu estou de luto. – Não tive tempo de limpar a faixa branca do rosto. E não acho que ela esquecera o motivo de eu estar ali.

– Mas, capitã de frota – respondeu ela com doçura –, com certeza isso é só para manter as aparências.

– Sempre são aparências, cidadã. É totalmente possível entrar de luto e não usar nenhum sinal externo. Mas essas coisas são feitas para que as outras pessoas saibam o período pelo qual estamos passando.

– É verdade, esses sinais não são sempre sinceros, e podem ser exagerados – disse Raughd. Ela não entendera nada. – Mas o que eu quis dizer é que a senhora fez isso somente por razões políticas. Não é possível que exista um motivo real para esse luto, ninguém espera que exista. Só é preciso manter a fachada em púbico, e este – ela fez um gesto mostrando o quarto – não é um local público.

Eu poderia argumentar que, se um membro da família dela morresse longe de casa, Raughd gostaria de saber que alguém se importaria o suficiente para assumir os deveres fúnebres; mesmo que os rituais fossem diferentes dos nossos e feitos por uma desconhecida. Mas, sabendo o tipo de pessoa que Raughd aparentava ser, um argumento desse não valeria de nada, seria incompreensível para ela.

– Cidadã, estou impressionada com a sua forma de demonstrar decoro.

– E alguém pode me culpar, capitã de frota, se meu desejo é maior que meu senso de decoro? E decoro, assim como o luto, é feito para os olhares públicos.

Eu não me iludia de que tudo isso se devia à minha beleza. Ela não era tamanha para induzir uma reação que superasse o decoro. Minha patente, por outro lado, e o nome da minha casa eram extremamente fascinantes. E, claro, seriam ainda mais fascinantes para alguém rica e privilegiada como Raughd. Esse tipo de diversão poderia ser extremamente vantajosa, para ela e o restante da casa, caso alguém de posição social superior ficasse sabendo, mas no dia a dia a maioria das pessoas tinha plena consciência do que aconteceria caso tentasse forçar uma situação dessas.

– Cidadã – respondi com frieza –, sei muito bem que foi você quem pintou aquelas palavras no muro. – Raughd arregalou os olhos, piscou sem compreender. Kalr Cinco estava parada em um canto, como uma ancilar. – Uma pessoa morreu como consequência direta daquilo, e a morte dela pode colocar o sistema todo em perigo. Você pode não ter desejado essa morte, mas sabia muito bem que suas ações trariam problemas e não se importou com quais seriam ou com quem se machucaria.

Raughd se empertigou, indignada.

– Capitã de frota! Não sei por que me acusa de uma coisa dessas!

– Concluí – continuei, sem me abalar pela indignação dela – que você estava brava com a tenente Tisarwat por atrapalhar sua diversão com a cidadã Piat. Aliás, a forma como você a trata é horrenda.

– Bem – disse a cidadã, relaxando um pouco –, se esse é o problema, posso dizer que conheço Piat desde que éramos muito pequenas e ela sempre foi... instável. Exageradamente sensível. Ela se sente desconfortável, sabia? Porque a mãe dela é a administradora da estação e ainda por cima é linda. E Piat recebeu um bom trabalho, mas não consegue parar de pensar que ela não se compara à mãe. Ela leva tudo muito a sério e, admito, algumas vezes perco a paciência. – Raughd suspirou, uma imagem perfeita de arrependimento e compaixão, até mesmo um pouco penitente.

– Não seria a primeira vez que ela me acusa de tratá-la mal, só para me magoar.

– "Uma porra de uma ridícula" – citei as palavras exatas.

– Engraçado como a última vez que você perdeu a paciência com ela foi quando todas estavam rindo de uma piada que ela havia contado e Piat, e não você, era o centro das atenções.

– Tenho certeza de que Tisarwat teve boas intenções ao trazer esse assunto, mas ela não entende que... – A voz dela titubeou, seu rosto foi tomado por uma expressão sofrida. – Ela não... Piat não pode ter me acusado de pintar aquelas palavras no muro? É o tipo de coisa horrível que ela acharia engraçado quando está atacada.

– Piat não acusou você de nada – respondi com a voz ainda fria. – As evidências são suficientes.

Raughd congelou, completamente paralisada por um momento, nem mesmo respirando. Então, com uma frieza comparável à minha, disse:

– Aceitou o convite da minha mãe só para poder me atacar? Obviamente sua viagem até aqui tinha algum objetivo. Sua aparição foi completamente inesperada, e ainda fabricou essa ordem ridícula de que não é permitido viajar pelos portais, então nosso chá não pode sair do sistema. Só posso ver isso como um ataque direto à minha casa, e não vou admitir tal coisa! Vou falar com a minha mãe!

– Faça isso – respondi. Ainda calma. – E não esqueça de explicar como a tinta foi parar em suas luvas. Mas não me surpreenderia se ela já soubesse de tudo. Talvez só tenha me convidado para vir até aqui na esperança de me fazer esquecer o assunto. – E eu havia aceitado o convite sabendo de tudo isso. Eu queria saber como era a vida aqui embaixo. Queria saber o motivo da raiva de Sirix.

Raughd se virou e saiu do quarto sem dizer mais nada.

O céu da manhã tinha poucas nuvens e era de um azul muito claro, com leves linhas prateadas que mostravam a rede de controle térmico. O Sol ainda não havia despontado de trás das montanhas, então as casas, o lago e as árvores ainda estavam imersos em sombras. Sirix estava me esperando na beirada da água.

– Obrigada por me acordar, capitã de frota – disse ela, ironicamente, enquanto abaixava a cabeça. – Sei que não deseja dormir até mais tarde.

– Já se acostumou com a diferença de horário? – Na estação estaríamos na parte da tarde. – Me disseram que existe um caminho que percorre a beirada do lago.

– Não acho que posso acompanhá-la em uma corrida.

– Hoje vou caminhar.

Teria andado de qualquer forma, mesmo que Sirix não estivesse ali. Fui em direção à trilha próxima ao lago, sem virar a cabeça para ver se ela estava vindo atrás, mas consegui ouvir os passos e vê-la (e a mim mesma) pelos olhos de Cinco, que nos observava de um canto da varanda.

Na estação Athoek, a tenente Tisarwat estava sentada em nossos aposentos no Jardim Inferior, falando com Basnaaid Elming. Ela chegara cinco minutos antes, enquanto eu ainda estava em meu quarto amarrando os sapatos. Fiquei tentada a deixar Sirix esperando, mas acabei decidindo que eu poderia andar e assistir ao mesmo tempo.

Eu podia ver (quase podia sentir) a tensão percorrendo Tisarwat enquanto estava junto de Basnaaid.

– Horticultora – disse Tisarwat. Ela não estava acordada havia muito tempo. – Estou à sua disposição. Mas, preciso dizer, a capitã de frota ordenou que eu ficasse longe de você.

Basnaaid franziu o cenho, claramente se sentindo confusa e desconfiada.

– Por quê?

A tenente Tisarwat respirou com dificuldade.

– Você disse que nunca mais falaria com ela. Ela não... Ela queria ter certeza de que você não pensasse que ela estava... – Ela se perdeu. – Pelo nome da sua irmã, ela fará tudo o que você quiser.

– Ela levou isso um pouco a sério demais – respondeu Basnaaid, com um tom ácido.

– Capitã de frota – chamou Sirix, ao meu lado na trilha do lago. Percebi que ela falara comigo e eu não havia respondido.

– Desculpe-me, cidadã. – Voltei minha atenção para longe de Basnaaid e Tisarwat. – Estava distraída.

– E muito. – Ela desviou de um galho que havia despencado de uma árvore. – Estava tentando agradecer por ter sido paciente comigo ontem. E pela ajuda de Kalr Oito. – Ela franziu o cenho. – A senhora não permite que elas usem os próprios nomes?

– Elas preferem que eu não use, pelo menos as minhas Kalrs preferem. – Fiz um gesto de demonstrava incerteza e ambiguidade. – Ela pode lhe dizer o nome dela se você perguntar. – A casa estava bem atrás de nós, emoldurada por árvores. Quando fizemos uma curva na trilha, vimos folhas ovais e pequenas cascatas de flores brancas. – Conte-me, cidadã, falhas no sistema de suspensão são um problema para as trabalhadoras daqui? – As trabalhadoras eram transportadas em módulos de suspensão. Eles geralmente funcionavam bem, mas havia falhas, e suas ocupantes poderiam ficar gravemente feridas ou morrerem.

Sirix parou abruptamente por um momento e depois continuou andando. Eu havia dito algo que a surpreendera, mas eu também reconhecera a expressão em seu rosto.

– Acho que nunca vi ninguém ser descongelada. Acho que isso não acontece há algum tempo. Mas as valskaayanas, algumas delas, acham que, quando as médicas descongelaram as pessoas, não deixaram todas vivas.

– Elas falam sobre o motivo?

Sirix fez um gesto que sugeria ambiguidade.

– Não abertamente. Elas acham que as médicas descartaram todas aquelas que consideravam inadequadas de alguma forma, mas não explicam exatamente o motivo, pelo menos não quando estou ouvindo. As valskaayanas não procuram médicas. Para nada. Elas poderiam ter todos os ossos do corpo quebrados e ainda assim prefeririam que uma amiga os colocasse no lugar com gravetos e farrapos.

– Ontem à noite – disse, como que me explicando – pedi o número exato de valskaayanas que foram trazidas para este sistema.

– Só valskaayanas? – perguntou Sirix, com a sobrancelha levantada. – Por que não samirend?

Ah...

– Assunto delicado, não?

– Eu não acreditava que existisse algo a ser descoberto no que diz respeito às valskaayanas. Antes de eu nascer, antes de Valskaay ser anexado, algo aconteceu. Cerca de cento e cinquenta anos atrás. Não sei ao certo quando, duvido que alguém além das pessoas envolvidas saiba com certeza. Mas posso contar o rumor que corre. Alguém, que era responsável pelos transportes que chegavam ao sistema, estava desviando algumas e vendendo-as como escravas. Não! – Ela fez um gesto enfático ao perceber minha descrença. – Eu sei que parece ridículo. Mas, antes de este ser um lugar civilizado – nenhum sinal de ironia nessa fala –, a escravidão por dívidas era bastante comum, e também era completamente legal vender esses contratos. Ninguém se importava, a não ser que alguém vendesse algumas xhai. Era completamente normal e comum se acontecesse com várias ychanas.

– Entendo. – Quando eu recebera os números de quantas valskaayanas haviam sido transportadas para cá, quantas foram trazidas em suspensão e indicadas para o trabalho, quantas sobraram, e depois que vi aquele antigo conjunto de chá e ouvi a história sobre como a capitã Hetnys o vendera para Fosyf, procurei informações sobre o sistema. – Mas o comércio de escravas para fora do sistema teve fim com a anexação e nunca mais voltou. – Em parte, eu acreditava, porque ele se baseava no produto barato vindo de Athoek, e a anexação havia cortado isso. E em parte porque o sistema escravocrata tinha problemas internos. – E isso foi, o quê? Há seiscentos anos? Garanto que isso não continuou acontecendo por debaixo dos panos durante todo esse tempo.

– Só estou contando o que ouvi, capitã de frota. A discrepância nos números foi parcialmente atribuída a uma falha alarmante no sistema de suspensão, uma desculpa estranha na minha opinião. Quase todas eram trabalhadoras designadas às fazendas das montanhas. Quando a governadora do sistema descobriu, a antecessora da governadora Giarod, claro, ela deu fim nisso, mas também pôs panos quentes em tudo. Afinal de contas, as médicas que assinaram os relatórios falsos haviam feito isso a pedido das mais proeminentes cidadãs de Athoek. Não era o tipo de pessoa que a segurança perseguiria. E, se o rumor chegasse até o palácio da Senhora do Radch, ela com certeza iria querer saber por que a governadora não havia percebido nada por tanto tempo. Em vez disso, um grande número de cidadãs do círculo social mais alto se aposentou. Incluindo a avó da cidadã Fosyf, que passou o restante de sua vida rezando em um monastério do outro lado do continente.

Era por *isso* que eu levara essa conversa para longe da casa. Por segurança.

– A falsificação do número de erros no processo de suspensão não foi suficiente para cobrir tudo. Deve ter havido mais.

Quando pedi informações sobre a história daquele lugar, isso não apareceu. Mas Sirix havia dito algo sobre panos quentes, o que explicaria por que essa informação não estava nos registros oficiais.

Sirix ficou em silêncio por um tempo. Pensando.

– Pode ser, capitã de frota. Eu só ouvi rumores.

– ... uma poesia muito emotiva. – Basnaaid dizia, na minha sala de estar no Jardim Inferior. – Fico feliz que ninguém aqui tenha lido. – Ela e Tisarwat estavam tomando chá agora.

– Você chegou a enviar suas poesias para sua irmã, cidadã? – perguntou Tisarwat.

Basnaaid deu uma risada barulhenta e curta.

– Quase todas. Ela sempre dizia que eram ótimas. Ou estava sendo muito bondosa, ou tinha um péssimo gosto.

Por algum motivo, as palavras dela incomodaram Tisarwat e acenderam um poderoso sentimento de vergonha e autopiedade. Mas estava claro, quase todas radchaai haviam escrito poesia em sua juventude, e eu podia imaginar a qualidade das que a jovem Tisarwat havia produzido. E se orgulhado delas. E depois as vira por meio dos olhos da Senhora do Radch, Anaander Mianaai, com seus três mil anos de idade. Duvidava que tivesse sido fácil. E, se ela não era mais Anaander Mianaai, o que mais poderia ser além de uma versão ajambrada de Tisarwat, com toda a poesia ruim e frivolidade que isso significava? Como ela poderia olhar para aquele pedaço dela mesma sem ver o desprezo que a Senhora do Radch sentira?

– Se você enviava sua poesia para a tenente Awn – disse Tisarwat, com um misto de ansiedade e raiva de si mesma –, então a capitã Breq deve ter visto.

Basnaaid piscou, esboçou um franzir de testa, mas parou. Pode ter sido a ideia de me ver olhando a sua poesia, ou a tensão na voz da tenente Tisarwat, quando antes ela estivera relaxada e sorrindo.

– Fico feliz que ela não tenha jogado isso na minha cara.

– A capitã Breq não faria isso – respondeu Tisarwat, ainda com intensidade na voz.

– Tenente. – Basnaaid repousou sua tigela de chá na mesa ao lado de seu assento. – Eu realmente acredito naquilo que falei. E eu não estaria aqui se não fosse importante. Ouvi dizer que é a capitã de frota que está por trás das mudanças no Jardim Inferior.

– S... – Tisarwat reconsiderou o "sim" que estava prestes a dizer. – Quem é responsável por tudo é a administradora da estação, Celar, claro, mas a capitã de frota ajudou um pouco mesmo.

Basnaaid fez um gesto superficial como que para dizer que compreendia.

– O lado acima, a Estação não consegue ver os suportes que estão segurando a água e impedindo que ela vaze para o Jardim Inferior. Eles precisavam ser inspecionados periodicamente, mas não acho que isso esteja acontecendo. E eu não posso falar nada para a horticultora-chefe. A responsável pela checagem é prima dela, e, da última vez que sugeri algo parecido, a resposta veio em formato de muita reclamação sobre não ser da minha conta e como eu era atrevida. – E se ela passasse por cima da horticultora chefe e fosse direto até a administradora da estação, estaria em maus lençóis. O que até valeria a pena caso a administradora prestasse atenção, mas não havia garantia disso.

– Horticultora! – exclamou Tisarwat, fazendo um esforço para manter a voz calma e não demonstrar o tanto que desejava ajudá-la. – Vou cuidar disso! Só peço um pouco de diplomacia.

Basnaaid piscou surpresa.

– Eu não quero... por favor entenda, realmente não quero pedir nenhum favor à capitã de frota. Eu nem estaria aqui se não fosse tão urgente. Se as escoras caírem...

– Não envolverei a capitã de frota Breq – disse Tisarwat com solenidade. Por dentro, estava exultante. – Chegou a mencionar isso para a cidadã Piat?

– Ela estava lá quando toquei no assunto pela primeira vez. Não que tenha ajudado em nada. Tenente, sei que se aproximou de Piat nos últimos dias. E não quero fazer críticas... – Ela divagou, olhando para longe enquanto buscava uma forma de dizer o que queria.

– Mas – disse Tisarwat para quebrar o silêncio – ela não parece se importar muito com o trabalho. Metade do tempo ela é atrapalhada por Raughd, e a outra metade passa se lamentando. Mas Raughd está lá embaixo no planeta há quatro ou cinco dias e, se a capitã de frota Breq estiver correta, não deve voltar tão cedo. Acredito que você perceberá uma diferença em Piat. Acho que fizeram com que ela acreditasse que não dava conta. Que não tinha capacidade de raciocínio e julgamento. Acredito que Piat poderia se beneficiar de sua ajuda, no trabalho.

Basnaaid fez um leve movimento com a cabeça e franziu ainda mais o cenho, então olhou para Tisarwat como se tivesse visto alguma coisa muito intrigante e inesperada.

– Tenente, qual é a sua *idade*?

Breve confusão em Tisarwat. Culpa, autopiedade, uma pitada de... algo como triunfo ou felicidade.

– Tenho dezessete anos, horticultora. – Uma mentira que não era mentira.

– Você não pareceu ter dezessete agora há pouco. A capitã de frota Breq trouxe você para que pudesse encontrar o ponto fraco nas filhas das cidadãs mais importantes?

– Não – respondeu Tisarwat, nitidamente triste. Desesperada por dentro. – Acho que ela me trouxe porque supôs que eu me meteria em confusão se ela não ficasse de olho.

– Se você tivesse me dito isso há cinco minutos, eu não teria acreditado.

Lá embaixo, no planeta, na trilha perto do lago, o céu havia mudado para um azul mais forte. O brilho vindo do leste estava mais intenso, fazendo com que a montanha que bloqueava o Sol parecesse uma imensa silhueta preta. Sirix ainda caminhava ao meu lado, em silêncio. Paciente. Mas ela não me parecia ser uma pessoa paciente, a não ser quando sua condição exigia, já que era incapaz de demonstrar raiva sem sentir um tremendo desconforto, provavelmente algo físico. Tinha quase certeza de que ela estava fingindo.

– A capitã de frota parece um concerto ambulante – disse ela em tom levemente jocoso, confirmando minhas expectativas. – As músicas que murmura têm a ver com o que está pensando ou são aleatórias?

– Depende. – Eu estava murmurando a música que Kalr cantara no dia anterior na ala médica. – Às vezes é só uma música que ouvi. É um costume que tenho há muito tempo. Peço desculpas se a incomodo.

– Não disse que me incomodava. Aliás, não sabia que primas da Senhora do Radch se preocupavam em importunar alguém.

– Eu não disse que ia parar. Você acha que tudo que aconteceu, os corpos serem vendidos, eu digo, aconteceu sem que a Senhora do Radch soubesse?

– Se ela soubesse, se realmente entendesse o que estava acontecendo, teria sido como Ime. – Onde a administradora do sistema havia sido tão corrupta, matado e escravizado cidadãs, quase começado uma guerra com as rrrrrr, até que o assunto fora levado à Anaander Mianaai. Ou ao menos até uma parte de Anaander Mianaai. Mas Sirix não sabia sobre essa diferença. – As notícias estariam em todos os lugares, e as pessoas envolvidas seriam punidas.

Perguntei-me quando Anaander Mianaai ficara sabendo disso, das pessoas, das cidadãs em potencial, sendo vendidas por lucro. Não ficaria surpresa em descobrir que parte dela sabia, ou que uma parte dela estimulara aquilo, escondida da outra. A questão era saber qual parte havia feito o que, e qual era o propósito daquilo. Não consegui evitar pensar em Anaander tirando as ancilares das naves. Naves como a *Misericórdia de Kalr*. Porta-tropas como a *Justiça de Ente*, na qual Skaaiat Awer havia servido. Soldadas humanas não eram confiáveis em uma batalha com o lado que queria substituí-las. Ancilares, por outro lado, eram extensões da nave, fariam exatamente o que a nave quisesse. A versão de Anaander, que se opunha ao fim das forças militares do Radch, poderia achar esses corpos úteis.

– Não concorda, certo? – disse Sirix em meio ao meu silêncio. – Mas a justiça não é o objetivo da civilização?

E adequação, e benefício.

– Então, se existe injustiça aqui é porque a Senhora do Radch não foi suficientemente presente.

– É possível imaginar as radchaai, no decorrer normal dos acontecimentos, corroborando práticas escravagistas ou vendendo pessoas, como as xhai?

Atrás de nós, na casa em que estávamos hospedadas, a capitã Hetnys devia estar tomando café da manhã, sendo servida por um corpo humano escravizado pela nave de guerra *Espada de Atagaris*. Um de dezenas de corpos. Eu mesma havia sido um corpo entre centenas, antes de o restante de mim ser destruído. Sirix não sabia disso, mas sabia da existência de outros porta-tropas que ainda carregavam ancilares. E, para além da serrania, viviam dezenas de valskaayanas; elas ou suas genitoras e avós haviam sido trazidas para cá com o propósito de limpar o planeta para uma ocupação radchaai, e também como mão de obra barata. Sirix era descendente de transportadas.

– Ancilares e transportadas são extremamente diferentes, claro – disse com o tom de voz seco.

– Bem, a senhora deu um fim a isso, não? – Eu não respondi e Sirix continuou. – Então a taxa de problemas na suspensão das valskaayanas parece muito alta?

– Parece. – Eu já havia guardado centenas de corpos em módulos de suspensão. Tinha uma longa experiência com esse tipo de problema. – Agora gostaria de saber se o tráfico de transportadas acabou completamente, há cento e cinquenta anos, ou se ainda continua acontecendo escondido.

– Gostaria que minha senhora tivesse vindo com a sua nave. Assim ela poderia ver com os próprios olhos.

Acima de nós, no Jardim Inferior, Bo Nove entrou no quarto em que Tisarwat e Basnaaid estavam tomando chá.

– Senhora, temos um problema.

Tisarwat piscou. Engoliu o chá. Fez um gesto para que Bo se explicasse.

– Senhora, fui até o nível um para buscar o seu caf... almoço, senhora. – Eu havia deixado instruções para que comprassem a maior quantidade possível de comida (e outros suprimentos) no próprio Jardim Inferior. – Tem muita gente em volta da loja de chá. Elas... elas estão com raiva, senhora, dos reparos ordenados pela capitã de frota.

– Raiva?! – Tisarwat foi pega de surpresa. – Com raiva de ter água e luz? E *ar*?

– Eu não sei, senhora. Mas a cada momento mais gente chega na loja de chá, e ninguém vai embora.

Tisarwat encarou Bo Nove.

– E eu pensando que elas ficariam *agradecidas*!

– Não sei, senhora. – Mas eu podia dizer, pelo que a Nave me mostrava, que ela concordava com a tenente.

Tisarwat olhou para Basnaaid, ainda sentada a sua frente. De repente, ela foi tomada por um sentimento que a encheu de decepção.

– Não – disse Tisarwat, como se desse uma resposta a algo que eu não sabia o que era. – Não. – Ela olhou novamente para Bo Nove. – O que a capitã de frota faria?

– Algo que só a capitã de frota faria – respondeu Bo. E então, lembrando-se da presença de Basnaaid, completou: – Sua complacência, senhora.

"A capitã de frota está de luto, tenente", disse uma voz em seu ouvido. "Posso repassar mensagens de condolências ou saudações, mas seria muito inadequado envolvê-la nessa questão agora."

Lá embaixo, Sirix dizia:

– Todas aqui estão envolvidas. A Senhora do Radch está acima de tudo isso e não pode estar aqui pessoalmente. Mas a autoridade dela está com a capitã de frota, certo?

No Jardim Inferior, a tenente Tisarwat dizia:

– Qual foi o presságio da manhã no templo?

– Nenhum ganho sem perda – respondeu Bo Nove. Claro que os versos eram mais complexos que isso, mas aquela era a essência do presságio.

Lá embaixo, debaixo das árvores próximas ao lago, Sirix continuava:

– Sabia que Emer disse que a senhora é como o gelo? – A dona da loja de chá, no Jardim Inferior, claro. – A tradutora levou um tiro na sua frente, morreu em seus braços, sangue por todos os lados, e a senhora continuou controlada, sem sinal de emoção na voz ou no rosto. Ela disse que a senhora se virou e pediu chá.

– Eu não havia tomado café.

Sirix riu, uma risada curta e ríspida. *Ha.*

– Ela disse que pensou que a tigela fosse congelar ao seu toque. – Então, percebendo o entorno: – A senhora está distraída novamente.

– Estou. – Parei de andar. No Jardim Inferior, Tisarwat chegara a alguma conclusão. Ela pediu a Bo que levasse a horticultora Basnaaid de volta aos Jardins. Lá embaixo, perto do lago, continuei dizendo a Sirix: – Sinto muito, cidadã. Acho que tenho muito o que pensar agora.

– Sem dúvida.

Andamos por cerca de trinta metros em silêncio (Tisarwat saiu de nossos aposentos no Jardim Inferior e desceu o corredor), e Sirix disse:

– Ouvi dizer que a filha da casa saiu bufando ontem à noite e ainda não voltou.

– Então, Oito está mantendo você informada da fofoca da casa – respondi, enquanto Tisarwat subia para o outro andar do Jardim Inferior. – Ela deve gostar de você. Ela disse por que Raughd saiu?

Sirix levantou a sobrancelha, descrente.

– Não. Mas todo mundo sabe. Qualquer uma sabia que ela estava sendo boba desde o princípio, quando ficou dando em cima da senhora daquela forma.

– Acredito que você não goste de Raughd.

Sirix soltou o ar rapidamente. Zombando.

– Raughd está sempre nos escritórios dos Jardins. A coisa que ela mais gosta de fazer é escolher alguém para caçoar e fazer todas rirem. Quase sempre é a assistente da diretora, Piat. Mas tudo vai bem porque ela está só brincando! O fato de eu ter sido presa por uma coisa que ela fez é só um extra.

– Então você descobriu isso. – Lá em cima, no Jardim Inferior, Bo Nove ajudou Basnaaid a passar pelos pedaços de casco de nave que serviam ocasionalmente de portas no nível quatro. Tisarwat subiu até o nível um.

Perto do lago, Sirix me olhou de uma forma que transmitia toda a frustração dela com a minha ideia de que ela não sabia sobre o envolvimento de Raughd.

– Provavelmente Raughd fugiu para a cidade, ou foi até as trabalhadoras tentar tirar alguém da cama para diverti-la.

Eu não havia pensado que minha recusa a Raughd faria com que ela procurasse outra pessoa.

– Diverti-la como?

Outro olhar eloquente.

– Duvido que haja muito a ser feito nesse quesito. Todo mundo vai jurar que está mais do que satisfeita em servir à filha da casa. Como elas poderiam dizer algo diferente?

E era provável que, se eu não tivesse vindo, Raughd teria ido direto para elas, uma forma simples de diversão. Sem dúvida, uma ideia de diversão que era partilhada pelas casas que plantavam chá. Eu poderia encontrar uma forma de tirar Raughd daqui, ou de impedi-la de fazer certas coisas, mas situações parecidas estavam acontecendo em dezenas de outros lugares, com outras pessoas.

Lá em cima, no pátio do nível um, fora da loja de chá, Tisarwat subiu em um banco. Algumas pessoas notaram sua chegada e saíram, mas a maioria prestava atenção a alguém que falava dentro da loja. Ela respirou fundo. Resoluta, certa. O que quer que houvesse decidido era um alívio para ela, uma fonte de desejo e antecipação, mas havia algo naquilo que me incomodava.

"Nave", chamei silenciosamente, enquanto andava ao lado de Sirix.

"Entendo, capitã de frota", respondeu a *Misericórdia de Kalr*. "Mas acho que ela está bem."

"Mencione isso para a médica, por favor."

Em pé no banco, Tisarwat disse:

– Cidadãs! – Não fora alto o bastante, então ela tentou de novo com outro tom de voz: – Cidadãs! Qual é o problema aqui? Silêncio. De repente, alguém próximo à porta da loja disse algo em raswar que eu tinha quase certeza ser um palavrão.

– Estou sozinha – continuou Tisarwat –, e ouvi dizer que aqui há um problema.

A multidão em frente à loja se moveu, uma pessoa saiu de lá e caminhou até onde Tisarwat estava.

– Onde estão suas soldadas, radchaai?

Tisarwat estava tão certa de suas intenções quando chegou, mas agora mostrava-se apavorada.

– Lavando pratos, cidadã – respondeu em radchaai, conseguindo manter o medo afastado de sua voz. – Fazendo compras. Eu só quero conversar. Só quero saber qual é o problema aqui.

A pessoa que saíra da loja de chá riu, uma risada curta e amarga. Eu sabia por experiência que, nesse tipo de confronto, ela devia estar com medo.

– Nós nos viramos muito bem esse tempo todo. Agora, do nada, está preocupada com a gente. – Tisarwat não disse nada, não expressou emoção alguma. Ela não estava entendendo. A pessoa à frente continuou: – Agora que uma capitã de frota rica quer um lugar para ficar, vocês se preocupam com as coisas no Jardim Inferior. E nós não temos nenhum meio de reclamação. O que vamos fazer quando vocês nos expulsarem daqui? As xhai não vão morar perto da gente. Por que vocês acham que estamos aqui? – Ela parou, esperando que Tisarwat dissesse alguma coisa. Como Tisarwat permaneceu em silêncio (impressionada e confusa), ela continuou: – Vocês achavam que ficaríamos gratas? Isso não é para a gente. Vocês nem pensaram em perguntar o que *a gente* queria. Então, o que vocês estão planejando fazer com a gente? Reeducar todas? Matar todas? Nos transformar em ancilares?

– Não! – gritou Tisarwat. Indignada. E também envergonhada, porque ela sabia tão bem quanto eu que, em alguns lugares, essa preocupação era legítima. E, pelo que havíamos visto desde nossa chegada, com a pintora e a *Espada de Atagaris*, havia razão para acreditarem que esse era um desses lugares. – A ideia é respeitar os arranjos familiares existentes. – Algumas pessoas zombaram. – E vocês têm razão, a administração da estação deveria estar ouvindo vocês. Podemos falar sobre suas preocupações agora mesmo. E então você – ela apontou para a pessoa a sua frente – e eu vamos levar essas questões diretamente à administradora Celar. Na verdade, podemos instalar um escritório no nível quatro, aonde qualquer uma pode ir e falar sobre problemas com as mudanças ou qualquer outra coisa, e nós nos certificaremos de passar tudo para a administração.

– Nível quatro? – gritou alguém. – Nem todas podem subir e descer essas escadas!

– Não acredito que haja espaço aqui no nível um, cidadã. Exceto por esse local, mas isso seria muito ruim para as freguesas da cidadã Erme, ou qualquer uma que quisesse passar por aqui. – O que significa quase todas as moradoras do Jardim Inferior. – Então, quando essa boa cidadã e eu – ela apontou a pessoa em frente a ela – formos à administração hoje, poderemos deixar claro que arrumar os elevadores precisa ser prioridade.

Silêncio. Algumas pessoas começaram a sair da loja de chá, bem devagar, com cuidado, e se dirigir ao pátio. Uma delas disse:

– Tenente, normalmente nós nos sentamos no chão e quem fala fica de pé. – O tom dela era desafiador. – Deixamos os bancos para aquelas que não podem se sentar no chão.

Tisarwat olhou para baixo. Voltou-se para as pessoas a sua frente, cinquenta ou sessenta delas, e mais gente saindo da loja.

– Certo – disse ela. – Então eu vou descer.

Enquanto Sirix e eu voltávamos para a casa, a mensagem da capitã de frota Uemi chegou à *Misericórdia de Kalr*. A médica estava de patrulha. "Com todo o respeito à capitã de frota Breq", as palavras chegaram ao ouvido da médica, "ela quer alguma informação pessoal ou de primeira mão? Asseguro que fui a única pessoa a passar mais de alguns minutos em Omaugh".

A médica, diferente de Seivarden ou Ekalu, entendia a importância daquelas perguntas que eu vinha fazendo à capitã de frota Uemi. E ficou mais horrorizada do que intrigada quando leu a mensagem que eu deixara para o caso de ter aquela resposta.

– A capitã de frota Breq pede a complacência da capitã de frota Uemi e deseja saber se a capitã de frota Uemi está se sentindo ela mesma ultimamente.

Eu não esperava uma resposta a essa questão, e nunca recebi uma.

15

As empregadas de Fosyf conversavam livremente na presença de minhas Kalrs. Raughd não fora falar com a mãe de imediato, como havia ameaçado, mas ordenou que uma empregada arrumasse suas malas e a levasse até o elevador, com o qual ela chegaria até a nave de transporte que conectava o planeta à estação de Athoek.

A maioria das empregadas não gostava de mim, e diziam isso do lado de fora da casa em que estávamos, ou na cozinha do prédio principal, lugar que Cinco e Seis visitavam com frequência. Eu era arrogante e fria. Meu murmurar constante levava qualquer uma à distração, e eu tinha sorte em ter ancilares (isso sempre dava para Cinco e para Oito uma pitada de satisfação) como assistentes pessoais, já que elas não ligavam para essas coisas. O fato de eu ter trazido Sirix comigo não podia ser nada mais que um insulto; elas sabiam quem Sirix era, sabiam de seu histórico. E eu havia sido cruel com a filha da casa. Nenhuma delas sabia exatamente o que havia acontecido, mas entendiam o contexto.

Algumas das empregadas ouviam essas coisas em silêncio, os rostos parecendo máscaras, um leve movimento da sobrancelha ou dos lábios indicando que, na verdade, elas é que gostariam de ter dito aquilo. Algumas mais atrevidas apontaram (muito discretamente) que Raughd possuía um histórico de crueldade ou ataque de raiva quando não conseguia o que queria. "Como a mãe", murmurou uma das dissidentes, quando só Kalr Cinco podia ouvir.

– A ama foi embora quando Raughd tinha só três anos – disse Cinco a Oito, enquanto eu estava fora em minha caminhada e Sirix ainda dormia. – Não conseguiu mais aguentar a mãe.

– Onde estão as outras genitoras? – perguntou Oito.

– Ah, a mãe não quis nenhuma outra genitora. Ou *elas* não a quiseram. A filha é clone. Feita para ser *exatamente* como a mãe. E ainda escuta reclamações quando não faz isso, imagino. É por isso que elas têm pena dela, pelo menos algumas.

– A mãe não gosta muito de crianças, né? – disse Oito, pois notara que as crianças da casa eram mantidas longe de Fosyf e suas convidadas.

– *Eu* não gosto muito de crianças, para ser sincera. Bem, não. Crianças podem ser diferentes, não é? Talvez, se eu conhecesse outras, pudesse achar alguma de que gostasse e algumas que não, assim como com as adultas. Mas fico feliz que ninguém espera que eu tenha uma, na verdade, não sei o que *fazer* com elas, se é que você me entende. Ainda assim, sei que não devo fazer *esse tipo* coisa.

Dois dias depois de ir embora, Raughd estava de volta. Quando chegara na porta do elevador, não fora autorizada a entrar. Ela argumentara que sempre tivera permissão para ir até a estação, mas havia sido em vão. Não estava na lista, não tinha permissão, e as mensagens dela para a administradora da estação não haviam recebido resposta. A cidadã Piat também não havia respondido. A segurança chegou e sugeriu, com muita cortesia e deferência, que talvez fosse melhor Raughd voltar para a casa do lago.

De maneira surpreendente, ela fez isso. Eu imaginara que Raughd ficaria na cidade próxima do elevador, onde com certeza arrumaria companhia para o tipo de brincadeira de que gostava, mas, em vez disso, voltou para as montanhas.

Raughd chegou no meio da noite, um pouco antes do café da manhã, quando a notícia de sua tentativa infrutífera de voltar à estação ainda estava chegando às empregadas de fora da cozinha do prédio principal. Raughd ordenou que sua assistente pessoal fosse até Fosyf assim que ela acordasse e solicitasse uma reunião. A maioria das empregadas da cozinha não gostava da assistente pessoal de Raughd: achavam que a mulher agia com excessiva alegria por ser assistente da filha da casa. Ainda assim (uma auxiliar de cozinha disse a outra, na presença de Kalr Cinco), nem sua pior inimiga gostaria de enviá-la com tal mensagem para Fosyf Denche.

A reunião foi particular. O que naquela casa significava os ouvidos de somente três ou quatro empregadas. Ou, quando Fosyf gritava, de meia dúzia. E ela gritou. Toda a situação era culpa de Raughd. E, na tentativa de ajudar, acabou piorando tudo; havia tentado fazer de mim uma aliada, mas, por conta de sua inaptidão, fizera de mim uma inimiga. Não era surpreendente que eu rejeitara Raughd, sendo inadequada e imprestável como era. Fosyf se sentia envergonhada de ter um parentesco com ela, por mais distante que fosse. Era claro que Raughd também não havia conseguido agir bem com a administradora Celar. Fosyf teria que corrigir pessoalmente os erros da herdeira, e era claro que havia acontecido algum erro no processo de clonagem, pois nenhuma pessoa com o DNA de Fosyf poderia ser um desperdício tão grande de comida e ar. Uma palavra, um *suspiro* de Raughd contra qualquer dessas afirmações faria com que ela fosse jogada para fora da casa. Mas ainda havia tempo para cultivar outra herdeira, uma herdeira melhor. Ao ouvir isso, Raughd não argumentou, só retornou silenciosamente para o seu quarto.

Um pouco antes do almoço, enquanto eu saía do meu quarto na casa menor, a assistente pessoal de Raughd entrou na cozinha e ficou parada no meio do caminho, em silêncio e tremendo, com o olhar fixo em algum ponto distante. Oito estava lá procurando alguma coisa para Sirix. Em um primeiro momento, ninguém reparou na assistente, todas estavam trabalhando para terminar o almoço, mas depois de alguns instantes uma das auxiliares olhou para cima, viu a assistente parada e tremendo, e gritou:

– O mel! Onde está o mel?

Todas olharam. Viram a assistente, com um tremor que só aumentava, começar a abrir a boca para falar, ou talvez vomitar, e depois fechá-la, repetidas vezes.

– Tarde demais! – disse outra pessoa.

– Usei todo o mel nos bolos dessa tarde! – disse outra auxiliar, com pânico na voz.

– Ah, *merda*! – disse a empregada que acabara de entrar na cozinha com as tigelas sujas de chá, e eu sabia (pelo jeito como ninguém tentou tirar a assistente de lá) que a situação era séria.

Alguém puxou uma cadeira e três empregadas puseram a assistente de Raughd sentada, ainda tremendo, boca abrindo e fechando. A primeira auxiliar da cozinha chegou correndo com um bolo empapado de mel, tirou um pedaço, e colocou-o na boca soluçante da assistente. O pedaço caiu no chão, trazendo gritos de tristeza. Estava ficando cada vez mais claro que a assistente iria vomitar, mas, em vez disso, ela deu um gemido longo e baixo.

– Ah, faça alguma coisa! Faça alguma coisa! – implorou a empregada com as tigelas sujas. O almoço havia sido esquecido.

Eu estava começando a ter uma ideia do que acontecia ali. Já havia visto coisas parecidas antes, mas não com essa reação.

– Está tudo bem, capitã de frota? – perguntou Sirix, no outro prédio, no corredor externo dos nossos quartos. Ela devia ter saído enquanto eu estava absorta nos assuntos da cozinha.

Pisquei para apagar a visão, só o suficiente para ver Sirix e responder.

– Não sabia que as samirend praticavam possessão com espíritos.

Sirix não tentou esconder sua expressão de repugnância com minhas palavras. Mas depois, ela virou o rosto, como se estivesse envergonhada de me olhar nos olhos, e fez um barulho de desdém.

– O que deve pensar de nós, capitã de frota?

Nós. Claro. Sirix era samirend.

– É o tipo de coisa que alguém faz – continuou Sirix – quando se sente ignorada ou com raiva. Todo mundo corre para oferecer doces para a pessoa e dizer coisas agradáveis.

Tudo o que eu vira me parecia mais com algo *sendo feito* do que algo *acontecendo* com ela. E eu não vira ninguém tentar dizer coisas agradáveis para a assistente. Mas minha atenção havia voltado para a cozinha, e agora eu via que uma das supervisoras do campo, a que havia nos encontrado no dia em que chegamos e parecera completamente alheia à possibilidade de as trabalhadoras entenderem radchaai, estava ajoelhada no chão ao lado da cadeira em que a assistente ainda estava sentada, tremendo e gemendo.

– Deveriam ter me chamado antes! – disse a supervisora.

– Nós acabamos de ver! – respondeu outra pessoa.

– Tudo isso para impedir que o espírito fale – disse Sirix, ao meu lado no corredor, ainda enjoada e, eu tinha certeza, envergonhada. – Se ele falar, é provável que amaldiçoe alguém. As pessoas fazem de tudo para impedir isso. Uma única pessoa pode segurar uma casa inteira como refém por conta disso.

Eu não acreditava que espíritos ou deusas pudessem possuir qualquer pessoa, mas duvidava que a assistente tivesse feito isso de propósito, ou sem que houvesse real necessidade da reação das empregadas. E ela estava, afinal, constantemente sujeita à Raughd Denche, com pouca folga.

– Doces? – perguntei para Sirix. – Não é só mel?

Sirix piscou uma, duas vezes. Uma imobilidade conhecida baixou sobre ela, eu já havia visto isso quando Sirix sentia raiva ou ofensa. Era como se minha pergunta fosse um insulto a ela.

– Acho que não quero almoçar – disse ela com frieza, e voltou para o seu quarto.

Na cozinha principal, a chefe, claramente aliviada pela presença da supervisora, tomou conta das empregadas que estavam impressionadas e paralisadas com a cena, e conseguiu convencê-las a terminar o almoço. Enquanto isso, a supervisora colocava pedaços de bolo de mel na boca da assistente. Todos caíam no colo da moça, mas ela continuou tentando diligentemente. Enquanto trabalhava, a supervisora recitava algumas palavras em liost – pude perceber pela sonoridade. Pelo contexto, imaginei que fosse uma oração.

Finalmente, os tremores e gemidos da assistente pararam, qualquer que fosse a maldição, não seria falada. Ela alegou exaustão e tirou o restante do dia de folga, e ninguém pareceu questionar isso, pelo menos não enquanto Oito estava por perto. Na manhã seguinte, a supervisora estava de volta ao posto, e a equipe da casa foi mais simpática com ela.

Raughd me evitou. Raramente a via, no fim da tarde ou começo da noite, a caminho da casa de banho. Se nossos caminhos se cruzassem, ela faria questão de não falar comigo. Raughd passava grande parte do seu tempo na cidade vizinha ou, o que era mais preocupante, na casa das trabalhadoras para além da serrania.

Pensei em ir embora, mas ainda tínhamos mais de uma semana de luto pela frente. Uma interrupção como essa levantaria suspeita de maus presságios, comprometendo a prática adequada dos ritos fúnebres. Talvez as presger, ou suas tradutoras, não entendessem ou se importassem. Ainda assim. Eu havia visto as presger serem subestimadas duas vezes, e ambos os resultados foram desastrosos; primeiro pela governadora Giarod e a capitã Hetnys, e outra pela própria Anaander Mianaai, que achou que teria força suficiente para destruí-las quando, na verdade, elas estavam colocando as armas invisíveis nas mãos das garsedaai, que a Senhora do Radch acreditava ter conquistado com facilidade. As presger não haviam feito isso para salvar as garseddai, que acabaram sendo completamente destruídas, todas elas, todos os planetas e estações de seu sistema natal agora queimados e sem vida, sem ação ou protesto por parte das presger. Não, as garseddai haviam feito isso, eu tinha certeza, para mandar uma mensagem para Anaander Mianaai: "Nem pense nisso". Eu não cometeria o mesmo erro quando chegasse a minha vez.

Fosyf ainda visitava nossa casa diariamente e me tratava com o costumeiro temperamento distraído. Entendi essa estranha serenidade como um indicativo de como ela pretendia conseguir seu objetivo, e a maneira como acreditava que iria chegar lá: repetir diversas vezes o que ela queria que fosse verdade até que aquilo acontecesse. Um método que eu acreditava funcionar melhor para pessoas que já estavam acostumadas a conseguir o que queriam. E era claro que Fosyf era uma dessas pessoas.

Lá em cima, na estação Athoek, mesmo com a insistência da tenente Tisarwat e o envolvimento da administradora Celar, a inspeção das vigas de sustentação dos Jardins fora adiada para a semana seguinte.

– Sendo muito honesta – explicou Tisarwat a Basnaaid durante uma tarde, enquanto estavam em minha sala de espera na estação –, existem tantas coisas que precisam de atenção que isso vive sendo postergado. – Percebi a determinação dela, a animação em poder ajudar Basnaaid. Mas também senti uma camada de infelicidade. – Tenho certeza de que a capitã de frota daria um jeito se estivesse aqui... ela faria acontecer.

– Eu já estou impressionada com a possibilidade de isso acontecer – respondeu Basnaaid, com um sorriso que agradou Tisarwat e a deixou momentaneamente sem fala.

Ao recobrar a compostura, Tisarwat disse:

– Não é nada urgente, mas gostaria de saber se a horticultura poderia arrumar algumas plantas para as áreas públicas daqui.

– Isso melhoraria e muito a qualidade do ar! – Basnaaid riu. – Pode ser que ainda não haja luz suficiente. – E depois, pensando melhor, se divertiu em dizer: – Talvez elas possam colocar aqueles cogumelos aqui fora.

– Os cogumelos! – exclamou Tisarwat, frustrada. – Ninguém me diz onde estão sendo cultivados. Não sei do que elas têm medo. Às vezes, acho que devem plantá-los em caixas debaixo da cama ou algo assim, e é por isso que têm tanto medo que a administração inspecione seus quartos.

– Elas vendem os cogumelos, não é? Se a chefe da horticultura conseguir uma amostra, você sabe que ela poderia cultivá-los nos jardins e cobrar um preço abusivo.

– Mas ainda assim, elas poderiam continuar cultivando aqui e ainda vendê-los entre si. Não consigo entender qual é o problema. – Tisarwat fez um gesto irritado. – Falando em cogumelos... Devo falar para Nove comprar um pouco de chá?

Na *Misericórdia de Kalr*, Seivarden estava sentada na sala de década com a tenente Amaat da *Espada de Atagaris*. A tenente da outra nave trouxe uma garrafa de arrack.

– Muito gentil – disse Seivarden, com uma condescendência quase imperceptível. A outra tenente não pareceu notar. – Peço licença, mas não irei beber. Fiz um juramento. – Era o tipo de coisa que uma pessoa podia fazer como forma de penitência, ou só para uma purificação espiritual. Seivarden entregou a garrafa a Amaat Três, que a colocou no balcão da sala e se posicionou ao lado das ancilares da *Espada de Atagaris*, que estavam acompanhando sua oficial.

– Admirável! – respondeu a tenente Amaat da *Espada de Atagaris*. – E antes você do que eu. – Ela pegou a própria tigela de chá. Três implorara a Kalr Cinco para que usassem o melhor jogo (que ainda estava guardado em meus aposentos na nave, pois Cinco não queria que nada acontecesse com ele), a fim de humilhar a tenente da Espada com uma demonstração óbvia de status. Cinco havia recusado e sugerido que Amaat Três fizesse o oposto: servisse a oficial com o jogo velho e com o esmalte lascado. Três se sentiu tentada a fazer isso, ao lembrar como a *Espada de Atagaris* nos tratara quando achou que éramos uma ameaça ao sistema. Mas a adequação havia vencido, e agora a tenente da *Espada de Atagaris* bebia seu chá sem ter consciência de quão perto estivera de ser insultada. – Seivarden é um nome antigo – disse ela com uma jovialidade que parecia falsa –, suas genitoras devem amar história. – Uma das aliadas de Anaander Mianaai, antes que ela crescesse para todos os confins do Radch, havia se chamado Seivarden.

– Era um nome comum na minha família – respondeu Seivarden, com indiferença. Estava indignada, mas também se divertindo com a confusão da outra tenente. Seivarden ainda não havia dito o nome de sua casa, e como aquela casa não existia mais, e como ela estivera separada de todos por mais de mil anos, Seivarden não usava nenhuma joia que pudesse indicar associação familiar. E, mesmo que usasse, era possível que essa tenente não reconhecesse; foram muitas as mudanças que ocorreram nesses anos.

Finalmente a tenente da *Espada de Atagaris* pareceu perceber que Seivarden usara o tempo verbal passado.

– De Inai, certo? Qual província é essa?

– Grande Radch – respondeu Seivarden com um sorriso de satisfação. O Grande Radch era a província mais antiga e o mais perto que a maioria das radchaai poderia chegar ao Radch propriamente dito. – Você está tentando descobrir quais são as minhas conexões familiares – continuou Seivarden, não por um desejo de ajudar a visitante, mas por falta de paciência com a situação constrangedora. – Meu nome é Seivarden Vendaai.

A outra tenente franziu o cenho, sem entender por alguns momentos. E então compreendeu.

– Você é a capitã Seivarden!

– Sou.

A tenente da *Espada de Atagaris* riu.

– Pela graça de Amaat, que reviravolta! Já é ruim o bastante ter ficado congelada por mil anos, mas depois disso ainda voltar como tenente de uma misericórdia! Acho que você vai ter que trabalhar muito para voltar ao topo. – Ela tomou mais um gole de chá. – Especulamos um pouco em nossa sala de década. Não é comum vermos uma capitã de frota no comando de uma misericórdia. Temos nos perguntado se a capitã de frota Breq não vai acabar mandando a capitã Hetnys para cá e tomar a *Espada de Atagaris* para ela. É *realmente* uma nave mais rápida e com melhores armamentos, claro.

Seivarden piscou e respondeu com um tom de voz perigosamente neutro:

– Não subestime a *Misericórdia de Kalr*.

– Ah, não vem com essa, tenente. Não quis ofender. A *Misericórdia de Kalr* é muito boa para uma misericórdia. Mas a verdade é que, no final, a *Espada de Atagaris* poderia derrotar a *Misericórdia de Kalr* sem dificuldade. Você mesma já comandou uma *Espada*, sabe que é verdade. E é claro que a *Espada de Atagaris* ainda tem ancilares. Nenhuma soldada humana pode ser mais rápida ou forte que uma ancilar.

Amaat Três, que ainda estava parada esperando ser chamada, não demonstrou nenhuma reação, mas, por um momento, achei que ela fosse atacar a tenente da *Espada de Atagaris*. Eu não me importaria (exceto pelo fato de que Seivarden teria que puni-la), mas Três estava parada ao lado das ancilares da *Espada de Atagaris*, que, com certeza, não permitiriam que sua tenente fosse ferida. E nenhum treinamento seria suficiente para garantir que Amaat Três triunfasse sobre uma ancilar.

Seivarden, com um pouco mais de liberdade para expressar sua raiva, pousou sua tigela de chá e se levantou:

– Tenente, isso foi uma ameaça?

– Pela graça de Amaat! Não, tenente! – A tenente da *Espada de Atagaris* parecia genuinamente surpresa que suas palavras pudessem ser interpretadas daquela forma. – Eu só falei a verdade. Estamos todas do mesmo lado.

– Estamos? – Seivarden levantou o canto da boca, um desprezo e uma raiva aristocrática que havia mais de um ano que eu não via. – É por isso que vocês nos atacaram quando chegamos ao sistema? Por que estamos do mesmo lado?

– Pela graça de Amaat! – A outra tenente tentou não se deixar abalar pela reação de Seivarden. – Aquilo foi um mal--entendido! Tenho certeza de que você compreende que estávamos tensas desde que os portais foram fechados. E sobre agora, eu não tenho nenhuma intenção de fazer ameaças, lhe garanto. Só estava falando uma verdade óbvia. E *não é* comum que uma capitã de frota comande uma misericórdia, mas pode ser que fosse diferente no seu tempo. E é perfeitamente natural que façamos conjecturas sobre perder a capitã Hetnys e servir diretamente a capitã de frota Breq.

Seivarden ficou ainda mais desdenhosa.

– A capitã de frota Breq vai fazer o que achar melhor. Mas, para evitarmos *mal-entendidos* futuros – ela alongou as palavras, só um pouco –, deixe-me esclarecer que a próxima vez que você ameaçar essa nave, é melhor que esteja preparada.

A tenente da *Espada de Atagaris* disse mais uma vez que não tinha nenhuma intenção, e Seivarden sorriu para mudar de assunto.

Na estação, Basnaaid conversava com a tenente Tisarwat.

– Eu nunca conheci minha irmã. Nasci depois de ela já ter partido. Eu só nasci *porque* ela partira, porque ela estava mandando dinheiro para casa. E, se ela se tornara uma oficial, eu poderia tentar alguma coisa também. – As genitoras da tenente Awn haviam sido cozinheiras. – Era sempre Awn que eu precisava emular. Sempre Awn que eu devia agradecer. Claro, minhas genitoras nunca diziam isso, mas sempre senti como se nada fosse para *mim* ou desejo meu, tudo era sempre sobre *ela*. As mensagens dela eram sempre muito gentis, e é claro que eu me inspirava nela. A tenente Awn era uma heroína, a primeira de nossa casa a *realmente* ser alguém... – Ela deu uma risada pesarosa. – Olha eu falando. Mesmo que minha família fosse insignificante, todas elas... – A tenente Tisarwat esperou em silêncio, algo incomum para uma menina de dezessete anos, até que Basnaaid continuasse: – Foi pior depois que ela morreu. Eu não consigo nem lembrar todas as vezes que não fui o suficiente em comparação a ela. Até as amigas dela! Awer é tão maior que Elming que poderiam estar em universos diferentes. E agora Mianaai.

– E todas essas amigas estavam lhe oferecendo coisas por causa da sua irmã, não por algum feito seu. – Perguntei-me se Tisarwat havia pensado sobre por que se apegou a Basnaaid. Possivelmente, não. Naquele momento era claro que ela estava absorta em ouvir Basnaaid, em entendê-la. Agradá-la. Ser confidente dela.

– Awn *nunca* se ajoelhou. – Basnaaid não pareceu notar como as palavras da tenente Tisarwat eram estranhas, muito mais velhas que ela. Talvez ela tenha se acostumado com isso nos últimos dias. – Ela não faria isso. Se a tenente Awn conseguiu fazer essas amizades, foi pela pessoa que era.

– Sim – concordou Tisarwat com simplicidade. – A capitã de frota disse isso. – Basnaaid não respondeu e a conversa mudou de rumo.

Três dias antes de minha partida, a capitã Hetnys finalmente trouxe à tona o assunto da filha da casa. Estávamos sentadas embaixo da treliça, as portas da casa abertas atrás de nós. Fosyf tratava de algum assunto na fábrica, e Raughd estava, claro, na casa das trabalhadoras. Sirix havia ido para uma parte mais afastada do lago, disse que queria observar os peixes, mas eu achava que ela queria ficar sozinha, sem que Oito ou eu estivéssemos por perto. Éramos somente eu, a capitã Hetnys, a ancilar da *Espada de Atagaris* e Kalr Cinco. Estávamos sentadas observando as pedras cobertas de musgo e sombra, a serrania e as montanhas com picos escuros cobertos de neve. O prédio principal estava à nossa esquerda, a casa de banho à nossa frente, era fácil chegar até lá, mas ela não atrapalhava nossa visão da paisagem com as beiradas arredondadas de suas paredes de vidro. Apesar do Sol da tarde, o ar sobre as árvores e plantas era frio e úmido.

– Senhora – chamou a capitã Hetnys –, peço permissão para falar abertamente.

Fiz um gesto afirmativo. Em todo o tempo que estivemos ali, a capitã Hetnys não havia mencionado o motivo de nossa viagem, ainda que tivesse usado a faixa de luto todos os dias, além de recitar as preces necessárias.

– Senhora, tenho pensado sobre o que aconteceu no Jardim Inferior. Ainda acho que eu estava certa nas ordens que dei, mas deu tudo errado, e me responsabilizo por isso. – As palavras eram desafiadoras, mas o tom de sua voz era reverente.

– É mesmo, capitã? – Um dos carros terrestres da casa veio pela estrada da serrania. Ou Fosyf estava voltando da fábrica ou Raughd da casa das trabalhadoras. A situação não poderia continuar assim, mas eu ainda não havia pensado em uma solução. Talvez não existisse uma.

– Sim, senhora. Mas eu estava errada em prender a cidadã Sirix. Errada em presumir que ela havia feito aquilo quando Raughd era a outra opção.

O tipo de coisa que eu sempre havia admirado em uma oficial. Prontidão em admitir que estava errada quando o erro era percebido. Prontidão em insistir que estivera em seu direito quando tinha certeza, mesmo que não fosse o mais seguro a se fazer. Ela me olhava, séria, um pouco de medo da minha reação, acredito. Um pouco desafiadora, mas só um pouco. Nenhuma oficial radchaai desafiava abertamente sua superior, a menos que fosse uma suicida. Pensei no preço do antigo aparelho de chá. Era quase certo que aquela venda havia escondido ganhos ilegais. Talvez ligados à implausível taxa de mortalidade entre as transportadas desse sistema. Pensei, só por um instante, em como estas coisas podiam coexistir dentro da capitã Hetnys, coragem e integridade e, ao mesmo tempo, disposição em trocar vidas por lucro. Perguntei-me que tipo de oficial ela teria sido se eu a tivesse criado desde que fora uma jovem tenente. Possivelmente a mesma que era agora, ou talvez não. Possivelmente estaria morta, vaporizada com o restante de minha tripulação quando Anaander Mianaai invadiu meu escudo protetor térmico há vinte anos.

Ou talvez não. Se a capitã Hetnys estivesse me comandando em Ors, ou em Shis'urna, e não a tenente Awn, talvez eu ainda fosse a mesma, ainda *Justiça de Toren*, e minha tripulação estaria viva.

– Eu sei, senhora – disse a capitã Hetnys, talvez encorajada pelo meu silêncio –, que, por mais que essa casa seja proeminente em Athoek, não deve parecer muita coisa para a senhora. Com o seu distanciamento, Raughd Denche não deve parecer muito diferente de Sirix Odela.

– Pelo contrário – respondi finalmente. – Vejo muita diferença entre as duas. – Enquanto eu falava, Raughd saiu vagarosamente da casa principal em direção à casa de banho, com calculada despreocupação.

– O que eu quero dizer, senhora, é que do alto da casa Mianaai, Denche não deve ser diferente de qualquer empregada. E sei que sempre dissemos que cada uma tem o seu papel, sua tarefa, e que nenhuma é melhor ou pior do que outra, só diferente. – Eu mesma havia ouvido isso diversas vezes. Estranho como "nenhuma é melhor ou pior do que outra, só diferente" sempre parecia significar que o papel de uma pessoa não "melhor ou pior do que outra" valia mais do que os outros. A capitã Hetnys continuou: – Mas nós não temos sempre o seu distanciamento. E imagine... – Uma breve hesitação. – Imagine se suas primas cometessem um deslize, coisa juvenil, uma indiscrição... elas seriam tratadas como Raughd Denche. As coisas são assim, senhora. – Ela levantou as mãos com luvas verdes, sugerindo um vago tom de súplica. Tudo o que existia era Amaat. O universo era a própria Deusa, e nada podia acontecer ou existir sem o desejo Dela. – Mas talvez a senhora consiga entender por que todas olham para a filha da casa dessa forma, ou mesmo por que ela se vê como igual a uma capitã de frota, e uma prima da Senhora do Radch, ainda por cima.

Quase. Ela *quase* entendeu.

– Acredito que você veja Raughd como uma pessoa boa e bem-criada que de alguma forma nas últimas semanas, fez péssimas escolhas. E também acha que estou sendo muito dura com alguém que não vive sob a disciplina militar a que eu e você estamos acostumadas. Talvez a filha da casa tenha até falado com você sobre algumas inimigas dela que podem ter trazido acusações aos meus ouvidos, coisas que prejudicaram meu entendimento e me fizeram ser injusta com ela. – A expressão da capitã Hetnys mudou por um instante, praticamente admitindo que eu estava certa. – Mas pense um pouco sobre essas péssimas escolhas. Desde o começo, tinham a intenção de praticar o mal. Fazer mal às moradoras do Jardim Inferior. Fazer mal, capitã, a você. Fazer mal à estação como um todo. Ela não poderia prever a morte da tradutora Dlique, mas com certeza sabia que suas ancilares estariam armadas, e sabia como você temia o Jardim Inferior. – A capitã Hetnys ficou em silêncio, olhando para o próprio colo, mãos vazias, sua tigela de chá ao seu lado no banco. – Pessoas boas e bem-criadas não viram más do dia para a noite sem razão.

Essa conversa não levaria a nada. E havia outras coisas que eu queria saber. Eu passara muito tempo pensando sobre como alguém poderia remover as transportadas do sistema sem que ninguém soubesse.

– O portal fantasma – disse.

– Senhora? – Para mim, Hetnys não parecia muito aliviada com a mudança de assunto.

– O portal que não leva a lugar nenhum. Você nunca encontrou outra nave lá?

Aquilo era hesitação? Uma expressão que não foi escondida do seu rosto a tempo? Surpresa? Medo?

– Não, senhora, nunca.

Mentira. Queria olhar para a *Espada de Atagaris*, parada rígida e silenciosa ao lado de Kalr Cinco. Mas eu nunca conseguiria perceber em uma ancilar a menor manifestação de que sua capitã estava mentindo. E um olhar desses revelaria minhas intenções. Revelaria que eu sabia que ela estava mentindo. Em vez disso, olhei para a casa de banho. Raughd Denche avançava a passos largos, de volta de onde havia vindo, uma expressão emburrada que faria qualquer empregada que passasse por ela se apavorar. Assim que olhei ao redor para ver onde estava sua assistente pessoal, me surpreendi por perceber que ela não a havia acompanhado.

A capitã Hetnys também olhou para Raughd. Piscou, franziu o cenho e então chacoalhou a cabeça de leve, como que para esquecer. Esquecer a raiva óbvia de Raughd ou se esquecer de mim, eu não tinha como saber.

– Capitã de frota – disse capitã Hetnys, ainda olhando para a casa de banho –, com sua complacência. Hoje o dia está muito quente.

– Claro, capitã – respondi e permaneci sentada enquanto ela se levantava e fazia uma reverência, andava por entre as pedras cobertas de musgo, em direção à casa de banho. A *Espada de Atagaris* a seguia.

Ela havia percorrido metade do caminho coberto de grama verde, e já estava em frente à borda curva da janela da casa de banho, quando a bomba explodiu.

Haviam se passado vinte e cinco anos desde que eu vira um combate pela última vez. Ou pelo menos o tipo de combate com bombas explodindo. Ainda assim, eu já fora uma nave repleta de corpos feitos para a luta. Então, por conta de um costume de mais de dois mil anos, eu estava de pé e coberta por minha armadura quase no instante em que vi o clarão na casa de banho, nenhum esforço envolvido. Quase (mas não exatamente) na mesma hora, vi uma janela estourar e cacos de vidro voarem pelo ar.

Eu suspeitava que a *Espada de Atagaris* nunca havia estado em um combate, mas ela reagiu como eu ao abrir sua armadura com rapidez inumana e se colocar entre a capitã e os estilhaços. A brilhante parede de vidro sofreu impacto e derrubou folhas e galhos das árvores que cercavam as pedras, também chegou até a ancilar e a jogou no chão, junto com a capitã Hetnys. Pouco tempo depois, pequenos pedaços de vidro chegaram até onde eu estava, bateram em minha armadura e ricochetearam sem causar estragos. Um breve pensamento e eu sabia que Kalr Cinco, embora só agora tivesse aberto a armadura, estava segura.

– Passe-me o kit médico – demandei. Quando ela me entregou, a enviei para buscar a médica e a segurança do planeta, e em seguida fui conferir se a capitã Hetnys havia sobrevivido.

Labaredas lambiam as janelas quebradas da casa de banho. Pedaços e estilhaços de vidro por todos os lados, alguns se quebrando sobre meus pés enquanto andava. A capitã Hetnys estava com as costas no chão em uma posição estranha embaixo da *Espada de Atagaris*. Uma estranha espécie de barbatana parecia surgir das costas da ancilar, e só depois percebi que era um pedaço de vidro que havia sido cravado ali antes que a *Espada de Atagaris* pudesse terminar de abrir a armadura. Ela havia reagido rápido, mas não tão rápido quanto eu. Além disso, a *Espada de Atagaris* e a capitã Hetnys estavam vinte metros mais próximas da janela.

Ajoelhei-me ao lado delas.

– *Espada de Atagaris*, quão machucada está a capitã?

– Estou bem, senhora – respondeu a capitã Hetnys antes que a ancilar o fizesse. Ela tentou se mover, tirar a ancilar de cima dela.

– Não se mexa, capitã – ordenei rispidamente, enquanto abria o kit médico de Kalr Cinco. – *Espada de Atagaris*, relatório.

– A capitã Hetnys sofreu uma concussão leve, alguns cortes, arranhões e hematomas, capitã de frota. – A armadura distorcia a voz da *Espada de Atagaris* e, claro, ela falava com o tom monocórdico das ancilares, mas ainda assim pensei ter ouvido um pouco de tensão. – Fora isso, a capitã está bem, como já foi indicado por ela mesma.

– Saia de cima de mim, Nave – ordenou a capitã Hetnys, irritada.

– Não acho que seja possível – respondi. – Ela está com um pedaço de vidro cravado na coluna. Baixe sua armadura, *Espada de Atagaris*. – O kit médico continha um corretor de uso geral, feito para estancar sangramentos, curar alguns danos de tecido e, no geral, manter o indivíduo vivo tempo suficiente para que a ajuda médica chegasse.

– Capitã de frota – disse a *Espada de Atagaris* –, com todo o respeito, minha capitã não tem armadura e pode haver outra bomba.

– Não há muito o que possamos fazer para que esse segmento sobreviva – respondi. Apesar de eu ter certeza de que só existia uma bomba, certeza de que a explosão visava à morte de uma só pessoa, e não do maior número possível. – E quanto antes você me deixar usar o kit médico, mais rápido conseguiremos livrar a capitã do perigo. – Era claro que a capitã Hetnys estava desconfortável e irritada, ela franziu ainda mais a testa e me encarou como se eu tivesse falado em um idioma que nunca ouvira antes.

A *Espada de Atagaris* baixou a armadura, era possível ver seu uniforme empapado de sangue e o pedaço de vidro entre os ombros.

– Qual é a profundidade? – perguntei.

– Fundo, capitã de frota – respondeu ela. – Levará algum tempo para que possa ser reparado.

– Não tenho dúvidas.

O kit médico também incluía uma pequena lâmina para cortar os pedaços de pano próximos ao ferimento. Tirei-a do kit, cortei o tecido molhado de sangue e joguei fora. Colei o corretor nas costas da ancilar, o mais próximo possível do vidro, mas sem empurrá-lo, tentando evitar maiores danos. O corretor começou a destilar e estancar o sangue. Levaria alguns instantes (ou, dependendo do ferimento, alguns minutos) para estabilizar a situação e o corretor se solidificar. Feito isso, era provável que a *Espada de Atagaris* pudesse se mover em segurança.

O fogo havia tomado conta da casa de banho, alimentado pela bela moldura de madeira. Três empregadas estavam paradas na casa principal, olhando impressionadas. Kalr Cinco e outra empregada correram em nossa direção, trazendo algo grande e liso. A *Misericórdia de Kalr* avisara Kalr Cinco que alguém sofrera um ferimento na coluna. Não vi Raughd em lugar nenhum. A capitã Hetnys ainda me encarava do chão embaixo da *Espada de Atagaris*.

– Capitã de frota – chamou a ancilar –, com todo o respeito, esse ferimento é muito profundo para que valha a pena tratá-lo. Por favor, leve a capitã Hetnys para um local seguro. – A voz e o rosto dela não demonstravam nenhuma emoção, mas lágrimas escorriam de seus olhos, e era impossível saber se causadas pela dor ou por outra coisa. Mas eu podia imaginar.

– Sua capitã está segura, *Espada de Atagaris* – respondi. – Pegue leve em suas probabilidades.

Os vestígios de embaçamento sumiu do corretor. Passei gentilmente meus dedos sobre ele. Nenhuma mancha. Kalr Cinco se ajoelhou ao nosso lado e colocou a placa no chão. Parecia ser o tampo de uma mesa. A empregada que segurava a outra ponta não sabia como transportar pessoas com ferimentos na coluna, então Kalr Cinco e eu tiramos a *Espada de Atagaris* de cima da capitã Hetnys, que por fim se levantou e olhou para a ancilar parada, imóvel no tampo de mesa, o pedaço de vidro saindo de suas costas. Em seguida, ainda com a testa franzida, olhou para mim.

– Capitã – disse a capitã, enquanto Kalr Cinco e a empregada levavam a *Espada de Atagaris* para longe dali –, precisamos ter uma conversa com a nossa anfitriã.

16

A explosão dera fim a qualquer ritual de luto. Nós nos encontramos na sala de estar da casa principal; uma grande janela (que dava para o lago, claro), bancos e cadeiras acolchoados com tecido dourado e azul-claro, mesas baixas de madeira escura, paredes entalhadas com arabescos que deviam precisar de uma pessoa em caráter permanente para limpeza. No canto, sobre um suporte, havia um instrumento musical que não reconheci, provavelmente era athoeki, grande, de pescoço comprido com corpo quadrado e cordas. Perto dele, em outro suporte, estava o antigo aparelho de chá em sua caixa, a tampa aberta para que o interior ficasse à vista.

Fosyf estava no meio da sala, a capitã Hetnys em uma cadeira próxima, pois Fosyf havia insistido para que a ocupasse. Raughd andava de um lado para o outro no fundo da sala, até que sua mãe ordenou:

– Sente-se, Raughd. – Com educação, embora a voz demonstrasse um pouco de acidez. Raughd se sentou, tensa, mas suas costas não tocaram o encosto da cadeira.

– Foi uma bomba, claro – comecei. – Não muito grande, provavelmente algo roubado de algum local em reforma, mas quem quer que a tenha plantado adicionou pedaços de metal para machucar ou matar o maior número possível de pessoas nas proximidades. – Alguns metais poderiam ter atingido a capitã Hetnys, mas foram bloqueados pela *Espada de Atagaris*. Eles chegaram um instante depois dos estilhaços de vidro.

– Eu! – gritou Raughd, e se levantou novamente, mãos enluvadas fechadas em punhos, e mais uma vez começou a andar para lá e para cá. – *Eu* era o alvo! Eu posso até dizer quem foi, não pode ter sido outra pessoa!

– Um momento, cidadã! – interrompi. – Ela provavelmente foi roubada de uma obra, pois, por mais que seja fácil determinar de onde vieram os pedaços de metal, o explosivo é mais difícil. – Bem mais difícil. No entanto, determinação e ingenuidade podem dar conta de qualquer tipo de restrição. – Claro, explosivos não são deixados por aí. Quem quer que tenha feito isso ou teve acesso a esse material ou conhece alguém que tenha. Podemos rastrear a pessoa dessa forma.

– *Eu sei quem foi!* – insistiu Raughd, e teria falado mais se a médica e a magistrada do distrito não tivessem chegado.

A médica se dirigiu imediatamente à capitã Hetnys.

– Capitã, pare com essa bobagem, preciso examiná-la para ter certeza de que está tudo bem.

A magistrada do distrito ia abrir a boca para falar comigo, mas eu a impedi com um gesto.

– Médica, felizmente os ferimentos da capitã são leves. A ancilar da *Espada de Atagaris*, por outro lado, está muito ferida e precisa de atendimento o mais rápido possível.

A médica se levantou, indignada.

– A senhora é médica, capitã de frota?

– *Você* é? – perguntei friamente. Não pude evitar a comparação entre ela e a médica da minha nave. – Se você está olhando para a capitã Hetnys com seus implantes médicos, é óbvio que ela não tem nada além de pequenos cortes e hematomas. A *Espada de Atagaris*, que pode vê-la de forma ainda melhor, já disse que a capitã não está machucada. A ancilar, por outro lado, tem um pedaço de vidro de vinte e seis centímetros alojado na coluna. Quanto antes o tratamento começar, mais eficiente será. – Não disse que falava por experiência própria.

– Capitã de frota – respondeu a médica com igual frieza –, não preciso que me ensine a fazer o meu trabalho. Um ferimento desses exigiria um processo longo e difícil de recuperação.

Acredito que o melhor seja eliminar a ancilar. Tenho certeza de que será inconveniente para a capitã Hetnys, mas é a escolha mais razoável a ser feita.

– Médica – interrompeu a capitã Hetnys, antes que eu pudesse responder –, talvez seja melhor tratar da ancilar de uma vez.

– Com todo respeito, capitã Hetnys, eu não estou sujeita à autoridade da capitã de frota, só à minha, e fiz esse julgamento baseada em meu treinamento médico.

– Vamos, doutora – disse Fosyf, que estivera em silêncio até então. – Ambas querem ver a ancilar tratada, com certeza a capitã Hetnys está disposta a lidar com o processo de recuperação. Que mal o tratamento pode fazer?

Como era costume nesse tipo de organização familiar, suspeitei que a médica não fosse só funcionária da fábrica de chá, mas também cliente de Fosyf. Ela dependia de Fosyf, então não podia lhe responder da mesma forma que respondera para mim.

– Se *você* insiste, cidadã – disse, com uma leve reverência.

– Não se dê ao trabalho – respondi. – Cinco – Kalr Cinco estivera parada em silêncio perto da porta, para caso eu a chamasse –, ache uma médica adequada na cidade e a traga para ver *Espada de Atagaris* quanto antes. – Quanto mais cedo, melhor, mas eu não confiava na médica que estava conosco. Agora entendia por que as trabalhadoras da plantação preferiam sangrar até a morte do que se consultar com ela. Queria muito que a nossa médica estivesse ali.

– Senhora – respondeu Cinco, e com um leve movimento já estava fora do aposento.

– Capitã de frota – começou a médica –, eu disse que vou...

Dei as costas para ela e me virei para a magistrada do distrito.

– Magistrada – fiz uma reverência –, é um prazer conhecê--la. Infelizmente as circunstâncias não são boas.

A magistrada se curvou, olhou de relance para a médica e disse:

– Igualmente, capitã de frota. Cheguei rápido, pois vinha prestar minhas condolências. Sinto muito por sua perda. – Balancei a cabeça em concordância. – Como a senhora estava dizendo antes, podemos achar quem fez a bomba se rastrearmos os materiais usados. A segurança já está examinando os destroços da casa de banho. Uma pena. – Ela dirigiu a última frase à cidadã Fosyf.

– Minha filha não está machucada – respondeu Fosyf. – Isso é tudo que importa.

– Aquela bomba foi feita para mim! – gritou Raughd, que estivera parada bufando o tempo todo. – Eu sei quem foi! Não precisa rastrear nada!

– Quem foi, cidadã? – perguntei.

– Queter. Foi Queter. Ela sempre me odiou.

Era um nome valskaayano.

– Uma das trabalhadoras da plantação? – perguntei.

– Ela trabalha na fábrica, treinando as secadoras – respondeu Fosyf.

– Bem – disse a magistrada –, vou enviar...

Eu a interrompi.

– Magistrada, com a sua complacência. Alguma das pessoas que vieram com você fala delsig?

– Só algumas palavras, capitã de frota, nada além.

– Por acaso, eu sou fluente em delsig. – Eu também havia passado décadas em Valskaay, mas não revelei isso. – Deixe-me ir até a casa das trabalhadoras e conversar com a cidadã Queter, ver o que eu consigo descobrir.

– Não precisa *descobrir* nada – insistiu Raughd. – Quem mais poderia ter sido? Ela sempre me odiou.

– Por quê? – perguntei.

– Ela acha que eu corrompi a irmã mais nova dela. Aquelas pessoas são completamente loucas por algumas coisinhas.

Virei-me para a magistrada novamente.

– Magistrada, permita que eu vá sozinha até a casa das trabalhadoras e fale com a cidadã Queter. Enquanto isso, sua equipe pode rastrear o explosivo.

– Vou enviar algumas seguranças junto, capitã de frota – respondeu a magistrada –, para prender essa pessoa; cercada de valskaayanas, acredito que precisará de ajuda.

– Não é necessário. Não vou precisar de ajuda e não temo pela minha segurança.

A magistrada piscou, franziu a testa um pouco.

– Não, capitã de frota, não acho que tema.

Andei até a casa das trabalhadoras, apesar de Fosyf ter me oferecido o carro. O Sol estava se pondo, e os campos pelos quais eu passava estavam vazios. A casa estava silenciosa, ninguém do lado de fora, nenhum movimento. Se eu não soubesse, poderia achar que estava abandonada. Todas estariam lá dentro. Mas elas esperavam alguém: Fosyf, a segurança do planeta, a magistrada do distrito. Soldadas. Haveria uma vigia.

Quando estava a uma boa distância da casa, abri minha boca, puxei o ar e cantei:

Eu sou a soldada
Tão gananciosa, tão sedenta por música.
Tantas eu engoli, que elas vazaram,
Elas escorreram pelos cantos de minha boca
E voaram para longe, desesperadas por liberdade.

A porta da frente se abriu, e surgiu a vigia que havia cantado essas palavras naquela primeira manhã quando eu passara pelas trabalhadoras que colhiam chá durante a minha corrida. Sorri para ela e fiz uma reverência ao chegar mais perto.

– Faz tempo que queria parabenizá-la por essa música – disse em delsig. – Foi muito bem-feita. Você compôs na hora ou já havia pensado nela antes? Só por curiosidade, foi impressionante de qualquer forma.

– Era só uma música, radchaai – respondeu ela. Radchaai significava "cidadã", mas eu sabia que de uma valskaayana, falando em delsig, naquele tom de voz, era um insulto velado. Um que ela podia negar ter proferido, afinal, para ela, só estava se dirigindo a mim da maneira adequada.

Fiz um gesto de quem não se importava com aquela resposta.

– Se me permite, estou aqui para falar com Queter. Só quero conversar. Estou sozinha.

Ela olhou por cima do meu ombro, embora eu soubesse que estivera observando e sabia que ninguém vinha atrás de mim. A vigia se virou, sem dizer nada, e entrou na casa. Eu a segui, tomando o cuidado de fechar a porta depois de entrar.

Não vimos ninguém enquanto andávamos até o fundo da casa, a cozinha era tão grande quanto a de Fosyf, mas a segunda era cheia de armários nas paredes, panelas e freezers, e essa cozinha só tinha alguns fogareiros e uma pia. Uma pilha confusa de roupas em um canto, desgastadas e manchadas, com certeza restos do que um dia havia sido vestimentas básicas, algumas retrabalhadas, outras remendadas. Havia uma fileira de barris apoiada em uma parede, e eu acreditava que estivessem repletos de algum tipo de fermentação. Meia dúzia de pessoas estava sentada à mesa, tomando cerveja. A vigia me direcionou a um quarto, e então saiu sem dizer nada.

Uma das pessoas à mesa era uma das anciãs que havia falado comigo no dia em que cheguei. Aquela que mudara a música escolhida quando se deu conta de que eu estava em luto.

– Boa noite, Avô – disse para ela, e fiz uma reverência. Como eu estava muito familiarizada com as valskaayanas, tinha quase certeza de que era do gênero masculino, e isso importava, pois o idioma delsig exigia explicações de gênero.

Ela me olhou por dez segundos, e então tomou um gole de sua cerveja. Todas as outras olhavam fixamente para qualquer coisa que não fosse eu: a mesa, o chão, a parede.

– O que você quer, radchaai? – perguntou por fim. Estava relativamente certa de que ela sabia o que eu queria.

– Gostaria de falar com Queter, Avô, se você permitir. – Avô não respondeu, não de imediato, mas se virou para a pessoa a sua esquerda.

– Sobrinha, peça para Queter se juntar a nós. – A sobrinha hesitou, parecia que queria dizer algo contrário, mas se decidiu por não o fazer; sua insatisfação com essa decisão parecia clara. Então, a sobrinha se levantou e saiu da cozinha sem dizer nada.

Avô apontou a cadeira vazia.

– Sente-se, soldada. – Eu me sentei. Ainda assim, ninguém à mesa olhava diretamente para mim. Suspeitava que, se Avô pedisse para que nos deixassem sozinhas, elas ficariam muito felizes em sair da sala. – Pelo seu sotaque, soldada, você aprendeu delsig em Vestris Cor.

– Aprendi. Passei bastante tempo lá. E no distrito Surimto.

– Sou de Eph – disse Avô, com uma educação que poderia sugerir ser uma simples visita social. – Nunca fui para Vestris Cor. Ou Surimto. Imagino que esteja tudo bem diferente agora que vocês radchaai estão estragando tudo.

– Algumas coisas, tenho certeza. Faz muito tempo que não vou para lá. – Queter poderia ter fugido ou se recusado a vir. Minha visita, essa chegada, fora uma aposta.

– Quantas valskaayanas você matou enquanto esteve lá, radchaai? – Não foi Avô que perguntou, mas outra pessoa que estava sentada à mesa, uma pessoa que vira sua raiva e seu ressentimento crescer para além da sua habilidade de sentir medo.

– Algumas – respondi, calma. – Mas não estou aqui para matar ninguém. Estou sozinha e desarmada. – Coloquei minhas mãos enluvadas sobre a mesa, palmas para cima.

– Só uma visita, então? – A voz dela estava repleta de sarcasmo.

– Infelizmente, não.

Foi a vez de Avô falar, tentando mudar o rumo perigoso da conversa.

– Acho que você não tem idade para ter participado da anexação, criança.

Baixei minha cabeça de forma respeitosa.

– Tenho mais idade do que aparento, Avô. – Muito mais idade. Mas jamais falaria isso aqui.

– Você demonstra muita educação – continuou Avô. – Tenho que assumir.

– Minha mãe disse – observou a pessoa nervosa de antes – que as soldadas que mataram a minha família também eram muito educadas.

– Desculpe-me – respondi, depois do tenso silêncio que recaiu após a fala dela. – Mesmo que eu diga que com certeza não fui eu que matei sua família, sei que não vai ajudar em cada.

– Não foi você. Não foi em Surimto. Mas você tem razão, não ajuda. – Ela empurrou a cadeira para trás, olhou para Avô. – Com licença, tenho coisas para fazer.

Avô fez um gesto afirmativo e ela saiu. Enquanto ela passava pela porta da cozinha, outra pessoa entrou. Essa pessoa devia ter cerca de vinte anos e era uma das que eu vira sob a treliça no dia em que chegamos. Suas feições sugeriam que era parenta de Avô, mas a pele era mais escura. Os olhos e o cabelo cacheado que ela torcera e prendera com um tecido verde eram mais claros. E, pela posição dos ombros e o silêncio sepulcral que recaiu sobre o recinto, era com ela que eu queria conversar.

Levantei-me da cadeira.

– Senhorita Queter – disse e fiz uma reverência. Ela não disse nada, não se moveu. – Quero agradecer por ter decidido não me matar. – Ainda silêncio. Todas estavam quietas, até Avô. Pensei na possibilidade de o corredor estar cheio de pessoas escutando nossa conversa, ou se alguém teria fugido, se escondido. – Quer se sentar? – Ela não respondeu.

– Sente, Queter – disse Avô.

– Não – respondeu Queter. E cruzou os braços e me encarou. – Eu poderia ter matado você, radchaai. Você teria merecido, mas Raughd merece mais.

Fiz um gesto resignado e me sentei.

– Ela ameaçou sua irmã, certo? – Um olhar incrédulo me disse que eu estava errada. – Seu irmão. Ele está bem?

Ela levantou uma sobrancelha e virou um pouco a cabeça.

– Salvando pessoas mais fracas. – A voz dela era ácida.

– Queter – chamou Avô, como que dando um aviso.

Levantei minha mão enluvada, palma para cima. O gesto seria rude para qualquer radchaai, mas significava outra coisa para as valskaayanas. "Espere." "Tenha calma."

– Tudo bem, Avô. Reconheço justiça quando a escuto. – Um leve murmúrio incrédulo vindo das outras pessoas sentadas à mesa, rapidamente silenciado. Todo mundo fingiu não notar. – A cidadã Raughd gostava de atormentar seu irmão. Ela pode ser muito astuta em algumas coisas. Sabia que você faria qualquer coisa para protegê-lo. Ela também sabia que você tem habilidade técnica. Que se conseguisse roubar alguns explosivos e ensinasse você a usá-los, você conseguiria. Mas Raughd não sabia, acredito, que você encontraria formas de improvisar. Os pedaços de metal foram ideia sua, não? – Não havia nenhuma evidência para comprovar aquilo, além do fato de Raughd não pensar nas consequências de seus atos. A expressão de Queter não mudou. – E Raughd não percebeu que você poderia usá-los contra ela em vez de contra mim.

Cabeça ainda levemente virada, expressão ainda sardônica.

– Você não quer saber como eu consegui fazer isso?

Sorri.

– Querida Queter, por quase toda a minha vida estive entre pessoas que acreditavam fielmente que o universo estaria melhor sem a minha presença. Duvido muito que você possa me surpreender. Ainda assim, foi tudo muito bem-feito, e, se o cálculo de tempo não estivesse um pouquinho errado, você teria conseguido. Seu talento está sendo desperdiçado aqui.

– Ah, *claro* que sim. – O tom da voz dela ficou ainda mais ácido, dentro do possível. – Todas são *selvagens supersticiosas* aqui. – As últimas palavras foram pronunciadas em radchaai.

– As informações de que você precisava para fazer isso não estão disponíveis para todo mundo. Se você saísse procurando, não teria acesso, e provavelmente alertaria a segurança do planeta. Se você foi à escola aqui, sabe recitar passagens da escritura, um pouquinho de história e só. Raughd mesmo não deve saber mais do que isso sobre explosivos. Você teve que pensar nos detalhes. – Talvez até tenha pensado sobre isso muito antes de Raughd sugerir o explosivo. – Escolhendo folhas de chá e arrumando as máquinas da fábrica! Você deve estar muito entediada. Se tivesse feito a prova de aptidão, com certeza seria enviada para algum lugar onde seus talentos seriam aproveitados e você não teria tempo de pensar em causar problemas. – Queter apertou os lábios e respirou fundo como se fosse responder, mas eu a interrompi. – Mas você não estaria aqui para proteger o seu irmão. – Fiz um gesto que indicava que eu entendia a ironia das coisas.

– Você veio até aqui me prender? – perguntou Queter, sem se mover. O rosto dela não mostrava a tensão que sentiu com essa pergunta. Só um leve tremor em sua voz. Avô e as outras ao redor da mesa continuavam sentadas como pedras, quase sem respirar.

– Sim – respondi.

Queter descruzou os braços. Fechou as mãos em punhos.

– Você é uma pessoa tão *civilizada*. Tão *educada*. Tão *corajosa,* a ponto de vir aqui sozinha sabendo que ninguém aqui se atreveria a tocar em você. É muito fácil ter essas qualidades quando é o seu lado que está com todo o poder.

– Você tem razão.

– Então vamos logo! – Queter cruzou os braços novamente, as mãos ainda em punhos.

– Bem – respondi calmamente –, quanto a isso, eu entrei aqui, mas acho que está chovendo agora. Ou eu perdi a noção do tempo? – Nenhuma resposta, só o silêncio tenso das pessoas ao redor da mesa, o olhar determinado de Queter. – E eu quero perguntar o que aconteceu. Para que eu possa ter certeza de que a culpa recairá no lugar certo.

– Ah! – gritou Queter, encontrando finalmente o fim da sua paciência. – Você quer representar a justiça? A bondade, não é? Mas você não é diferente da filha da casa. – Um lapso em sua fala fez com que ela falasse aquilo em radchaai. – Todas vocês! Pegam o que querem e usam armas para isso, matam, estupram e roubam, e falam que isso é *trazer a civilização*. Mas a civilização para vocês é demonstrar gratidão pelos assassinatos, estupros e roubos? Você disse que sabia reconhecer justiça. Bem, que justiça é essa que permite que a gente seja tratada assim e ainda por cima seja condenada por qualquer tentativa de autodefesa?

– Não vou discutir. Você está certa.

Queter piscou, hesitou. Surpresa, acredito eu, por me ouvir concordar.

– Mas *você* vai trazer a justiça até nós, não é? Vai ser a salvação? E você está aqui para que a gente caia a seus pés e cante em seu louvor? A gente sabe o que é a sua justiça, sabe o que é a sua salvação, não importa quanto você tente mascarar.

– Eu não posso trazer justiça para você, Queter. Contudo, posso levá-la pessoalmente até a magistrada do distrito e você pode explicar para ela os motivos que levaram à sua ação. Isso não vai mudar as coisas para você. Mas, desde que Raughd Denche contou-lhe o que queria, você já sabia que isso não teria um fim diferente, não para você. A filha da casa estava tão embriagada com a própria inteligência que nem pensou no que isso poderia significar.

– E no que isso vai ajudar, radchaai? Você não sabe que somos pura desonestidade e enganação? Que somos ressentimento quando deveríamos ser docilidade e gratidão? Que qualquer inteligência que nossa selvageria demonstre é, na verdade, enganação? Claro, mentimos. Eu poderia até contar uma mentira que você inventasse, já que odeia a filha da casa. Ainda mais eu. Nas greves... seu animalzinho de estimação samirend contou sobre as greves? – Fiz um gesto que significava, "sim". – Ela deve ter contado como ela e as primas nos educaram de forma nobre, nos fizeram ver a injustiça que estava acontecendo conosco, nos ensinaram e nos induziram a protestar? Pois é claro que nós não *poderíamos* ter feito isso sem ajuda.

– Ela foi reeducada depois das greves, então não pode falar diretamente sobre o assunto. A cidadã Fosyf, pelo contrário, contou a história do jeito dela.

– É *mesmo* – respondeu Queter, não era uma pergunta. – E ela contou que minha mãe morreu durante aquelas greves? Mas não, a cidadã Fosyf deve ter falado sobre como é boa para nós e como foi gentil por não trazer as soldadas para que atirassem em nós enquanto estávamos sentadas nos campos.

Queter não poderia ter mais de dez anos quando as greves aconteceram.

– Não posso prometer que a magistrada vai ouvir o que você tem a dizer. Só posso lhe oferecer a oportunidade de falar.

– E depois? – perguntou Avô. – E depois, soldada? Desde crianças recebemos o ensinamento de perdoar e esquecer, mas é difícil esquecer essas coisas, a perda de uma mãe, uma criança, uma família. – A expressão no rosto dela não mudou, pura determinação, mas a voz vacilou no final da frase. – E nós somos apenas seres humanos. Só podemos perdoar até certo ponto.

– Da minha parte – respondi –, acho o perdão superestimado. Existem momentos e lugares em que ele é apropriado. Mas não quando o seu perdão é usado para manter você em seu devido lugar. Com a ajuda de Queter, eu posso tirar Raughd daqui, para sempre. Vou tentar fazer mais do que isso, se for possível.

– De verdade? – perguntou outra pessoa que estava à mesa e em silêncio até aquele momento. – Fale a verdade, você pode fazer isso, soldada?

– Pagamento! – lembrou Queter. – Comida decente que você não precisa se endividar para comprar.

– Sacerdotisas – sugeriu alguém. – Sacerdotisas para a gente e para as racalcitrants que vivem no próximo estado.

– Já falei que a palavra certa é *professor* – respondeu Avô.

– Não sacerdotisa. Quantas vezes vou ter que explicar? – E *recalcitrants* era um insulto. Mas, antes que eu pudesse dizer alguma coisa, Avô se virou para mim. – Você não vai conseguir manter suas promessas. Não vai conseguir manter Queter com saúde e em segurança.

– É por isso que não estou fazendo promessas. E Queter pode sair dessa situação melhor do que esperamos. Farei o possível, mesmo que isso não seja muito.

– Bem – disse Avô depois de alguns instantes de silêncio.

– Bem, acho que vamos ter que lhe servir o jantar, radchaai.

– Seria muito bondoso da sua parte, Avô – respondi.

17

Queter e eu andamos até a casa de Fosyf antes de o Sol nascer, enquanto o ar ainda estava úmido e com cheiro de terra molhada. Queter andava impaciente a passos largos, as costas eretas, os braços cruzados, se colocando várias vezes à frente de mim e então parando para me esperar, como se ela estivesse ansiosa para chegar ao destino e eu a estivesse atrasando. Os campos e as montanhas estavam sombrios e silenciosos. Queter não estava conversando muito. Respirei fundo e cantei, em um idioma que tinha certeza e que ninguém ali entenderia.

Memória é um evento no horizonte
O que se prende nela já passou, mas está sempre lá.

Era a música que as Bos de Tisarwat haviam cantado no refeitório das soldadas, *Oh, árvore!* E agora Bo Nove estava cantando lá em cima, na Estação.

– Bem, essa escapou – disse Queter, um metro à minha frente na estrada, sem olhar para trás.

– E vai acontecer de novo – respondi.

Ela parou, esperou que eu a alcançasse. Ainda sem virar a cabeça para mim.

– Você mentiu, é claro – disse ela, enquanto voltava a andar. – Você não vai me deixar falar com a magistrada do distrito e ninguém vai acreditar no que eu tenho a dizer. Mas você não trouxe soldadas até a minha casa, então acho que isso já é alguma coisa. Ainda assim, ninguém vai acreditar no que eu tenho a dizer. E vou ser levada pela segurança ou morta, se é que tem alguma diferença, mas meu irmão ainda vai estar aqui. E Raughd também. – Ela cuspiu depois de dizer o nome. – Você vai levá-lo embora daqui?

– Quem? – O pedido me pegou de surpresa, então demorei para entender. – Seu irmão? – Ainda estávamos conversando em delsig.

– Isso! – Impaciente, ainda irritada. – Meu irmão.

– Não estou entendendo. – O céu havia ficado mais claro, mas o nosso caminho ainda coberto por sombras. – Você tem medo de que eu faça isso ou quer que eu o faça? – Ela não respondeu. – Sou soldada, Queter, vivo em uma nave militar. – Eu não tinha tempo ou condições de cuidar de uma criança, nem mesmo as mais velhas.

Queter soltou um grito.

– Você não tem um apartamento com empregadas em algum lugar? Não ganha *comissões*? Você não tem dezenas de pessoas que se preocupam com todas as suas necessidades, fazem seu chá, passam sua roupa ou distribuem flores por onde você passa? Tenho certeza de que cabe mais uma pessoa aí.

– É isso que seu irmão quer? – E, depois de alguns momentos sem resposta: – Avô não ficaria triste em perder vocês dois?

Ela parou, de repente, e se virou para me encarar.

– Você acha que nos entende, mas você não sabe *nada* sobre a gente.

Pensei em responder que era ela quem não entendia. Que eu não era responsável por todas as crianças do planeta. Que não tinha culpa de nada. Ela ficou parada, tensa, testa franzida, esperando a minha resposta.

– Você culpa o seu irmão por não lutar mais? Por colocar você nessa situação?

– Ah! – gritou Queter. – Claro! Isso não tem nada a ver com o fato de o *seu* Radch civilizado ter trazido Raughd Denche para cá. Você conhecia o suficiente da filha da casa para saber o que havia acontecido, sabia o suficiente sobre ela para saber o que Raughd estava fazendo com a gente. Mas isso não era *sério* o suficiente para você até que alguma radchaai quase morreu. E você não vai se preocupar com mais nada depois que *você* for embora e a filha da casa e a mãe dela *continuarem aqui*.

– Eu não causei isso, Queter. E eu não posso acabar com todas as injustiças que encontro, não importa quanto eu queira.

– Não, é *claro* que você não pode. – O desdém dela era ácido. – Você só pode acabar com aquelas que são convenientes para você. – Ela se virou e continuou a andar.

Se eu fosse dada a falar palavrão, teria feito isso naquele momento.

– Quantos anos seu irmão tem?

– Dezesseis – respondeu ela. O sarcasmo voltou à sua voz. – Você pode resgatá-lo desse lugar terrível e levá-lo para a *verdadeira civilização*.

– Queter, eu só tenho minha nave e um alojamento temporário na estação Athoek. Tenho soldadas, e elas me ajudam e fazem meu chá, mas eu não tenho comissão. E sua ideia das flores é encantadora, mas faria uma enorme bagunça. Não tenho espaço em minha casa para seu irmão. Mas vou perguntar se ele quer sair daqui e, se ele quiser, farei o meu melhor para ajudar.

– Você não vai. – Ela não se virou ao falar, continuou andando. Pelo tom de sua voz, pude perceber que estava quase chorando. – Você tem alguma ideia, consegue ao menos imaginar o que é saber que nada do que você faça vai fazer diferença? Que você não pode fazer nada para proteger as pessoas que ama? Que tudo o que pode fazer não vale nada?

Eu conseguia imaginar.

– E ainda assim você faz.

– Sou selvagem e tenho superstições. – Estava claramente chorando agora. – Nada que eu faça vai fazer diferença. Mas vou fazer com que vocês *olhem* para isso. Vou fazer vocês verem o que fizeram, e, depois disso, se vocês desviarem os olhos, se conseguirem falar que são justas ou adequadas, vão ter que mentir.

– Estimada Queter, você é uma idealista, é muito jovem, não tem ideia de como é fácil para as pessoas se enganarem. – Agora o topo das montanhas brilhava, e estávamos perto na serrania.

– Vou fazer mesmo assim.

– Vai mesmo – concordei, e continuamos o caminho em silêncio.

Primeiro paramos na casa menor. Queter não aceitou chá nem comida, ficou parada perto da porta, braços ainda cruzados.

– Ninguém vai estar acordada na outra casa agora – disse a ela. – Se você me der licença um segundo, vou trocar de roupa e ver se está tudo bem aqui, e então podemos ir para a outra casa esperar a magistrada.

Ela levantou o ombro e o cotovelo de um dos braços cruzados, como se mostrasse que não se importava com o que eu fizesse.

A *Espada de Atagaris* estava na sala de estar da capitã Hetnys, ainda de bruços na maca. As costas dela estavam cobertas pelo corretor preto. Agachei-me ao lado dela.

– *Espada de Atagaris* – chamei baixinho, para não acordar ninguém, não queria atrapalhar a capitã Hetnys.

– Capitã de frota – respondeu ela.

– Você está confortável? Precisa de alguma coisa?

Percebi que ela hesitou um momento antes de responder.

– Não estou sentindo dor, capitã de frota, e Kalr Cinco e Kalr Oito têm me ajudado muito. – Mais uma pausa. – Obrigada.

– Por favor, avise a uma das duas caso precise de alguma coisa. Vou trocar de roupa agora, e depois vou para a casa principal. Creio que possamos ir embora até amanhã. Você acha que conseguiremos transportá-la?

– Acredito que sim, capitã de frota. – Mais uma pausa. – Capitã de frota, senhora, posso fazer uma pergunta?

– Claro, Nave.

– Por que a senhora chamou a médica?

Eu agira sem pensar. Havia feito aquilo que, na hora, parecera certo e óbvio.

– Porque eu não acho que você queira ficar longe de sua capitã. E não vejo motivos para desperdiçar ancilares.

– Com todo o respeito, senhora, a não ser que os portais voltem logo, este sistema possui poucos corretores especiais. E eu tenho alguns corpos em estoque.

Estoque. Seres humanos em suspensão esperando para morrer.

– Você preferiria que eu tivesse deixado esse segmento ser dispensado?

Três segundos de silêncio.

– Não, capitã de frota. Não preferiria.

A porta do quarto se abriu, e a capitã Hetnys apareceu parcialmente vestida, como se tivesse acabado de acordar.

– Capitã de frota – disse ela. Um pouco surpresa, imaginei.

– Só estava conferindo se *Espada de Atagaris* estava bem, capitã. Não queria acordar você. – Levantei-me. – Estou indo para a casa principal encontrar com a magistrada do distrito assim que trocar de roupa e comer alguma coisa.

– A senhora encontrou a pessoa que fez isso? – perguntou a capitã.

– Encontrei. – Não queria falar nada além disso. E a capitã Hetnys não perguntou mais nada.

– Estarei lá embaixo em alguns minutos, capitã de frota, com sua complacência.

– Claro, capitã.

Queter ainda estava parada perto da porta quando voltei. Sirix estava sentada à mesa, com um pedaço de pão e uma tigela de chá à sua frente.

– Bom dia, capitã de frota – disse ela quando me viu. – Gostaria de ir com você até a casa principal.

Queter fez um som de zombaria.

– Como você quiser, cidadã. – Peguei meu pedaço de pão e me servi de um pouco de chá. – Só estamos esperando a capitã Hetnys se arrumar.

A capitã desceu as escadas alguns minutos depois. Ela não disse nada para Sirix, olhou de relance para Queter e desviou o olhar. Foi até a mesinha para se servir de chá.

– Kalr Oito vai ficar aqui e cuidar da *Espada de Atagaris* – disse, e me virei para Queter, em radchaai: – Cidadã, tem certeza de que não quer nada?

– Não, *muitíssimo* obrigada, cidadã. – A voz de Queter era sarcástica e cheia de amargura.

– Como quiser, cidadã – respondi.

Capitã Hetnys me encarava com sincero espanto.

– Senhora... – começou ela.

– Capitã – interrompendo o que quer que ela fosse –, você vai comer ou podemos ir? – Comi o último pedaço do meu pão. Sirix já havia terminado o dela.

– Vou beber o chá no caminho, senhora, com a sua permissão.

Fiz um gesto afirmativo, tomei meu último gole de chá e atravessei a porta de saída sem olhar se alguém me seguia.

Uma empregada nos levou até a sala azul e dourada que havíamos conhecido no dia anterior. O Sol já havia subido além das montanhas, e era possível ver o lago prateado pela janela. A capitã Hetnys sentou-se em uma cadeira, Sirix escolheu cuidadosamente um lugar para se sentar a alguns metros de distância, e Queter parou, desafiadora, no meio da sala. Fui até o instrumento musical do canto e me sentei para examiná-lo. Ele possuía quatro cordas e nenhum traste, e seu corpo de madeira era incrustado de madrepérola. Imaginei seu som. Imaginei como soaria se tocado de forma abafada, dedilhado ou com um leve levantar das cordas.

A magistrada do distrito entrou na sala.

– Capitã de frota, ficamos muito preocupadas com a sua volta para casa tão tarde da noite ontem, mas a sua soldada nos assegurou de que estava tudo bem.

Fiz uma reverência.

– Bom dia, magistrada. Sinto muito tê-la preocupado. Quando estávamos prontas para voltar, começou a chover, então acabamos passando a noite. – Enquanto eu falava, Fosyf e Raughd entraram na sala. – Bom dia, cidadãs – disse eu, balançando a cabeça na direção delas, e então me voltando para a magistrada. – Magistrada, gostaria de apresentar a cidadã Queter. Prometi a ela uma chance de falar diretamente com você. Acho que é extremamente importante que você escute o que ela tem a dizer. – Raughd desaprovou. Virou os olhos e balançou a cabeça.

A magistrada lançou um olhar em minha direção e disse:

– A cidadã Queter fala radchaai?

– Fala – respondi, ignorando Raughd por um momento. Virei-me para Queter: – Cidadã, aqui está a magistrada do distrito, como prometi.

Por um momento, Queter não disse nada, só ficou parada em silêncio no meio da sala. Então, ela se virou para a magistrada e começou a falar, sem fazer uma reverência:

– Magistrada, quero explicar o que aconteceu. – Ela falava muito devagar e com cuidado.

– Cidadã – respondeu a magistrada, pronunciando cada sílaba com cuidado, como se estivesse falando com uma criança –, a capitã de frota prometeu que você teria uma chance de falar comigo, então estou ouvindo.

Queter ficou em silêncio por mais um tempo. Tentando, imaginei, frear uma resposta sarcástica.

– Magistrada – disse ela por fim. Ainda falando com cuidado e clareza, para que todas a entendessem, apesar do sotaque –, a senhora deve saber que as plantadoras de chá e suas filhas às vezes se divertem à custa das trabalhadoras do campo.

– Ah! – gritou Raughd, muito ofendida e exasperada. – Eu não posso chegar nem perto de uma trabalhadora sem que comecem flertes e bajulações, tudo na esperança de que eu lhe ofereça presentes ou clientela. Isso significa me divertir à custa delas?

– Cidadã Raughd – falei, com a voz calma e contida –, prometi a Queter uma oportunidade de contar o que aconteceu. Você poderá argumentar quando ela terminar.

– E, enquanto ela fala, eu tenho que ficar aqui e escutar isso? – gritou Raughd.

– Exato – respondi.

Raughd olhou para a mãe em busca de apoio. Fosyf disse:

– Raughd, a capitã de frota prometeu a Queter uma chance de contar sua história. Se tiver algo para falarmos depois, teremos nossa chance. – A voz dela era controlada, sua expressão facial a mesma de sempre, mas senti que Fosyf sabia o que viria a seguir. A capitã Hetnys parecia confusa, talvez fosse dizer algo, mas parou quando me viu olhando. Sirix encarava fixamente o vazio. Com raiva. Eu não a culpava.

Virei-me para Queter.

– Continue, cidadã. – Raughd fez um audível som de desdém e se sentou pesadamente na cadeira. A mãe dela permaneceu de pé. Calma.

Queter puxou o ar.

– As plantadoras de chá e suas filhas às vezes se divertem à custa das trabalhadoras do campo – repetiu ela. Não sabia se mais alguém na sala percebia como ela estava tomando cuidado para controlar a voz. – É *claro* que sempre fazemos elogios e fingimos que gostamos disso. A maioria de nós, pelo menos. Todas as pessoas desta casa têm... podem fazer da nossa vida um inferno. – Ela estava a ponto de dizer que qualquer pessoa desta casa tinha a vida das trabalhadoras em suas mãos, uma expressão que, traduzida literalmente de delsig para radchaai, soaria vulgar.

A voz da magistrada demonstrava que, não acreditava muito naquilo quando disse:

– Cidadã, você está acusando a cidadã Fosyf, ou qualquer outra pessoa dessa casa, de má conduta?

Queter piscou. Respirou profundamente. Disse:

– A gentileza, ou antipatia, da cidadã Fosyf ou de qualquer pessoa nesta casa pode significar a diferença entre ter crédito ou não, entre ter comida extra para as crianças ou não, entre ter a oportunidade de fazer trabalhos extras ou não, acesso a medicamentos...

– Nós *temos* uma médica, sabia? – disse Fosyf com a voz levemente alterada, coisa que eu nunca havia ouvido antes.

– Eu conheci a médica – argumentei – e não posso culpar ninguém que fique relutante em se consultar com ela. Cidadã Queter, continue.

– Em filmes e outras formas de entretenimento – disse Queter, depois de mais uma respiração profunda –, belas e humildes radchaai são descobertas pelas ricas e poderosas, e talvez isso aconteça, mas não acontece com a *gente*. Só uma criança acreditaria nisso. Estou contando isso para que entenda por que a filha desta casa era recebida com elogios e tinha todos os seus desejos realizados.

Eu podia perceber pela expressão no rosto da magistrada que ela via pouca diferença entre isso e o que Raughd havia descrito. Ela olhou para mim, franzindo levemente o cenho.

– Continue, Queter – encorajei, antes que a magistrada pudesse dizer aquilo que, eu tinha certeza, ela estivera pensando. – Prometi que você teria sua chance de falar.

– Nos últimos anos, a cidadã Raughd tem tirado prazer em requerer que minha irmã mais nova... – Ela hesitou. – Faça certas coisas.

Raughd riu.

– Ah, eu não precisei *requerer* nada.

– Você não está prestando atenção, cidadã – disse eu. – A cidadã Queter acabou de explicar que seu mero desejo é, na verdade, uma requisição, e que desagradar você pode causar problemas para a trabalhadora do campo que assim agir.

– E não tem nada de errado nisso – continuou Raughd, como se eu não tivesse falado nada. – Sabe, tem muita hipocrisia aqui, capitã de frota. Condenando essas inadequações sexuais quando trouxe sua samirend de estimação para diverti-la enquanto supostamente está de luto. – Agora eu entendia por que Raughd fora tão precipitada e imprudente ao se aproximar de mim, ela pensou que precisava eliminar a competição.

Sirix soltou uma risada alta e inesperada.

– Que elogio, cidadã Raughd. Duvido que a capitã de frota tenha pensado em mim dessa forma.

– Nem você em mim, tenho certeza – concordei. Sirix fez um gesto de concordância, realmente se divertindo com o que ouvia, pude perceber. – Agora vamos direto ao ponto, cidadã, essa é a quarta vez que você interrompe a cidadã Queter. Se não consegue se controlar, vou ter de pedir que se retire enquanto ela termina de falar.

Raughd ficou de pé no instante em que acabei de falar.

– Como *ousa*? – gritou ela. – Você pode ser prima da própria deusa se quiser, e pode *pensar* que é melhor que todas neste sistema, mas você não manda nada *nesta* casa!

– Não sabia que as moradoras dessa casa podiam ignorar os mais básicos mandamentos de adequação – respondi, com a voz calma. – Se uma cidadã não pode falar livremente aqui sem ser interrompida, posso levar Queter para conversar com a magistrada em outro lugar, em particular. – Leve ênfase em "particular".

Fosyf percebera a ênfase, olhou para mim e disse:

– Sente e fique quieta, Raughd. – Com certeza ela conhecia a filha bem o suficiente para ter uma ideia do que havia acontecido.

Quando escutou a mãe, Raughd ficou completamente imóvel. Parecia nem respirar. Lembrei de Kalr Cinco e Sirix ouvindo as empregadas conversarem sobre como Fosyf disse que poderia cultivar outra herdeira. Perguntei-me quantas vezes Raughd já ouvira essa ameaça.

– Agora, Raughd – disse a magistrada do distrito, franzindo levemente o cenho. Intrigada, pensei, pelo tom de voz de Fosyf –, entendo que esteja nervosa. Se alguém tivesse tentando me matar ontem, seria difícil manter a calma. Mas a capitã de frota não fez nada ofensivo, ela só prometeu a essa pessoa – um gesto apontando Queter, ainda em silêncio no meio da sala – uma chance de falar, e está se certificando de que a promessa seja cumprida. – Ela se virou para Queter. – Seu nome é Queter, certo? Você nega ter colocado a bomba na casa de banho?

– Não nego – respondeu Queter. – Eu queria matar a filha da casa. Infelizmente, falhei.

Silêncio retumbante. Claro, todas sabiam disso, mas ouvir, de repente, aquilo de forma tão escancarada pareceu mudar tudo.

– Eu não consigo imaginar – disse a magistrada – o que você possa dizer para amenizar o resultado disso. Ainda quer me falar mais alguma coisa?

– Quero – respondeu Queter, com humildade.

A magistrada do distrito se virou para Raughd.

– Raughd, entendo se você quiser se retirar. Se ficar, será melhor que deixe essa pessoa falar.

– Vou ficar – respondeu Raughd, com um tom de voz desafiador.

A magistrada franziu o cenho novamente.

– Bem – ela fez um gesto direcionado a Raughd –, vamos acabar logo com isso.

– A filha da casa – disse Queter – sabia que eu a odiava pelo que havia feito com a minha irmã. Ela veio até mim e disse que queria a capitã de frota morta, que a capitã de frota sempre tomava banho antes de todas acordarem, e uma bomba na casa de banho no horário certo seria a melhor forma de matá-la.

Raughd resmungou sarcasticamente, agiu como se fosse falar algo, mas o olhar de sua mãe bloqueou essa ação, então ela só cruzou os braços e voltou os olhos para o aparelho de chá antigo, azul e verde, que estava na prateleira a três metros de distância.

– A filha da casa – continuou Queter com voz calma, mas um pouco mais alta, para o caso de alguém tentar impedi-la de falar – disse que me daria o explosivo se eu não soubesse onde conseguir. Se eu me recusasse, a filha da casa faria tudo sozinha e colocaria a culpa na minha irmã. Se eu fizesse o que falou, ela ofereceria clientela à minha irmã e se certificaria de que toda a culpa recaísse sobre mim. – Ela olhou para Raughd, que tinha as costas viradas para o restante da sala. Com desdém, continuou. – A filha da casa acha que eu sou uma idiota. – Queter olhou novamente para a magistrada. – Entendo que alguém possa querer matar a capitã de frota, mas *eu* não tenho nenhum problema com ela. Já com a filha da casa, a coisa é diferente. Eu sabia que, não importava o que acontecesse, eu seria levada à segurança e minha irmã não receberia nada além de sofrimento. Com essa perspectiva, por que não me livrar da pessoa que sempre ameaçou minha irmã?

– Você é uma pessoa muito articulada – disse a magistrada depois de três segundos de silêncio. – E, pelo que pude perceber, bastante inteligente. Você sabe, espero, que não pode mentir sobre essas coisas sem que eu descubra. – Um interrogatório feito com a pessoa sob o efeito de drogas revelaria os segredos mais profundos.

Mas, claro, se as autoridades estivessem convencidas de sua culpa, não fariam tal interrogatório. E se alguém realmente acreditasse em algo, mesmo que não fosse real, o interrogatório não descobriria.

– Interrogue a filha da casa, magistrada – respondeu Queter –, e vai ver que estou falando a verdade.

– Você admite que tentou matar a cidadã Raughd – disse a magistrada, com frieza – e que, como você mesma disse, tem um problema pessoal com ela. Tenho motivos para achar que você está inventando tudo isso para causar problemas a Raughd.

– Posso fazer uma acusação formal se for preciso, magistrada – eu disse. – Mas, antes disso, a fonte do explosivo foi encontrada?

– A segurança confirmou que provavelmente veio de alguma construção próxima daqui. Nenhum dos locais que checamos deram por falta de explosivos.

– Talvez – continuei – as supervisoras desses locais devessem olhar no estoque para conferir se está tudo em ordem. – Até pensei em dizer que a segurança deveria prestar atenção especial em locais onde trabalhavam amigas da filha da casa, ou locais que ela tivesse visitado recentemente.

A magistrada levantou a sobrancelha.

– Já fiz isso. Solicitei essa supervisão antes de encontrar vocês essa manhã.

Inclinei minha cabeça.

– Nesse caso, tenho mais um pedido. Somente um. Depois disso, deixarei o caso em suas mãos, magistrada. – Após receber o gesto de concordância da magistrada, continuei. – Gostaria de fazer uma pergunta à assistente pessoal de Raughd.

A assistente chegou poucos minutos depois.

– Cidadã – disse para ela –, seus braços estão cheios de dádivas e nenhuma inverdade passará por seus lábios. – Disse isso em radchaai, ainda que fosse a tradução, com certeza tacanha, das palavras que eu havia escutado na cozinha dias antes, por intermédio de Oito, coisas que a supervisora havia falado enquanto colocava pedaços de bolo de mel na boca da assistente pessoal de Raughd. – Onde a cidadã Raughd conseguiu os explosivos?

A assistente me encarou, completamente imóvel. Aterrorizada, pensei. Ninguém prestava atenção às empregadas, a não ser outras empregadas.

– Com sua máxima complacência, capitã de frota – disse ela, após um interminável silêncio. – Não sei o que quer dizer.

– Vamos, cidadã. A cidadã Raughd quase não respira sem que você fique sabendo. Ah, algumas vezes você não estava com ela no Jardim Inferior, às vezes ela pede que você faça algumas tarefas enquanto ela se ocupa de outras coisas, mas você sabe, como toda boa assistente pessoal sabe. E isso não foi um desejo de momento, como pintar "Sangue no lugar de chá" na parede. – Ela havia tentado limpar as luvas de Raughd antes que alguém percebesse que fora ela que fizera aquilo.

– Isso foi diferente. Foi complicado, uma coisa planejada, e Raughd não fez tudo sozinha, é para isso que uma boa assistente pessoal *serve*, afinal. E já sabemos, de toda forma. A cidadã Queter contou tudo à magistrada.

Lágrimas enchiam os olhos dela. A boca tremia.

– Não sou uma boa assistente pessoal – disse ela. Uma lágrima escorreu por sua bochecha. Esperei em silêncio enquanto ela travava um embate interno sobre dizer ou não o que quer que precisasse dizer. Não sabia o que era, mas notei sua expressão confusa. Ninguém falou nada. – Se eu fosse, nada disso estaria acontecendo – disse a assistente, por fim.

– Ela sempre foi instável – disse Raughd. – Desde criança eu tento ajudar. Tento proteger.

– Não é sua culpa – eu disse para a assistente, ignorando Raughd. – Mas você sabia o que Queter havia feito. Ou suspeitava. – Provavelmente, a assistente chegara à conclusão óbvia à qual Raughd não fora capaz: Queter, encurralada, não faria o que ela havia ordenado. – Foi por isso que você não foi para a casa de banho ontem, quando Raughd a chamou. – E Raughd havia perdido a paciência e saíra da casa de banho para procurá-la, e foi por isso que não morreu na explosão. – Onde Raughd conseguiu o explosivo?

– Foi em uma brincadeira, cinco anos atrás. Estava em uma caixa no quarto dela desde então.

– E você pode contar onde e quando para que possamos checar?

– Posso.

– Ela está inventando! – argumentou Raughd. – Depois de tudo que fiz por ela, olha o que está fazendo comigo! – Raughd se virou para mim. – *Breq Mianaai.* Você está tramando contra minha família desde que chegou neste sistema. Essa história ridícula sobre ser perigoso viajar entre portais é obviamente mentira. Você trouxe uma *criminosa* para esta casa. – Ela não olhou para Sirix ao dizer isso. – E agora diz que eu tentei me explodir? Não ficaria surpresa em descobrir que *você* orquestrou isso tudo.

– Você vê? – disse à assistente de Raughd, que ainda estava chorando. – Não é sua culpa.

– Será algo simples, cidadã – respondeu a magistrada, com o cenho franzido –, só precisamos checar o que sua assistente acabou de dizer. – Percebi que Fosyf notou a mudança, não era mais *Raughd*, agora era *cidadã*, algo mais distante. – Mas precisamos discutir isso em outro local. Acho que você deve vir comigo para a cidade por uns dias, até esclarecermos tudo. – A assistente de Raughd e Queter, claro, não receberam o mesmo convite. Elas ficariam em celas na segurança até que o interrogatório estivesse terminado, e então seriam reeducadas. Ainda assim, era muito claro o que aquele convite significava.

Certamente Fosyf sabia. Ela fez um gesto consternado.

– Devia ter percebido que as coisas chegariam a esse ponto. Protegi Raughd por muito tempo. Sempre torci para que ela melhorasse. Mas nunca pensei... – Ela divagou, aparentemente incapaz de expressar seus pensamentos. – E eu quase deixei meu *chá* nas mãos de uma pessoa que faz uma coisa dessas.

Raughd ficou absolutamente parada por um segundo.

– Você não faria – disse, quase sussurrando. Como se ela não fosse capaz de recuperar a voz.

– Que escolha eu tenho? – indagou Fosyf, a imagem do arrependimento.

Raughd se virou. Deu três passos largos até o aparelho de chá. Pegou a caixa, levantou-a acima da cabeça com as duas mãos e a jogou no chão. Porcelana quebrada, pedaços azuis e verdes por todos os lados do chão. Kalr Cinco, parada perto da porta, fez um barulho baixo que só eu pude ouvir.

E então silêncio. Ninguém se mexeu, ninguém falou. Depois de alguns momentos, uma empregada apareceu perto da porta, atraída, sem dúvida, pelo barulho do jogo de chá se quebrando.

– Limpe essa bagunça – ordenou Fosyf, ao vê-la ali. A voz dela era calma. – Jogue tudo fora.

– Você vai jogar fora? – perguntei, em parte por estar surpresa e em parte para encobrir outro barulho que vinha de Cinco.

Fosyf fez um gesto que não demonstrava preocupação.

– Não vale nada agora.

A magistrada se virou para Queter, que ficara parada e em silêncio esse tempo todo.

– Era isso que você queria, Queter? Todo esse sofrimento? Uma família destruída? Pelo amor, não entendo por que você não colocou sua energia e determinação em seu trabalho, para que as coisas fossem melhores para a sua família. Em vez disso, você alimentou esse... esse ódio, e agora você... – A magistrada fez um gesto que apontava toda a sala, toda a situação. – Isso.

Com muita calma e deliberação, Queter se virou para mim.

– Você estava certa sobre se autoenganar, cidadã. – Com a voz calma, como se estivesse comentando o clima lá fora. Em radchaai, apesar de Queter poder usar delsig comigo.

A fala dela não era para mim. Ainda assim, respondi.

– Você sempre escolheria falar se pudesse, mesmo que isso não trouxesse nada de bom para você.

Queter levantou uma sobrancelha, sardônica.

– Escolheria.

18

Desde que saímos da sala de estar de Fosyf, Sirix ficara tensa e em silêncio, sem dizer nada durante todo o caminho até a estação Athoek. Era um tempo impressionantemente longo para ficar em silêncio, pois, como a *Espada de Atagaris* estava ferida e ocuparia mais de um assento na nave até a estação, tivemos que esperar um dia inteiro para encontrar espaço extra.

Sirix não falou nada até estarmos dentro da nave, a uma hora de atracarmos na estação. Cinco e Oito estavam sentadas atrás de nossos assentos com a atenção voltada para a irmã de Queter, que se mostrara triste o caminho todo entre estranhas, sentindo saudade de casa, desorientada e enjoada por conta da microgravidade, mas se recusando a ser medicada, ainda mais nervosa pela forma como suas lágrimas ficavam presas em seus olhos ou saíam voando como pequenas esferas de água cada vez que ela as removia do rosto com as mãos. Finalmente, dormira.

Sirix havia aceitado os remédios, então seu desconforto físico era menor, mas ela estivera preocupada desde que saímos das montanhas. Desde antes disso, acredito. Sabia que ela não gostava de Raughd e que tinha razões para se ressentir dela, mas suspeitava que Sirix fora a pessoa que melhor entendeu o que Raughd sentira ao ouvir a mãe falar de forma tão calma sobre a deserdar. Sirix havia compreendido o impulso de Raughd de quebrar o aparelho de chá que a mãe valorizava, do qual tinha orgulho. A cidadã Fosyf não mudara de ideia sobre a filha ou sobre o jogo de chá. Kalr Cinco recuperara a caixa do lixo, junto dos fragmentos de porcelana e vidro, sobras de tigelas e garrafas que se mantiveram intactas por três mil anos. Até agora.

– Aquilo foi injusto? – perguntou Sirix. Em voz baixa, como se não estivesse falando comigo, mas ninguém poderia ouvi-la além de mim.

– O que é justo, cidadã? – respondi com a questão que eu tinha. – Onde está a justiça em uma situação como aquela? – Sirix não respondeu, ou estava nervosa ou não tinha uma resposta. Eram perguntas difíceis. – Falamos sobre justiça como se fosse algo simples, uma forma adequada de agir, como se não fosse nada mais do que um chá da tarde e a dúvida sobre quem fez o último docinho. Tão simples. Atribuir a culpa a quem é culpada.

– Não é simples? – perguntou Sirix, depois de alguns segundos de silêncio. – Existem ações certas e erradas. E ainda assim acho que, se você fosse a magistrada, teria deixado a cidadã Queter livre.

– Se eu fosse a magistrada, seria uma pessoa completamente diferente do que sou hoje. Mas com certeza não teria menos compaixão pela cidadã Queter do que pela cidadã Raughd.

– Por favor, capitã de frota – continuou Sirix após três longas respirações. Eu a havia deixado nervosa. – Por favor, não fale comigo como se eu fosse uma imbecil. Você passou a noite na casa das trabalhadoras. Você sabe falar delsig e conhece as valskaayanas. Ainda assim, é impressionante que tenha conseguido entrar na casa e sair na manhã seguinte com Queter. Sem confusão, sem dificuldade. E antes de deixarmos a casa, antes da *magistrada* deixar a casa, as trabalhadoras já tinham uma lista de demandas para Fosyf. Bem no momento em que Fosyf não pode contar com o apoio irrestrito da magistrada.

Levei um momento para entender o que ela estava falando.

– Você acha que eu as levei a fazer isso?

– Não acredito em coincidências. Aquelas trabalhadoras sem educação e sem civilidade, que em mais de dez anos não encontraram a motivação necessária para se rebelar, resolvem fazer isso agora?

– Não é uma coincidência. E, mesmo que elas não tenham educação, são, sim, civilizadas. São perfeitamente capazes de planejar coisas por conta própria. Elas entendem a posição que Fosyf ocupa tão bem quanto quaisquer outras. Talvez até um pouco melhor do que outras.

– E o fato de Queter ter vindo por vontade própria não era parte do trato? No fim, ela não seria liberada? Então, nesse meio-tempo, a vida da cidadã Raughd é destruída.

– Você tem antipatia por Queter? Raughd agiu por maldade e orgulho ferido, e teria destruído mais do que a minha pessoa se tivesse sido bem-sucedida. Queter foi coagida e colocada em uma situação dificílima. Não importa o que ela decidisse fazer, o final seria ruim.

Um momento de silêncio.

– Queter só precisava ter falado com a magistrada antes de tudo.

Tive que pensar naquilo por alguns instantes, entender por que motivo Sirix, justamente ela, pensar que Queter poderia ou deveria ter feito isso.

– Você sabe que a cidadã Queter nunca teria conseguido sequer chegar a um quilômetro da magistrada sem que fosse solicitada. E lembre-se das coisas que aconteceram no passado quando a cidadã Raughd se comportou mal.

– Ainda assim, se Queter tivesse falado direito com a magistrada, poderia ter sido ouvida.

Eu tinha certeza de que Queter estava certa em não esperar nenhuma ajuda da magistrada do distrito.

– Queter fez as próprias escolhas e não pode fugir das consequências. Duvido muito que vá conseguir se livrar delas, mas não posso condená-la. Ela estava disposta a se sacrificar para proteger a irmã. – Sirix deveria entender pelo menos isso. – Você acha que, se a Senhora do Radch estivesse aqui, Queter teria feito algo diferente? Dado o devido peso a cada ação? Chegado à justiça perfeita? Você acha que é possível que alguma pessoa seja punida exatamente pelo que fez, sem nada a mais nem nada a menos?

– Justiça é isso, cidadã. Não é? – Sirix estava ostensivamente calma, mas eu conseguia ouvir um leve distúrbio em sua voz, um tom que me dizia que agora ela estava com raiva. – Se nem Raughd nem Queter apelarem suas sentenças, não teremos recursos, não sem contato com os palácios como estamos. A senhora é o mais próximo que chegaremos da Senhora do Radch, mas não é nem um pouco imparcial. E não posso evitar perceber que, sempre que chega a um lugar novo, a senhora vai direto para a base da pirâmide e faz aliadas. Claro que seria ingênuo pensar que uma filha da casa Mianaai poderia chegar em algum lugar sem rapidamente começar a fazer política. Mas agora eu entendo que está virando as valskaayanas contra Fosyf, e estou tentando imaginar contra quem vai virar as ychanas.

– Não virei as valskaayanas contra ninguém. As trabalhadoras do campo são completamente capazes de fazer os próprios planos, e lhe garanto que elas fizeram. E quanto ao Jardim Inferior, você mora lá. Você sabe as condições daquele lugar e sabe que ele deveria estar recebendo cuidado há muito tempo.

– A senhora pode ter conversado em particular com a magistrada sobre as valskaayanas.

– Eu conversei.

– E – continuou Sirix, embora eu não tivesse dito mais nada – muitos dos problemas das ychanas seriam resolvidos se elas fossem cidadãs melhores.

– Quão boa uma cidadã precisa ser para ter água, ar e assistência médica? E suas vizinhas sabem quanto você as despreza? – Eu não duvidava disso, assim como as trabalhadoras valskaayanas também sabiam.

Sirix não disse mais nada durante o restante da viagem.

A tenente Tisarwat nos encontrou na doca. Aliviada em nos ver, antecipando... alguma coisa. Apreensiva, talvez pelo mesmo motivo. Enquanto as outras passageiras saíam, olhei pelos olhos de Cinco e Oito, vi que a ancilar da *Espada de Atagaris* estava sendo atendida por médicas e por outro segmento dela mesma, e que um terceiro segmento da *Espada de Atagaris* havia se posicionado atrás da capitã Hetnys.

A tenente Tisarwat fez uma reverência.

– Bem-vinda, senhora.

– Obrigada, tenente. – Virei-me para a capitã Hetnys. – Capitã, eu a procurarei amanhã pela manhã. – Ela concordou com uma reverência e fiz um gesto para que fôssemos embora. Andamos pelo corredor até o elevador que nos levaria ao Jardim Inferior. O festival da genitália já tinha acabado; não havia mais pequenos pênis coloridos e brilhantes nos corredores, e até mesmo os últimos papéis de embalagem de bala haviam sido recolhidos pela reciclagem.

E, ainda que eu soubesse disso, que houvesse visto tudo por meio dos olhos de Tisarwat e Bo Nove, notei que não havia mais a mesa quebrada na entrada do Jardim Inferior. Uma porta estava aberta e o indicador ao lado dela dizia, como deveria dizer, que a porta estava funcionando e que havia ar dos dois lados. Para além da porta, havia um corredor arranhado, mas bem iluminado. A *Misericórdia de Kalr* me mostrou a pontada de orgulho que surgia na tenente Tisarwat. Ela estava ansiosa em me mostrar aquilo.

– As portas de todas as seções que ligam o Jardim Inferior com outras áreas desse andar estão funcionando, senhora – disse Tisarwat enquanto caminhávamos pelo corredor. – As coisas também estão avançando bem no nível dois. Os andares três e quatro são os próximos, claro.

Entramos no pequeno pátio do Jardim Inferior. Agora bem iluminado, a tinta fosforescente em volta da porta da loja de chá quase não era mais visível, mas ainda assim estava lá, como as pegadas. Dois vasos de plantas flanqueavam o banco no centro do espaço aberto, ambos cheios de folhas grossas, semelhantes a lâminas, que se projetavam para cima, com um ou dois galhos atingindo quase um metro de altura. A tenente Tisarwat percebeu que eu notara as plantas, mas a apreensão não transpareceu em sua expressão. Claro que as plantas eram uma intervenção de Basnaaid. O pequeno espaço parecia ainda menor agora que estava iluminado e até um pouco tumultuado, não só com moradoras que eu reconhecia, mas também com trabalhadoras da manutenção da estação em seus macacões cinza.

– E o encanamento? – perguntei, sem mencionar as plantas.

– Essa parte do nível um já tem água. – A satisfação que Tisarwat sentiu ao dizer isso quase eclipsou o medo que ela tinha de que eu percebesse que passara algum tempo na companhia da horticultora. – Ainda estão trabalhando nas outras partes do andar e acabaram de começar o trabalho no piso dois. Em alguns lugares, o trabalho está sendo um pouco mais lento, senhora, e temo que o quarto andar ainda... esteja irritado com as mudanças. As moradoras concordaram que era melhor começar pelo andar com o maior número de casas.

– Faz sentido, tenente. – Claro que eu já sabia de quase tudo. Havia ordenado que Bo Nove e Kalr Dez vigiassem a tenente e tudo o que acontecesse na estação enquanto eu estivesse fora.

Atrás de mim e de Tisarwat, Sirix parou, fazendo com que Cinco e Oito, e a irmã de Queter, que caminhava entre as duas, parassem também.

– E as *moradoras*? Eu ainda tenho direito aos meus aposentos, tenente?

Tisarwat sorriu, uma expressão diplomática há muito ensaiada e que eu sabia que ela usara muito na última semana.

– Todas que moravam no Jardim Inferior quando os trabalhos começaram receberam papéis oficiais para seus aposentos.

Seu quarto ainda é seu, cidadã, mas agora está mais iluminado e, daqui a algum tempo, estará mais bem ventilado também. – Ela se virou para mim. – Tivemos alguns... problemas com a instalação das câmeras. – O que acontecera na verdade fora uma difícil reunião com a administradora Celar, aqui neste pequeno pátio (os elevadores ainda não estavam funcionando). Um encontro que a tenente Tisarwat conseguira marcar com muita força de vontade e charme, algo que me surpreendera, apesar de eu já desconfiar do que ela era capaz. Sem seguranças, somente Tisarwat sentada perto da administradora da estação. – Ao final, ficou decidido que as câmeras seriam instaladas nos corredores, mas não dentro das residências, a não ser que as moradoras assim solicitassem.

Sirix soltou uma risadinha abafada.

– Até as câmeras dos corredores irritarão algumas moradoras. Mas acho que é melhor eu ir logo para casa e descobrir o que você fez.

– Acho que ficará satisfeita, cidadã – respondeu Tisarwat, ainda em tom diplomático. – Mas, se tiver qualquer problema ou reclamação, não hesite em entrar em contato comigo ou com qualquer *Misericórdia de Kalr*.

– Você pode direcionar as pessoas diretamente para a administração da estação – disse eu, imaginando o que havia incomodado Sirix.

Voltei a andar, fazendo com que nossa pequena procissão continuasse a se mover. Viramos ao fim do corredor e demos de cara com as portas abertas do elevador nos esperando.

Na *Misericórdia de Kalr*, Seivarden estava nua na banheira sendo ajudada por Amaat.

– A capitã de frota está de volta e em segurança – disse a Amaat.

Na estação Athoek, no Jardim Inferior, entrei no elevador com Tisarwat, minhas Kalrs e a irmã de Queter. A *Misericórdia de Kalr* me mostrou que a tenente Tisarwat expressou dúvida enquanto contemplava a possibilidade de eu ter visto tudo o que ela fizera aqui enquanto eu estava lá embaixo no planeta.

– Sei que deveria mandá-las para a administração da estação, senhora, mas a maioria das moradoras prefere não ir até lá. Nós estamos mais perto. E fomos nós que começamos isso e nós *moramos* aqui. Ao contrário das pessoas na administração. – Um breve momento de hesitação. – Nem todas estão felizes com isso. Existem alguns negócios escusos conduzidos aqui. Algumas peças roubadas, algumas drogas proibidas. As pessoas que tiram seu sustento disso não estão felizes com os olhos da Estação, mesmo que somente no corredor.

Pensei novamente em Seivarden. Ela havia sido muito sincera em sua determinação de não tomar kef novamente, e vinha mantendo essa promessa até agora. Mas sua habilidade de encontrar o produto quando ainda fazia uso dele era impressionante, não importando onde estivesse. Deixá-la no comando da *Misericórdia de Kalr* e não aqui fora realmente uma boa ideia.

Ainda na banheira, na *Misericórdia de Kalr*, Seivarden cruzou os braços. Descruzou-os. Um gesto que eu reconhecia de meses atrás. O gesto deixou a Amaat que a ajudava surpresa, apesar de o único sinal disso serem duas piscadas rápidas. A frase "Você esteve muito preocupada" apareceu para a Amaat.

– Você esteve muito preocupada – disse ela, em nome da Nave.

No elevador, no Jardim Inferior na estação Athoek, o orgulho de Tisarwat em me mostrar tudo o que ela havia conseguido foi suplantado por uma onda de ansiedade e autopiedade que estivera à espreita durante todo esse tempo.

"Eu vi isso, capitã de frota", disse a Nave em meu ouvido, antes que eu pudesse dizer qualquer coisa. "Está praticamente sob controle. Acredito que sua volta a esteja deixando um pouco nervosa. Ela está preocupada com a sua aprovação."

Na *Misericórdia de Kalr*, Seivarden não respondeu de imediato à Nave. Ela havia reconhecido o gesto de cruzar os braços que acabara de fazer, e estava envergonhada de que isso pudesse revelar seus sentimentos.

– Claro que eu estava preocupada – disse ela por fim. – Alguém tentou explodir minha capitã. – A Amaat levou um pouco de água até a cabeça de Seivarden e a deixou escorrer. Seivarden cuspiu um pouco, evitando que a água entrasse em seu nariz e em sua boca.

No elevador, no Jardim Inferior, Tisarwat disse para mim:

– Tem havido algumas reclamações fora do Jardim Inferior sobre delegação de moradia. – Claramente calma, somente um leve traço de emoção em sua voz. – Algumas pessoas dizem que não é justo que as ychanas tenham aposentos luxuosos e tanto espaço, e que elas não merecem isso.

– Quanta sabedoria – respondi secamente – para intuir o que cada pessoa merece.

– Sim, senhora – concordou Tisarwat, com uma nova pontada de culpa. Pensou em continuar a conversa, mas desistiu.

– Peço desculpas por trazer esse assunto – disse a Nave para Seivarden, com a voz da Amaat, na *Misericórdia de Kalr*. – Entendo que tenha ficado preocupada com o risco de vida da capitã de frota. Eu também me preocupei. Mas você é uma soldada, tenente. A capitã de frota também é. Existem riscos envolvidos nessa profissão. Achei que já estaria acostumada com isso. E tenho certeza de que a capitã de frota está.

Seivarden parecia ansiosa e se sentindo ainda mais vulnerável por estar na banheira, nua. Desnudada pela observação da Nave.

– Ela não deveria se colocar em risco, sentada no jardim bebendo chá, Nave. – E silenciosamente completou com os dedos: "Você também não quer perdê-la". Ela não queria dizer aquilo em voz alta, não queria que Amaat ouvisse.

– Nenhum lugar é completamente seguro, tenente – disse a Nave por meio da Amaat. Mas as palavras apareceram na visão de Seivarden: "Com todo respeito, tenente, talvez seja melhor consultar a médica".

Pânico. Por um instante, Seivarden sentiu pânico. A Amaat, intrigada, viu Seivarden ficar imóvel. Viu as palavras da Nave em sua visão: "Está tudo bem, Amaat. Continue".

Seivarden fechou os olhos e respirou calma e profundamente. Ela não havia contado à Nave ou à médica sobre seu histórico com kef. Seivarden estava, eu sabia, confiante de que isso não seria mais um problema.

A Nave falou em voz alta, ou melhor, a Nave mostrou a Amaat o que gostaria de dizer, e Amaat disse.

– Você não pode ficar receosa em assumir o comando caso alguma coisa aconteça. Você já teve sua própria nave.

Seivarden não respondeu, simplesmente ficou parada enquanto sua Amaat fazia o que devia ser feito. A questão havia sido colocada tanto para os ouvidos de Amaat quanto para os dela.

– Não, Nave, não me preocupo com isso – respondeu Seivarden, mas isso também era dirigido à sua Amaat. Em silêncio, Seivarden continuou: "Ela contou para você".

"Ela não precisou", respondeu a Nave na visão de Seivarden. "Você tem experiência de vida, tenente, e consigo vê-la perfeitamente." Em voz alta, concordou:

– Você tem razão. Quando a capitã de frota se mete em problemas, não são coisas simples. Com certeza a senhora já está acostumada com isso.

– Não é fácil se acostumar – respondeu Seivarden, tentando soar levemente casual. Ela não disse, em voz alta ou com os dedos, que visitaria a médica.

No elevador, no Jardim Inferior, na estação Athoek, virei-me para a tenente Tisarwat e disse:

– Preciso falar com a governadora Giarod o mais rápido possível. Se eu for até a casa dela e convidá-la para jantar, ela aceitará meu convite?

Minha patente e meu status social me conferiam alguns privilégios em relação ao que era apropriado, e uma desculpa para ser arrogante até com a governadora do sistema, mas o que eu queria discutir com ela requeria certa delicadeza. E, ainda que eu pudesse ter mandado uma mensagem para Cinco com a pergunta, era trabalho dela cuidar dessas coisas para mim; eu sabia que, naquele momento, três cidadãs (uma delas prima de Skaaiat Awer) estavam em minha sala de estar, bebendo chá e esperando por Tisarwat. A intenção não era ter uma reunião social.

A tenente Tisarwat piscou. Respirou.

– Vou descobrir, senhora. – Respirou mais uma vez, suprimiu um franzir de cenho. – A senhora está sugerindo um jantar em domicílio? Não tenho certeza se temos o necessário para acomodar a governadora do sistema.

– Você está querendo dizer – continuei, com a voz calma – que prometeu um jantar para suas amigas e espera que eu não as expulse da sala de jantar. – Tisarwat queria olhar para baixo, desviar o olhar, mas permaneceu imóvel, seu rosto quente. – Leve-as para outro lugar. – Desapontada, pois gostaria de jantar em nossos aposentos pelo mesmo motivo que eu: queria ter uma conversa particular com essas pessoas. Ou o mais próximo possível de particular com as *Misericórdias de Kalr*, a Nave e eu como testemunhas. – Pode me fazer parecer quão tirânica quiser. Elas não irão culpá-la. – A porta do elevador se abriu no quarto andar, alguns metros além da porta do bem iluminado elevador, alguns painéis de luz ainda estavam escorados nas paredes.

Estávamos em casa. Por enquanto.

– Admito, capitã de frota – disse a governadora Giarod durante o jantar –, que geralmente não gosto muito de comida ychana. Quando não é insossa, é azeda e rançosa. – Ela comeu mais um bocado da comida que estava à sua frente, peixe e cogumelos em um molho fermentado que dera origem ao comentário de "azedo e rançoso". Em nosso jantar, ele havia sido adoçado e temperado para agradar o paladar radchaai. – Mas isso está muito bom.

– Fico feliz que tenha gostado. Mandei que trouxessem de um lugar especial do primeiro andar.

A governadora Giarod franziu o cenho.

– De onde vêm os cogumelos?

– Eles são cultivados aqui no Jardim Inferior.

– Terei que mencionar isso à horticultura.

Engoli meu próprio bocado de peixe e cogumelos e tomei um gole de chá.

– Talvez seja melhor deixar que as pessoas que se especializaram nisso continuem a ganhar algo com sua expertise. Elas perderão muito se isso se tornar algo que a horticultura consegue produzir, não acha? Mas imagine como as cultivadoras ficarão felizes se a residência da governadora começar a comprar os produtos delas.

A governadora Giarod baixou seus talheres e se recostou na cadeira.

– Bem, então a tenente Tisarwat *está* agindo sob suas ordens. – Não era uma conclusão tão lógica quanto parecia. Tisarwat passara a última semana incentivando as trabalhadoras da manutenção para que experimentassem a comida do Jardim Inferior, e o novo encanamento do nível um havia deixado o trabalho com alimentos muito mais fácil. O objetivo era óbvio para alguém como a governadora Giarod. – Foi por isso que me trouxe até aqui?

– A tenente Tisarwat não agiu sob minhas ordens, ainda que eu aprove o que ela tem feito. Tenho certeza de que sabe que continuar a isolar o Jardim Inferior do restante da estação é algo tão desastroso quanto tentar fazer com que as moradoras daqui se comportem como todas as outras. – Tentar balancear essa equação seria... interessante. – Eu ficaria muito triste em ver tudo isso sendo usado para obter lucro em outros lugares e não para o Jardim Inferior. Deixe que as casas daqui se beneficiem daquilo que construíram. – Tomei mais um gole de chá. – Eu diria que elas merecem isso. – A governadora respirou profundamente, pronta para argumentar sobre *aquilo* que construíram, imaginei. – Mas eu a convidei esta noite porque quero perguntar sobre os transportes de valskaayanas. – Eu poderia ter perguntado antes, quando estava lá embaixo no planeta, mas tratar de negócios em processo de luto seria muito inadequado.

A governadora Giarod piscou. Pousou de novo o talher que havia pegado.

– Transporte de valskaayanas? – Claramente surpresa.

– Sei que tem um interesse em Valskaay, disse isso quando chegou. Mas...

Mas isso não seria justificativa suficiente para um convite urgente para um jantar privado, menos de uma hora depois que saí da nave que me trouxera do elevador de Athoek.

– Descobri que elas têm sido quase exclusivamente enviadas para as plantações de chá nas montanhas, é isso mesmo?

– Acredito que sim.

– E ainda existem algumas em estoque?

– Certamente.

Agora vinha a parte delicada.

– Gostaria que uma pessoa da minha própria equipe examinasse o local onde estão guardadas. Gostaria – continuei, apesar do silêncio desconcertado da governadora – de comparar o inventário com a realidade. – Esse era o motivo de o jantar ter sido ali, e não na casa da governadora ou em um local público, por mais moderno e discreto fosse. – A governadora tem ciência dos rumores de que, no passado, as samirend transportadas foram contrabandeadas e vendidas como escravas para fora do sistema?

A governadora Giarod suspirou.

– É um rumor, capitã de frota, nada além disso. As samirend se tornaram boas cidadãs, mas algumas ainda guardam ressentimentos. As athoeki praticavam servidão por dívida, e existia uma espécie de tráfico para fora do sistema, mas isso já havia acabado quando chegamos aqui. E não acredito que uma coisa dessas seja possível agora. Todo transporte tem um localizador, assim como todo módulo de suspensão, e todos estão numerados e listados. Ninguém entra no local em que estão estocadas sem um código de acesso. Além disso, toda nave no sistema também tem o próprio localizador. Então, mesmo que alguém conseguisse um código de acesso e desse um jeito de tirar um dos módulos de suspensão do estoque sem autorização, seria simples saber qual foi a nave que levou o módulo embora.

Na verdade, a governadora sabia de três naves no sistema que não tinham localizadores que pudesem ser acessados por ela. A minha era uma delas.

A governadora continuou:

– Para ser sincera, não sei por que acreditar nesse rumor.

– O local do estoque não possui uma IA? – perguntei. A governadora Giarod gesticulou negativamente. Eu teria ficado surpresa se fosse o contrário. – Então é basicamente mecânico. Assim que o módulo de suspensão sai de lá, é registrado no sistema.

– Existem pessoas que trabalham lá, que vigiam as coisas. É um trabalho maçante para os dias de hoje.

– Uma ou duas pessoas – chutei. – E elas ficam lá por alguns meses, talvez um ano, e outra pessoa é enviada para substituí-la, e ninguém vem buscar esses módulos há anos. Então, não há razão para fazer uma checagem de inventário. E, se o local se parece com um porta-tropas, não é só entrar e olhar. Os módulos de suspensão não estão enfileirados de forma que se possa andar entre eles; estão todos amontoados, e são trazidos por uma máquina quando solicitados. Existem formas de se fazer um inventário completo, mas é muito complicado e ninguém julgou ser necessário.

A governadora Giarod continuava em silêncio, me encarando, sem se lembrar do peixe ou do chá que esfriava.

– Por que alguém faria uma coisa dessas? – perguntou ela por fim.

– Talvez, se existisse a possibilidade de vender escravas ou partes de corpos, eu diria que por dinheiro. Não acredito que tal possibilidade exista, mas posso estar enganada. Porém, não consigo parar de pensar em todas as naves militares que não possuem mais ancilares e em todas as pessoas que gostariam que elas ainda tivessem.

A capitã Hetnys podia ser uma dessas pessoas. Mas eu não disse nada.

– Sua nave não tem ancilares – observou a governadora.

– Não tem. O fato de uma nave ter ou não ancilares não é um bom indício para saber se ela deseja ou não ter.

A governadora piscou, aparentemente surpresa e intrigada.

– A opinião de uma nave não é importante, é? Naves seguem ordens. – Eu não disse nada, ainda que existisse muito a ser dito sobre isso. A governadora suspirou. – Bem, e eu me pergunto qual seria a importância de tudo isso quando estamos em meio a uma guerra civil que pode se estender até aqui. Agora eu vejo a ligação, capitã de frota, mas ainda acho que está perseguindo um rumor. E eu não ouvi nada sobre as valskaayanas, só sobre as samirend que estavam aqui antes de eu chegar.

– Preciso dos acessos. – Eu poderia enviar a *Misericórdia de Kalr*. Seivarden tinha experiência com porta-tropas, ela saberia o que fazer assim que eu explicasse o que queria. Seivarden estava de guarda agora na central de comando. Nervosa desde sua conversa com a Nave. Resistindo ao impulso de cruzar os braços. Uma Amaat próxima a ela murmurava: *Minha mãe disse que tudo gira.* – Cuidarei disso pessoalmente. Se tudo estiver como deveria estar, não temos com que nos preocupar.

– Bem. – Ela desviou o olhar para seu prato, pegou o talher, começou a movê-lo para pegar um pedaço de peixe e parou. Baixou a mão novamente. Franziu o cenho. – Bem, suas suspeitas sobre Raughd Denche estavam corretas, não?

Não achava que ela mencionaria isso. *A notícia de Raughd ter sido deserdada deve ter se espalhado em apenas um dia*, pensei. Rumores sobre como a coisa havia se desenrolado chegariam à estação sem demora, mas ninguém falaria abertamente sobre o assunto, principalmente comigo. A governadora Giarod, no entanto, era a única pessoa que tinha acesso ao relatório oficial completo.

– Não fiquei feliz em estar certa.

– Não. – A governadora pousou o talher novamente e suspirou.

– Também gostaria – continuei, antes que ela dissesse mais alguma coisa – de fazer uma requisição para que a vice-governadora no planeta realizasse uma vistoria nas condições de trabalho das plantações. Acredito que os pagamentos estejam sendo especialmente mal e injustamente calculados.

– Era possível que as trabalhadoras conseguissem alguma melhora por intermédio da magistrada do distrito. Mas eu não daria isso como certo.

– O que exatamente está tentando fazer, capitã de frota? – A governadora parecia genuinamente surpresa. – Chega aqui, vai direto para o Jardim Inferior. Vai lá para baixo e de repente temos problemas com as valskaayanas. Pensei que sua prioridade era manter as cidadãs deste sistema em segurança.

– Governadora – respondi. Muito calma, muito serena. – As moradoras do Jardim Inferior e as valskaayanas que colhem chá *são* cidadãs. Não gostei do que encontrei no Jardim Inferior, e também não gostei do que encontrei nas montanhas lá embaixo.

– Ah, e quando sua vontade por algo aparece – observou a governadora, com um tom de voz afiado –, ela é transmitida e se espera que seja realizada.

– Assim como a sua – respondi. Séria. Ainda calma. – É uma das vantagens de ser governadora do sistema, não? E a sua posição permite que algumas coisas que não parecem importantes sejam ignoradas. Mas essa visão, essa lista de coisas importantes muda muito, dependendo da posição que se ocupa e do ponto de vista.

– Senso comum, capitã de frota. Mas alguns pontos de vista não são tão importantes quanto outros.

– E como é possível saber se o seu é um desses, se nunca se tenta enxergar por outro ponto de vista? – A governadora não respondeu de imediato. – Estamos falando sobre a vida de cidadãs.

Ela suspirou.

– Fosyf já entrou em contato comigo. Acredito que o fato de que as trabalhadoras dela estejam ameaçando parar de trabalhar, a menos que uma lista de demandas seja atendida, já seja de seu conhecimento, certo?

– Fiquei sabendo há algumas horas.

– E se negociarmos com essas pessoas agora, estaremos recompensando pessoas que nos ameaçam. E o que irá impedi-las de fazer isso novamente se elas conseguirem o que querem agora? Precisamos manter as coisas calmas por aqui.

– "Essas pessoas" são cidadãs – respondi, minha voz tão calma quanto possível, sem que eu chegasse ao tom monocórdico das ancilares. – Quando elas se comportam bem, vocês dizem que não há nenhum problema. Quando elas reclamam, vocês dizem que estão sendo inadequadas e causando confusão. E, quando elas são levadas ao extremo, vocês dizem que não recompensarão tais atos. O que é preciso fazer para que as escutem?

– Capitã de frota, não é assim...

Interrompi a fala da governadora.

– Custa muito considerar essa possibilidade? – Na verdade, talvez custasse. Talvez o preço fosse a governadora admitir que não era mais tão justa quanto pensou que fosse. – Precisamos que as coisas fiquem bem aqui para que, independentemente do que aconteça em outros sistemas, consigamos manter a paz por aqui. Mesmo que nunca mais recebamos notícias da Senhora do Radch, mesmo que todos os portais do espaço radchaai sejam destruídos, este sistema precisa permanecer estável. Não chegaremos a isso se ameaçarmos dezenas ou centenas de cidadãs com soldadas armadas.

– E se as valskaayanas resolverem se rebelar? Ou, que a deusa não permita, se as ychanas que vivem para além dessa porta resolverem se rebelar?

Honestamente, algumas vezes eu perdia esperança na governadora Giarod.

– Não ordenarei que soldadas atirem em cidadãs. – Na verdade, ordenarei explicitamente que não o façam. – As pessoas não se rebelam sem motivo. E se agora aparece uma preocupação sobre como lidar com as ychanas, é por conta da forma como elas foram tratadas no passado.

– Eu deveria tentar entender o ponto de vista delas, não é? – perguntou a governadora, sobrancelhas levantadas, voz levemente sardônica.

– Exato. Suas outras opções são juntar todas elas e reeducá-las ou matá-las. – Estava além das possibilidades da segurança da estação dar vazão a uma reeducação em larga escala, e eu já havia dito que não ajudaria com a matança.

Ela fez uma careta de horror e nojo.

– O que acha que eu sou, capitã de frota? Por que pensaria que qualquer pessoa aqui consideraria algo assim?

– Sou mais velha do que aparento. Já estive em mais de uma anexação. Vi pessoas fazendo coisas que um ano antes juraram jamais fazer.

A tenente Tisarwat estava jantando com as amigas: a sobrinha-neta da chefe da segurança da estação; a prima de terceiro grau de uma dona de plantação de chá (não de Fosyf, mas seu chá era considerado "aceitável" por ela); a prima de Skaaiat; e a cidadã Piat. Tisarwat estava reclamando de minha natureza inflexível e dura, impenetrável a qualquer pedido. Basnaaid, claro, não se juntou a elas. Não pertencia a esse círculo social, e, no fim das contas, eu havia ordenado que Tisarwat ficasse longe dela.

Do outro lado da minha mesa no Jardim Inferior, a governadora Giarod falou:

– Capitã de frota, por que acha que eu sou uma dessas pessoas?

– Todas têm potencial para ser uma dessas pessoas, governadora – respondi. – É melhor aprender isso antes de fazer alguma coisa que vá assombrá-la pelo resto de sua vida. – Era melhor aprender isso, na verdade, antes que alguém (ou talvez dezenas de alguéns) morresse para lhe ensinar essa lição.

Mas era difícil aprender isso sem mortes, eu sabia por experiência própria.

19

Seivarden entendeu minhas instruções sobre o estoque de módulos de suspensão imediatamente.

– Realmente acha possível – começou ela, em voz alta, sentada na beirada da cama; sua voz ressoando em meus ouvidos no Jardim Inferior – que alguém tenha conseguido roubar os corpos das transportadas? – Ela fez uma pausa. – Por que alguém faria isso? E como conseguiria? Digo, durante a anexação – ela fez um gesto dúbio de responsabilidade e descrença – muita coisa aconteceu. Se você me falasse que alguém estava roubando corpos para escravidão, naquela época, eu não ficaria tão surpresa.

Mas depois que as pessoas eram etiquetadas, inventariadas e guardadas, a coisa mudava de figura. Sabia tão bem quanto Seivarden o que acontecia com elas durante a anexação; pessoas que não fossem radchaai. Também sabia que casos como esse, de comércio de pessoas, eram extremamente raros. Nenhuma soldada radchaai podia fazer qualquer coisa sem que sua Nave soubesse.

Óbvio, nos últimos séculos, a Senhora do Radch havia visitado naves e alterado seus controles, havia, eu suspeitava, dado códigos de acesso a pessoas que ela julgava aliadas, para que pudessem agir em segredo, sem que as naves e estações soubessem ou reportassem o fato às autoridades competentes. Ou à outra parte de Anaander Mianaai.

– Se você precisa de ancilares – respondi, sozinha em minha sala de estar na estação Athoek depois que a governadora Giarod saíra –, esses corpos podem ser úteis.

Seivarden ficou em silêncio por um momento, pensando. Não estava gostando das conclusões que surgiam.

– A outra parte tem conexões aqui. É isso que você está dizendo.

– Nós não escolhemos um lado – lembrei-a. – E é claro que ela tem. Em qualquer lugar que uma parte esteja, a outra também está. Elas são a mesma pessoa. Não me surpreende que agentes daquela parte da tirana estejam trabalhando aqui.

– Era impossível escapar de Anaander Mianaai, em qualquer lugar do Radch. – Mas assumo que não esperava algo assim.

– Outras coisas são necessárias além de corpos – observou ela. Encostada na parede. Braços cruzados. Agora descruzados. – É preciso equipamento e instalação. – E então, como que pedindo desculpas: – Você sabe disso. Mas ainda assim...

– Elas também podem estar estocando equipamento. Ou talvez estejam precisando de um porta-tropas. – Um porta-tropas poderia produzir esses equipamentos, se tivesse tempo e material suficiente. Algumas espadas e misericórdias que ainda possuíam ancilares em estoque, como precaução. Teoricamente, seria o único lugar onde se poderia fazer algo assim hoje em dia. Era por isso que a Senhora do Radch tivera problemas com Tisarwat: ela não tinha mais fácil acesso à tecnologia necessária, então teve que modificar a que já existia para ela. – Ou talvez você chegue lá e tudo esteja em ordem.

Seivarden bufou. Depois disse:

– Não existem muitas pessoas por aqui que poderiam fazer isso.

– Não mesmo.

– Acredito que não seja a governadora, já que ela deu acesso ao estoque. Se bem que ela não teve muita opção.

– Tem razão.

– E você – indagou Seivarden, suspirando –, não vai me dizer qual é sua principal suspeita? Breq, ficaremos a dias de distância. A não ser que usemos um espaço de portal próprio.

– Não importa onde você esteja, não vai conseguir vir correndo me socorrer caso alguma coisa aconteça aqui.

– Bem... Bem. – Seivarden estava tensa e infeliz. – É provável que tudo fique bem burocrático pelos próximos meses. É sempre assim. – Sempre havia sido, para nós duas. Muita ação, e depois meses, ou mesmo anos, de espera. – E mesmo que elas venham para Athoek – e "elas" se referia a parte da Senhora do Radch que havia perdido a batalha no Palácio de Omaugh e pedira que suas aliadas destruíssem os portais, mesmo que contivessem naves –, vão demorar. Não vai ser o primeiro lugar a ser visitado por elas. – E viagens entre sistemas poderiam levar semanas, meses. Até anos. – É provável que nada aconteça por um bom tempo. – Um pensamento passou pela sua cabeça. – Por que você não manda a *Espada de Atagaris*? Não é como se ela fosse muito útil aqui. – Não respondi de imediato, mas não era preciso. – Ah, pelas tetas de Aatr! *Claro*. Devia ter entendido logo, mas não pensei que *aquela pessoa...* – a escolha de palavras quase não reconhecia humanidade e dizia muito sobre o desdém de Seivarden em relação à capitã Hetnys – fosse inteligente o suficiente para fazer algo assim. – Seivarden desconfiava da capitã da *Espada de Atagaris* desde a morte da tradutora Dlique. – Mas, agora que estou pensando nisso, não é estranho que a *Espada de Atagaris* tenha se esforçado tanto para pegar aquele compartimento vindo do portal fantasma? Talvez fosse bom dar uma olhada no que está do outro lado.

– Tenho algumas suspeitas sobre o que podemos encontrar lá. Mas vamos com calma. E não se preocupe comigo. Sei me cuidar.

– Sim, senhora – concordou Seivarden.

No café da manhã seguinte, a irmã de Queter estava muito quieta, olhando sempre para baixo, enquanto a tenente Tisarwat fazia a oração diária. *A flor da justiça é a paz.* Quieta enquanto nomeávamos as mortas. Ainda de pé enquanto Tisarwat e eu nos sentávamos.

– Sente-se, criança – disse para ela, em delsig.

– Sim, radchaai. – Ela sentou. Obediente. Olhos ainda baixos. Ela havia viajado com as minhas Kalrs e feito as refeições com elas até aquela manhã.

Tisarwat sentou-se ao lado dela. Alcançou-lhe um rápido olhar de curiosidade. Relaxada, ou ao menos calma, também preocupada, pensei, com as coisas que precisaria fazer hoje. Aliviada por eu, até agora, não ter dito nada sobre as iniciativas que ela tomou enquanto eu estive lá embaixo no planeta. Cinco trouxe nossa comida: peixe e pedaços de frutas cristalizadas dispostos em um prato azul e violeta de Bractware, claro. Cinco sentira falta dele e estava gostando de utilizá-lo.

Entretanto, Cinco estava apreensiva, pois havia tomado conhecimento dos apartamentos que Tisarwat estava usando no fim do corredor. Ninguém que eu pudesse acessar os havia espiado hoje, mas eu tinha quase certeza de que já haveria pelo menos meia dúzia de moradoras do Jardim Inferior lá, sentadas nas cadeiras improvisadas, esperando para falar com a tenente Tisarwat. Mais pessoas chegariam no decorrer da manhã. Reclamações sobre reparos e construções que já estavam sendo feitas, requerimentos para que outras áreas fossem atendidas com rapidez, ou com demora.

Cinco serviu o chá (não era o *Filhas dos Peixes*, percebi) e Tisarwat começou a comer com vontade. A irmã de Queter não tocou na comida, só ficou olhando de forma desolada para baixo. Perguntei-me se ela estaria bem; mas, se o problema fosse saudade de casa, perguntar só pioraria a situação.

– Se você preferir mingau, Uran – disse em delsig –, Cinco pode trazer um pouco para você. – Outro pensamento me ocorreu. – Suas refeições não serão cobradas, criança. – Uma reação. Um leve levantar de cabeça. – O que servimos a você é sua cota de comida. Se quiser mais, pode comer, não será cobrado extra. – Aos dezesseis anos, era provável que ela tivesse fome o tempo todo.

A irmã de Queter levantou os olhos, quase sem mover a cabeça. Lançou um rápido olhar para Tisarwat, que já havia comido quase três quartos do peixe. Começou, hesitante, a comer as frutas.

Mudei para radchaai; sabia que ela compreendia.

– Vai levar alguns dias para encontrarmos tutoras, cidadã. Até lá, você está livre para fazer o que quiser com o seu tempo. Você sabe ler placas? – A vida em uma estação era muito diferente da vida em um planeta. – E você sabe quais são os sinais que indicam portas de seção?

– Sei, cidadã. – Na verdade ela não sabia ler bem radchaai, mas as placas eram coloridas e chamativas, e eu sabia que Cinco e Oito haviam ensinado algumas coisas a ela durante a viagem.

– Se você levar as placas a sério, cidadã, e prestar atenção ao que a Estação fala com você pelo alto-falante portátil, pode andar por aí como bem entender. Já pensou sobre as aptidões?

Ela havia acabado de colocar um pouco de peixe na boca. Agora estava imóvel, em pânico. Assim que conseguiu falar, engoliu o bocado quase sem mastigar.

– Estou à disposição da cidadã – disse ela, com a voz fraca. Ela se retraiu, talvez por ouvir o que havia acabado de dizer ou por conta do pedaço de peixe quase inteiro que engolira.

– Não foi isso que perguntei. Não vou pedir que faça algo que não quer. Você ainda estará na lista para racionamento de comida se pedir para não fazer os testes, só não vai poder receber trabalho, civil ou militar. – Uran piscou, surpresa, quase levantou a cabeça para me olhar, mas permaneceu como estava. – Sim, é uma lei nova, feita basicamente para as valskaayanas, e são praticamente só elas que a utilizam. – Era uma lei que poderia ser invocada por qualquer trabalhadora do campo de chá, mas não teria feito muita diferença. – Você ainda é obrigada a aceitar o trabalho que a administração lhe passar, claro. Mas não estamos com pressa de fazer um pedido à administração, não no momento.

E era melhor que não fizéssemos o pedido até que Uran tivesse passado um tempo com suas tutoras. Eu conseguia entender quando ela falava radchaai, mas as supervisoras da plantação haviam se comportado como se o sotaque das valskaayanas fosse incompreensível. Eu estava acostumada a conversar com pessoas com diferentes sotaques, bem acostumada com o sotaque de quem falava delsig.

– Mas você não tem um trabalho, cidadã? – perguntou Tisarwat. Um pouco ansiosa. – Sabe fazer chá?

Uran respirou profundamente. Para esconder o pânico, pensei.

– Estou feliz em fazer o que quer que as cidadãs precisem.

– Tenente – chamei com agressividade –, você não vai pedir nada para a cidadã Uran. Ela está livre para passar os próximos dias da maneira que quiser.

– É só que, senhora, a cidadã Uran não é xhai nem ychana, quando as moradoras... – Tisarwat percebeu de repente que ela teria que admitir em voz alta o que estava tramando. – Pedirei à administração que envie mais algumas pessoas, mas, senhora, as moradoras do Jardim Inferior se sentem mais à vontade para falar comigo porque eu não tenho histórico aqui. – Nós *tínhamos* histórico aqui, e com certeza todas no Jardim Inferior sabiam disso. – A cidadã pode até gostar. E seria uma boa experiência. – Experiência de que, ela não especificou.

– Cidadã Uran, a não ser em situações de perigo, você não é obrigada a fazer o que a tenente Tisarwat pedir. – Uran continuava olhando para baixo, para o prato agora vazio, sem nenhum resquício de comida. Olhei firmemente para Tisarwat. – Estamos entendidas, tenente?

– Sim, senhora – concordou Tisarwat. E então, sem muita segurança: – A senhora poderia me passar mais algumas Bos, senhora?

– Mais ou menos na próxima semana, tenente. Acabei de enviar a Nave para uma inspeção longe daqui.

Eu não conseguia ler os pensamentos de Tisarwat, mas, baseada nas emoções que ela demonstrava (leve surpresa, tristeza, rapidamente substituída por um momento de certeza e então nervosismo), eu podia supor que Tisarwat imaginava que eu ainda poderia ordenar que Seivarden enviasse algumas Bos por meio da nave de transporte. E então ela chegou à conclusão de que teria sugerido aquilo, se fosse minha intenção.

– Sim, senhora. – Desanimada, e ao mesmo tempo possivelmente aliviada, por eu não desaprovar o escritório improvisado que ela havia montado para suas negociações com as moradoras do Jardim Inferior.

– Você se meteu nisso, tenente – disse, brandamente. – Só tente não se opor demais à administração da estação.

Não seria muito provável, eu sabia. Agora Tisarwat e Piat já eram grandes amigas, e o círculo social delas incluía a equipe da administração e da segurança, além de pessoas que trabalhavam diretamente com a governadora Giarod. Era a essas pessoas que Tisarwat pediria ajuda, solicitando que algumas fossem direcionadas a ela; mas essas pessoas tinham, como Tisarwat havia dito, um histórico.

– Sim, senhora. – A expressão de Tisarwat não mudou. Ela havia aprendido algumas coisas com suas Bos. Seus olhos cor de lilás demonstravam só um pouco do alívio que ela havia sentido ao me ouvir falar aquilo. E então, por trás daquilo, o fluxo constante de ansiedade e tristeza. Eu só conseguia supor o que causara aquilo, mesmo que suspeitasse não ser nada que tivesse acontecido aqui. Eram resquícios da viagem até Athoek, do que havia acontecido durante aquele período. Ela se virou para Uran. – Sabe, cidadã, você não teria que fazer chá. Bo Nove faz isso, ou pelo menos é ela que traz a água pela manhã. Na verdade, tudo o que precisaria fazer seria servir chá e ser simpática com as pessoas.

Uran havia sido, desde o momento em que a conheci, cuidadosa para não ofender ninguém (quando não estava ocupada com sua tristeza silenciosa); ela olhou para Tisarwat e disse, em um radchaai bem compreensível:

– Não acho que seria muito boa nisso.

A tenente Tisarwat piscou, assustada. Foi pega de surpresa. Eu sorri.

– Fico feliz em ver, cidadã Uran, que sua irmã não ficou com todo o fogo para ela. – E não disse que também estava feliz em ver que Raughd não havia apagado aquela faísca. – Cuide-se, tenente. Não acho que gostaria de ver você se queimar novamente.

– Sim, senhora – respondeu Tisarwat. – Se me derem licença.

Uran olhou novamente para baixo, para seu prato vazio.

– Claro, tenente. – Puxei minha cadeira para trás. – Tenho assuntos a tratar. Cidadã. – Uran olhou para mim e depois novamente para baixo, rapidamente, num brevíssimo encontro de olhares. – Por favor, peça mais comida a Cinco se ainda estiver com fome. Lembre-se das placas e leve seu alto-falante portátil com você se sair dos aposentos.

– Sim, senhora – respondeu Uran.

Havia pedido que buscassem a capitã Hetnys. Ela passou pela porta do escritório improvisado de Tisarwat e espiou. Depois hesitou e franziu o cenho. Ao entrar, foi recebida por Tisarwat com uma reverência (eu havia visto a capitã Hetnys por meio dos olhos dela). Tisarwat tivera um breve momento de maliciosa alegria quando viu a capitã Hetnys franzir a testa, mas não deixou isso transparecer em sua expressão.

Oito levou a capitã Hetnys até minha sala de espera. Depois da necessária rodada de chá (servido em tigelas cor-de--rosa, agora que sabia sobre o Bractware, Cinco faria questão de que ela percebesse que o conjunto não estava sendo usado para servi-la), eu disse:

– Como está *Atagaris*?

Capitã Hetnys ficou parada por um instante, surpresa, acreditava eu.

– Senhora? – perguntou ela.

– A ancilar que foi ferida – só haviam três *Atagaris* aqui. Eu o ordenara que a parte Var da *Espada de Atagaris* saísse da estação. Ela franziu o cenho.

– Está se recuperando bem, senhora. – Uma breve hesitação. – Com a complacência da capitã de frota. – Fiz um gesto afirmativo. – Por que ordenou o tratamento da ancilar?

Qualquer resposta que eu pudesse dar a essa pergunta não faria sentido para a capitã Hetnys.

– Não dar essa ordem seria desperdício, capitã. E teria feito com que sua nave ficasse infeliz. – Sua expressão ainda era preocupada. Eu tinha razão. A capitã Hetnys não entendia. – Tenho pensado na melhor forma de aproveitar nossos recursos.

– Nos portais, senhora! Peço licença para lembrar que qualquer uma pode passar pelos portais, capitã de frota.

– Não, capitã. Ninguém passará pelos portais. É muito fácil vigiá-los, muito fácil defendê-los. – E eu estava pensando em explodi-los de qualquer forma. Não tinha certeza se a capitã Hetnys já havia pensado nisso. – Principalmente pelo portal fantasma, ninguém passará por ele.

Um leve contrair dos músculos ao redor dos olhos e boca, uma expressão muito breve, tão breve que não consegui lê-la.

A capitã Hetnys acreditava que alguém passaria por ele. E cada vez mais eu tinha certeza de que ela havia mentido quando disse que nunca encontrara pessoas do outro lado daquele portal, naquele sistema supostamente vazio. Ela queria esconder o fato de que alguém estava lá, ou havia estado lá. Talvez estivesse lá agora. Claro, se a capitã tivesse vendido corpos de valskaayanas, ela precisaria esconder aquelas pessoas a todo custo, de modo a evitar uma reeducação. E isso levantava a questão de quem havia comprado esses corpos e por quê.

Eu não podia confiar nela. Não iria confiar. Observaria a nave dela de perto.

– A senhora enviou a *Misericórdia de Kalr* para longe – observou a capitã Hetnys. A viagem de minha nave era de conhecimento geral, mas ninguém sabia o motivo.

– Para uma coisa rápida. – Eu não queria falar sobre o motivo. Não para ela. – *Misericórdia de Kalr* estará de volta em alguns dias. Sua tenente Amaat é confiável?

Capitã Hetnys pareceu intrigada.

– Sim, senhora.

– Que bom. – Assim não haveria motivo para que ela insistisse em voltar para a *Espada de Atagaris*. Quando ela voltasse, seus recursos (se ela se percebesse isso) seriam maiores do que eu desejava. Esperei que a capitã solicitasse permissão para voltar à nave.

– Bem, senhora – disse ela, ainda sentada de frente para mim, a mão enluvada de marrom segurando a tigela cor-de-rosa – talvez nada disso seja necessário e nossa preocupação seja em vão. – Respiração deliberadamente calma, pensei.

Não havia dúvidas de que eu precisaria manter a capitã Hetnys por perto. E fora da nave dela, se possível. Eu sabia o que uma capitã significava para sua nave. E, ainda que nenhuma ancilar houvesse dado dicas sobre seu estado emocional, eu vira a ancilar Atagaris lá embaixo, no planeta, com um pedaço de vidro nas costas e lágrimas nos olhos. A *Espada de Atagaris* não queria perder sua capitã.

Eu já fora uma nave. Não queria separar a *Espada de Atagaris* de sua capitã. Mas para manter as residentes desse sistema em segurança eu teria que fazer isso. E manter Basnaaid em segurança.

Depois do café da manhã, antes de deixar Uran livre para fazer o que desejasse, Oito a levou para comprar roupas. Ela poderia usar as roupas fornecidas pela Estação, claro, toda radchaai tinha direito a comida, abrigo e roupas. Mas Oito nem considerou essa possibilidade. Uran estava vivendo em meu círculo íntimo e precisaria se vestir de acordo.

Eu mesma poderia ter comprado as roupas, claro. Mas para as radchaai isso teria significado que eu havia adotado Uran em minha casa, que conferira a ela minha clientela. E eu duvidava que Uran se sentisse bem estando separada da própria família, mesmo que não fosse verdade; e ainda que minha clientela não significasse obrigatoriamente relacionamento sexual, era frequentemente implícito quando as duas pessoas vinham de esferas sociais tão diferentes. Pode ser que não importasse para algumas, mas eu não presumiria que isso não importava para Uran. Então separei uma quantidade de dinheiro para que ela pudesse cuidar de coisas como essa. Não seria muito diferente de eu comprar roupas, mas a situação ficaria mais clara.

Vi que Oito e Uran estavam paradas na porta branca e encardida do templo de Amaat, bem abaixo da Esk Var pintada em cores vibrantes, mas um pouco empoeirada; Oito estava explicando, sem a calma de uma ancilar, que Amaat e as deusas valskaayanas eram obviamente as mesmas, então seria completamente adequado se Uran quisesse entrar e fazer uma oferenda. Uran, parecendo um pouco desconfortável em suas roupas novas, recusou com veemência. Eu estava quase enviando uma mensagem para que Oito parasse quando, olhando por cima do ombro de Uran, ela viu a capitã Hetnys passando, seguida por uma ancilar da *Espada de Atagaris*, e conversando seriamente com Sirix Odela.

A capitã Hetnys nunca havia, pelo que podia me lembrar, falado com Sirix ou mesmo se importado com sua presença quando estávamos no planeta. Oito também ficara surpresa. Ela parou no meio da sua fala, resistiu ao impulso de franzir a testa, e pensou em algo que a deixou envergonhada na hora.

– Peço desculpas, cidadã – disse Oito para Uran.

– ...dadãs não ficaram felizes com isso. – A governadora Giarod estava dizendo em seu escritório, de frente para mim. Não pude desviar minha atenção para mais nada.

20

No dia seguinte, Uran foi até o escritório improvisado da tenente Tisarwat. Não por obrigação, já que Tisarwat não insistira no assunto. Ela havia simplesmente entrado (espiara diversas vezes no dia anterior) e organizado o aparelho de chá da forma que achou melhor. Tisarwat não disse nada ao vê-la.

Isso se repetiu por três dias. Eu sabia que a presença de Uran fora um sucesso: como ela era valskaayana, e do planeta, não podiam presumir que Uran já tivesse escolhido um lado da disputa, e seu jeito tímido e sério havia agradado às moradoras do Jardim Inferior. Algumas encontraram, em seu silêncio, uma boa ouvinte para os problemas que tinham com vizinhas e sobre as dificuldades com a administração.

Durante esses três dias, ninguém mencionou nada para mim. Tisarwat estava preocupada que eu já soubesse, mas que desaprovasse. Contudo, ela também tinha esperança de que o nítido sucesso de Uran fizesse com que eu desse meu aval.

No terceiro jantar silencioso, falei:

– Cidadã Uran, suas aulas começam depois de amanhã, na parte da tarde.

Uran levantou seu olhar do prato, surpresa, suspeitei, e o baixou novamente.

– Sim, senhora.

– Senhora – disse Tisarwat. Estava ansiosa, mas escondia isso, sua voz era calma e controlada –, peço sua complacência...

Fiz um gesto para deixar claro que aquele pedido era supérfluo.

– Sim, tenente, a cidadã Uran parece ser famosa em sua sala de espera. Não tenho dúvidas de que continuará a ajudá-la, mas não vou prejudicar a educação dela por causa disso. Minha ideia é que a cidadã estude na parte da tarde. Ela pode fazer o que quiser durante as manhãs. – Direcionei minha voz para Uran. – Cidadã, levando em conta o local em que estamos morando, arrumei alguém para lhe ensinar raswar, que é a língua que as ychanas falam.

– É um pouco mais útil que poesia, de qualquer forma – disse Tisarwat, aliviada e agradecida.

Levantei uma sobrancelha.

– Estou surpresa, tenente. – Por alguma razão, aquilo fez com que ela voltasse ao seu estado natural de infelicidade. – Diga, tenente, como a Estação está se sentindo com tudo isso?

– Acredito que feliz com os reparos sendo feitos, mas, sabe como é, as estações nunca dizem diretamente quando estão infelizes. – Na sala de espera, alguém pediu para entrar. Kalr Oito foi atender à porta.

– Estação quer ver todo mundo o tempo todo – disse Uran. Muito atrevidamente. – Ela diz que não é a mesma coisa de ter alguém espionando.

– Estar na estação é muito diferente de estar no planeta – respondi enquanto Oito abria a porta para Sirix Odela. – Estações gostam de conhecer bem suas moradoras. Elas não se sentem bem se não o fizerem. Você fala sempre com a Estação, cidadã? – Enquanto eu falava, me perguntei o que Sirix estaria fazendo aqui; não a encontrara desde que Oito a vira conversando com a capitã Hetnys.

Na sala de jantar, Uran continuava:

– Ela fala comigo, Rad... capitã de frota. E ela também traduz coisas para mim, ou me conta as notícias.

– Fico feliz em saber disso. É bom ser amiga da Estação.

Na sala de espera, Sirix se desculpava com Oito por aparecer em uma hora inconveniente, quando todas estavam jantando.

– Mas a horticultora Basnaaid quer muito falar com a capitã de frota, e ela está presa nos Jardins.

Levantei-me na sala de jantar, não dando atenção à fala de Tisarwat, e fui até onde Sirix estava.

– Cidadã Sirix, como posso ajudá-la?

– Capitã de frota – disse Sirix, com um leve menear de cabeça. Desconfortável. O que não era incompreensível, considerando a nossa conversa de três dias atrás à estranheza de seu pedido. – A horticultora Basnaaid quer muito conversar pessoalmente com a senhora sobre um assunto particular. Ela teria vindo aqui, como eu estava dizendo, mas ficou presa nos Jardins.

– Cidadã, você se lembra que a última vez em que conversei com a horticultora, ela deixou bem claro que não queria me ver novamente. Caso tenha mudado de ideia, estou à disposição, mas admito que não esperava algo assim. E não consigo imaginar qual assunto pode ser tão urgente a ponto de Basnaaid não poder esperar um momento mais apropriado.

Sirix ficou paralisada por um instante, uma tensão súbita que, em outra pessoa, poderia ser entendida como raiva.

– Eu sugeri isso, capitã de frota. Mas ela respondeu "É como diz a poeta: *o toque frio e amargo do arrependimento, como picles de peixe*".

A poeta era a própria Basnaaid Elming com quase dez anos de idade. Era difícil pensar em um golpe mais preciso em minhas emoções, sabendo que a tenente Awn havia mostrado a poesia dela para mim.

Como não respondi, Sirix fez um gesto dúbio.

– Ela disse que a senhora reconheceria a frase.

– Eu reconheço.

– Não é uma frase clássica, é?

– Você não gosta de picles de peixe? – perguntei, calma e séria. Sirix piscou mostrando uma desconfortável surpresa. – Não é uma frase clássica, mas ela estava certa em dizer que eu reconheceria. É uma obra que traz lembranças pessoais.

– Esperava que fosse algo assim – disse Sirix, ironicamente. – Agora com licença, capitã de frota, o dia foi longo e estou atrasada para o meu jantar. – Sirix fez uma reverência e saiu.

Permaneci na sala de espera, parada; Oito estava atrás de mim, curiosa.

– Estação – chamei em voz alta –, como estão as coisas nos Jardins?

A resposta da Estação veio depois de uma pequena demora. "Estão bem, capitã de frota. Como de costume."

Com quase dez anos de idade, Basnaaid Elming havia ambicionado ser poeta, ela não tinha um domínio sensível da linguagem, mas esbanjava melodrama e sentimentalismo. A frase que Sirix havia declamado fazia parte de uma longa narrativa sobre traição e amizade. A estrofe completa era:

O toque frio e amargo do arrependimento,
como picles de peixe
percorreu suas costas.
Oh, como ela havia acreditado
em tão terríveis mentiras?

"Ela disse que a senhora reconheceria a frase", havia dito Sirix.

– Sirix foi para casa, Estação, ou ela voltou para os Jardins?

– A cidadã Sirix está a caminho de casa, capitã de frota. – Não houve demora nessa resposta.

Fui para meu quarto, peguei a arma invisível aos olhos da Estação, invisível a qualquer sensor, invisível a tudo que não fossem olhos humanos. Escondi a arma embaixo de minha jaqueta de forma que pudesse sacá-la com facilidade. Quando passei pela sala de espera, disse para Oito:

– Peça que a tenente Tisarwat e a cidadã Uran terminem o jantar.

– Sim, senhora – respondeu Oito, intrigada mas não preocupada, e isso era bom sinal.

Talvez eu estivesse exagerando. Talvez Basnaaid só tivesse mudado de ideia sobre querer falar comigo. Talvez a ansiedade dela em relação às escoras sob o lago tenha se tornado muito grande e ela precisasse falar comigo. Ela poderia ter confundido a própria poesia, ou lembrado só uma parte dela, e estivesse tentando me lembrar (como se fosse preciso me lembrar) da sua irmã falecida. Basnaaid podia querer mesmo falar comigo urgentemente, e talvez não pudesse deixar o escritório. Não querendo ser rude e me chamar por meio da Estação, ela enviara Sirix com a mensagem. Sabia, com certeza, que eu iria até ela se me chamasse.

Tinha certeza de que Sirix também sabia disso. E Sirix conversara com a capitã Hetnys.

Por um momento, pensei em levar minhas Kalrs comigo, e até mesmo a tenente Tisarwat. Não estava particularmente preocupada com meu exagero. Se estivesse mesmo exagerando, eu poderia mandá-las de volta ao Jardim Inferior e ter a conversa que a horticultora Basnaaid queria. Mas e se eu não estivesse exagerando?

A capitã Hetnys tinha duas ancilares da *Espada de Atagaris* aqui na estação. Nenhuma delas portava armas, a não ser que tivessem desobedecido minha ordem. O que era possível. Mas, mesmo assim, eu sabia que podia lidar com a capitã Hetnys e algumas ancilares. Não havia necessidade de preocupar mais ninguém.

E se fosse algo maior do que a capitã Hetnys? E se a governadora Giarod também estivesse me enganando? Ou a administradora do sistema, Celar? E se a segurança da estação estivesse me esperando nos Jardins? Eu não seria capaz de superar todas elas sozinha. Mas também não seria capaz de superá-las com a ajuda da tenente Tisarwat e minhas quatro *Misericórdias de Kalr*. Era melhor deixá-las de fora.

Contudo, a *Misericórdia de Kalr* era outra história.

"Sim", disse a Nave, sem que eu precisasse pedir. "A tenente Seivarden está na sala de comando e a tripulação está pronta para agir."

Seria mais fácil chegar aos Jardins se eu seguisse o mesmo caminho que havia feito quando cheguei a Athoek. Talvez não fizesse diferença: havia duas entradas, que eu conhecia, e duas ancilares para vigiá-las. Mas, caso alguém estivesse esperando por mim, ela presumiria que eu percorreria o caminho mais fácil, então, levando em conta que a Estação agiria como de costume e não comunicaria nada a não ser que fosse solicitada, achei que valia a pena percorrer o caminho mais longo.

A entrada era em uma saliência na rocha em frente ao lago. À minha direita, a queda-d'água jorrava e espumava. O caminho à minha esquerda, seguindo o curso da água, passava por um platô de dois metros de altura ornamentado com vegetação. Eu prestaria muita atenção ao passar por ele.

Mais à frente, balaustradas na altura da cintura faziam a segurança da queda-d'água, e rochas despontavam do meio do lago. Em uma pequena ilha de pedra flutuante era possível ver a capitã Hetnys de pé segurando o braço de Basnaaid com força, empunhando uma faca, do tipo que se usa para tirar a espinha de um peixe, contra sua garganta. Era uma faca pequena, mas serviria a seu propósito. Na ponta da ilha, guardando a ponte, estava uma das *Espada de Atagaris*, armadura levantada e arma em punho. "Ah, *Estação*", eu disse em silêncio. Ela não me respondeu. Eu podia imaginar as razões pelas quais ela não havia me avisado, ou pedido ajuda. Sem dúvida a *Espada de Atagaris* valorizava mais a vida de Basnaaid do que a minha. Era horário do jantar para muitas moradoras, então não havia plateia. Era possível que a Estação estivesse desviando as pessoas daquele lugar.

De onde eu estava, senti a vegetação balançar. Sem pensar, puxei a arma de minha jaqueta e levantei minha armadura. O barulho de um tiro, um choque em meu corpo: a pessoa que estava naquele platô havia mirado a parte do meu corpo de onde saía a armadura. Eu estava completamente coberta antes do segundo tiro.

Uma ancilar de armadura prateada saiu da vegetação, muito mais rápida que uma humana, e correu para tentar lutar comigo achando que a arma que eu segurava não oferecia perigo, já que eu estava com armadura. Teria sido uma luta justa, mas minhas costas estavam viradas para a entrada, e ela contava com o elemento-surpresa. Disparei no exato momento em que a ancilar me empurrou contra o corrimão.

A armadura radchaai era praticamente impenetrável. A energia advinda da bala que a *Espada de Atagaris* disparara em mim havia sido transformada em calor. Não completamente, claro, eu ainda sentira o impacto. Então, quando meu ombro atingiu a pedra pontiaguda na base daquele paredão de pedra de sete metros e meio de altura, não senti tanta dor. Contudo, a pedra era estreita e, quando meu ombro se chocou contra aquela ponta, o restante do meu corpo continuou indo para trás. Meu ombro se dobrou de forma dolorosa, um ângulo definitivamente não natural para um ombro, e caí na água. Felizmente, foi naquele pedaço do lago de um metro de profundidade, e eu estava cerca de quatro metros da ilha.

Levantei-me com a água na altura da cintura, e a dor no meu ombro esquerdo fez com que minha respiração ficasse comprometida. Algo acontecera durante a minha queda, e não dava tempo de perguntar à *Misericórdia de Kalr* o que era, mas a tenente Tisarwat havia me seguido e eu estava absorta demais na situação para perceber. A tenente manteve-se em pé no começo da ponte que levava até a ilha, armadura levantada e arma em punho. A *Espada de Atagaris* a encarava do outro lado da ponte, arma também levantada. Por que a Nave não me avisara que Tisarwat havia me seguido?

A capitã Hetnys me encarou, também rodeada pela armadura prateada. Provavelmente sabia que a ancilar que estava na rocha, fora machucada ou morta, mas não entendia, eu tinha certeza, que a armadura dela não era páreo para minha arma. Talvez as presger não tivessem se preocupado em confeccionar uma arma a prova d'água.

345

– Bem, capitã de frota – disse a capitã Hetnys, sua voz distorcida pela armadura –, finalmente uma expressão de sentimentos humanos.

– Sua cabeça-de-camarão dos infernos – gritou a tenente Tisarwat, sua voz veementemente nítida, mesmo com a armadura. – Se você não fosse uma idiota tão fácil de manipular, *jamais* teria conseguido uma nave.

– Quieta, Tisarwat – gritei. Se a tenente Tisarwat estava ali, talvez Bo Nove também estivesse. Se meu ombro não doesse tanto, talvez eu pudesse pensar com clareza e localizá-la.

– Mas, senhora! Ela não tem a *menor ideia*...

– Tenente!

Eu não queria que Tisarwat continuasse com aquela linha de raciocínio. Não precisava dela ali. A *Misericórdia de Kalr* não me dizia qual era o problema com o meu ombro, se ele estava deslocado ou quebrado. A *Misericórdia de Kalr* não me dizia o que Tisarwat estava sentindo ou onde Bo Nove estava. Tentei encontrar Seivarden, mas não consegui. Seivarden havia dito, alguns dias antes, para a tenente Amaat da *Espada de Atagaris*: "A próxima vez que você ameaçar essa nave, é melhor que esteja preparada". A *Espada de Atagaris* deve ter agido enquanto eu caía. Ao menos a Nave não seria ser pega de surpresa. Contudo, *Espadas* eram mais rápidas e tinham melhor armamento, e, se a *Misericórdia de Kalr* não estivesse mais ali, eu faria valer a ameaça de Seivarden, da melhor forma possível.

A capitã Hetnys me encarava da ilha, ainda segurando o braço de uma paralisada Basnaaid com olhos arregalados.

– Para quem você as vendeu, capitã? – perguntei. – Para quem você vendeu as transportadas? – A capitã Hetnys não respondeu. Ou ela era burra ou estava desesperada, ou ambas as coisas, por pensar em ameaçar Basnaaid. – Foi isso que nos trouxe até essa situação, não é? – A governadora Giarod devia ter deixado algo escapar, ou até mesmo contado para a capitã. Eu nunca falara para Giarod quem era o alvo da minha

346

suspeita; se tivesse feito isso, talvez ela fosse mais cuidadosa. – Você tem uma cumplice no depósito de estoque e coloca os módulos de suspensão na *Espada de Atagaris* para levá-los para o portal fantasma. Para quem as vende, capitã? – Ela *deve ter* vendido. Aquele jogo de chá notai. E Sirix não sabia a história de como a capitã Hetnys havia vendido o jogo para Fosyf. Ela não teria feito essa conexão. Mas a capitã Hetnys sabia que eu a fizera. Ela tinha que saber qual era meu ponto fraco, e depois de duas semanas juntas, mesmo sem falar com ela, Hetnys sabia que Sirix seria uma boa fonte de informação. Ou talvez a *Espada de Atagaris* tenha sugerido isso.

– Fiz isso por lealdade – respondeu uma assertiva capitã Hetnys. – Coisa que aparentemente você não conhece. – Se meu ombro não estivesse doendo tanto, se essa situação não fosse tão perigosa, talvez eu tivesse gargalhado. Desatenta, a capitã Hetnys continuou: – A *verdadeira* Senhora do Radch nunca tiraria as ancilares de suas naves, nunca desmantelaria a frota que protege o Radch.

– A Senhora do Radch não seria tão burra a ponto de dar aquele aparelho de chá como um tipo de pagamento *mais discreto* que dinheiro. – Um barulho de borbulhas e respingos veio do meio do lago; do local que eu acreditava ser o mais profundo. Por um momento, pensei que algo havia sido jogado ali, ou que um peixe tivesse vindo para a superfície. Fiquei ali, parada na água, com a arma apontada para a capitã Hetnys, uma dor feroz em meu ombro, e com minha visão periférica consegui ver mais uma vez: pequenas borbulhas subindo para a superfície da água. Levei uma fração de segundos para entender o que realmente vira.

Pude ver o pânico crescente de Basnaaid quando ela percebeu o mesmo que eu. Percebeu que as borbulhas só podiam estar vindo de um lugar: do Jardim Inferior. E, se ar subia, água estava descendo.

O jogo havia acabado. Só a capitã Hetnys ainda não percebera isso. A Estação não falaria nada, para manter Basnaaid em segurança, até impediria que a segurança chegasse até aqui. Mas ela não faria isso às custas de todo o Jardim Inferior. A única dúvida que restava era se Basnaaid, ou qualquer uma de nós, sobreviveria.

– Estação – chamei em voz alta –, evacue o Jardim Inferior *imediatamente*. – O nível um era o que estava em maior perigo, e só alguns aposentos haviam sido reajustados até agora. Mas eu não tinha tempo de pensar em quantas moradoras ouviriam o aviso de evacuar, ou espalhariam o aviso. – E envie um aviso para meus aposentos dizendo que o Jardim Inferior irá sofrer um alagamento e elas precisam ajudar na evacuação. – A *Misericórdia de Kalr* teria dito isso a elas, mas a *Misericórdia de Kalr* não estava mais lá. Ah, a capitã Hetnys iria se arrepender disso, assim como a *Espada de Atagaris*, assim que eu livrasse Basnaaid do perigo.

– Do que você está falando? – perguntou a capitã Hetnys. – Estação, não faça nada disso. – Basnaaid engasgou quando capitã Hetnys a segurou com mais força para enfatizar a ameaça.

Tão estúpida.

– Capitã, você *realmente* vai fazer a Estação escolher entre Basnaaid e todas as moradoras do Jardim Inferior? Você não vê quais serão as consequências disso? – Talvez o xingamento "cabeça-de-camarão" não fosse completamente inadequado. – Deixe-me adivinhar: você vai me matar, prender minhas soldadas, destruir a *Misericórdia de Kalr* e dizer à governadora que eu era uma traidora. – A água borbulhou novamente, duas vezes seguidas, bolhas maiores que as anteriores. A capitã Hetnys ainda não havia percebido a derrota, mas quando percebesse, sua resposta poderia ser a mais desesperada possível. Era hora de acabar com isso. – Basnaaid – chamei. Ela estava olhando firme para a frente, sem expressão, aterrorizada. – Como disse a poeta: *Assim como o gelo. Assim como a pedra.* – Era o mesmo poema que ela havia utilizado para me levar até ali. Eu havia entendido a mensagem dela.

Só esperava que Basnaaid também entendesse a minha: "Não importa o que eu fizer, não se mova". Meu dedo se aproximou do gatilho.

Eu devia ter prestado mais atenção na tenente Tisarwat. Ela estava observando a capitã Hetnys e a ancilar na ponte, e fez movimentos lentos, com cuidado, para mais perto da ilha, poucos milímetros. Tudo foi feito sem que eu, a capitã Hetnys ou a ancilar percebêssemos. Quando falei com Basnaaid, Tisarwat também entendera o recado, e ela sabia que minha arma penetraria a armadura da capitã Hetnys. Mas Tisarwat também sabia que a *Espada de Atagaris* poderia colocar Basnaaid em perigo. Um instante antes de eu disparar, Tisarwat baixou sua armadura e disparou, gritando, na direção da ancilar da *Espada de Atagaris*.

Bo Nove estivera agachada atrás do corrimão no topo da formação de pedra. Ao ver sua tenente cometer um ato que beirava o suicídio, Bo Nove gritou, levantou sua arma, mas não pode fazer nada.

A capitã Hetnys ouviu o grito de Bo Nove. Olhou para cima na direção dela, arma em punho. Então a capitã recuou e se abaixou, no minuto em que eu disparei minha arma.

A arma das presger era a prova d'água, afinal de contas, e minha mira era excelente. Mas o tiro ultrapassou a capitã Hetnys e Basnaaid. Seguiu viagem até bater contra a barreira que nos separava do vácuo.

O domo que cobria os Jardins fora feito para aguentar impactos. Se Bo Nove tivesse atirado, ou a *Espada de Atagaris*, nada teria acontecido. Mas as balas que vinham da arma das presger atravessavam qualquer coisa no universo que tivesse menos de 1,11 metro de espessura. E o domo não tinha nem meio metro.

Os alarmes soaram de imediato. Todas as entradas para os Jardins foram fechadas. Estávamos todas presas, enquanto nossa atmosfera vazava pelo buraco de bala do domo. Ao menos levaria um tempo até que todo o ar desaparecesse, e agora a segurança da estação prestaria atenção ao que estava acontecendo. Mas a água que vazava para o Jardim Inferior indicava que não havia nenhuma barreira entre os Jardins (e o furo) e o Jardim Inferior. Era possível que as portas de seção (ou pelo menos as que já estavam funcionando de alguma forma no nível um) fossem fechadas, prendendo as moradoras que ainda não haviam escapado. E, depois que o lago ruísse, as moradoras se afogariam.

A Estação teria que se preocupar com isso. Caminhei com dificuldade até a ilha. Bo Nove correu pelo caminho rente à água. *Espada de Atagaris* havia aprisionado Tisarwat com facilidade e empunhava sua arma para atirar em Basnaaid, que havia se desvencilhado da capitã Hetnys e corria desajeitadamente para a ponte. Atirei no pulso da ancilar, fazendo com que largasse sua arma.

Nesse momento, a *Espada de Atagaris* entendeu que eu representava um perigo imediato à sua capitã. Com a rapidez de uma ancilar, correu até mim, pensando, sem dúvida, que eu era uma humana e que ela conseguiria me desarmar com facilidade, ainda mais com meu ferimento. Seu corpo veio de encontro ao meu, sobrecarregando meu ombro. Minha visão ficou escura por alguns instantes, mas não soltei a arma.

Nesse momento, a Estação desligou o controle de gravidade a fim de resolver o problema do vazamento de água.

Nosso senso de direção desapareceu. A *Espada de Atagaris* ainda se prendia a mim, ainda tentando tirar minha arma. O impacto do corpo da ancilar nos impulsionara para longe do chão, e viramos enquanto nos debatíamos, indo em direção à queda-d'água. A água não estava mais caindo, agora ela se acumulava nas reentrâncias das rochas, uma massa borbulhante e crescente que saía do lago.

Ao fundo, para além da dor em meu ombro e dos esforços para manter a arma em mãos, escutei a Estação falar algo sobre a função de autorreparo do domo não estar funcionando, e que demoraria cerca de uma hora para juntar uma equipe de manutenção, colocá-la em uma pequena nave e despachá-la para consertar o buraco.

Uma hora era muito tempo. Sem gravidade, todas nós estaríamos afogadas nas poças flutuantes de água que cresciam a partir da queda-d'água, ou estaríamos sem ar por conta da despressurização. Eu falhara em salvar Basnaaid. Havia traído e matado a irmã dela, e agora tentara salvá-la, mas meus esforços levaram a sua morte. Não conseguia vê-la. Não conseguia ver muita coisa, e me concentrei na dor em meu ombro, na *Espada de Atagaris* e no pedaço prateado de água do qual nos aproximávamos.

Eu ia morrer. A *Misericórdia de Kalr*, Seivarden, Ekalu, a médica e toda a tripulação estavam desaparecidas. Eu sabia disso. A Nave não me deixaria ali sozinha se tivesse escolha.

Assim que o pensamento passou pela minha cabeça, um pedaço do domo se abriu, mostrando o preto infinito e sem estrelas do espaço, a *Misericórdia de Kalr* apareceu ao longe, muito longe para ser uma opção viável, e ouvi a voz de Seivarden em meu ouvido dizendo que ela estava disposta a ser repreendida assim que eu estivesse em segurança. "Parece que a *Espada de Atagaris* criou o próprio portal para algum lugar", continuou ela, alegre, "espero que ela não volte para o lugar em que estávamos. Pode ser que eu tenha perdido metade dos nossos explosivos por lá".

Eu tinha quase certeza de que a falta de oxigênio estava me fazendo mais mal do que o previsto; eu devia estar alucinando. Pensei isso até que meia dúzia de Amaats, presas por cabos de segurança, capturaram a ancilar da *Espada de Atagaris* e nos puxaram pelo buraco que elas abriram no domo, nos levando para dentro de uma das naves de transporte da *Misericórdia de Kalr*.

Quando já estávamos dentro da nave de transporte, me certifiquei de que Basnaaid não estava ferida e a coloquei em um assento, ordenando que uma das Amaats tomasse conta dela.

Tisarwat também estava bem, mas sofrendo com a microgravidade. Bo Nove segurava uma sacola perto dela, cheia de corretores para seu nariz e costelas quebradas. A capitã Hetnys e a ancilar da *Espada de Atagaris* foram presas com seus assentos. Só depois disso tudo deixei que a médica tirasse a minha jaqueta, minha blusa e colocasse meu ombro deslocado de volta ao lugar, com a ajuda de uma das Amaats de Seivarden. Ela também imobilizou o local e aplicou um corretor.

Só depois que a dor passou que percebi como estivera rangendo os dentes. Todos os músculos do meu corpo estavam tensionados, e minha perna doía muito por conta disso. A *Misericórdia de Kalr* não disse nada a mim diretamente, mas não era preciso; ela me mostrou *flashes* dos sentimentos de minhas Kalrs que auxiliavam a evacuação do Jardim Inferior (Uran também estava ajudando, parecia bem acostumada com a microgravidade depois de nossa viagem), e também mostrou as Amaats e a própria Seivarden. A preocupação austera da médica. A dor, vergonha e autocomiseração de Tisarwat. Com o braço que não estava imobilizado, dei um impulso e passei por ela justo quando Bo Nove aplicava corretores em seus ferimentos. Não podia parar e conversar com ela, não confiava em meus sentimentos para tanto.

Continuei até onde a capitã Hetnys e a ancilar de sua nave estavam presas, amarradas a seus assentos. Observei minhas Amaats. As duas estavam com a armadura prateada. Teoricamente, a *Espada de Atagaris* ainda podia usar seu portal para voltar à estação e nos atacar. Na verdade, mesmo que ela não tivesse parado nos explosivos deixados por Seivarden, que só acarretariam pequenos danos, uma espécie de contratempo, não havia como nos atacar sem arriscar a sua capitã.

– Recolha sua armadura, capitã – ordenei. – E você também, Atagaris. Você sabe que eu posso perfurá-la com a minha arma, e não poderemos tratar de seus ferimentos se você não a abaixar.

A *Espada de Atagaris* baixou a armadura. A médica foi até ela com um corretor e franziu a testa quando viu o pulso machucado da ancilar.

A única coisa que a capitã Hetnys disse foi:

– Vá se foder.

Eu ainda empunhava a arma presger. A perna da capitã Hetnys estava a mais de um metro do casco da nave, e conseguiríamos consertar o buraco caso eu acertasse a nave. Apoiei-me em um assento próximo e atirei no joelho dela. Hetnys gritou, e a ancilar ao lado dela se alarmou em seu assento, mas não conseguiu se desamarrar.

– Capitã Hetnys, está dispensada de seu cargo – disse, depois que a médica aplicou o corretor e as gotas de sangue que flutuavam foram recolhidas. – Tenho todo o direito de atirar na sua cabeça agora, depois de tudo o que aconteceu hoje. Não posso prometer que não farei isso. Você e suas oficiais estão presas.

"*Espada de Atagaris*, você vai enviar todas as humanas em sua tripulação para a estação Athoek. Sem armas. Depois vai desligar seus motores e colocar todas as ancilares em suspensão até segunda ordem. A capitã Hetnys e todas as tenentes serão colocadas em suspensão na estação Athoek. Se você ameaçar a estação, ou qualquer nave ou cidadã, suas oficiais morrem."

– Você não pode... – interveio Hetnys.

– Fique quieta, cidadã – respondi. – Estou falando com a *Espada de Atagaris*. – Hetnys não respondeu. – Você, *Espada de Atagaris*, vai me dizer quem era o contato de sua capitã no outro lado do portal fantasma.

"Não vou", respondeu a *Espada*.

– Se for assim, vou matar a capitã Hetnys. – A médica, continuando a aplicar o corretor na perna de Hetnys, levantou o olhar para mim, rapidamente, consternada, mas não disse nada.

Com a voz monocórdica da ancilar, a *Espada de Atagaris* respondeu:

– Gostaria de mostrar-lhe como é sentir isso. Gostaria que soubesse o que é estar na minha posição. Mas você nunca vai saber, e é por isso que eu sei que não existe justiça.

Tantas coisas que eu poderia dizer. Respostas que poderia inventar. Em vez disso, eu disse:

– Com quem sua capitã conversava do outro lado do portal fantasma?

– Ela não se identificou – respondeu a ancilar, com a voz monocórdica e calma. – Ela parecia ychana, mas não poderia ser, nenhuma ychana fala radchaai com aquele sotaque. A julgar pela fala, devia ser do Radch.

– Com um toque notai, talvez. – Lembrei-me do aparelho de chá, cujos pedaços estavam na caixa no Jardim Inferior.

– Talvez. A capitã Hetnys pensou que ela estava trabalhando para a Senhora do Radch.

– Vou manter a capitã Hetnys perto de mim, Nave. Se você não fizer o que eu ordenei, ou se eu suspeitar que você está me enganando, ela morre. Não duvide disso.

– Como eu poderia? – respondeu a *Espada de Atagaris*, era possível sentir a amargura em sua voz.

Não respondi, só me virei e dei impulso para liberar o caminho para o módulo de suspensão que Seivarden trazia. Olhei para Basnaaid, que estava a alguns assentos de distância, talvez Basnaaid tivesse ouvido toda a conversa.

– Capitã de frota – chamou ela, e dei um impulso em sua direção –, queria dizer...

Segurei em um apoio e fiquei perto dela.

– Horticultora...

– Fico feliz que minha irmã tenha tido uma amiga assim, e queria... Sinto que, se você estivesse lá com ela, quando aquilo aconteceu, o que quer que tenha sido, talvez as coisas tivessem sido diferentes e ela ainda estivesse viva.

De todas as coisas que ela poderia ter dito. De todas as coisas que poderiam ser ditas *agora*, quando eu havia acabado de ameaçar matar a capitã Hetnys só porque sabia como a nave dela se sentiria. De todas as vezes que poderia ter escutado algo assim vindo da irmã da tenente Awn.

Eu não conseguia mais ficar em silêncio, fazer de conta que não estava sentindo nada.

– Cidadã – respondi, percebendo que minha voz havia ficado monocórdica –, eu *estava* lá quando tudo aconteceu, e não ajudei sua irmã. Eu falei que usava outro nome quando conheci sua irmã. Eu era a *Justiça de Toren*. Eu era a nave em que sua irmã servia. Por ordem de Anaander Mianaai, atirei na cabeça da sua irmã. Os eventos que se seguiram levaram à minha própria destruição, e eu sou tudo o que sobrou da nave. Não sou humana, e você estava certa em me tratar como tratou antes, quando nos conhecemos. – Desviei meu rosto antes que Basnaaid pudesse ver os sinais de minhas emoções pelo que eu acabara de dizer.

Todas na pequena nave haviam me ouvido. Basnaaid parecia em estado de choque e continuava em silêncio. Seivarden já sabia, claro, e também a médica. Não queria saber qual seria a opinião das Amaats de Seivarden. Não queria saber ou ouvir a opinião da *Espada de Atagaris*. Virei-me para a única pessoa que parecia alheia a tudo, tenente Tisarwat, mas ela só conseguia pensar em seu fracasso.

Fui me sentar ao lado dela, afivelei o cinto no assento. Por um momento, pensei em dizer quão estúpida ela havia sido, lá nos Jardins, e como éramos sortudas por termos sobrevivido a tal estupidez. Em vez disso, desafivelei o cinto dela e a puxei para perto de mim com o braço que não estava imobilizado. A tenente se agarrou a mim, apertou o rosto contra meu pescoço e começou a soluçar.

– Está tudo bem – disse, meu braço em uma posição estranha ao redor do ombro dela. – Está tudo bem.

– Como pode dizer isso? – perguntou ela entre soluços. Uma lágrima escapou do espaço entre o rosto dela e meu pescoço. Uma esfera flutuando no ar. – Como consegue? – E depois: – Ninguém se atreveria a dizer algo tão banal para *você*.

Mais de três mil anos de idade. Infinitamente ambiciosa. E, ainda assim, só tinha dezessete.

– Você está errada. – Se ela pensasse naquilo, se fosse capaz de pensar com clareza, a tenente Tisarwat poderia adivinhar quem dissera algo assim para mim e quando. Se ela pensou, não disse. – É difícil no começo, quando elas ligam você. Mas o restante de você está ali, ao seu redor, e você sabe que é uma coisa temporária, sabe que vai melhorar logo. E, quando melhora, é tudo maravilhoso. Ter tal alcance, ver tantas coisas, tudo de uma vez. É... – Mas não havia como descrever. Tisarwat havia sentido, mesmo que só por algumas horas, confusa pelos remédios. – Ela nunca deixou que você sentisse tudo. Não era parte do plano dela.

– Acha que eu não sei disso? – Era óbvio que ela sabia. Como poderia não saber? – Ela odiava o que eu sentia. Medicou-me na primeira oportunidade. Ela não se importava se... – Os soluços que haviam arrefecido agora voltavam. Mais lágrimas escapavam em esferas. Bo Nove, que havia ficado ao lado de Tisarwat esse tempo todo, horrorizada com o que eu havia dito antes, terror que não estava sendo amenizado pelas coisas que Tisarwat dizia, pegou as esferas de lágrima com um pano, depois o dobrou e o colocou entre o rosto de Tisarwat e meu pescoço.

As Amaats de Seivarden estavam em pé, sem se mexer, piscando em confusão. Qualquer sentido que elas conseguissem dar ao universo havia desaparecido com a minha fala, e elas não faziam ideia de como conciliar aquilo com o que sabiam.

– Por que estão paradas aí? – perguntou Seivarden, mais dura do que nunca. Mas isso fez com que o encanto que as imobilizasse fosse quebrado. – Circulando! – E elas se moveram, aliviadas por receber alguma ordem.

Tisarwat estava um pouco mais calma.

– Desculpe-me – disse. – Não posso desfazer isso. Mas tudo vai ficar bem. De alguma forma, vai. – Ela não respondeu, e cinco minutos depois, exausta por tudo que havia acontecido, por seu desespero e seu luto, ela dormiu.

21

Depois que a equipe de manutenção chegou, a nave de transporte pôde sair da frente do buraco que havia feito no domo. Ordenei que voltássemos à *Misericórdia de Kalr*. A médica da estação não precisava saber o que eu era, e todas estariam ocupadas com os problemas causados e a redução da gravidade, que não poderia ser reativada até que o vazamento de água fosse resolvido. E, verdade seja dita, eu estava feliz por voltar à *Misericórdia de Kalr*, mesmo que só por um breve período.

A médica queria me manter em um local em que pudesse franzir a testa para mim e dizer que eu não deveria estar me movendo sem a autorização dela. E eu realizaria esse desejo, pelo menos por um dia. Por isso, Seivarden estava fazendo seu relatório para mim enquanto eu permanecia deitada em uma maca. Uma tigela de chá em minhas mãos.

– É como nos velhos tempos – disse Seivarden, sorrindo. Mas também tensa. Antecipando o que eu diria a ela, agora que as coisas estavam mais calmas.

– É mesmo – concordei. Tomei um gole do chá. Definitivamente, não era um *Filhas dos Peixes*. Ainda bem.

– Nossa Tisarwat está bem baqueada – continuou Seivarden. Tisarwat estava no cubículo ao lado, sendo ajudada por Bo Nove, que tivera ordens explícitas de deixar a tenente sozinha. As costelas quebradas ainda estavam em recuperação, e a médica a havia confinado à enfermaria até que pudesse determinar se Tisarwat precisava de mais alguma coisa. – O que ela estava pensando? Enfrentar uma ancilar daquela forma, sem armadura?

– Tisarwat estava tentando atrair a atenção da *Espada de Atagaris*, para que eu tivesse tempo de atirar nela antes que a horticultora Basnaaid fosse ferida. Ela teve sorte de não ter sido atingida por um tiro. – A ancilar deve ter sido mais afetada com a morte da tradutora Dlique do que eu havia imaginado. Ou talvez só estivesse relutante em matar uma oficial.

– A horticultora Basnaaid, não é? – perguntou Seivarden. Ela não era tão experiente quanto eu com jovens tenentes, mas tinha um bom preparo. – O interesse é recíproco? Ou é exatamente por isso que ela chorou e fez o que fez? – Levantei a sobrancelha e ela continuou. – Nunca passou antes pela minha cabeça quantas jovens tenentes devem ter chorado em seus ombros.

Quando eu fora uma nave, as lágrimas de Seivarden nunca molharam meus uniformes.

– Você está com ciúmes?

– Acho que sim – respondeu ela – Com dezessete anos, eu teria feito qualquer coisa para não demonstrar fraqueza. – E com vinte e sete, e trinta e sete. – Agora me arrependo disso.

– São águas passadas. – Tomei meu último gole de chá. – A *Espada de Atagaris* acha que a capitã Hetnys vendeu transportadas para alguém que esperava do outro lado do portal fantasma. – Fora a governadora Giarod que adiara a viagem da *Misericórdia de Kalr*.

– Mas quem? – Seivarden estava realmente intrigada. – A *Espada de Atagaris* disse que a capitã Hetnys achava que estava lidando com a Senhora do Radch. Mas, se a outra Senhora do Radch está para além do portal fantasma, por que ela ainda não fez nada?

– Porque não é a Senhora do Radch que está lá. Você não viu o jogo de chá, mas ele tem no mínimo três mil anos. É obviamente notai. Alguém teve o cuidado de remover o nome da antiga dona e o utilizou como pagamento pelas transportadas de Hetnys. E você se lembra do compartimento de suprimentos que saiu do portal, supostamente sucata, mas que a *Espada de Atagaris* voltou para buscar. Quando a nave o pegou, não estava vazio. – Eu tinha certeza de que alguma coisa, ou alguém, estava lá dentro. – O compartimento também tinha uns três mil anos. É bastante óbvio que existe uma nave do outro lado do portal. Uma nave notai, mais velha que Anaander Mianaai. Elas não foram completamente destruídas. – Seivarden ia abrir a boca para dizer algo, mas fiz um gesto que a silenciou. – Algumas escaparam. Horas de filmes aventureiros e dramáticos foram feitas a partir disso. Mas sempre acreditamos que todas estivessem mortas, depois de todo esse tempo. E se uma delas escapou pelo portal fantasma? E se ela tivesse encontrado uma forma de repor suas ancilares? Você lembra, a *Espada de Atagaris* disse que a pessoa com quem Hetnys lidava parecia ychana, mas falava como radchaai. E as athoeki costumavam vender ychanas como escravas antes da anexação.

– Pelas tetas de Aatr! – exclamou Seivarden. – Elas estavam fazendo negócios com uma ancilar.

– A outra Anaander tem contatos aqui, mas acredito que o que aconteceu em Ime fez com que ela ficasse mais cuidadosa. Talvez ela não mantenha muito contato, não interfira muito. Afinal, quanto mais faz isso, mais outros percebem o que está acontecendo. Talvez nossas vizinhas do portal fantasma estejam se aproveitando da oportunidade. É por isso que Hetnys não fez nada até que a situação estivesse muito grave. Ela estava esperando por ordens da Senhora do Radch.

– Que ela achou que estava do outro lado do portal fantasma. Mas, Breq, o que as apoiadoras da outra Anaander Mianaai vão fazer quando perceberem o que aconteceu aqui?

– Não acho que demore muito descobrirmos. Ou posso estar enganada.

– Não, não acho que você esteja. Faz sentido. Então, temos uma nave de guerra louca do outro lado do portal fantasma...

– Não é uma nave louca. Quando você perde tudo em que acredita, faz sentido querer se esconder e tentar se recuperar.

– Claro – respondeu Seivarden, envergonhada. – Eu deveria saber. Depois de tudo o que passei, eu deveria saber. Então não é louca, e sim hostil. Uma nave de guerra inimiga do outro lado do portal, uma parte da Senhora do Radch potencialmente prestes a atacar e talvez presger que venham descobrir o que aconteceu com a tradutora delas. Isso é tudo ou temos mais alguma coisa?

– Provavelmente é tudo que sabemos por agora. – Ela riu. Eu perguntei: – Você está pronta para ser repreendida, tenente?

– Sim, senhora. – Ela fez uma reverência.

– Quando eu não estou a bordo, você é a capitã dessa nave. Se você não tivesse conseguido me salvar, e algo tivesse acontecido com você, a tenente Ekalu estaria no comando. Ela é uma boa tenente e vai se tornar uma boa capitã no futuro, mas você é uma oficial mais experiente e não devia ter se arriscado.

Não era o que ela esperava ouvir. O rosto de Seivarden transparecia raiva e ressentimento. Mas ela era uma soldada há muito tempo, e não respondeu.

– Sim, senhora.

– Acho que você deveria falar com a médica sobre o seu histórico de abuso de drogas. Acho que você está sob muito estresse e pode não estar pensando claramente.

Os músculos dos braços de Seivarden se tensionaram, mas ela suprimiu o desejo de cruzá-los.

– Eu estava preocupada.

– Você acha que vai conseguir viver sem preocupação daqui para a frente?

Ela piscou, surpresa. Os cantos de sua boca levemente levantados.

– Em relação a você? Não. – Ela deu uma breve gargalhada, e então foi tomada por um misto de arrependimento e vergonha. – Você vê tudo que a Nave vê?

– Às vezes. Posso pedir para que a Nave me mostre, ou ela só me mostra aquilo que julga importante. Coisas que a sua nave teria mostrado a você, quando você era capitã. Algumas informações não fariam sentido para você da mesma forma que fazem para mim.

– Você sempre soube tudo de mim. – Ela ainda estava envergonhada. – Mesmo quando me encontrou em Nilt. Acho que você já sabe que a horticultora Basnaaid está vindo para cá, certo?

Basnaaid havia insistido em ir até o domo com a equipe de manutenção. Ela havia solicitado transporte para a *Misericórdia de Kalr* enquanto eu estivera dormindo, e Seivarden, surpresa, havia autorizado.

– Sei, pois eu teria feito o mesmo que você, caso estivesse acordada. – Ela já sabia disso, mas ficou feliz em ouvir. – Mais alguma coisa?

Não havia, pelo menos não algo que ela quisesse falar, então a dispensei.

Trinta segundos depois da saída de Seivarden, Tisarwat veio até meu cubículo. Afastei minhas pernas e ofereci um lugar para ela se sentar.

– Tenente – disse, enquanto ela se acomodava com cuidado. Ela ainda possuía corretores na barriga, costelas quebradas e outros ferimentos ainda em tratamento. – Como está se sentindo?

– Melhor. Acho que a médica me deu um sedativo. Sei disso porque não estou pensando de dez em dez minutos que teria sido melhor se você tivesse me jogado para o espaço lá fora quando me encontrou.

– Isso é novo. Não é? – Eu não havia pensado nela como suicida antes. Mas talvez não estivesse prestando a devida atenção.

– Não, sempre foi assim. Só que... não era tão real. Não era tão intenso. Quando eu vi o que a capitã Hetnys havia feito, ameaçando matar a horticultora Basnaaid para se vingar de você, eu sabia que era minha culpa.

– *Sua* culpa? – Eu não achava que era culpa de ninguém, a não ser de Hetnys, claro. – Não tenho dúvidas de que sua inserção nos negócios políticos a deixou nervosa. Era claro que estava buscando ter influências. Mas eu sempre soube o que você estava fazendo, se achasse que era errado, eu a teria proibido.

Um pouco de alívio. Ela estava calma, estável. O palpite de que a médica havia ministrado um sedativo era plausível.

– É exatamente isso. Posso falar francamente, senhora?

– Fiz um gesto que concedia permissão. – A senhora entende que nós duas estamos fazendo exatamente o que ela quer? – "Ela" só podia dizer respeito a Anaander Mianaai, Senhora do Radch. – Ela *nos enviou* para cá para fazer exatamente isso que estamos fazendo. Isso não incomoda a senhora? O fato de ela pegar uma coisa que sabia ser importante para a senhora e usá-la para obrigá-la a fazer aquilo que *ela* quer?

– Às vezes incomoda. Mas depois me lembro de que o que ela quer não é importante para mim.

Antes que Tisarwat pudesse responder, a médica entrou com uma expressão preocupada.

– Coloquei a capitã de frota aqui para que ela pudesse descansar, e não fazer reuniões.

– Reuniões? – Fingi uma expressão de inocência. – A tenente e eu somos pacientes aqui, estamos só descansando.

A médica bufou, resignada.

– E você não pode me culpar por ser impaciente. Eu acabei de passar duas semanas descansando no planeta lá embaixo, agora tenho que me atualizar em muitas coisas.

– Aquela é sua ideia de descanso?

– Sim. Pelo menos até a bomba.

– Médica – chamou Tisarwat –, vou ter que tomar esses remédios pelo restante da vida?

– Não sei – respondeu a médica. Séria. Honesta. – Espero que não, mas não posso prometer nada. – A médica se virou para mim. – Eu diria que não pode mais receber visitas, capitã de frota, mas sei que vai ignorar isso quando a horticultora Basnaaid chegar.

– Basnaaid está vindo para cá? – Tisarwat já estava sentada com as costas muito eretas, mas isso pareceu ficar ainda pior depois da notícia. – Capitã de frota, posso voltar com ela para a estação?

– É claro que *não* – respondeu a médica.

– Pode ser que você não queira – respondi. – Pode ser que ela não queira ficar conosco. Você não estava ouvindo, acho, mas na nave de transporte eu contei a ela que matei Awn.

– Ah. – Ela não havia ouvido. Estivera preocupada demais com o próprio sofrimento. Era compreensível.

– Para a cama, tenente – insistiu a médica. Tisarwat olhou para mim em busca de uma moratória, mas eu não disse nada. Ela suspirou e foi para o próprio cubículo, seguida pela médica.

Encostei a cabeça na maca e fechei os olhos. Basnaaid levaria pelo menos vinte minutos para atracar. Os motores da *Espada de Atagaris* estavam desligados. As oficiais estavam em suspensão. Junto com quase todas as ancilares, só algumas ainda ativas para arrumar tudo o que sobrara, sob a supervisão de minhas Amaats. Desde nossa última conversa na nave de transporte, a *Espada de Atagaris* não mencionara nada além do necessário. Respostas curtas, como sim, não e nada além disso.

Kalr Doze entrou em meu cubículo na enfermaria, parando ao lado de minha maca. Relutante. Muito envergonhada. Sentei-me e abri os olhos.

– Senhora – disse Doze, com a voz baixa e tensa. Quase sussurrando. – Sou a Nave. – Ela esticou um braço para tocar meu ombro.

– Doze, você sabe que eu sou uma ancilar. – Surpresa. Consternação. Ela sabia, claro, mas a forma como eu disse a pegou de surpresa. Antes que Doze pudesse responder, continuei: – Por favor, não me diga que isso não tem importância porque você não me vê como uma ancilar.

Uma breve conversa entre Doze e a Nave.

– Com sua complacência, senhora – disse Doze, a Nave a encorajando. – Não acho que isso seja justo. Nós só ficamos sabendo disso agora, então seria difícil passar a vê-la de forma diferente tão rápido. – Ela tinha um pouco de razão. – E nós não tivemos muito tempo para nos acostumar com a ideia. Mas, senhora, isso explica algumas coisas.

Sem dúvida explicava.

– Eu sei que a Nave gosta quando você finge, e sua imitação de uma ancilar faz com que você se sinta segura e invisível. Mas não podemos brincar com isso.

– Não, senhora. Sei disso, senhora. Mas, como a senhora disse, a Nave gosta. E a Nave cuida de nós, senhora. Às vezes parece que somos só nós e a Nave contra o mundo. – Inibida. Envergonhada.

– Eu sei. Foi por isso que não proibi. – Respirei fundo. – Então, está tudo bem agora?

– Sim, senhora – respondeu Doze. Ainda envergonhada, mas com sinceridade.

Fechei meus olhos e apoiei minha cabeça em seu ombro, ela passou os braços em volta de mim. Não era a mesma coisa, não era eu que me segurava; eu conseguia sentir o uniforme de Doze em minha bochecha, mas não o peso de minha cabeça em seu ombro. Tentei acessar aquilo, pelo tempo que eu conseguisse; a vergonha de Doze, claro, mas também a sua preocupação comigo. As outras Kalrs andando pela nave. Não era a mesma coisa. Não poderia ser a mesma coisa.

Ficamos em silêncio por um tempo, e Doze falou em nome da Nave:

– Acho que não posso culpar a *Espada de Atagaris* por se importar com sua capitã. Mas eu esperava que uma espada soubesse escolher melhor.

Espadas eram arrogantes, se achavam muito melhores do que as misericórdias e as justiças. Mas algumas coisas eram inevitáveis.

– Nave – disse em voz alta –, o braço de Doze está ficando dormente. – E preciso me preparar para receber a horticultora Basnaaid. – Desvencilhamo-nos uma da outra. Doze deu um passo para trás e eu enxuguei meus olhos com as minhas mãos. – Cara médica. – Ela estava no corredor, mas sabia que conseguiria me ouvir. – Não vou receber a horticultora Basnaaid assim. Voltarei aos meus aposentos. – Eu precisava lavar meu rosto, trocar de roupa e me certificar de que teria chá e comida para oferecer, mesmo tendo certeza de que ela recusaria.

– Será que ela veio até aqui só para dizer que a odeia? – perguntou Doze, perguntou a Nave.

– Se for isso – respondi –, vou escutar sem reclamar. Afinal de contas, ela tem todo o direito.

Meu ombro, ainda coberto pelo corretor, não cabia dentro da camiseta, mas com algum malabarismo eu pude colocá-lo dentro da jaqueta do uniforme. Doze não concebia a ideia de eu me encontrar com a horticultora Basnaaid sem camisa, mesmo que estivesse de jaqueta, e fez um rasgo para criar uma camiseta sem mangas.

– Cinco vai entender quando eu explicar, senhora – disse ela, mas era possível perceber que duvidava um pouco disso. Cinco ainda estava no Jardim Inferior, ajudando para que nenhuma pessoa se ferisse antes de a gravidade voltar.

Quando Basnaaid chegou, eu já estava um pouco mais arrumada e não parecia que havia caído de um penhasco e quase morrera afogada, ou asfixiada. Fiquei em dúvida sobre usar ou não o broche dourado em memória da tenente Awn, já que Basnaaid parecera tão nervosa da última vez que o vira, mas acabei pedindo que Doze o colocasse em minha jaqueta, perto do broche prateado de opala da tradutora Dlique. Doze havia conseguido fazer vários pequenos bolos e os empilhara sobre a mesa junto às frutas cobertas de açúcar e, finalmente, vi os melhores pratos que tínhamos: o aparelho de chá de porcelana branca que eu havia visto em Omaugh, em minha última reunião com Anaander Mianaai. Em um primeiro momento, fiquei impressionada que Cinco tivesse tido coragem de pedi-lo. Mas depois percebi que esse detalhe não era nem um pouco surpreendente.

Fiz uma reverência quando Basnaaid entrou.

– Capitã de frota – disse ela, também se curvando –, espero não estar atrapalhando. Achei que deveríamos conversar pessoalmente.

– Não está atrapalhando, horticultora. Estou à disposição. – Com o braço que não estava imobilizado, apontei a cadeira. – Gostaria de se sentar?

Sentamo-nos. Doze nos trouxe chá e voltou para o canto da sala em sua postura rígida de ancilar.

– Gostaria de saber – disse Basnaaid de forma educada, depois de um gole de chá – o que aconteceu com a minha irmã.

Contei-lhe que a tenente Awn havia descoberto a divisão de Anaander Mianaai e tudo o que uma parte da Senhora do Radch estava fazendo, e como Awn se recusara a obedecer às ordens daquela Anaander, sendo condenada à morte pela Senhora do Radch. Eu executara a ordem. Então, por razões que eu não compreendia, virara minha arma para a Senhora do Radch. Como resultado disso, ela me destruíra; todas as minhas partes menos Esk Uma Dezenove, a única que escapou.

Quando terminei, Basnaaid ficou em silêncio por cerca de dez segundos. E depois disse:

– Então você era parte de uma década? Esk Uma, certo?

– Isso. Uma Esk Dezenove.

– Ela sempre disse que você cuidava muito bem dela.

– Eu sei.

Ela sorriu.

– É claro que sabe. Foi assim que leu toda a minha poesia também. Que vergonha!

– Não era ruim, em comparação com outras. – A tenente Awn não era a única que tinha uma irmã mais nova que escrevia poesia. – A tenente Awn gostava muito delas. Realmente gostava. Gostava de receber suas mensagens.

– Que bom – respondeu Basnaaid, simplesmente.

– Horticultora, eu... – Mas eu não conseguia falar, pelo menos não mantendo a minha compostura. Um bolo ou um pedaço de fruta seriam formas muito complexas de me distrair. Um gole de chá seria insuficiente. Então só esperei, com Basnaaid sentada pacientemente em silêncio do outro lado da mesa. – Naves se importam com suas oficiais – continuei, quando achei que já conseguia falar. – Nós não conseguimos evitar, somos fabricadas assim. Mas nos importamos com algumas oficiais mais do que com outras. – Agora talvez eu pudesse dizer... – Eu amava muito a sua irmã.

– Fico contente com isso. Realmente fico. E agora eu entendo o motivo daquela sua oferta anterior. Mas ainda não posso aceitar. – Lembrei-me da conversa com Tisarwat, na sala de estar do Jardim Inferior. "Nada daquilo foi para mim." – Não acho que se possa comprar o perdão, mesmo com tudo aquilo.

– Não era perdão o que eu queria. – A única pessoa que poderia me dar isso estava morta.

Basnaaid pensou por alguns momentos.

– Não consigo nem imaginar. Ser parte de algo tão grande, por tanto tempo, e de repente estar completamente sozinha. – Ela fez uma pausa. – O fato de a Senhora do Radch a adotar como Mianaai deve trazer sentimentos conflitantes.

– Nem um pouco conflitantes.

Ela sorriu. Depois, calmamente séria:

– Não tenho certeza sobre o que estou sentindo depois do que acabei de ouvir.

– Não precisa me contar os seus sentimentos, ou me dar qualquer explicação sobre seus motivos. Minha oferta continua de pé. Se mudar de opinião, ainda estarei aqui.

– E suas possíveis filhas?

Por um momento, achei difícil de acreditar que Basnaaid estava realmente dizendo aquilo.

– Você consegue me imaginar com uma criança, cidadã?

Ela sorriu.

– Justo. Mas existem diferentes tipos de mãe.

Era verdade.

– E diferentes tipos de pessoas que não são mães. Minha oferta estará sempre na mesa. Mas não vou mencioná-la novamente, a não ser que você mude de ideia. Como estão as coisas na horticultura? Estão prontas para ligar a gravidade novamente?

– Quase. Quando a Estação reduziu a gravidade, havia água em outros locais que não o lago, então estão caçando todas elas. Mas não perdemos tantos peixes quando acreditávamos ter perdido.

Pensei nas crianças que eu vira correndo pela ponte para alimentar os peixes; chamativos, roxos, verdes, cor-de--laranja, azuis.

– Que bom.

– Boa parte do nível um do Jardim Inferior escapou sem maiores danos, mas as escoras terão que ser refeitas antes que a água volte para o lago. Parece que o vazamento estava acontecendo há algum tempo, mas em pequena quantidade.

– Deixe-me adivinhar. – Peguei meu chá. – Os cogumelos.

– Os cogumelos! – Ela riu. – Eu devia ter adivinhado assim que fiquei sabendo que estavam cultivando cogumelos no Jardim Inferior. Mas parece que as estruturas que construíram embaixo das escoras e todo o material orgânico que ficou lá acabaram ajudando e impedindo que o Jardim Inferior fosse ainda mais afetado pelo vazamento. Mas também foi a parte que sofreu maiores danos. Temo que a indústria de cogumelos do Jardim Inferior tenha acabado.

– Espero que, quando reconstruírem tudo, deixem algum espaço para ela. – Eu teria que dizer isso à administradora Celar e à governadora Giarod. E também teria que lembrar a governadora Giarod sobre minha ideia de não impedir as especialidades das moradoras do Jardim Inferior.

– Acredito que, se a capitã de frota falar, elas vão fazer.

– Espero que sim. O que aconteceu com Sirix?

– Ela está com a Segurança. Eu... eu não sei. Eu gosto da Sirix, mesmo que se mostre sempre um pouco... implicante. Ainda não consigo acreditar que ela... – Basnaaid perdeu o fio da meada. – Se alguém me perguntasse antes disso tudo, eu teria dito que ela nunca, nunca faria algo errado. Não dessa forma. Mas fiquei sabendo, não sei se é verdade, que Sirix foi até a segurança para se entregar, e que ela estava a caminho dos Jardins quando as portas se fecharam.

Eu teria algumas coisinhas a dizer para a governadora Giarod no que dizia respeito a Sirix.

– Ela estava muito decepcionada comigo, acredito. – Não agira por raiva. – Sirix esperou muito tempo por justiça e pensou que eu a fosse trazer. Mas a ideia dela de justiça é... um pouco diferente da minha.

Basnaaid suspirou.

– Como está Tisarwat?

– Está bem. – Mais ou menos. – Horticultora, Tisarwat está terrivelmente apaixonada por você.

Ela sorriu.

– Eu sei. Eu acho fofo. – Basnaaid franziu a testa. – Na verdade, o que ela fez nos Jardins foi bem mais do que algo fofo.

– Foi. Acho que Tisarwat está se sentindo frágil agora, por isso mencionei o assunto. – Tisarwat, frágil? – Basnaaid riu.

– Bem, as pessoas podem parecer muito fortes mesmo quando não são, não é? Você, por exemplo, seria bom se pudesse se deitar um pouco, mesmo que não pareça precisar. Eu devo ir embora.

– Por favor, fique para o jantar. – Ela estava certa, eu precisava me deitar, ou talvez precisasse que Doze trouxesse algumas almofadas. – A viagem de volta é longa, e é muito mais confortável comer com o controle de gravidade ligado. Não vou impor minha presença a você, mas sei que Tisarwat ficaria feliz em vê-la, e tenho certeza de que minhas oficiais gostariam de conhecê-la. Formalmente, é claro. – Ela não respondeu de imediato. – *Você* está bem? Você passou por maus bocados, assim como nós.

– Estou bem. – E depois: – Quase. Eu acho. Na verdade, capitã de frota, parece que... parece que tudo o que eu julgava como certo despareceu, como se nada fosse verdade para começo de conversa, e eu só percebi isso agora, e... agora eu não sei. O que quero dizer é que eu pensava que estava *segura*, pensava que conhecia as pessoas. E estava errada.

– Sei como se sente – respondi. Eu não conseguiria ficar muito mais tempo sem as almofadas. Minha perna estava começando a doer e eu não sabia o motivo. – Em algum momento as coisas vão começar a fazer sentido novamente.

– Gostaria de jantar com você e Tisarwat – disse Basnaaid, como se fosse uma resposta ao que eu acabara de dizer. – E com todas as outras pessoas que quiser convidar.

– Fico feliz. – Sem que eu pedisse, Doze saiu do canto da sala e abriu um dos bancos-baú perto da parede. Puxou três almofadas. – Diga-me, horticultora, você consegue me explicar, em versos, como a Deusa se parece com uma pata?

Basnaaid piscou, surpresa. Riu. Era o que eu esperava ao mudar de assunto. Doze colocou uma almofada atrás de mim e duas embaixo do meu braço imobilizado. Eu disse:

– Obrigada, Doze.

– *Era uma vez uma Deusa que era uma pata* – disse Basnaaid. – *Ela disse, é estranho como nata: consigo voar sem me esforçar, e nadar para mim é como andar...* – Ela franziu a testa. – É só isso que consigo. E está em rima pobre, não é nem a rima certa. Estou fora de forma.

– É bem mais do que eu consigo.

Fechei meus olhos por um momento. Tisarwat estava deitada na maca da enfermaria, olhos fechados, enquanto a Nave tocava música em seus ouvidos. Bo Nove permanecia por perto, esperando. As Etrepas lavavam os corredores, ou montavam guarda com Ekalu. As Amaats se exercitavam, ou descansavam, ou tomavam banho. Seivarden estava sentada em seu quarto, melancólica por algum motivo, talvez ainda pensando nas oportunidades perdidas no passado. A médica reclamava com a Nave sobre minha desconsideração em relação aos conselhos dela, mas não estava realmente nervosa. Kalr Uma, que cozinhava para mim enquanto Cinco ainda estava na estação, reclamava para Três sobre a mudança abrupta de planos, no entanto, a reclamação logo se transformou em uma afirmação de que as duas dariam conta do recado. No banho, uma Amaat começou a cantar: *Minha mãe disse que tudo gira, tudo gira, a nave gira em torno da estação.*

Não era a mesma coisa. Não era o que eu queria, não totalmente, não era como saber que sempre poderia estar ali. Mas teria de ser suficiente.

AGRADECIMENTOS

Recebi ajuda de muitas pessoas, sem as quais não poderia ter escrito este livro. Meus professores e colegas de sala da turma de 2005 da Clarion West continuam a ser fonte de inspiração, ajuda e amizade. Meus editores também influenciam muito meu trabalho: Will Hinton, nos Estados Unidos, e Jenni Hill, no Reino Unido.

Já disse antes e direi novamente: não existe agradecimento suficiente no mundo para meu fabuloso agente, Seth Fishman.

Agradeço também às pessoas que ofereceram conselhos ou informações e que foram pacientes ao responder às minhas perguntas: S. Hutson Blount, Carolyn Ives Gilman, Sarah Goleman, Dr. Philip Edward Kaldon, Dr. Brin Schuler, Anna Schwind, Kurt Schwind, Mike Swirsky e Rachel Swirsky. Seus conselhos e ajuda eram sempre certeiros e inteligentes; qualquer possível erro advindo deles é inteiramente meu.

Agradeço às bibliotecas de St. Louis County e da Universidade Webster, e ao consórcio de bibliotecas municipais de St. Louis County. E também a todas as pessoas que tornaram o empréstimo entre bibliotecas possível. De verdade. Empréstimo entre bibliotecas é uma coisa muito maravilhosa.

Por fim, mas não por último, eu não poderia ter escrito este livro sem o amor e apoio do meu marido Dave e de meus filhos Aidan e Gawain.

SOBRE A AUTORA

Ann Leckie nasceu em Ohio, Estados Unidos, em 1966. Formada em música, já trabalhou como garçonete, recepcionista, assistente de agrimensor, cozinheira de cafeteria e engenheira de gravação. Mas foi na escrita que ela encontrou sua vocação.

Seus primeiros contos foram publicados em revistas como *Subterranean Magazine*, *Strange Horizons* e *Realms of Fantasy*. Vários de seus contos foram incluídos em antologias anuais das melhores histórias de ficção científica e fantasia.

Seu livro de estreia, *Justiça ancilar*, foi escrito ao longo de seis anos e publicado nos Estados Unidos em 2013. Sucesso de público e de crítica, o romance recebeu diversos prêmios de ficção científica, como o prêmio Hugo, o prêmio Nebula, o prêmio Arthur C. Clarke e o prêmio da Associação Britânica de Ficção Científica.

Em 2014 e 2015, foram lançadas as sequências, *Espada ancilar* e *Misericórdia ancilar*, completando a trilogia Império Radch. Ambos os livros ganharam o prêmio Locus e foram indicados ao prêmio Nebula.

TIPOGRAFIA: Media 77 - texto
Herbus - entretítulos
PAPEL: Pólen Natural 70 g/m² - miolo
Couché 150 g/m² - capa
Offset 150 g/m² - guardas

IMPRESSÃO: Ipsis Gráfica
Outubro/2023